A AMPULHETA

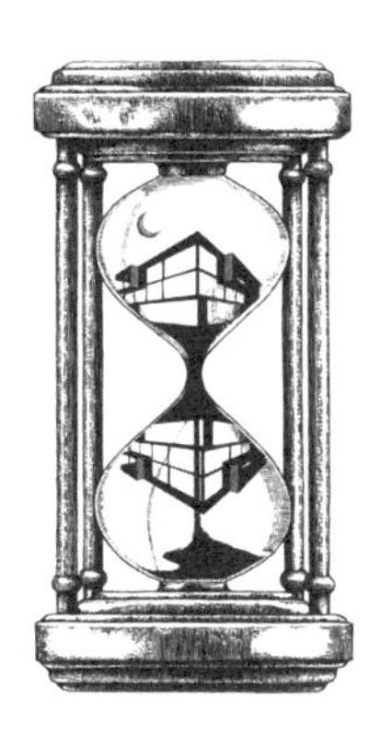

GARETH RUBIN

A AMPULHETA

Tradução: Roberto W. Nóbrega

GLOBOLIVROS

Texto fixado conforme as regras do Acordo Ortográfico da Língua Portuguesa
(Decreto Legislativo nº 54, de 1995)

Editora responsável: Amanda Orlando
Assistente editorial: Isis Batista
Preparação: Marcelo Vieira
Revisão: Pedro Siqueira, Mariana Donner e Carolina Rodrigues
Diagramação: Carolinne de Oliveira
Adaptação de capa: João da Motta Jr.

1ª edição, 2023 — 1ª reimpressão, 2024

CIP-BRASIL. CATALOGAÇÃO NA PUBLICAÇÃO
SINDICATO NACIONAL DOS EDITORES DE LIVROS, RJ

R835a

Rubin, Gareth
A ampulheta / Gareth Rubin ; tradução Roberto W. Nóbrega. - 1. ed. - Rio de Janeiro : Globo Livros, 2023.
448 p. ; 23 cm.

Tradução de: *The turnglass*
ISBN 978-65-5987-123-0

1. Romance inglês. I. Nóbrega, Roberto W. II. Título.

23-86829 CDD: 823
CDU: 82-31(410.1)

Gabriela Faray Ferreira Lopes - Bibliotecária - CRB-7/6643

Direitos exclusivos de edição em língua portuguesa para
o Brasil adquiridos por Editora Globo S.A.
Rua Marquês de Pombal, 25 — 20230-240 — Rio de Janeiro — RJ
www.globolivros.com.br

Este livro, composto na fonte Fairfield, foi impresso
em papel Ivory Slim 65 g/m² na Gráfica Coan.
Tubarão, maio de 2024.

Para Hannah

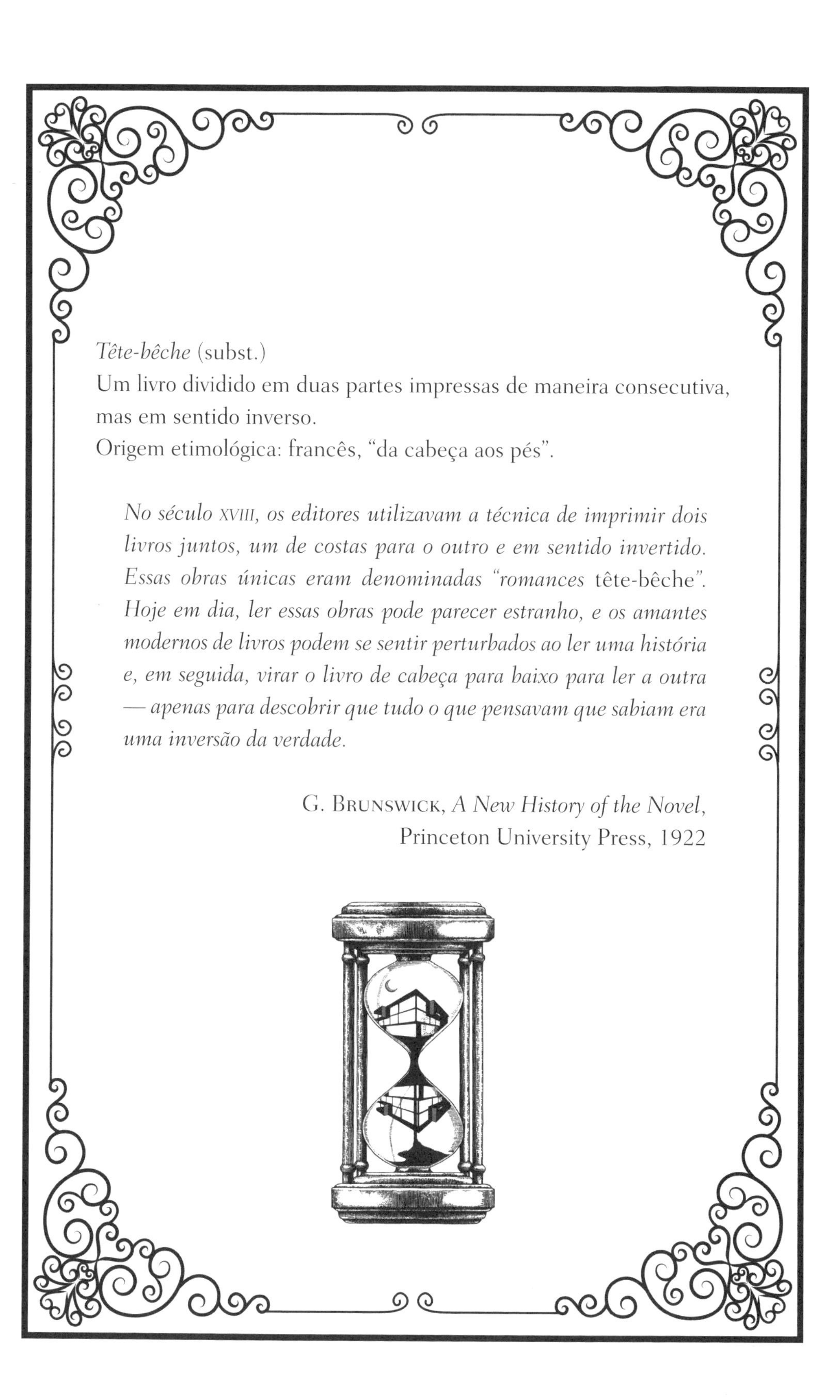

Tête-bêche (subst.)
Um livro dividido em duas partes impressas de maneira consecutiva, mas em sentido inverso.
Origem etimológica: francês, "da cabeça aos pés".

> *No século* XVIII*, os editores utilizavam a técnica de imprimir dois livros juntos, um de costas para o outro e em sentido invertido. Essas obras únicas eram denominadas "romances* tête-bêche*". Hoje em dia, ler essas obras pode parecer estranho, e os amantes modernos de livros podem se sentir perturbados ao ler uma história e, em seguida, virar o livro de cabeça para baixo para ler a outra — apenas para descobrir que tudo o que pensavam que sabiam era uma inversão da verdade.*
>
> G. Brunswick, *A New History of the Novel*, Princeton University Press, 1922

É a cotovia, o arauto da manhã,
Não foi o rouxinol: olha, querida, para aquelas
Estrias invejosas que cortam pelas nuvens do
Nascente: as candeias da noite se apagaram,
Sobre a ponta dos pés o alegre dia se põe, no pico
Das montanhas úmidas. Ou parto, e vivo, ou
morrerei, ficando.

Romeu, *Romeu e Julieta*, ato III, cena V

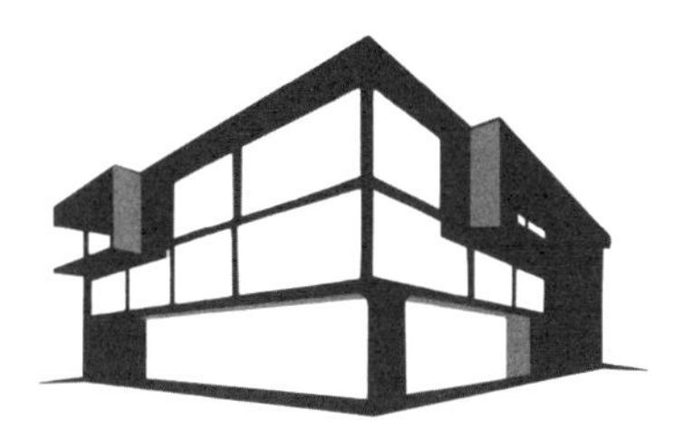

I

Los Angeles, 1939

Os olhos de Ken Kourian, verde-claros como grama sedenta, aproximaram-se da página manchada de café à sua frente. Ela também tinha um odor muito forte de café, como se alguém não tivesse apenas derramado o líquido sobre ela, mas a tivesse marinado na xícara durante doze ou catorze horas.

— Chama-se *O cerco a Downville*.

— Entendo, e eu... — começou Ken.

— Você é um soldado que acabou de voltar da guerra.

— De qual?

— O quê?

— Qual guerra? A Grande Guerra ou...

— Civil. A Guerra Civil.

— Ok. E eu sou confederado ou...

— Ianque! O seu papel é de ianque. Você acha... Olha, garoto, você vai ler as falas ou eu que vou ler para você?

Aquela era a melhor oportunidade que ele tinha em meses, e pessoas faziam fila do lado de fora da sala, então, simulou um sotaque ianque e leu as falas. Falavam algo sobre ser ferido e precisar ver o amor de sua vida pela última vez antes de morrer. Pareciam mal escritas para ele, mas não queria julgar apressadamente, já que nunca havia participado de um filme e até mesmo seus créditos de palco eram apenas os da faculdade e de uns dois anos em apresentações de segunda categoria nas casas de espetáculos de Boston.

— De onde você é? — perguntou o homem obeso detrás da mesa, fitando-o como se ele tivesse uma etiqueta de bagagem na testa.

— Geórgia.

— Geórgia! — Ele coçou a barriga por entre os botões da blusa, que quase arrebentavam com a tensão. — Então, por que foi que o colocaram pra ser ianque? Por que não um dos desgraçados escravagistas do Sul?

— Sei lá — disse Ken, e olhou fixamente para o roteiro.

— Sei lá, também. — O homem, assistente de produção, jogou uma guimba de cigarro dentro de um balde d'água, onde ela boiou, deixando um rasto marrom. — Olha, filho, hoje não é o seu dia. Volte outra hora.

— Farei isso — respondeu Ken. E faria mesmo.

Não era do tipo que se curvava ao pessimismo, porque Ken Kourian tinha vinte e seis anos, e o pessimismo ainda não tinha se infiltrado como umidade.

Durante a infância na Geórgia, vira as montanhas distantes e pensara nelas como as que o separavam das guerras gregas e das viagens pelos mares. Então, à medida que foi envelhecendo, passou a vê-las como o obstáculo diante de um "a vida é mais que isso" não identificado. Assim, partira naquela jornada como o primeiro de sua família a ir para a faculdade; e agora, como consequência de cinco anos, estava reembolsando seus pais e dois bancos pelo que havia custado, alguns dólares de cada vez.

Ele pegou o chapéu, desejou boa sorte ao filme e foi embora pelo estacionamento do estúdio, ainda segurando aquele roteiro ruim. Dois homens com bigodes colados do tamanho de gatos domésticos e trajando uniformes dos unionistas passaram por ele. Ken não sabia direito se os invejava ou se sentia pena deles por estarem participando daquele filme.

Do lado de fora do estúdio, um bonde passava pela rua e Ken embarcou nele torcendo para que estivesse indo em direção à praia. Mesmo depois de meses naquela cidade, sua compreensão da geografia de Los Angeles e de Hollywoodland poderia ter sido desenhada em uma carta de baralho. Sua cidade natal tinha mais olmos que pessoas, e os olmos não corriam pela cidade, empurrando as pessoas da calçada, com pressa de chegar a algum lugar para ser mandado embora a outro. Claro, ele também morara em Boston durante oito anos — na faculdade e depois, durante alguns trabalhos de tutoria e outros de representação —, mas seus pés ainda ansiavam por um caminho de folhas macias. Na Califórnia, contudo, a areia molhada também servia.

— Este vai para a praia? — perguntou ao condutor.

— O quê?

— A praia.

— A praia fica a dezesseis quilômetros no outro sentido, amigo. Se quer ir até lá, desça deste bonde e pegue um que vá em sentido oposto. Conte oito paradas e depois troque de linha.

Parecia complicado demais.

— Este vai para onde?

— Este? Para onde você acha? Centro da cidade. Pela Sunset. E então, quer ir para o centro da cidade ou para a praia? — Uma mulher em um assento oferecia uma nota de cinco dólares por uma passagem e insistia que o condutor a aceitasse. — Não tenho troco, moça. A passagem custa só dez centavos.

— Ora, você devia ter dito isso antes de eu embarcar — respondeu ela em um rompante.

— Antes de você embarcar? Como eu faria isso? Eu estava no veículo, não ao seu lado na rua. Agora, a senhora tem trocado ou não?

— Vou para o centro da cidade — disse Ken a ele.

— Para o centro da cidade custa dez centavos. E não tenho troco para uma nota de cinco.

Ele pagou a passagem e se sentou.

Ficou sentado no bonde durante dez minutos, observando os passageiros embarcarem e desembarcarem, tentando descobrir quem eram e se trabalhavam no cinema ou eram sapateiros, contadores, estivadores ou corretores da bolsa, quando avistou uma colina interminável de árvores.

— O que é aquilo? — perguntou ele ao condutor.

— Aquilo? Você não quer saber. Você vai para o centro da cidade.

— Gostaria de saber o que é.

O condutor emitiu um ruído mal-humorado.

— Aquilo é Elysian Park. Não vá lá.

— Por quê?

— É cheio de crioulos de Lincoln Heights. Pegam sua carteira e não devolvem, nem se você pedir com educação.

— Nossa! — exclamou ele. Seu pai havia empregado trabalhadores negros para trabalhar junto dos brancos em sua fazenda, pagando o mesmo salário, mas Ken desistiu de tentar divulgar esse sistema para sua turma do ensino médio, que o olhou e riu quando ele expôs a ideia. Na faculdade, alguns balançaram, conscientemente, a cabeça em sinal de concordância diante da ideia e disseram que sim, que aquilo era o futuro com certeza, mas depois contrataram mordomos negros pagando dois terços do salário da época que era pago a homens com pele rosada, fazendo com que Ken desejasse ter economizado saliva. — Acho que quero ir lá assim mesmo.

— Como quiser, amigo.

E Ken Kourian, com seu queixo pontudo, um metro e oitenta e dois de altura, músculos saudáveis de garoto de fazenda e formado em literatura pela Universidade de Boston, desceu do bonde e rumou pela fileira de olmos.

O parque estava fresco e exuberante em um dia quente o suficiente para derreter o pneu dos automóveis. A sensação da grama e das folhagens sob os pés o tranquilizava como um bálsamo de farmácia. O que quer que os estivesse incomodando, fazendo com que as solas se eriçassem dentro de seus novos e duros sapatos de couro envernizado, desapareceu, e ele podia ficar descalço, caminhando pela vegetação rasteira.

Quantas árvores havia ali? Dez mil? Cem mil? Talvez um milhão? Claro, por que não? Digamos que havia um milhão projetando sombra para Ken, que precisava se refrescar depois de umas duas horas frustrantes. A Paramount estava selecionando elenco para um novo filme épico, informaram-lhe no portão do estúdio. Se ele se inscrevesse, talvez fosse considerado para um papel pequeno. Seria uma seleção de elenco aberta para todos que quisessem participar, o que não soava bem, mas era melhor que ser mandado embora.

— Bom, já trabalhei em fazendas — dissera ele.

— Então, vai se sentir em casa.

Ele não conseguiu o papel. Claro, foi uma decepção, mas haveria outros papéis. Diziam que os filmes cresciam em importância todos os anos.

Filmes mais importantes significavam elencos maiores. Ele ia insistir e, enquanto isso, trabalhava escrevendo anúncios para o *Los Angeles Times*, e isso bastava para pagar seu aluguel barato. Seu plano era que, quando estivesse à toa próximo à editoria de entretenimento do jornal, ouvisse sobre os novos filmes em fase de produção e pudesse correr até o estúdio antes e pedir uma conversa. Sim, talvez desse certo.

Ele caminhava em meio ao calor de uma tarde de abril. Os pássaros nas árvores faziam algazarra para depois decolarem em longos voos em busca de comida ou água ou o que quer que um pássaro deseje em um dia quente na Califórnia. Ele se perguntava qual era seu próprio plano para aquela tarde. Continuar caminhando até tropeçar na cidade propriamente dita ou voltar para o bonde rumo ao centro, para sua pensão ao lado de uma mercearia que ele suspeitava que vendia bebida alcoólica pela porta dos fundos? Até chegou a cogitar a ideia de ligar para lá algum dia e ver o que eles tinham no cardápio.

Ele apenas seguiu caminhando.

Quando ergueu os olhos novamente, havia atravessado todo o parque e o ruído dos carros o cercava como mosquitos. Pensou em dar meia-volta e se perder novamente entre as árvores, mas sentiu sede e, à beira da estrada, viu as luzes de neon de uma lanchonete convidativa.

Ken entrou e se viu no meio da correria daqueles que almoçam tarde, e a popularidade do local significava que havia apenas uma única mesa vazia. Uma mesa de canto, onde o couro falso, que provavelmente havia saído de uma fábrica a mais de mil e seiscentos quilômetros de distância da vaca mais próxima, era de uma cor dourada e intensa. Ele se aproximou, mas ao fazer isso viu que já havia uma moça lá, sentada contra a parede, fora da vista. Ela parecia estar tentando se manter discreta.

Ken parou, mas ela olhou para ele com expectativa em seus intensos olhos castanhos.

— Posso me sentar aqui? — perguntou ele.

— Claro — disse ela devagar, como se pudesse mudar de ideia no meio do caminho.

Ele fez um gesto de agradecimento com a cabeça e se sentou. Ela bebia café com leite e folheava uma revista sobre filmes sonoros. Era magra, tinha uma boca atrevida, que parecia recuar de uma bebida quente demais, e usava um turbante creme, uma blusa creme e calças justas creme. Ken estendeu a mão para pegar o cardápio em um pote de vidro que ficava na beirada da mesa.

— A torta de pêssego é uma iguaria — disse ela, sem esperar que ele perguntasse.

— Isso significa que é boa?

— Significa só que é uma iguaria.

Uma garçonete apareceu ao seu lado com seu bloquinho a postos.

— Quero a torta de pêssego — disse ele. — Ouvi dizer que é uma iguaria.

— Claro que é — murmurou ela, escrevendo. — Mais alguma coisa?

— Não.

Ela apontou para a moça à frente dele com seu toco de lápis.

— Vai pagar a conta dela?

A moça vestida de creme olhou-o nos olhos. Algo neles dizia que, se ele não pagasse, ninguém pagaria.

— Tudo bem — disse.

— Espero que valha a pena — disse a garçonete, se afastando.

Ken e a moça se encararam durante alguns segundos.

— Obrigada — agradeceu ela.

— Não precisa agradecer.

— Mas tenho que agradecer, não tenho? Quer dizer, você acabou de me salvar de ter que sair sem pagar de outro estabelecimento. Acho que este é o último lugar em Los Angeles em que ainda não fiz isso.

— Cheguei aqui há só oito semanas. Não saí sem pagar de nenhum.

O rosto dela se iluminou.

— Ah, é a melhor coisa! — insistiu ela. — Veja só, é redistribuição de recursos escassos.

— Sair sem pagar a conta do almoço é redistribuição de recursos escassos?

— Me disseram que é. Foi um... — Então disse só com a boca, sem usar a voz: — *Comunista*.

Ken havia conhecido uns dois na faculdade. Eram jovens muito sérios, empenhados em cultivar barbas longas e conversar sobre o milagre soviético. Naquela época eles não eram companhias lá tão boas.

— Ele também saía sem pagar quando comia? — perguntou ele.

— Não, a família dele tinha dinheiro. — A conversa acalmou porque não parecia haver uma resposta fácil, então Ken retirou o agora inútil roteiro de *O cerco a Downville* de dentro do paletó e o colocou na mesa. Ela olhou para aquilo e abriu um sorriso. — Você é ator!

— Mais ou menos. — Houve uma pausa e ele supôs que ela estivesse tentando adivinhar a verdade. — Acabei de fazer o teste.

— Conseguiu o papel?

— Provavelmente não.

Ela se recostou na cadeira, e seu rosto tinha uma expressão presunçosa que superava tudo mais que havia nele.

— Precisa conhecer pessoas importantes. Conhecê-las socialmente. É assim que se entra pro clube.

O tom sutil de "eu tenho as manhas pra entrar no jogo, você não" o incomodou, sobretudo porque ele estava pagando o café dela. Porém, durante sua breve estadia em Los Angeles, ele havia aprendido que aquele era o padrão ao falar com estranhos — uma espécie de duelo por destaque, como dois gatos de rua se encontrando ao lado de uma lata de lixo e lutando pelo que tem dentro.

— Claramente — disse ele.

— Você quer?

— Eu...

— Porque eu consigo pra você. Consigo mesmo. — Ela se inclinou para a frente e continuou apressadamente: — Vou a uma festa na praia amanhã. É na casa de Oliver Tooke. — Ela esperou por uma reação. — O autor?

Verdade seja dita, o nome atiçara uma memória distante de Ken, mas ele ainda não queria arriscar uma opinião.

— Tudo bem — disse ele, sem se comprometer.

— Pelo menos, acho que ele vai dar uma festa amanhã. Ele dá festas quase todos os dias. Serei seu ingresso.

Oliver Tooke. Oliver Tooke. Ah, claro, claro, agora ele se lembrava de ter ouvido o nome no rádio, num programa de resenhas de livros. Mas não se lembrava sobre o que era o livro ou qual tinha sido a opinião do apresentador.

— Então, você o conhece?

— Fui apresentada a ele — disse ela, com orgulho.

— Você o vê com frequência?

— Fomos apresentados em uma boate.

A amizade era barata naquela cidade. Ele olhou para baixo, para o roteiro. Havia migalhas de pão por baixo dele.

— Eu vou — disse ele.

— Meu nome é Gloria.

— Eu me chamo Ken.

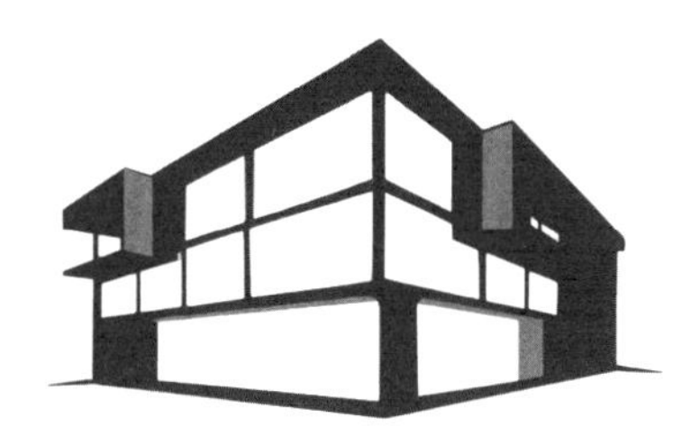

2

Na manhã seguinte, ele se encontrou com Gloria do lado de fora do apartamento dela. A moça trazia nos braços uma trouxa, com toalha e roupa de banho, amarrada com um laço. Vestia um cafetã verde-mar com blusa e calça folgadas com o mesmo matiz. Combinações de uma só cor eram seu estilo.

— Para que as pessoas sempre se lembrem de você? — sugeriu Ken, apontando para a roupa dela.

— Devia experimentar. É bom para a sua carreira ter um estilo.

Por mais doloroso que fosse o pensamento, ele se perguntou se, em algum momento no futuro, realmente precisaria ter um "estilo". Se pudesse rotular a si mesmo — talvez pudesse utilizar seu passado na cidade pequena e se apresentar para papéis de caipiras —, seria um jeito de entrar no meio. Não ia alegar que seu vovozinho era um índio cherokee, mas, se houvesse um papel de fazendeiro da Geórgia, apareceria todo contente com botas de vaqueiro e arrastaria as vogais por tanto tempo que daria para encaixar frases inteiras nesses espaços. Talvez funcionasse, mas eles teriam que ignorar sua educação universitária e o amor que nutria pela literatura britânica do século anterior.

— Para que lado fica a festa?

— É na praia atrás da casa de Oliver — disse ela. Dessa vez, ela chamou-o simplesmente de "Oliver". — Nossa, aquela casa me arrebata! Fica na subida da praia, então temos que pegar um táxi.

Ele fez sua própria trouxa com toalha e calção de banho, colocou-a debaixo do braço e apalpou os bolsos à procura da carteira. Havia muito espaço vazio dentro dela.

— É melhor que custe menos de cinco pratas pra ir e voltar, ou teremos que voltar a pé — disse ele.

— Não se preocupe com a volta — retrucou Gloria. — Alguém nos dá carona. É sempre assim. — Ela acenou para um táxi que passava e parou tão de repente que o carro detrás precisou desviar para a pista ao lado, com o motorista buzinando. — Point Dume — disse Gloria ao taxista quando eles entraram.

— Então, como ele é? — quis saber Ken.

— Oliver?

— É, Oliver.

Ela parou para pensar.

— É um falso — disse enquanto o carro entrava no trânsito. — Não gosto dele.

Ela chamar Oliver de falso tinha certa ironia.

— Falso como?

— Ah, ele diz umas coisas, mas você sabe que não é o que ele pensa. Esse tipo de falsidade.

— Ah, esse tipo de falsidade.

Quarenta minutos depois, o taxista saiu da rodovia costeira e pegou uma estrada tão estreita que nem no mapa apareceria, levando a um promontório escarpado de terra que perfurava o oceano Pacífico. Point Dume era uma cabeceira que se erguia como um lagarto arqueado, e sua superfície também tinha uma aparência semelhante a um réptil: verde, escamosa e carnívora. Se você ficasse olhando as ondas que escondiam mais criaturas com dentes afiados, a civilização pareceria ter ficado muito para trás.

Havia apenas um espécime de vida na cabeceira: uma grande casa de três andares, construída, ao que parecia, por volta da virada do século. Ficava em um penhasco baixo, mas o que realmente a diferenciava de tudo ao seu redor era que parecia ser feita quase inteiramente de vidro. As paredes externas eram de vidro, as paredes internas eram de vidro, as portas eram de vidro e emolduradas com algumas lascas de madeira. Dava para ir até a rodovia e olhar através dela para o oceano. Apenas alguns painéis fumês no andar de cima impediam que se visse através dele também. No alto da casa havia um cata-vento, também de vidro, em forma de ampulheta. Ele girava à leve brisa como se apontasse o caminho, e o caminho mudasse toda hora. A construção era uma visão extraordinária, mas, de alguma forma, também havia algo de estranho nela, pensou Ken. Simplesmente havia algo fora do normal.

— Então isso é que é arquitetura moderna — disse Ken.

— O quê? Não, esta é a casa de Oliver — respondeu Gloria. Ele não conseguiu pensar numa resposta melhor. Ela o encarou por algum tempo. — Não vai dizer nenhuma besteira para me fazer passar vergonha, vai? É de Oliver Tooke que estamos falando. Haverá produtores aqui, diretores.

— Vou me esforçar para que isso não aconteça. — Estava ficando muito nítido que eles não combinavam. A princípio, Ken chegou a ter pensamentos fugazes sobre tê-la como sua namorada, e ela era uma moça atraente, mas os dois pensavam muito diferente um do outro.

Havia uma campainha elétrica ao lado da porta da frente e, acima dela, uma placa de aço com o nome da casa: Casa da Ampulheta.

— Tocamos? — perguntou Ken.

— Não, estão todos na praia.

Ela o levou até os fundos. O chão de terra foi ficando mais árido à medida que contornavam a casa, chegando a um jardim com um amplo declive que descia até a praia particular da residência, em forma de lua minguante. Ken estava acostumado com horizontes abertos. Havia sido criado acampando diante deles. Mas nunca, nem mesmo em Boston, havia morado perto do mar, que ia e vinha, arfava e retumbava, independentemente se tivesse alguém ali para ouvir ou não. Ele entendia por que algumas pessoas nunca conseguiam deixá-lo.

A praia fervilhava com cerca de trinta jovens em trajes de banho: alguns nas espreguiçadeiras, outros se banhando na arrebentação. A trilha sonora daquela cena era produzida por um quarteto de jazz dos bons.

— Está vendo Oliver? — perguntou Gloria.

— Não saberia reconhecê-lo.

— Não, claro. Acho que não. — Havia um bar, onde funcionários de uniforme azul-celeste distribuíam coquetéis e frutas. Parecia que qualquer um poderia chegar e pedir bebida. Ela analisou o local. — Onde ele *está*? — Ela parou uma moça que passava em um traje cor-de-rosa de duas peças. — Cadê o Oliver?

— Ah, meu amor, de tão chapada, nem sei onde *eu* estou — balbuciou a moça.

Ken interpretou aquilo como um convite para se aproximar do bar.

— O que estão bebendo aqui? — perguntou ele ao barman.

— Tom Collins, senhor.

— Então, vou beber um Tom Collins. — O barman lhe entregou a bebida. — Cadê nosso anfitrião?

O homem apontou para o mar. A mais de noventa metros dali, Ken conseguiu ver alguma coisa nas ondas. Era uma visão estranha: uma estrutura caiada de branco na água, construída como um farol em uma rocha que se projetava do meio do oceano. Parecia ter alguns metros de largura e ser um pouco mais alta. Ele retornou para onde estavam antes. Gloria havia se inserido em um grupo de jovens que riam estridentemente. Não lhe apeteceu a ideia de se juntar a elas. Porém, o ausente anfitrião, Oliver Tooke... bem... parecia ser um homem que valia a pena conhecer. Então, Ken se trancou dentro de uma cabine de madeira e saiu um minuto depois trajando um calção listrado.

— Ken! — chamou Gloria, mas ele fingiu que não ouviu e correu impetuosamente para a arrebentação.

Sua cidade natal era repleta de rios e córregos, o que fez dele um bom nadador, e ele partiu furando as ondas, aproveitando a ardência do sal em seus olhos e em sua boca e a oportunidade de utilizar os músculos, que vinham sendo desperdiçados em Los Angeles. O dia estava lindo, assim como era aquele pedaço do litoral. À medida que nadava, quase se perdia em seus sonhos, até o momento em que a maré alta o pegou.

Ao nadar para dentro de seu raio de ação, ele sentiu um funil d'água arrastando-o em alta velocidade direto para o mar aberto. A correnteza era mais forte que um boi, mas ele se esforçou ao máximo, e conseguiu nadar paralelamente à praia, o tempo todo sendo sugado para o oceano vazio, e depois de quase vinte metros nadando o mais forte que conseguia, sentiu a correnteza voltar subitamente ao normal. Seguiu trilhando pela água à medida que recuperava o fôlego até que um zumbido o fez olhar para cima e ele viu uma lancha vermelha se aproximando. O piloto trajava o mesmo uniforme da equipe de garçons e garçonetes. O motor parava conforme a embarcação se aproximava dele, e ele se agarrou à escadinha lateral, subindo a bordo.

— Maré alta, moço — disse o jovem piloto. — Chega sem avisar. Muito perigosa. Está indo para a torre de escrita?

Ken olhou para o farol em miniatura.

— Acho que sim.

O jovem empurrou a alavanca para a frente e eles partiram rumo à estrutura caiada. Ao se aproximarem, Ken viu um homem de pé em um portal estreito, encostado no batente, com as mãos nos bolsos da calça branca. Era alto, magro, com feições estreitas e cabelos escuros e lisos. Ele não venceria nenhum concurso de beleza, porém, de alguma forma, sempre seria lembrado.

Quando o barco começou a se aproximar, o piloto jogou uma corda para o homem. Havia um pequeno cais, com não mais de um metro de largura, e Ken pisou nele.

De perto, ele via que a construção era mais ou menos quadrada, construída com cubos de pedra, com cerca de três metros e meio de largura e mais de seis de altura — um pouco maior do que parecia da costa. Sua base era irregular, escalando grandes rochas escuras, e um círculo de janelas cercava a parte de cima, o que fazia com que parecesse ainda mais um farol espremido pelo tempo.

— Olá — disse o homem de calça branca. Ele não pareceu nem um pouco surpreso com a chegada de Ken.

— Oi. — Ken jogou o cabelo para trás, tirando um pouco da salmoura.

— Entre.

— Obrigado.

Muito embora sem expectativas, ainda assim Ken ficou surpreso ao entrar na estreita construção. Não era um farol, era uma biblioteca diminuta, mais ou menos como a de sua faculdade, onde ele se debruçara sobre romances antigos. Lanças de luz empoeiradas irrompiam pelas janelas com uma fina camada de sal sobre elas, para mostrar mil volumes agarrados às prateleiras, como se tivessem medo da água.

— Que coisa incrível! — disse Ken.

— Isto? — O homem pareceu bastante surpreso e olhou ao redor, como se a estranheza do lugar tivesse acabado de arrebatá-lo. — Acho que sim. — Ele estendeu a mão. Tinha um anel de sinete branco no dedo mindinho. — Meu avô a construiu, junto com a casa, mas dei meu toque pessoal. Eu me chamo Oliver Tooke.

— Ken Kourian — disse ele, apertando a mão estendida. Era fria ao toque, como se a temperatura do sangue daquele homem fosse meio grau mais baixa que a das outras pessoas.

A testa de Oliver franziu um pouco.

— Kourian? É um nome iídiche?

— Armênio.

— Armênio? — A testa franziu ainda mais. — *K'ez dur e galis im tuny?* — A expressão dele dizia que esperava ter falado na pronúncia correta.

Ken riu.

— Isso, senhor, é incrível. Nunca conheci ninguém que falasse uma palavra do meu idioma.

— Conheço um casal de armênios — disse Oliver, como se isso explicasse por que sabia falar armênio.

— E já que falou sobre a casa... — Ken se virou a fim de ficar de frente para onde a casa de vidro estava empoleirada como um pássaro no penhasco baixo. — Ela é... — hesitou ele.

— Grotesca? — sugeriu Oliver. Aquele homem era direto, não havia como duvidar.

— Não era o que eu ia dizer.

— Não? — Oliver se inclinou em uma estante de livros. Seu tom de voz era leve, como se aquele fosse um assunto sobre o qual tivesse pensado bastante e chegado a uma conclusão havia muito tempo. — Não diria que é dotada de certa feiura?

— Feiura?

— Sempre achei.

— Como assim?

— Ah, ela tem um ar de perversidade. Maligno. — Ele disse isso como se detalhasse não mais que o ano em que foi construída. Ken estava curioso.

Precisão à parte — e aquela não era uma avaliação *im*precisa da casa —, foi uma reação estranha a uma casa de família. Uma casa em si poderia ser perversa? Ora, talvez pudesse. Oliver mudou de assunto, mexendo o queixo em direção à porta.

— Veio com alguém?

— Gloria — disse Ken.

— Ah, a garota que sempre se veste de forma monocromática?

— Ela mesma.

— Conversei com ela algumas vezes. Talvez três, sempre me esqueço. — Mas Ken ficou com a sensação de que Oliver Tooke sabia exatamente quantas vezes havia conversado com qualquer pessoa. E provavelmente era capaz de recitar cada conversa, palavra por palavra. Houve uma pequena pausa. — Quer dar uma olhada nos livros?

Ele deve ter lido a mente de Ken.

— Quero. Sempre me fascinam os hábitos de leitura de outras pessoas.

— A mim também.

Oliver se sentou em uma cadeira com braços de couro vermelho-flamejante posicionada em frente a uma escrivaninha de nogueira. No canto oposto do cômodo havia uma espreguiçadeira. Ken percorreu a biblioteca, deslizando o indicador pela coleção. Os títulos abrangiam uma ampla gama de tópicos, desde técnicas cirúrgicas até poesia francesa e culinária. Ken se perguntava se alguma coisa unia todos aqueles assuntos, além do que parecia ser uma curiosidade voraz e generalizada por parte do proprietário de todas aquelas obras. Talvez não fosse saudável se interessar por tudo de uma vez só.

— Por que acha que somos fascinados por eles? — perguntou Oliver.

— Acho que se aprende muito mais sobre uma pessoa pelos livros que ela lê do que por onde passa as férias ou que quadradinho marca na cédula de votação.

Oliver pareceu concordar.

— Você é do Sul, não é?

— Da Geórgia. — Ken se sentiu constrangido. O Sul não era muito popular com certos tipos.

— Ok. Mas fez faculdade também.

— Sim.

— Onde?

— Boston.

— Cambridge, não?

— Não, Boston.

— Fico feliz, Ken. Conheci ex-alunos de Harvard. Algumas das pessoas mais estúpidas com quem já cruzei.

— Percebi isso também. — Houve outra pausa, e Ken voltou a se distrair com os livros nas paredes.

— Acha que vamos para a guerra novamente? — Oliver perguntou, com uma seriedade intensa. Era outro salto de assunto. Mas Ken tinha certeza de que aquilo não era uma encenação; a mente daquele sujeito realmente passava muito rápido de um assunto para outro.

— Com a Alemanha? Hitler parece louco, mas outra guerra? Não sei, não...

— Homens loucos aparecem no jornal. Não o subestime.

— Não farei isso.

— Algumas pessoas subestimariam — disse Oliver. Parecia estar pensando em alguém. E outro assunto: — Você é novo em Los Angeles, não é? Quer fazer cinema sonoro?

Bom, aquela era uma pergunta comum quando metade das pessoas na rua torcia para ter algumas falas na próxima produção da United Artists.

— Assim como qualquer outro caipira que se senta ao seu lado na lanchonete.

— Provavelmente. Acho que você precisa de algo que o destaque.

— Como sempre se vestir de uma cor só.

— Tipo isso.

Ken deu uma olhada na escrivaninha. Seu anfitrião estava trabalhando em algo. Havia uma máquina de escrever com uma folha de papel projetada onde havia uma frase inacabada.

— Interrompi você? — Ele apontou para a máquina de escrever, que tinha o nome "Remington" gravado na parte superior em letras douradas góticas e, abaixo delas, "Fabricada em Ilion, Nova York, EUA". Mas, ao olhar para ela, via que aquele papel ali na máquina não era um roteiro ou romance, era uma carta. Estava endereçada a um convento.

Oliver estendeu a mão e deu um puxão na folha, retirando-a da máquina e colocando-a virada para baixo sobre a mesa.

— Sinto muito, amigo, é particular — disse ele.

— É claro. — Ken estava envergonhado, como se tivesse sido pego com a mão dentro de um pote de biscoito. — É melhor eu voltar e deixá-lo com o seu trabalho.

— Agradeço. Meu barco o levará para lá se não quiser ir nadando desta vez. — Ele abriu um ligeiro sorriso, mas o ambiente estava mais frio.

— Obrigado. — Eles seguiram para o pequeno cais.

— Mas venha novamente, por favor? Vou dar uma festa na segunda-feira da próxima semana. À noite.

Naquela noite, Ken estava deitado na pensão que dividia com seis outras pessoas e a senhoria, uma viúva francesa que estava sempre perfeitamente maquiada, de manhã, ao meio-dia e à noite, apesar de já ter pelo menos sessenta anos.

Era sorte que a casa estivesse localizada na Califórnia, porque o quarto dele ficava exposto ao ar livre devido a sete ou oito pontos de janela quebrada, tinha paredes danificadas e teto com infiltrações. Era lá que ele comia, também, com um prato de estanho e um velho canivete de escoteiro que limpava e guardava em seu baú após as refeições.

Chegando cansado, Ken se jogou na cama e entrelaçou os dedos atrás da cabeça. Tinha se esquecido de se despedir de Gloria quando foi embora, então ligaria para ela no dia seguinte para se desculpar — afinal, fora ela quem o convidara para aquela festa, que acabou lhe rendendo uma tarde e tanto.

Depois de um breve cochilo, sua paz foi interrompida pelos ruídos de sexo violento no quarto ao lado. Seus vizinhos, um casal de Montreal que se revezava em berrar um com o outro sem perdão em francês ou tentava se matar por meio de suas ações pulverizadoras na cama, tinham começado cedo naquela noite. Ele levou um tempo para distinguir com qual dos dois hobbies estavam se distraindo. Ficou satisfeito ao ouvir que eram gritos raivosos e decidiu largá-los com aquilo, descendo para a área comum que era utilizada por fumantes à noite. A senhoria estava lá, limpando e organizando tudo. Ela olhou para Ken e sorriu calorosamente.

— Boa noite, sr. Kourian.

— Boa noite, Madame Peche.

— Foi passear com uma jovem? — O inglês dela era perfeito, mas o sotaque era carregado, e ele suspeitava que ela exagerava só um pouquinho. Morava em Los Angeles desde o século passado.

— Como soube?

Ela inspirou com afetação, absorvendo um perfume.

— Fleurs de Paris — disse ela. — Um perfume *acessível*.

Ele riu. Um pouco do cheiro de Gloria tinha ficado nele, afinal.

— A senhora não deixa passar nada, não é, Madame?

Ela deu de ombros discretamente, como uma francesa em um filme.

— Não quando o assunto é *parfum*.

Ele pegou uma revista velha — sempre havia algumas por ali, deixadas por hóspedes anteriores — e estava prestes a voltar para seu quarto na esperança de que a barulheira sanguinária tivesse diminuído, quando se virou novamente para ela.

— Madame, já ouviu falar de um homem chamado Oliver Tooke?

As sobrancelhas dela se ergueram.

— Claro. Por quê?

Ele se sentou em uma poltrona cujo couro estava desgastado.

— Eu o conheci esta noite, mas não sei muito sobre ele.

— Você o conheceu? O governador do estado?

— O governador? — Ken ficou perplexo. Se Oliver Tooke era o governador do estado, era jovem demais para o cargo. E no auge de sua carreira de escritor? — Não acho que seja ele. O Oliver Tooke de quem falo tem uns vinte e oito anos, mais ou menos.

— Ah! — Uma luz de reconhecimento brilhou em seu rosto. — Está falando do filho do governador. Ah, que tragédia que aconteceu com aquele menino… — Aquilo só deixou Ken mais confuso, e ele esperou por uma explicação. — Faz tanto tempo… Você era nascido naquela época? Não sei…

— Quando? — perguntou ele, esperando que a conversa ficasse mais clara em algum momento.

Ela pensou por um instante.

— Meu neto tinha acabado de nascer, acho. Então, provavelmente cerca de vinte e cinco anos atrás.

— Tenho vinte e seis — respondeu ele.

Ela suspirou.

— Uma pena, mesmo. — Então, balançou a cabeça para afastar qualquer pensamento. Ele não sabia direito se queria saber o que era. — Governador Tooke. Foi antes de ele ser eleito governador… Vê o vidro dessas janelas? — Ken assentiu. — Feito pela Tooke Glass, imagino. Naquela época, eles faziam praticamente todas as janelas da Califórnia. Rico… Ah, muito, muito rico. Mas não valeu de nada, não é?

— Por quê?

Ela sorriu com tristeza.

— Porque Oliver Tooke tinha dois filhos. Um tinha o nome dele, o outro era… — Ela franziu os lábios, pensativa. — Alexander, acho. Era o mais novo, Alexander. Mas foi levado.

— Como assim, "levado"?

Ela procurou a palavra com dificuldade, não era uma que usasse muito. Pronunciou-a com desconforto.

— Sequestrado. Assassinado.

— Como?

Ela deu de ombros novamente.

— Não me lembro. Faz muito tempo. Você conheceu o governador Tooke? — perguntou ela, surpresa.

— Não — disse ele. — Conheci o filho.

— Ah, sim. — Ela se irritou com seu esquecimento. — Conheceu o filho. O que sobreviveu.

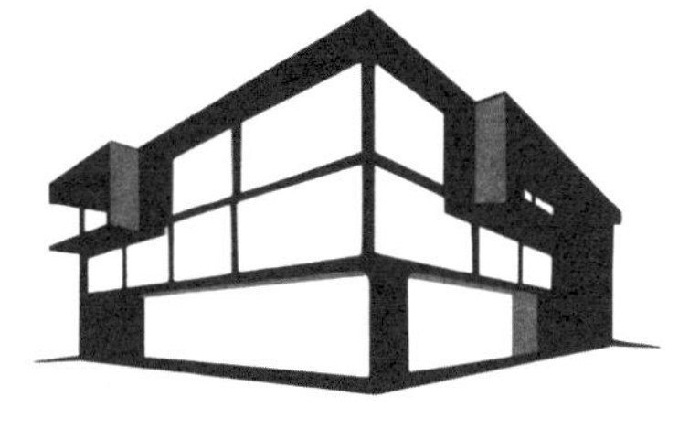

3

Na manhã seguinte, Ken estava em sua mesa às oito, suando por causa do anúncio de um sabonete que prometia impedir que os homens transpirassem. Mas o cliente, que parecia um alemão falando, tinha exigido que palavras como "transpirar", "molhado", "úmido" e certamente "suar" não fossem usadas. Ken teve que encontrar uma maneira de dizer uma coisa sem usar nenhuma das palavras necessárias para transmitir o significado. Ele se fixou no termo "brilho" como uma palavra-código que talvez... justamente... conseguisse transmitir a ideia. Nem prestou atenção ao toque de um telefone do outro lado do cômodo, até que seu chefe, um publicitário de Nova York que fora para o oeste atrás do sol, berrou em sua direção:

— Ken. O telefone.

Ken se afastou do trabalho e ergueu o pesado fone. Era raro ele receber ligações, e o calor e a frustração com seu trabalho haviam minado a maior parte de sua energia.

— Ken Kourian — disse ele.

— Ken. *O cerco a Downville*. Seu teste de tela foi horrível, mas alguém está lhe dando uma nova chance. Chegue aqui em até duas horas. Entendeu? — As palavras foram ditas como latidos, sem nenhum nome nem apresentação.

— Ótimo. Sim. Obrigado — disse ele, surpreso. Ouviu-se um som de pancada de um fone sendo batido no gancho. — Preciso sair — disse ele ao nova-iorquino.

— Sair? Para onde?

— Paramount — respondeu ele.

— Você é publicitário ou ator, Ken?

— Provavelmente nenhum dos dois — respondeu.

Uma hora depois, estava de volta ao ambiente onde fizera o teste. O assistente de produção observava Ken como se fosse um macaco brincando com gasolina e um palito de fósforo. Enfim, ele falou:

— Tem amigos, filho?

— Não sei o que quer dizer.

— Amigos, filho. No ramo. Deve ter, para ter voltado aqui.

— Não que eu saiba. — Ele parou para pensar. A menos que...

— Recebi uma ligação hoje de manhã. Seis horas da manhã. Isso não me incomoda... às cinco já estou de pé. Melhor hora do dia. Mas ainda assim... é cedo para uma ligação de trabalho. Ouvi do produtor que um amigo de outra pessoa conheceu um jovem ator que ficaria bom em um dos papéis menores. — Ken estava prestes a dizer algo. — Só que não é mais um papel tão pequeno. Agora, terá umas trinta e poucas falas. Receberemos o novo roteiro hoje à tarde. Está claro agora?

Ken se recostou em seu assento. Era uma notícia bem-vinda: ele tinha um amigo importante no ramo, algo que vinte e quatro horas antes parecia uma esperança tênue.

— Nem quero saber. Bom, o figurinista precisa ver você. Desça lá. Você é um oficial unionista.

— Unionista? Mas sou da Geórgia.

— Foi exatamente o que eu disse a eles.

* * *

Ele estava escalado para fazer o papel de um tenente que era a voz da razão ao lado de seus oficiais superiores sedentos por sangue, o que significava que, durante os cinco dias seguintes, Ken passaria os intervalos de almoço provando figurino e decorando falas. E então, quando o dia chegou — seria uma volta exaustiva da Terra em torno de seu eixo, porque também seria o dia da festa de Oliver —, ele estava preparado, esperando na frente de sua pensão, simplesmente para aparecer um moleque de recados catarrento e lhe dizer que as filmagens haviam sido adiadas por vinte e quatro horas e que ele deveria ficar em casa relaxando, no final das contas.

Nocauteado pelos nervos e pela decepção subsequente, ele voltou para a cama. Foi um desperdício de um dia de folga do escritório, mas... Bom, pelo menos poderia descansar para a festa naquela noite. Gloria entrara em contato para lhe dizer que iriam juntos novamente e que ele deveria buscá-la de táxi. A voz dela pareceu desconcertada quando lhe perguntou por que ele a abandonara da última vez. Ele inventou que precisava voltar ao alojamento até determinado horário ou a porta estaria trancada. Parecia mentira porque era mentira.

— Bom, desta vez, você vai me levar para casa — disse ela.

— Ok. — Ele torceu para que aquilo se ativesse fielmente ao significado literal.

Uma fila de carros parava um por um em frente à casa de Oliver enquanto o jazz preenchia o ar da noite. Ken respirou fundo, emocionado por aquela que poderia ser sua primeira festa de cinema de verdade, sobre a qual se escreve na coluna de fofocas do *Los Angeles Times*: "pele com pele, drogas e escândalos".

Gloria trajava um vestido curto enfeitado com mais penas escarlates que um papagaio da Amazônia e espanou o único terno bom de Ken à medida que eles passavam por um corredor de ladrilhos pretos e brancos, deixando para trás uma ampla escadaria de madeira que levava ao andar de cima — que, ao que parecia, era um único andar de pé-direito duplo —, até o que era descrito como "o salão de baile". A espaçosa câmara era decorada com mármore branco, e, em um dos lados, um piano de meia cauda branco chamava muita atenção. Quem quer que estivesse tocando sabia mexer em um teclado assim como um cirurgião sabe como mexer em amígdalas.

O canto em frente dava para uma piscina interna rebaixada, onde várias beldades que se banhavam haviam percebido a sugestão e estavam submersas naquilo que poderiam ser trajes de banho ou apenas suas roupas íntimas. Algumas pareciam não estar usando nem mesmo essas.

Por toda a festa, os corpos estavam aglomerados: dançando, murmurando entre si, discutindo. E, apesar da exigência da moça para que Ken a levasse para casa naquela noite, em menos de cinco segundos Gloria avistou algumas amigas e o deixou no bar. Ele não se importou nem um pouco.

Ken percebeu que, ao lado das fileiras de garrafas brilhantemente coloridas de uísque, gim e vermute, todos soldados ansiosos para lutar, havia pequenas bandejas de prata tampadas. Ele levantou a tampa de uma. O gesto expôs uma linha curta de pó branco, com um canudo de metal ao lado. Colocou a tampa de volta. Haviam lhe oferecido cocaína na faculdade, mas não quis naquela época e não queria agora. Se outros convidados quisessem se drogar naquela noite, era escolha deles.

Ele pegou uma bebida — desta vez, todos bebiam martínis recheados de amoras — e examinou o lugar. Do lado de fora, avistou o homem que procurava, descendo a encosta até a praia. Ken abriu caminho pela multidão, mas, quando chegou ao jardim, Oliver havia desaparecido.

— Ken! Venha aqui! — Era Gloria. Ela acenou para que ele fosse até onde estava, sentada em um sofá forrado de linho, envolta em um homem que seria bonito se não fossem suas bochechas que desciam e se transformavam em papadas e olhos tão raiados de sangue que Ken poderia tê-los visto a dez passos. — Ken Kourian, este é Piers Bellen. Ele é produtor da Warner. — Ela piscou de uma maneira que parecia achar sutil.

— Prazer em...

— Preciso passar pó no nariz — disse ela, esfregando-o de uma maneira que sugeria que não iria ao banheiro feminino para fazer isso. — Mas não o deixe escapar.

Ela se pôs de pé com um salto, deixando Ken com o homem. Ele suava — ou "brilhava", como diria a propaganda do jornal — debaixo da blusa, da gravata, do colete e do paletó.

— Como está, sr. Bellen?

— Fulo — resmungou ele.

Ken imaginou que não seria uma conversa fácil.

— Algum motivo especial?

— Reunião escrota sobre o Código hoje.

— Como é? — Ele fazia alguma ideia do que aquele homem queria dizer, mas já havia decidido que não iria ajudá-lo.

Bellen continuou resmungando.

— O Código Hays. Chegou batendo forte. O sujeito quer nos levar todos à falência. O quê? Nada de sexo na tela? Nada de palavrões? Nada de estupro? O que vamos exibir? O Congresso não tem ideia do quanto contribuímos para esta nação.

Ken decidiu entrar com tudo.

— E com o que você contribui? — perguntou ele.

— Sonhos. A porra dos sonhos. Um caipira como você devia ser grato por isso. — Bem, o insulto teria ofendido muito mais se ele não tivesse certeza de que Bellen tinha muito menos instrução que Ken. — Para que mais você veio para cá, caramba? Por que não ficou na fazenda?

— Não fui criado em uma. — Na verdade, ele tinha sido, mas também gostava de mentir para pessoas como Bellen.

Contudo, Bellen não se deixou derrotar.

— Claro. Mas conhece muita gente que foi. Este país? É uma porra de um sonho. O que foi que aquela judia escreveu na Estátua da Liberdade? "Dai-me as suas massas encurraladas ansiosas por respirar liberdade"? Você sabe o que significa essa ânsia?

— Eu sei o que si...

— Significa sonhar. Eles precisam de sonhos. Nós damos sonhos às pessoas. Por dez centavos. Por uma merda de dez centavos, elas podem sonhar que estão voando para o México, comendo quinze pratos ou trepando com a Greta Garbo. Fome? Contas a pagar? Não aqui. Não tem disso aqui. Fica tudo do lado de fora da sala de cinema. É por isso que eles precisam de nós. Você vê algum problema nisso?

— Vários — disse Ken. Não estava com raiva, apenas cansado daquela conversa, muito embora ela tenha durado menos de um minuto.

— Então, você deveria...

— Eu não deveria nada.

— O quê? Seu...

— Olhe, estou com você há trinta segundos e isso basta para qualquer um. Vou até o balcão de coquetéis. Eu perguntaria o que você deseja, mas não estou nem aí. — Ele se colocou de pé e lutou para voltar para dentro da casa.

— Você colocou Bellen no lugar dele.

Oliver tinha aparecido com uma taça *coupette* na mão cheia de um líquido marrom-claro e gelo.

Ken suspirou.

— Você acha que não foi uma atitude inteligente, sendo ele um produtor e tudo mais.

Oliver tomou um gole de sua bebida.

— Ele ainda diz isso para as pessoas?

Então, o homem era uma fraude.

— O que ele é na verdade?

Oliver passou a mão pela curva do braço de Ken e o direcionou de volta para a praia.

— Um atendente.

— Para quem ele trabalha?

Oliver hesitou, como se estivesse considerando se deveria ou não revelar algo tão secreto.

— Eu esqueci — disse ele.

Bem, Ken acreditou naquilo tanto quanto acreditava numa nota de sete dólares, mas Oliver lhe contaria se e quando estivesse pronto para isso. E ele queria puxar um assunto enquanto eles olhavam para a arrebentação, que chegava à praia parecendo tigres-brancos.

— Recebi uma ligação da Paramount semana passada.

— Ah, é?

— Eles me deram um papel em um filme. Alguém me recomendou. — Não houve resposta. — Valeu.

— Não precisa agradecer.

— Mas eu agradeço. Isso é muito importante para mim.

Oliver foi até uma mesa de bebidas próxima e voltou depois de trocar sua taça *coupette* por uma garrafa de Crémant e duas taças de champanhe. Ele retirou o arame e deixou a rolha se libertar sozinha. Um pouco do líquido desceu espumando pelo gargalo.

— Você parece ser um cara legal, Ken. Então, eu fiz o que podia e espero que isso leve a coisas maiores.

— Talvez. — Ele raramente se permitia sonhar, mas gostou do lugar para onde o futuro estava apontando.

Oliver hesitou por um momento, então olhou para o oceano e acenou. Ao seu sinal, a pequena lancha se desviou de seu curso traçando oitos no mar e parou a alguns metros da areia seca.

— Temos um belo pôr do sol hoje — disse Oliver, contemplando o horizonte. Eles caminharam com dificuldade pelas ondas do mar e pularam no barco, que girou e partiu quicando pelas ondas tingidas de laranja pelo sol poente. — Talvez eu devesse escrever um filme para você estrelar — gritou Oliver sobre o rugido do motor à medida que eles se aproximavam da torre de escrita.

— Acho que seria pedir muito.

— Nunca escrevi um filme. Há mais dinheiro nos livros. Por enquanto.

— Qual é a importância do dinheiro?

— Fui criado com ele, amigo. Sou viciado nele. Você o tira de mim, e eu desabo sobre mim mesmo.

Aquilo foi algo surpreendente de se dizer. Claro, o dinheiro fora escasso na juventude de Ken — mortalmente escasso naqueles anos de fome que chamaram de Depressão —, mas ele sempre presumira que aqueles que tinham dinheiro e sempre o tiveram olhavam para ele com indiferença.

— Você deve ter o suficiente, no entanto.

— Isso não existe para um viciado. É o que significa o vício. Mais bebida, mais droga. Quanto mais você tiver, mais você quer.

— Então, por que não se contentar apenas com os negócios da família? Vidro, certo?

— Vidro, isso. Construiu esta casa. Bom, provavelmente é melhor para a empresa que eu fique longe dela. Do jeito que está, segue fabricando as vidraças e fazendo entrar o dinheiro. E assim tenho tempo para escrever.

O barco os deixou no posto avançado rochoso da propriedade da família Tooke e eles entraram. Oliver acendeu uma lamparina a óleo que ficava no alto. Ela sibilou e ganhou vida, lançando um brilho quente sobre os livros.

— Tenho trabalhado em uma coisa nova — disse ele. — Uma coisa que eu... — Ele parou, perdendo o fio da meada.

— O quê? — incitou Ken.

Oliver voltou ao cômodo com um estalo e foi até a escrivaninha. Pegou uma chave fina e a abriu para revelar uma pequena pilha de livros. Alguns eram brochuras modernas com amassados — o tipo de lixo que crianças de escola particular escondiam dos professores —; outros pareciam um tanto sagrados, encadernados em couro descamado.

Ele pegou um da pilha, que acabou por ser um romance amador. *Ele a queria morta* brilhava com uma capa sinistra enfeitada com um detetive apontando seu revólver calibre quarenta e cinco para dentro de um beco. No chão, havia uma loira com a saia levantada até a coxa.

— Sobre o que você acha que é? — perguntou Oliver.

— Acho que um detetive particular que... — Ele começou a abrir o livro, mas Oliver arrancou-o de suas mãos, virou-o e colocou-o de volta na mão de Ken.

— E agora?

Ken olhou para baixo, esperando ver uma descrição torpe da trama e do caráter do protagonista durão. Em vez disso, encontrou outro livro totalmente diferente. *Ela precisou matar*, gritava este. E a arma, desta vez, era uma pequena Derringer na palma da mão da mesma loira, que agora estava de pé ereta e apontava a pistola para as costas do detetive. Ken ficou impressionado com o livro dividido em dois, e virou-o para olhar novamente a primeira capa.

— O formato é... cativante, não é? — disse Oliver. — Uma história, e depois você vira o livro e a história já é outra, mas uma espécie de imagem espelhada da primeira. Talvez as personagens pareçam muito diferentes de um ponto de vista distinto.

— Concordo.

— É nisso que venho trabalhando. De certa forma. Pessoas mudando de um ponto de vista para outro. De um ano para outro. — Ele fitou, pelo portal, as ondas negras que batiam contra as rochas. — As pessoas mudam mesmo. — A voz dele adquiriu um tom pensativo e distante.

— Ah, nem tanto.

— Você acha? — Oliver parou por um momento, aparentemente perdido nos próprios pensamentos, antes de continuar: — Quando eu era muito jovem, andava de cadeira de rodas... tive um caso grave de poliomielite. Disseram que eu tinha que ser amarrado à cadeira ou caía. Estou bem agora, meu corpo se adaptou e cresceu.

— Isso é bom. — Ken teve a impressão de que havia mais no que Oliver estava dizendo. Ele acenou com o livro. — Foi você que escreveu este?

— Esse aí? Não, outra pessoa.

— Como são chamados? Livros como este?

— *Tetê-bêche* é o termo. Da cabeça aos pés. É uma ideia bastante antiga... Antigamente, eram assim, veja. — Ele pegou o volume que estava no topo da pilha e o entregou para Ken. A encadernação de couro castanho rachado era incrustada com letras douradas, que estavam quase totalmente apagadas devido aos anos de atrito, mas ainda eram legíveis. A frente era o Novo Testamento, com letras tão minúsculas que só de ler já dava dor de cabeça. Virando, o volume transformava-se em um livro de salmos. — Um pouco mais religiosos do que eles se tornaram.

— Isso com certeza. — Ken o segurou ao lado de *Ele a queria morta*.

— Ideia para editores agora. Compre um livro e ganhe dois! Claro, não significa isso, quando você reflete a respeito... você está levando a mesma quantidade de páginas. — Ele organizou na mesa alguns itens que tinham sido desarrumados.

— Gostaria de ler este — disse Ken, folheando o romance policial.

— Fique à vontade, amigo. Na verdade, pegue qualquer um que quiser. — Ele apontou o polegar para o maço de livros.

Ken percebeu uma coisa um pouco diferente no final da pilha, um caderno branco, e puxou-o. A capa trazia o nome manuscrito *A ampulheta* — um título, presumiu Ken, que não venderia tão bem nas bancas quanto *Ela precisou matar*. Ken não conhecia tanto assim sobre o trabalho de Oliver Tooke, mas certamente histórias policiais sangrentas eram uma mudança de rumo. Bom, talvez ele quisesse experimentar uma novidade.

Ele abriu a primeira página. "Os olhos cinzentos de Simeon Lee estavam visíveis..." Era o início da história.

Mas a mão de Oliver o interrompeu e fechou o livro gentilmente.

— Ainda estou trabalhando nele — disse ele. — Não sei como terminar. — Ken deixou que Oliver o pegasse de volta e o devolvesse para o final da pilha. Ele trancou a escrivaninha novamente.

— Mas sabe o começo.

— Claro. Mas o final é muito mais importante — respondeu Oliver. — Será publicado em breve. Você poderá ler então.

— Como pode ser se você não sabe como terminar?

— Bem... sei e não sei. De qualquer forma, no final de junho, estará nas livrarias.

Aquela data chegaria muito em breve, considerando que Oliver não tinha terminado de escrever o livro. Ken imaginou que os cronogramas de publicação desse tipo de romance policial eram curtos.

— Então esse é como os outros? Você vira e tem outra história?

— É, mas só escrevi uma delas. A editora contratou outra pessoa para escrever a outra, algo que eles acham que vai se encaixar na minha. Um dia, porém, vou escrever minha própria obra desse tipo. A mesma história, mas de uma perspectiva diferente. Seu reflexo.

— Sabe, eu poderia ler antes de você publicar — disse Ken, apontando para o caderno nas mãos de Oliver. — Meto um pé de cabra nesse cadeado e dou meu jeito de entrar.

— Poderia — reconheceu Oliver. — Mas não vai.

— Diga-me por quê.

Oliver enfiou as mãos nos bolsos.

— Porque você respeita demais o certo e o errado. E acho que é disso que mais preciso por aqui. De qualquer forma, não precisará esperar muito tempo.

— Verdade. — Agora que sua visão havia se adaptado à pouca luz do ambiente, Ken percebeu algo inesperado escondido no canto. Era um cavalete, com uma pintura coberta por um lençol. — Você tem um hobby.

— Acho que isso desanuvia minha cabeça. — Ele falou quase como se pedisse desculpas. — Para falar a verdade, meu amigo, acho essas festas cansativas demais e gosto de passar um tempo aqui quando elas estão acontecendo. As pessoas não parecem sentir minha falta quando a diversão está correndo solta.

— Entendo. Com relação às festas, digo. O anfitrião é o que dá mais duro.

— Eu meio que caí de paraquedas nesse papel. — Era óbvio que Oliver não estava totalmente satisfeito com isso.

Ken era capaz de imaginá-lo chamando discretamente sua lancha, partindo por sobre as ondas e passando meia hora em sua tela ou em sua máquina de escrever — pronto para pôr o sorriso de festa de volta no lugar e seguir para o campo de batalha que se espalhava por sua casa.

— Posso? — perguntou ele caminhando até a pintura.

— Fique à vontade.

Ken levantou o lençol, e ali havia uma pintura de tamanho médio. Estava nos estágios iniciais, com mais linhas de lápis que tinta, prontas para guiarem o pincel do artista, mas parecia o retrato de uma mulher em frente à casa de vidro no penhasco.

— Quem é ela?

— Ninguém em especial.

Ken ponderou se aquilo poderia ser verdade. Os artistas — mesmo os amadores — nunca pintavam figuras aleatórias, sempre tinham alguém em mente. Então, ele ainda ficou se perguntando quem era aquela.

O resto da festa passou em uma névoa de cantoria, banho e pessoas gritando por cima do som até ficarem roucas. Ken aproveitou para explorar um pouco a casa. No andar de cima havia cinco quartos, uma biblioteca e dois banheiros. Todos tinham portas de vidro fumê opaco nas cores vermelho, verde ou azul. Algum tempo depois da meia-noite, Gloria surgiu no salão de baile com uma bandeja de prata com fileiras de pó branco. Ela insistiu que Ken experimentasse e ele resistiu com a mesma força até ela desistir, fazendo beicinho, chamando-o de careta filho da puta e dizendo que era bom que ele se lembrasse de levá-la para casa naquela noite ou ela o faria se arrepender. E então, meia hora depois, ela lhe disse que Piers Bellen — "o produtor da Warner com quem você foi tão grosseiro" — iria levá-la para casa, mas ele tinha gentilmente concordado em dar uma carona para Ken, muito embora sua grosseria tivesse sido totalmente desnecessária. Ken estava tão cansado àquela altura que concordou.

Bellen já estava no banco do motorista quando Ken se sentou no assento de trás de um minúsculo carro europeu branco. O banco em que se sentou era mais adequado para um cachorrinho de madame do que para uma pessoa e, ajeitando-se à procura de conforto, Ken viu os olhos de Bellen. Mesmo sob a claridade da casa, percebeu que as pupilas daquele homem estavam encolhidas, e havia duas manchas brancas e ásperas sob suas narinas. Ele rezou para que chegassem em casa — ou pelo menos em algum lugar próximo — sem sair da estrada.

— Estou com sede. E fome — gritava Bellen à medida que a estrada oceânica ia ficando para trás.

— Lamento ouvir isso — respondeu Ken com uma ironia que se perdeu no alvo, mas não em Gloria, que olhou para ele enfezada.

— Quero um hambúrguer. — Eles estavam passando por um outdoor que fazia propaganda de carne. — Com coca.

— Não acha que já consumiu o bastante disso?! — Gloria ria, gritando. Contudo, a expressão de Bellen era apenas de confusão.

— O quê?

— Digo... tipo... coca branca. Pó. Você sabe: droga.

— Ah! — O rosto dele se abriu em um sorriso e ele gargalhou também enquanto pisava fundo no acelerador, levando-os ainda mais rápido e com menos estabilidade pela estrada. E então ele pisou de repente no freio.

— Jesus! — arfou Ken quando foi lançado contra a parte de trás do banco em que Gloria estava.

— Vai ser ali! — disse Bellen, apontando e virando o volante para que eles entrassem no estacionamento de um restaurante vinte e quatro horas.

Ele puxou o freio de mão e correu para a entrada. A única opção de Ken e Gloria era segui-lo. Quando Bellen chutou a porta cromada para abri-la, virou-se para eles. Tinha a expressão de quem havia acabado de chupar um limão.

— Pretos! — gritou ele bem alto.

— O quê? — disse Ken.

Bellen apontou para um homem negro e sua namorada, que se aproximavam do balcão de "para viagem".

— Pretos. Em todos os lugares. — Ele se certificou de que todo o ambiente pudesse ouvi-lo. Sem dúvida, o rapaz negro o ouviu, pois lhe lançou um olhar de desaprovação antes de voltar à sua conversa com a garçonete.

— Eu disse: pretos em todos os lugares! — Desta vez, ele berrou muito mais alto.

— Ah, minha Nossa Senhora! — disse Ken para si mesmo. Sua vontade era ir embora, mas estavam a quilômetros de qualquer lugar e o único meio de transporte era Piers Bellen.

Então, Bellen aumentou a marcha.

— Nós, brancos. Vocês, pretos. Esperem aí! — Ele rosnava com uma falsa voz tribal, enfiando um braço suado entre o casal e o balcão.

O homem negro olhou para ele com raiva, depois respondeu:

— Nós aqui primeiro. Você depois.

E afastou o braço de Bellen com a mesma força. Mas o homem não tinha como saber o que Bellen havia andado cheirando e como aquilo estava afetando seu cérebro. De repente, o punho de Bellen — pesado, embora sem prática, a julgar pelo golpe que desferiu — acertava a pele marrom-escura, e um cotovelo mais fino golpeava o torso de Bellen em revide, e a garçonete chamava a polícia, e Gloria gritava desesperadamente, e Ken pedia a Deus para encontrar outra forma de voltar para casa.

Duas horas depois, Ken estava sentado, encharcado com o suor da noite, em um banco na delegacia de polícia da University Avenue, com três copos de papel manchados com restos de café a seus pés. O outro casal fora interrogado e liberado. Bellen estava no telefone público gritando novamente:

— O merda do preto me bateu, Tooke. O merda do... Eles estão arrogantes agora. Eu juro, eles nunca deveriam ter sido libertados. Ele me acertou uma pancada das boas, ouviu? — Houve um breve silêncio enquanto era possível presumir que Oliver Tooke dizia algumas palavras. — Não é óbvio, seu retardado? Venha já aqui pagar minha fiança. A merda da fiança da polícia. — Mais alguns segundos de calmaria. Então, Bellen baixou a voz para um sibilo ameaçador. — Porque, se não fizer isso, não terá o que descobri para você. Nunca saberá o que aconteceu. — E, por mais bizarro que parecesse, ele fingiu uma voz feminina estridente e persuasiva. — Ah, Ollie, Olliezinho. Estou me sentindo tão sozinha sem você. — Ele voltou ao sibilo anterior. — Só que não vai poder fazer nada porque não sabe o que aconteceu. — E desligou batendo o fone no gancho. Um sorriso insistente se afixou em sua boca enquanto ele caminhava até onde Ken e Gloria estavam sentados encolhidos no banco. — Tooke virá. Mais vinte minutos, merda.

E o estranho, na opinião de Ken, foi que Tooke realmente foi. Em vinte minutos, merda.

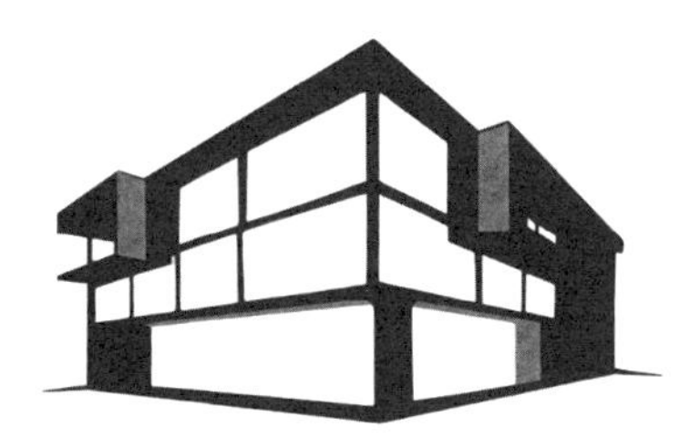

4

Ken tinha um compromisso às seis da manhã para elaborar alguns planos de ambientação para *O cerco a Downville* e havia pedido mais um dia de folga do trabalho no jornal. Assim, conseguiu tirar duas horas inteiras de sono. Enquanto os relógios de pulso da equipe de filmagem passavam das nove e ele ficava sentado sendo cozido em um traje completo, esperando para passar andando em uma cena de grupo, sua mente se agitava com dúvidas sobre por que cargas-d'água Oliver sairia de sua casa no meio da noite a fim de dar duzentos dólares à delegacia de Los Angeles para soltar um cafajeste mentiroso como Piers Bellen. E, quaisquer que fossem as respostas, ele tinha uma sensação sufocante de que aquela noite perdida poderia ter significado o fim de sua amizade com Oliver Tooke.

Com a mente pulsando devido ao calor, à privação de sono e aos resquícios dos martínis maltratando-o dentro de seu crânio, ele se arrastou até o segundo assistente de direção.

— Sinto muito, de verdade, mas posso esperar em algum lugar fresco? — perguntou ele.

O jovem tentou descobrir quem ele era.

— Tenente Brooks, certo?

— Isso — confirmou Ken com um aceno entusiasmado da cabeça. Era a primeira vez que alguém o reconhecia ou ao seu papel.

— Pode escolher. Tem aquele banco ali no sol, ou o trailer, que é de aço e parece que você está dentro de um forno. Vai ser uma merda, independentemente do que escolher. — E ele fez uma marcação em uma prancheta com uma espessa resma de folhas antes de ir embora. Ken foi para o banco.

O sol o maltratava como se ele o tivesse ofendido. Arranhava-lhe o rosto e, de alguma forma, abria caminho pelo tecido para queimá-lo. Quando se levantou, incapaz de aguentar mais um segundo, pôde sentir a pele do peito estalar. Será que o trailer poderia ser pior que aquilo? Ele se levantou, foi até lá e encontrou vinte figurantes e uns dois integrantes do elenco principal se aglomerando em sua sombra.

— Faça o que fizer, garoto, nem pense em entrar aí — alertou-lhe um jovem com a voz rouca. — Não sairá vivo.

Ken se contorceu entre uma moça negra que interpretava uma espiã brilhante e perigosa dos unionistas e um sujeito sem mão que interpretava um merceeiro. O homem já havia filmado sua única cena, na qual era baleado no fogo cruzado entre os dois exércitos, mas foi instruído a esperar indefinidamente caso quisessem trazê-lo de volta.

— Me trazer de volta? Sou assassinado no primeiro minuto! — reclamava ele. — Que espécie de médicos havia naquela época? Médicos feiticeiros?

— Hora do almoço, pessoal!

As palavras gritadas através de um cone metálico por um garoto com idade de secundarista que parecia animado por não estar em sua aula de matemática foram as mais populares do dia. Enquanto Ken se satisfazia com um prato de pão e feijão mexicano com uma linguiça de carne não identificada à parte, ele avistou o diretor — um homem efusivo e baixinho com um bigode que não combinaria com ninguém no mundo — saindo de um trailer, seguido um minuto depois por uma atriz ruiva que fora escalada para um papel pequeno. Ken não ficou nem um pouco surpreso quando, uma hora depois, se espalhou a notícia de que a atriz principal, que fora encontrada apagada de tão drogada no chão de seu banheiro, seria substituída pela ruiva.

— Onde se ganha o pão... Não é não? — disse uma das mulheres mais velhas.

— Pois é.

— É o seu primeiro desses?

— Meu primeiro.

— Fiz três no mês passado. É exploração.

— É mesmo?

— Já fiz Shakespeare. Agora isto. — Ela fez um gesto com a mão para indicar aquilo tudo. — Uma baita exploração.

Eles foram interrompidos quando o terceiro assistente de direção agarrou Ken e o levou para uma cena que estava justamente começando a ser filmada.

— Você está nesta — foi informado.

— Estou? Não está no roteiro.

— Você está trabalhando com o rascunho errado. Agora não é o verde, é o amarelo — disse ele, sacudindo o maço de páginas amarelas no peito de Ken.

— Tudo bem. Tenho alguma fala?

— Bem aqui. — Ele apontou algumas.

— Esse não sou eu — disse Ken, decepcionado.

— O quê?

— Sou o tenente Brooks.

Os dois olhavam para as falas atribuídas a outra personagem.

— Ah, merda — resmungou o homem, e saiu para encontrar o ator certo.

De alguma forma, Ken sobreviveu ao dia, voltando para a pensão pouco depois das cinco. Àquela altura, havia subido uma colina enquanto as câmeras apontavam em outra direção. Ao chegar em casa, encontrou um bilhete enfiado por baixo de sua porta. A caligrafia era no estilo antigo de sua senhoria.

"Sr. Kourian. O sr. Tooke ligou. Pediu desculpas por qualquer inconveniente ontem à noite e espera que você esteja bem. Ele gostaria de convidá-lo para jantar no Hotel Plaza na sexta-feira, às oito da noite. O carro dele é muito lindo." A última frase saiu, ele tinha certeza, do pensamento da própria senhora, não de Oliver.

Ele colocou o pedaço de papel de carta de boa qualidade em sua mesa de cabeceira, tirou os sapatos e o paletó e adormeceu sem tirar o resto da roupa.

5

Ao longo das semanas seguintes, ele se encontrou algumas vezes com Oliver. Com frequência, jantavam em restaurantes sofisticados onde Oliver discretamente adicionava a conta à sua conta pessoal. Em troca, Ken pagava cachorros-quentes de carrocinhas para eles no horário do almoço. Dava certo.

— Não é amanhã o lançamento do seu livro? Aquele invertido? — perguntou Ken uma noite. Ele gritava porque os dois estavam sentados na primeira fila em uma luta de boxe, e a plateia era mais barulhenta que um trem expresso.

Oliver demorou um pouco para responder.

— *A ampulheta*. Isso.

O lutador de calção dourado começou com um gancho violento, mandando o oponente de calção preto para a lona. A multidão se pôs de pé em um salto, clamando por sangue.

— Então, ficou satisfeito com o final agora?

— Eu não diria... — A voz de Oliver foi sumindo. Ele costumava ser tão preciso com suas palavras... — Talvez. Acho que sim.

— Vai me dizer do que se trata?

Oliver hesitou antes de responder.

— Já lhe disse que a família do meu pai é da Inglaterra?

— Não.

— Mas é. De um condado na Costa Leste. Essex. É lá que fica a sede da família; nossa casa aqui é uma cópia dela, só que de vidro. Costumávamos visitar a casa velha às vezes... fica em uma ilhazinha chamada Ray. Uma desolação enorme. Ambientei o livro lá.

— Interessante. E como é a história?

Oliver ficou novamente em silêncio por um tempo antes de responder.

— É uma história triste. — Ele não costumava falar com emoção, não daquele jeito. Normalmente era prosaico.

— Os leitores vão comprar?

A plateia da luta urrou quando o boxeador de calção preto, saindo das cordas em um ataque feroz, abriu um corte largo na bochecha de seu oponente.

— Muitos deles — disse Oliver.

— Então quem vai ficar triste com ele?

— Eu.

Ao som de um sino de bronze, a luta terminou com o lutador de calção dourado declarado vencedor. A vitória pareceu interromper a conversa, e eles saíram para comer em um restaurante que Oliver sabia que ficava aberto até tarde, e os dois foram passeando ao longo da Sunset no ar mais fresco, envoltos por grilos a cantar e vapores de gasolina. Um ar de desespero úmido pairava sobre Los Angeles. Ken o sentia, enquanto o relógio marcava duas da manhã, e bêbados e mendigos vasculhavam pilhas de lixo.

— Seu livro sairá em algumas horas — lembrou Ken, olhando seu relógio.

— Acho que sim.

— Oliver, não conheço nenhum outro escritor, mas tenho certeza de que a maioria deles fica mais animada com o lançamento de um novo livro.

Oliver parou e olhou para trás, para o fim da rua. A noite estava silenciosa, não mais que um punhado de carros serpenteava a caminho de casa.

— Não tenho certeza se é o certo — disse ele.

— Por que não?

— Por causa da culpa. Porque sou culpado.

Ken parou e se sentou em um banco de concreto que alguém havia colocado na rua sem motivo.

— Culpado de quê?

— De estar aqui — respondeu Oliver, permanecendo de pé e fitando o fim da rua.

— Isso é realmente uma coisa de que você pode ser culpado? Estar vivo?

— Às vezes.

— Que nada. Quer me dizer o que trouxe isso à sua mente?

Oliver pareceu hesitar. Mas, então, acabou se decidindo.

— Outra hora. — Ele voltou a falar mais baixo, como se uma parte dele que recebera uma breve permissão de emergir na luz tivesse sido empurrada de volta para dentro, e Ken deixou passar. Oliver falaria quando estivesse preparado.

Caminharam sem falar sobre nada especial até que alguma coisa os direcionou pela Olympic e eles chegaram a uma livraria, que tinha a vitrine iluminada. Em destaque, estava *A ampulheta*.

— Agora, que tudo venha abaixo — disse Oliver, quase para si mesmo.

6

Foi naquele fim de semana, na manhã de sábado que o calendário marcava como o primeiro dia de julho, que Ken pronunciou suas primeiras e últimas palavras em um filme sonoro. Tornaram-se na mesma hora esquecíveis, mesmo para ele — algo sobre um oficial superior estar insatisfeito com as providências para o alojamento do regimento e uma discussão posterior a respeito do tempo que as tropas passaram marchando. Mas o diretor aceitou sua representação sem nenhum sinal de ao menos tê-la ouvido; e como a cena foi gravada de manhã cedo, Ken estava de volta às suas instalações às dez horas. Ao sair do ponto de ônibus, ficou surpreso ao ver Oliver esperando do lado de fora de sua casa, com os braços cruzados, apoiado no capô de um carro grande, um Cadillac Phaeton. A senhoria tinha razão de elogiá-lo.

— Quer conhecer meu pai? — perguntou Oliver quando Ken se aproximou.

Até aquele momento, Ken só tinha ouvido falar sobre o homem, o Oliver Tooke pai, por sua senhoria, e às vezes lia sobre o sujeito nos jornais.

— Por que não?

Um chofer abriu a porta e Ken entrou. O carro fez um barulho parecido com um ronronar e se uniu ao tráfego constante.

— Desculpe, amigo. Eu me esqueci. Provavelmente você nem faz ideia de quem é meu pai; é o governador do estado — explicou Oliver. Ken não disse nada. — Voltou de Sacramento. Normalmente ele fica na residência do governador lá, mas está na cidade para comparecer a um evento, e, enquanto está aqui, a CBS o entrevistará para o noticiário noturno. Papai quer dar uma demonstração da antiga força familiar na antiga casa da família.

Ken mal havia pensado no fato de que a casa com paredes de vidro de Oliver não era realmente dele — era do pai, assim como todos os móveis, os livros, o piano. Tudo pertencia ao governador Tooke.

— Que espécie de evento? — perguntou Ken.

— É lance de política. Ele vai se candidatar à presidência no ano que vem. Deve receber a indicação do Partido Republicano e está oferecendo uma pequena *soirée* para alguns dos organizadores locais.

— Então, ele está angariando votos.

— Votos? Claro que não, nada tão sórdido. Papai está angariando dinheiro.

A família era rica, mas, sim, os gastos de uma candidatura às primárias presidenciais provavelmente estariam além até mesmo do bolso deles.

Durante o caminho, Ken pensou em outra festa a que comparecera na casa dos Tooke. A noite não terminara bem; e se Oliver não tivesse conseguido arrumar duzentos dólares para pagar a fiança de Piers Bellen, a coisa podia ter terminado pior. Quando chegaram à casa, ele falou:

— O que Piers Bellen tem contra você?

Ele pensou que Oliver teria um bom motivo para mandá-lo de volta para casa por bisbilhotar daquele jeito, mas o amigo nem sequer pareceu chateado.

— Achei mesmo que fosse perguntar isso mais cedo ou mais tarde.

— Por quê?

— Porque você é um homem perspicaz.

— E qual é a resposta?

Oliver olhou de relance para o amigo, mas não respondeu.

O carro do tamanho de um cruzeiro subiu a entrada da garagem e eles entraram na casa vagueando. Algo no saguão chamou a atenção de Ken: acima da lareira havia uma pintura, e ele tinha certeza de que não estava lá antes. Ele a reconheceu como aquela que vira no cavalete da torre de escrita, agora concluída. Era o retrato de uma mulher de, talvez, uns trinta anos, com a casa de vidro retratada ao fundo. Ela tinha cabelos castanhos, que lhe caíam pelos ombros, e olhos brilhantes — anormalmente brilhantes, verdade seja dita, porque foram retratados com o reflexo de um raio de sol em seu interior. As roupas dela estavam um pouco defasadas, o próprio Ken percebia.

— É alguém em especial?

— Ainda não leu meu livro, não é? — O tom na voz de Oliver era o de uma repreensão divertida.

— Ainda não... a filmagem atrapalhou, mas juro que vou ler.

— Tudo bem. Vamos subir.

Eles subiram as escadas e percorreram todo o corredor, abrindo a porta verde de vidro fumê da biblioteca. Ken tinha apenas dado uma breve olhada naquele cômodo anteriormente. Tinha paredes com painéis de madeira escura e passava uma sensação de morosidade, como se seus dias de verão já tivessem acabado havia muito tempo, e ela enfrentasse um inverno lúgubre.

— Aqui comigo hoje está o sr. Oliver Tooke, governador da Califórnia — vociferou um homem careca que segurava um microfone no colo. — Governador, por favor, diga aos telespectadores em casa, no que está pensando agora que nos aproximamos das primárias presidenciais?

Na parede acima deles estava pendurado um retrato de família. Lá estava o governador, de pé, com a mão firme no ombro da esposa, sentada: um homem de porte e cabelos grisalhos, uma mulher de beleza e feições acolhedoras; e, na frente deles, os filhos. Mas Ken ficou surpreso com dois aspectos da pintura. O primeiro foi que não estavam ali apenas os dois filhos que a senhoria de Ken havia citado, e sim três: dois meninos com menos de cinco anos e que pareciam ervilhas dentro de uma vagem — cabelos escuros que caíam sobre rostos redondos idênticos — e um bebê no colo da mãe. Um dos meninos estava em uma cadeira de rodas, e Ken se lembrou de quando Oliver contou que a poliomielite o havia deixado na cadeira de rodas quando criança.

A outra surpresa foi que a mulher na pintura era, sem dúvida, o tema do retrato do andar de baixo — a pintura que Oliver tinha dito que não era de ninguém em especial.

— Duas palavras, senhor, duas palavras: corrupção social — foi a resposta do governador. Ken ouviu uma voz que era quase igual à de Oliver, só que envelhecida pelo tempo e pelo fumo intenso, que também deixara os dentes do governador da cor do trigo. — E lamento dizer que uma das principais fontes dessa corrupção é a indústria cinematográfica daqui mesmo da Califórnia. Veja bem, eu mesmo sou grande admirador dos filmes sonoros, mas temos muitos jovens indo aos cinemas hoje em dia, e eles veem muita coisa que não deveriam.

— Que tipo de coisa?

"Aqui vamos nós", Ken pensou. Sodoma e Gomorra no centro da cidade. Os políticos estavam enchendo páginas e mais páginas de jornais com suas condenações.

— Ora, eles veem uso de narcóticos e violência brutal e copiam. Por que não copiariam quando tudo isso ganha um ar tão importante na telona?

— Combater crimes violentos é a plataforma mais importante de papai — sussurrou Oliver.

— Percebi. Parece genuíno.

— É pessoal.

— Como assim?

— Eu tinha um irmão. — O rosto de Oliver mostrava uma mistura de emoções: tristeza e algo que mais parecia raiva. — Eu tinha cinco anos, Alex, quatro. Ele foi sequestrado.

— Aqui?

— Aqui? Ah, não... Estávamos em nossa outra casa. A da Inglaterra. Nunca mais o vimos. — Ele olhou pela janela com o olhar distante. — Detesto aquela casa.

Era hora de confessar.

— Me contaram que tinha acontecido.

— Tá na cara. — Oliver deu de ombros. — Alguém sempre conta. — Ele pigarreou. — De qualquer forma, papai vem pegando pesado nessa pauta desde então.

Um produtor levou o dedo aos lábios para que eles se calassem.

A entrevista terminou.

— Ouviu o que aconteceu com o presidente hoje? — perguntou o entrevistador enquanto eles se levantavam.

— Ouvi dizer que ele caiu da cadeira de rodas — respondeu Tooke com um sorriso malicioso. — Elejam um aleijado, e um aleijado será o seu presidente. O povo americano só tem a si mesmo para culpar por isso.

O entrevistador deu uma risada tão forte que fez barulho por seu nariz, depois propôs que gravassem um pouco de material no jardim. Tooke concordou e as câmeras o filmaram caminhando pelo gramado do penhasco ao lado do filho, com o mar ao fundo.

— Seu avô plantou essas gardênias — dizia o governador. — Ele sabia que, se você tiver boas raízes, terá uma planta forte. Assim como famílias fortes. Tudo o que somos nasceu dele. — Era enrolação para os microfones e as câmeras. E, apesar das flores que os cercavam em fileiras organizadas, Ken não conseguiu evitar se lembrar do que Oliver dissera quando eles se conheceram: que havia algo "de perverso e maligno" naquela casa.

Não obstante, eles pararam para admirar as gardênias. No final, a equipe de filmagem guardou todo o equipamento, e o governador perguntou a Oliver se ele ainda convivia com os sodomitas da indústria cinematográfica.

— Alguns deles, pai. Nem todos.

— Ao menos, eles não procriam.

— Acho que não.

— Quero comandar esta nação — disse o Tooke pai, alongando as costas. — É da maior importância agora, com a situação na Europa; os democratas nos levariam para mais uma guerra desastrosa contra a Alemanha. Para quê? Para ver um milhão de jovens americanos retalhados e despedaçados? E você recebendo bichas para o chá não aumenta minhas chances. As pessoas vão presumir que criei uma.

— Vou pedir para eles pararem.

O governador balançou a cabeça em um gesto de concordância. No final do gramado havia uma casa de veraneio octogonal feita de ferro forjado, com um sofá de dois lugares feito do mesmo metal no centro. Sentada nele, observando impassivelmente a aproximação dos dois homens, estava uma mulher incrivelmente linda, com cabelos escuros quase até a cintura. Ela trajava uma roupa branca e um chapéu de abas largas que impedia que o sol chegasse ao seu rosto pálido. Estava com o braço esticado pela parte de cima do sofá. Um cigarro queimava em seus dedos, e à medida que eles se aproximavam, ela deu uma tragada, depois jogou-o para o lado e apoiou o rosto no próprio braço.

— Olá, Coraline — cumprimentou Oliver. Ela olhou dele para seu amigo. — Este é Ken Kourian. Ken, minha irmã, Coraline.

Ele estendeu a mão e eles se cumprimentaram.

— Você é amigo do meu irmão? — perguntou ela. Sua voz era suave, como se tivesse o hábito de falar apenas com pessoas que estivessem próximas a ela.

— Gosto de pensar que sim.

Ela olhou fixamente para ele como se Ken tivesse falado algo baixo demais para se ouvir. Então, se virou para o pai.

— Quanto Fletcher lhe ofereceu? — perguntou.

— Não o suficiente — resmungou ele.

— Terá que confrontá-lo algum dia. — E depois para o irmão: — Acho que vou passar um tempo por aqui. Estou cansada de Sacramento. — Ken estaria mentindo se negasse a existência de uma pequena guerra civil dentro de seu peito diante da perspectiva de Coraline Tooke morar na casa de que ele havia se tornado um visitante frequente. — Você faz filmes sonoros? — perguntou ela a Ken.

— Estou tentando.

— Você tem cara de que está nesse ramo.

— Que cara é essa?

— A de decepção iminente.

Um mordomo interveio e disse ao governador que a equipe de filmagem estava indo embora e que o produtor queria falar com ele rapidinho. Ele seguiu o empregado de volta à casa.

— Pode mostrar o jardim a Ken? — pediu Oliver. — Preciso conversar um pouco com Carmen.

— Quem é Carmen? — perguntou Ken, incapaz de conter a curiosidade.

— A empregada — respondeu Coraline. — Claro, vou brincar de casinha.

Oliver seguiu os passos do pai, e Ken e Coraline conversaram durante alguns minutos sem realmente dizerem nada. O jardim, o clima. As coisas que estranhos conversam enquanto esperam o bonde. O olhar de Ken viajou até o andar superior de pé-direito duplo da casa. As duas fileiras de janelas eram grandes e arqueadas, e ele viu Oliver enquadrado em uma delas, conversando seriamente com uma velha senhora hispânica que parecia estar chorando. Ela saiu correndo de onde estava, e Oliver ficou lá, com cara de quem havia levado um soco no estômago.

— Você cavalga, sr. Kourian? — perguntou Coraline.

— Cresci na Geórgia, senhorita — disse ele distraidamente. — Se não cavalgasse, não iria a lugar nenhum.

— Ótimo — disse ela. — Tenho desejado alguém para cavalgar comigo. Vamos fazer isso hoje.

Uma hora depois, Ken, Oliver e Coraline entraram pelos portões de um estábulo alguns quilômetros acima do litoral, trajando calças de equitação após Ken ter se espremido todo para conseguir entrar em uma das calças velhas de Oliver.

— A gente mantém nossos cavalos aqui há tanto tempo que não me lembro de tê-los mantido em outro lugar — disse Coraline.

— Ela era a jovem amazona mais competitiva que você já viu — murmurou Oliver. — A única coisa que aumentou os batimentos cardíacos dela acima de vinte por minuto.

— E ele era mais lento que o oceano — disse ela, dando a volta pela parte de trás, à frente do grupo. Um cavalariço correu para levar a ela o cabresto necessário. — Vamos lá. Este é Bedouin. Não acha que ele se parece com Oliver?

O cavalo era um castrado malhado.

— Claro. O rosto.

— Exatamente.

— Obrigado, vocês dois — respondeu Oliver. — Montarei Ricky, e você pode ficar com a montaria de papai, Stetson. Acha que consegue montar um garanhão?

— Ele cresceu na Geórgia... se não cavalgasse, não iria a lugar nenhum — disse Coraline. Ken detectou um tom sarcástico na voz dela.

— Acho que vou ter que provar isso, não é?

Eles selaram os cavalos e saíram trotando. Coraline bateu forte com os calcanhares no flanco de Bedouin ainda antes de passarem pelos portões, descendo a galope até a praia. O caminho estreito era forrado de pedras soltas e não demoraria muito para o cavalo perder o passo.

— É acompanhar o ritmo ou ficar para trás, amigo — gritou Oliver enquanto saltava, igualando a velocidade da irmã. — Aprendi isso há muito tempo com Coraline.

— De fato! — respondeu Ken, rindo. Havia alguns anos que ele não sentia aquilo, mas a emoção de disparar pela areia com seu novo amigo e a moça de cabelos escuros e esvoaçantes como fitas foi como uma explosão. — Com que frequência vocês fazem isso? — gritou ele quando o caminho deu na areia úmida, e os cavalos, sentindo o cheiro de uma caçada, decidiram acelerar para um galope à máxima velocidade.

— Deveríamos fazer mais. Fazemos só quando o desejo de morrer de Coraline supera meu senso de autopreservação. — E, com isso, ele bateu os calcanhares nas laterais de sua montaria, estimulando o cavalo a deixar completamente o chão e voar por cima de um riacho estreito que corria para o mar.

Ken fez igual, sentindo a alegria do pertencimento quando os três abandonaram toda cautela. Todos agora estavam destinados a viver ou morrer como um só. E a distância entre ele, Oliver e Coraline começou a diminuir a cada centímetro. O sol brilhava forte e o mar espumava e os cavalos bufavam e então... E então, nada mais restava, enquanto o mundo girava em confusão, caos e escuridão.

— Ele não é muito bom nisso, é?

A voz chegava aos seus ouvidos pela escuridão. E enquanto ele forçava as pálpebras a se abrirem, se encolhendo devido à luz forte e à dor latejante na parte de trás do crânio, formas pareciam emergir. A voz vinha de alguém que olhava para ele de cima.

— Você está bem, amigo?

Uma mão se estendeu até ele. Instintivamente, ele a agarrou.

— Sinto como se tivesse caído de um cavalo — balbuciou ele.

— É, e também está com cara de quem caiu de um.

— Parece que os cavalos são mais lentos na Geórgia — comentou Coraline.

— Nós os criamos dessa maneira. É para a nossa própria segurança. — Inspirar era doloroso. Expirar era duas vezes pior. Ele tentava descobrir se havia ferido alguma coisa além do respeito próprio.

— Que tal um pouco de solidariedade? — Oliver advertiu a irmã.

— Dê a ele você. Se não consegue se manter em cima de um cavalo, não deve subir em um.

— Dê um desconto pro sujeito. A sela dele soltou. — Oliver ajudou Ken a se levantar. — Ela é sempre assim. — Ken se concentrou em seu cavalo, cuja sela estava pendurada de um lado. — Precisa que eu o ajude a chegar em casa?

Aquilo seria mais doloroso do que cair do cavalo.

— Vou ficar bem.

— Viu, irmãozão? Ele vai ficar bem. Pare de se preocupar.

— Não quero que ele processe você.

— Me processar?

— Você o incentivou a apostar corrida.

— Ele já é grandinho.

E, mesmo com a cabeça doendo, Ken se divertia com a discussão dos irmãos. Aquela devia ter sido a vida deles — ele imaginou que o pai dos dois tinha sido um pai ausente, devido à carreira política e à empresa a administrar. Então, as crianças provavelmente foram criadas por babás e empregadas, contando uma com a outra mais que com os próprios pais. Elas eram bem diferentes na companhia um do outro se comparados a como eram com o resto do mundo.

— Vou sobreviver — disse Ken.

— Vou levá-lo ao pronto-socorro — insistiu Oliver.

— Não preciso de hospital.

— Também não precisa de um espetáculo em um cabaré.

— Ele deveria estar em um.

— Eu não...

— Nós vamos.

Oliver entrou no carro e dirigiu até o Southern California Hospital em Culver City. Coraline arqueava uma sobrancelha enquanto o irmão ajudava Ken a entrar com uma mão sob seu cotovelo, mas não dizia nada.

— Estou bem. Isso não é necessário — insistia Ken enquanto dizia seus dados à enfermeira que prestava o atendimento. Só que ele sabia que provavelmente era necessário, mas não tinha ideia de como pagaria.

— Seguro morreu de velho, amigo.

Um médico chegou e examinou seus globos oculares, mediu sua temperatura e sua pressão sanguínea e parecia, na opinião de Ken, que só pensava na conta, criando novas despesas só por criá-las. No fim, ele recebeu alta, um frasco de aspirina, que custou um dólar por comprimido, e voltou à recepção.

— Onde pago? — perguntou ele.

A recepcionista fez cara de confusa.

— Quer pagar *de novo*? — E olhou para onde Oliver estava. Ken entendeu e agradeceu a ela. Não agradeceu ao amigo porque isso só deixaria os dois constrangidos. Melhor considerar aquilo uma parte não verbalizada da amizade.

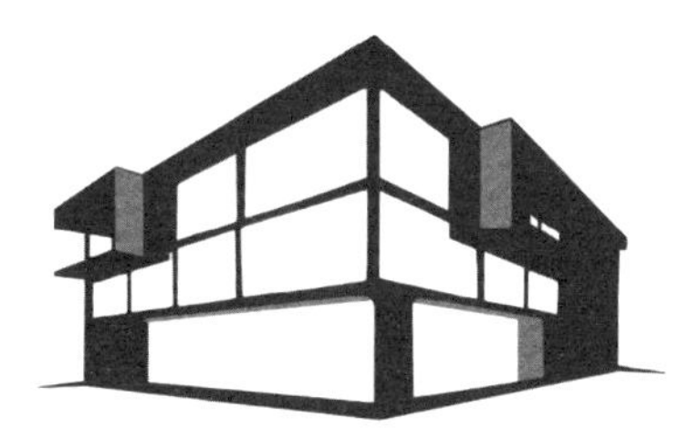

7

Eles voltaram para a casa, e Ken saiu bem devagar do carro, tentando conter a dor no peito. Havia outro automóvel estacionado e um esboço de sorriso se abriu nos lábios de Coraline.

— Nosso avô está aqui — explicou Oliver.

Subindo a escada, Ken ouviu uma voz rouca com sotaque britânico que vinha da biblioteca.

— ... parecer frio. Seja forte, sim, cultive essa imagem. Mas não seja um poço de indiferença — dizia a voz.

Coraline foi a primeira a passar pela porta, depois seu irmão, e Ken vinha por último para encontrar um homem idoso com um brilho no olhar. Ele estava em uma cadeira de rodas e tinha um cobertor sobre os joelhos, mas algo nele dizia que poderia saltar daquela cadeira e dançar um foxtrote se quisesse. O governador estava atrás de sua mesa, ouvindo com atenção.

— Olá, minha menina — disse o velho enquanto Coraline dava um beijo em sua bochecha.

— Ken Kourian, meu avô, Simeon Tooke.

— Prazer em conhecê-lo, senhor — disse Ken, estendendo a mão.

— O prazer é meu, meu jovem. Por que manca?

— Ken teve uma briga com um cavalo.

— Pelo jeito, o cavalo venceu. Tintura de *Arnica montana*, filho. — Ele deu um leve tapa no braço de Ken. — Você consegue em qualquer farmácia. Vai servir para o inchaço e os hematomas, que observo que estão nascendo sob sua blusa.

— Vovô era médico — explicou Oliver.

— Ainda sou — advertiu o velho. — Agora, crianças, preciso conversar um tempo com seu pai. Se ele quer ser popular, precisa entender as pessoas um pouco melhor.

— Estaremos lá embaixo.

Eles deixaram os dois homens conversando. E, enquanto Ken descia a escada, ouviu novamente a voz do velho.

— Pois é, o povo vota num sujeito que resolve as coisas, mas faz *campanha* para um sujeito com quem quer passar um dia. Você precisa se apresentar com mais calor humano e travar mais contato com outras pessoas. Elas gostam disso. Elas permanecem leais por isso.

— Meu pai dá ouvidos ao vovô mais que a qualquer um — explicou Oliver. — Para um médico aposentado, ele com certeza entende de política.

— Parece um bom homem.

— E é. E sempre foi generoso. Quando veio da Inglaterra, trouxe os empregados junto. Pagou escola para os filhos deles. Até para os netos. — Eles chegaram ao térreo. — Fica para o jantar?

— Não posso. Preciso ir para casa colocar gelo nos hematomas.

— Tudo bem. Que tal vir amanhã?

Ken tentou não olhar para Coraline enquanto respondia.

— Com certeza virei.

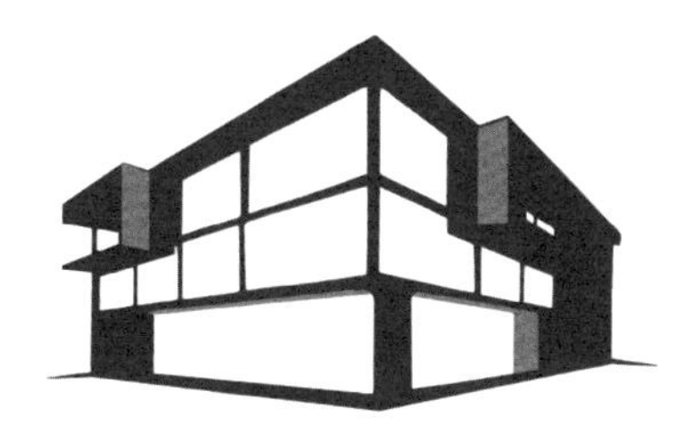

8

Eles passaram o dia seguinte, um domingo, pescando. Oliver ajudou Ken a descer do cais para sua lancha motorizada.

— Cuidado, amigo. Depois de ontem, deve estar arrebentado.

— Engraçado. Muito engraçado.

— Vai ficar provocando-o o tempo todo, caro irmão? — Coraline tomava sol com um maiô vermelho justo. Um chapéu de palha de aba larga mantinha seu rosto protegido do sol.

— Só um pouco.

— Bom saber. — Ken amaldiçoou o acidente que o tornara alvo do ridículo por parte dos amigos. Ora, talvez ela caísse no mar.

— Já quase não sinto mais dor, agradeço a preocupação dos dois — informou Ken a ambos. — Cadê as varas?

Ele encontrou uma e uma caixa de gelo que continha uma coqueteleira com um cosmopolitan já misturado.

— Traz um desses para mim? — pediu Coraline, e ele não conseguiu deixar de perceber que a voz dela havia ficado meia oitava mais tranquila e um quilômetro por hora mais lenta.

— Pegue você mesma. Estou manco, lembra?

Oliver caiu na gargalhada e Ken se serviu de uma dose generosa. E posteriormente, depois de a moça ter bebido todo um copo do líquido cor de rubi, o colocou na frente dele, que o encheu sem dizer uma palavra e o devolveu a ela; ambos evitando que seus dedos se tocassem.

Era o tipo de dia com o qual Ken sonhava: bons amigos em águas abertas, um rolo na lata pronto para ser transformado em um filme sonoro de verdade. Quando partiu na longa viagem de trem saindo de Boston, havia imaginado cenas como aquela. Podiam ser em boates ou corridas de cavalos, mas os elementos básicos — empolgação, amizade — eram exatamente os mesmos. Ele olhou de relance para Oliver. Apesar do sol brilhante, uma sombra parecia cobrir seu rosto.

— Está tudo bem? — perguntou Ken.

Oliver olhou para ele inexpressivamente, como se tivesse acabado de ser acordado de um sonho.

— Ah, claro. Tudo bem, amigo.

— Algo o incomoda?

— Me incomoda... — Oliver olhou para os pássaros acima.

— O quê?

Oliver fez uma pausa antes de responder.

— Já pensou em culpa, Ken?

Aquela era uma pergunta pesada.

— Culpa? Como um conceito? Às vezes. Não com frequência. — Era o mesmo assunto que tinha incomodado Oliver na noite da luta de boxe.

— Não, não, acho que a maioria das pessoas não pensa. — Ele esfregou a testa. — Meu pai e eu... bem... tenho muito a dizer sobre culpa.

— Sente culpa por alguma coisa?

— Sim.

— E quer conversar com seu pai a respeito.

— Quero.

— E já tentou?

— Comecei. O livro é apenas o começo.

Eles foram distraídos pelo movimento atrás deles. Coraline se levantou, estendeu os braços e mergulhou com graciosidade na água. Ela surgiu novamente a alguns metros de distância e virou de costas, flutuando ao sol do meio-dia.

Quando Ken olhou de volta para Oliver, a sombra havia desaparecido e o rosto de seu amigo exibia um sorriso caloroso.

— Comprei ingressos para todos nós vermos *Conflito de paixões* no Lyceum amanhã à noite — disse Oliver.

— Achei que estivesse esgotado.

— Consegui arrumar alguns.

Ken supôs que fossem bons lugares.

Eles voltaram para casa no final da tarde. A reunião política do pai deles estava prestes a começar e quinze homens bem alimentados saíram de sedãs pretos que chegavam um após o outro na entrada da garagem. Alguns deles tiveram que ser ajudados.

O governador estava na cozinha, relendo algumas anotações antes de entrar. Ele ergueu o olhar quando o filho, a filha e o amigo deles entraram.

— Vai começar uma reunião aqui em dois minutos — disse ele.

— Com quem? — perguntou Coraline.

— Burrows.

— O que ele quer?

— Não estou interessado no que ele quer. Tenho um serviço para ele.

— No 402?

— Isso mesmo.

— É um projeto de lei absurdo e nem é popular. Falei para você largar...

— Às vezes, minha menina — interrompeu ele —, é necessário fazer coisas que não são populares. Você entende de política, Coraline, mas não de dever.

— Dever?

— *Vocação*. Tentei instruí-la, mas você nunca entendeu. O projeto de lei 402 é meu dever e não serei dissuadido ou desviado dele por ninguém. Nem mesmo por minha própria família.

Coraline fez uma pausa.

— Quer que a gente vá embora?

Ele ponderou por um segundo.

— Não, fiquem. A presença de vocês contribui para o ambiente.

Não agradava a Ken fazer parte do esquema político do governador, qualquer que fosse, e ele procurou uma saída. Antes que conseguisse, um homem tão gordo que os botões de seu colete estavam arregaçados entrou arrastando os pés.

— Governador — disse o homem obeso, à guisa de uma saudação educada.

— Senador. — O senador olhou para os três jovens que ali estavam. — Pedi a meu filho, minha filha e ao amigo deles, o sr. Kourian, para que esperem aqui e vejam o que vai acontecer — disse Tooke.

O senador Burrows fungou com indiferença. Ele tinha sotaque de outro estado. Ken pensou que poderia até ser de sua própria Geórgia. Quando ele falava palavras compridas, quebrava-as em sílabas únicas.

— O senhor acha, por acaso, que serei in-ti-mi-da-do por uns jovens?

— Sou um homem ocupado. Quero partir para a ação.

— Ação? Ora, claro... — Ele se pôs ereto, erguendo a cabeça alguns centímetros. — O presidente não quer...

Tooke ergueu a palma da mão pedindo silêncio.

— Refere-se ao presidente Roosevelt?

Burrows pareceu confuso com a pergunta.

— Claro. Ele não quer...

— Aquele homem com poliomielite? Aleijado pela poliomielite? — Burrows ficou surpreso com aquela descrição. — Ficou sabendo que ele caiu da cadeira de rodas? Caiu no chão. Ficou lá, se debatendo no chão como um inseto moribundo.

Tooke ficou esperando alguma resposta. Uma hora ou outra, o senador teria que dar uma.

— O presidente tem um problema de saúde...

— Não, senhor, gripe é um problema de saúde. Gota é um problema de saúde. Ser aleijado pela poliomielite é uma razão esmagadora pela qual ele nunca deveria ter sido eleito.

Ken se lembrou de Oliver contando a ele que, quando menino, a poliomielite o deixara preso a uma cadeira de rodas. Ken olhou de soslaio para o amigo. Não via reação alguma nele.

— O que quer dizer com isso? — perguntou Burrows.

— O que quero dizer? Quero dizer que um homem que não consegue ficar de pé não deve tentar comandar uma nação. Uma nação que tem inimigos estrangeiros e domésticos. Ele tem minha solidariedade, assim como qualquer aleijado, mas deveria ter sido afastado do cargo.

— Sua opinião pessoal sobre o estado de saúde do presidente não muda nada. Ele não concordará em financiar esse tipo de ciência piegas. É...

Tooke o interrompeu novamente, desta vez falando por cima da cabeça de Burrows para um homem que estava de pé na porta, tinha uma aparência gentil e usava óculos muito grossos e um bigode espesso que quase escondia o lábio leporino.

— Entre, doutor. Entre — disse o governador, convidando-o a entrar na sala. — Senador, este é o dr. Arnold Kruger. Ele nos visita em nome da Sociedade Americana de Eugenia. Doutor, o senador e eu estávamos justamente discutindo quanto dinheiro podemos arranjar para auxiliar o seu trabalho.

— Governador! — Burrows gritou com raiva. — O movimento da eugenia está ganhando terreno na Europa neste momento, mas não vou deixar criar raízes aqui!

Tooke deu um passo à frente e vociferou.

— Não levante a voz dentro da minha casa. É aqui que minha família tem vivido e cada tijolo é nosso. Se levantar a voz de novo, mandarei açoitarem-no na rua. — Burrows parecia furioso, mas mordeu a língua. — Assim é melhor. Agora, entenda uma coisa: o presidente é um homem doente habitando um corpo doente. Nunca deveriam tê-lo deixado chegar tão longe. E vou lhe dizer uma coisa: terei seu apoio para o 402.

Burrows não conseguia mais se conter.

— E por que eu faria isso?

— Porque, se não me der seu apoio, vou fazer o rezoneamento e distorcer todos os distritos eleitorais deste estado para me certificar de que você nunca mais ponha os pés no Capitólio. Terá sorte se conseguir amealhar mil votos.

— Vou colocá-lo na cadeia!

— Vou arriscar. E sabe por quê?

A silhueta obesa de Burrows começou a tremer de raiva.

— Por quê?

— Porque esta ciência enviada por Deus transformará nossa terra em uma nação. A glória de Roma, senhor, não foi acidental. Foi cultivada. E agora temos uma maneira científica de garantir esse mesmo júbilo.

Burrows olhou fixamente para o doutor, cujas sobrancelhas grossas se projetavam por detrás de seus óculos espessos.

Naquela noite, Ken e seus amigos comeram na faixa de areia que ficava abaixo da casa, grelhando o robalo que haviam pescado sobre brasas fumegantes. Sem mesa, apenas toalhas estendidas pelo chão macio. O governador e pai deles havia voltado para Sacramento, então, estavam sozinhos na casa.

Ao se deitar, com os dedos entrelaçados embaixo da cabeça, Ken percebeu que havia um bom tempo não se sentia tão feliz. Los Angeles tinha sido uma aposta, sem dúvida, e, em grande parte, uma aposta solitária. Mas, naquela noite calorosa, na areia, com pessoas ao seu redor, ele conseguia enxergar um futuro para si ali naquela cidade.

— Em que está pensando, Oliver? — perguntou Coraline quando eles serviram seus últimos copos por volta das onze.

— No meu novo livro, principalmente.

— Preocupado que não vá vender bem?

— Talvez eu esteja apenas preocupado.

— Isso não é do seu feitio.

Oliver se levantou.

— Acho que vou para a cama — disse ele. — Ken, por que não fica no quarto de hóspedes esta noite? Jennings estará aqui às oito, ele pode levá-lo para casa.

— Obrigado.

— E amanhã podemos conversar sobre o que ando pensando. Nós três, acho. Diz respeito a você também — disse ele a Coraline.

— O que está acontecendo? — perguntou Ken.

— Quero sua opinião. Seu conselho.

— Sobre o quê?

Oliver hesitou.

— É meio que sobre o livro. Mas é maior que isso.

— Podemos conversar agora se quiser.

Oliver pensou a respeito.

— Não, vou esperar até amanhã. Quero ir dormir hoje pensando nisso, de qualquer maneira — disse ele, e depois ergueu a mão em sinal de adeus e entrou na casa.

Coraline tomou um gole de seu martíni com vodca. Uma única gota desse líquido turvo ficou pendurada no lábio dela até que, com a língua, Coraline a fez sumir. Ken observava com o canto do olho.

— Que noite quente… — disse ela se recostando.

Ele assentiu.

— Está mesmo. — É claro que sua vontade era puxá-la para ele. Mas, naquele momento, não via oportunidade. — Na Geórgia esquenta mais. Lá passa dos trinta e sete graus.

Houve um longo silêncio até que ela o quebrou.

— Aposto que passa. — E, com isso, ela se virou e se levantou. Em seguida, estava indo embora, em direção à casa, seguindo o irmão. — Boa noite — disse Coraline.

— Boa noite. — E, depois de ela ter cruzado a soleira, ele também se levantou e vagou, com as mãos nos bolsos, em direção ao que seria seu quarto naquela noite. Talvez devesse ter tentado, tivesse ou não tivesse visto oportunidade.

Seu quarto era amplo e profundo, com vista para a baía. Ele tirou a blusa e se deitou, fumando durante um tempo — não costumava fumar, mas eles tinham bebido algumas —, imaginando o que havia acontecido para minar o humor de Oliver.

Depois de um tempo, ouviu um gemido mecânico no vento. Abrindo a cortina, viu a lancha de Oliver se aproximando da torre de escrita. Uma silhueta pilotava a embarcação branca e havia outra atrás da primeira. O que estava acontecendo? Supondo que fosse Oliver ao leme, ele devia ter tomado cuidado para sair de casa silenciosamente.

Ken voltou para a cama, e, durante dez ou quinze minutos, pensou mais sobre o que havia acontecido naquele dia, na imagem de Coraline com seu maiô, mas sempre voltava à visão de duas silhuetas na lancha.

Não havia alternativa. Ele tinha que investigar. Ao sair do quarto, porém, foi distraído por rangidos no outro extremo do corredor. A porta de vidro azul do quarto de Coraline estava entreaberta.

Ele esperou. Ninguém apareceu, ninguém falou. Será que a porta estava aberta devido a um descuido? Só pela corrente de ar? Ou outra coisa? Impossível dizer. Ele foi até ela. O espaço entre a porta e o batente não chegava a três centímetros, mas o ar entrava por uma janela aberta.

Por conta própria, os dedos dele tocaram o vidro gelado, prontos para empurrá-lo e abri-lo, mas um barulho os deteve. Era um som inesperado e carregado de ameaça: um som como uma explosão distante. Ecoou uma, duas vezes ao redor da baía. Ken não sabia dizer o que o provocara, mas depois de ver o barco avançando rumo à torre de escrita no meio da noite, sabia que havia algum problema.

Correu de volta para seu quarto e olhou pela janela. A torre era negra em contraste com o céu roxo. Correu até a porta de Oliver e bateu com força. Não houve resposta. Ele a arrombou.

Por dentro o quarto estava perfeitamente organizado e a cama ainda estava feita. Ken saiu correndo, passou pelo salão de baile de mármore, desceu até a praia e olhou para a estrutura de pedra, que tinha uma aparência brutal agora contra o horizonte iluminado pela luz da lua. Então, tirou a roupa e, só de cueca, se atirou no meio das ondas.

Estavam geladas e resistentes, mais altas do que estiveram durante o dia. Ele avançava, nadando crawl, dando curtas respiradas quando as ondas o erguiam e o derrubavam novamente. Metro após metro, ele se aproximou do fortim rochoso de terra. Durante todo o caminho, estava ansioso para saber o que encontraria dentro da torre de pedra atarracada.

Depois de um minuto, seus músculos doíam devido ao esforço, mas ele estava longe demais para voltar. E então já estava agarrando as pedras mornas com as mãos. A lancha não estava ali, observou.

O lugar estava totalmente na escuridão quando ele entrou e foi tateando em busca da lamparina a óleo que ficava na viga, mas encontrou apenas um espaço vazio. Tropeçou em algo de madeira e seu pé acertou um objeto que soou como metal — a lamparina. Ele acendeu a chama com uma caixa de fósforos que encontrou tateando cegamente pela mesa. A lamparina ganhou vida com um sibilo, lançando uma luz amarela pelo cômodo, pelos livros, pela mobília; e depois pelo corpo sem vida de Oliver Tooke, sentado atrás de sua escrivaninha, de costas para a parede e o pescoço despedaçado por um projétil. Jesus, que visão foi aquela!

Não era a primeira vez que Ken via um defunto, mas tinha sido seu avô no caixão, vestido com seu melhor terno e as mãos entrelaçadas com perfeição, como se estivesse tentando demonstrar boa aparência para um encontro. Ken, com dez anos à época, tinha olhado para o cadáver pacífico com pouco mais que a curiosidade de uma criança.

Agora, ele fitava a figura de seu amigo: sua vida arrancada, o sangue que o movimentava espalhado pelos livros e lançado ao vento. Havia um pequeno revólver na mesa, ao lado da mão que havia puxado o gatilho para rasgar o pescoço de um homem.

— Jesus, Oliver. O que você fez? — perguntou ele, querendo ouvir uma resposta. Ficou parado ali durante um tempo que poderia ter sido um minuto, poderia ter sido uma hora; querendo saber por quê. Simplesmente por quê.

E havia outra pessoa que precisaria saber. Coraline, dormindo em seu quarto de porta azul. Ele não tinha ideia de como daria a notícia a ela. Tudo o que podia fazer era se virar e se preparar para o frio e doloroso retorno à costa. Ken lançou um último olhar para o que um dia fora um homem e caminhou até a soleira.

Ao fazer isso, algo chamou sua atenção: a escrivaninha no canto. Continha aqueles livrinhos baratos com mulheres de saia curta em uma capa e homens de casaco escuro na outra. No topo da pilha estava *A ampulheta*, o esforço de Oliver em produzir um livro-truque semelhante. Aquele sobre o qual ele comentou no início da noite, que precisava conversar com Ken e Coraline. Ele nunca mais conversaria.

Ken ainda não tinha tido a oportunidade de lê-lo, pois as filmagens e o trabalho haviam preenchido seu dia a dia de afazeres. Então, ele o abriu e leu a primeira linha. "Os olhos cinzentos de Simeon Lee estavam visíveis..." Ele o virou. Como Oliver dissera, sua história havia sido unida à de outro escritor, uma narrativa sobrenatural e clichê de nome *A cascata*.

Por que Oliver precisaria do conselho de Ken sobre o livro? E por que não o pediu ali mesmo? Havia uma chance de que aquilo fosse importante; que o romance desse uma pista sobre o estado de espírito recente de Oliver. Mas aquilo teria que esperar: Coraline estava na casa e ele tinha que voltar e dar a dolorosa notícia. Sem a lancha, teria que nadar de volta e dificilmente poderia levar o livro. Teria que deixá-lo lá.

Ele se preparou para o esforço. Seu corpo se lembrou do frio e da resistência da correnteza, e ficou tenso como pedra antes do mergulho.

Ken precisou de todas as suas reservas de energia para nadar de volta à praia, finalmente avançando pela areia e respirando pesadamente. No limite de sua visão, algumas centenas de metros ao longo da baía, viu o que tinha certeza de ser a lancha, encalhada. A correnteza poderia tê-la levado até ali.

Ou alguém a levara até a costa e a abandonara ali.

Ele vestiu a calça e passou correndo pelo salão de baile, pelo corredor de entrada, subiu a escada de mármore branco e foi até o quarto de Coraline. Durante todo o caminho, ele sabia que aquela era uma casa diferente daquela onde havia passado dias felizes.

A porta dela ainda estava entreaberta, flutuando em meio à brisa, como se o próprio quarto estivesse respirando. Ele a abriu.

— Olá, Ken — disse ela baixinho assim que ele entrou, como se o estivesse esperando. E ele viu, sob o luar azul, Coraline se virar na cama para encará-lo. Ela vestia algo feito de seda decorado com estrelas de água-marinha. Ele não respondeu, mas deu um passo à frente. — Sem palavras? Sem convite. Vai simplesmente entrar assim? — Os lábios dela captaram um clarão da luz. — Ken?

— Coraline. Sinto muito.

— Sente muito por quê?

— Aconteceu uma coisa. — Ele se sentou na beira da cama. Agora conseguia distinguir a expressão da moça: inquisidora, divertida. Ela esperou que ele continuasse e ele procurou palavras que amenizassem o golpe que estava prestes a desferir nela. Detestou que aquilo estivesse acontecendo ali, naquele momento, com eles dois daquele jeito. Mas, no final das contas, ele só podia ser direto. — Oliver se suicidou com um tiro.

Mesmo enquanto falava, tinha suas dúvidas de que fosse verdade; mas não era o momento de expressá-las.

Ela estremeceu, como se ele tivesse batido nela. Então, se sentou ereta.

— O *quê?* Como assim?

— Ele está morto. Sinto muito. Eu o encontrei na torre de escrita.

Ela se livrou das cobertas com um gesto brusco. Coraline respirou profundamente duas vezes, o mais profundamente possível, vestiu um quimono de cetim cor de esmeralda que estava na guarda de uma cadeira e falou calmamente.

— Você foi ludibriado. Ele não morreu. É alguma brincadeira.

Brincadeira. Não, não, quem dera fosse verdade...

— Sinto muito, mas eu o vi.

— Não há motivo para ele fazer isso! — falou Coraline, sibilando. Ela caminhou a passos largos até as cortinas e as abriu com força. A lua, uma foice alva, estava bem à frente, derramando uma luz esbranquiçada sobre a torre de pedra no mar, e ela esticou o dedo indicador. — Ele ainda está lá? — perguntou.

— Sim. — Então, ela tinha, pelo menos, aceitado o fato.

— Quero ele aqui. Quero que você o traga.

— Não posso.

— Por que não?

— Precisamos chamar as autoridades. Uma ambulância.

— E que bem isso faria agora? — perguntou ela, fria como gelo.

— É o que precisamos fazer.

Coraline se virou para encará-lo. Os olhos dela perfuraram os dele.

— Oliver nunca faria isso.

Ele podia sentir o sal em seu corpo, o cheiro do suor no ar.

— Vou chamar a polícia. Ela precisa ser notificada.

Ela o observou enquanto ele saía.

Demorou vinte minutos para uma viatura sem identificação chegar à casa.

— Detetive Jakes — disse um policial rude a título de apresentação. Estava na casa dos cinquenta anos, tinha o corpo em ruínas e ostentava um bigode que coçava com o lápis como se colorisse pontos sem pelos. — Ele está *onde*? — perguntou com surpresa, quando lhe explicaram a localização do corpo. Ken, agora vestido, levou-o até a praia e apontou. — Jesus do céu. Como é que se chega lá?

— A lancha. — Ken apontou para a embarcação.

Jakes soltou um palavrão.

— Tudo bem. A ambulância da polícia está a caminho. Você sabe colocar essa coisa para funcionar?

— Claro. Mas...

— Mas o quê?

Algo fez Ken olhar para cima, para a casa. A figura sombria de Coraline olhava para baixo, o cigarro lançando um brilho vermelho entre os dedos. Ela fechou as cortinas e desapareceu.

— Depois eu digo.

— Como quiser. Vamos indo.

Eles foram e logo estavam furando as ondas, depois escalando as rochas que haviam se tornado uma tumba para o corpo de Oliver Tooke. Ken deixou o detetive ir primeiro. A lamparina a óleo ainda queimava, e o cômodo estava como ele o havia deixado: ameaçador e ensanguentado.

Jakes examinou a cena, depois olhou para trás e ergueu as sobrancelhas.

— É, eu sei — murmurou Ken.

— Ele fez ou disse qualquer coisa que sugerisse que faria isso?

— Nada.

— Bem... — Jakes deu de ombros. — A verdade é que não são muitos os que fazem isso. Com a maioria é "ele parecia um pouco para baixo, mas não tão ruim a ponto de se matar". — Ele fez uma pausa. — Lamento sua perda.

A frase não tinha essência. Ken não acreditava que o detetive Jakes lamentasse nem um pouco sua perda. Era uma formalidade, contudo, como tirar o chapéu ao entrar em algum lugar coberto.

— Então, o que fazemos agora?

— Ora, não há nada de suspeito até onde vejo. A arma está bem ali na mão dele. Agora, é levar o corpo para a terra firme. Lamento sua perda.

— Sim, você já disse. — Ele não se importou em parecer grosseiro.

— Podemos esperar que a ambulância chegue e que eles venham da mesma forma que fizemos, mas, seja sincero consigo mesmo, não será em nada mais digno que se nós mesmos o levássemos. Mas é você quem decide.

Dadas aquelas alternativas, parecia mais respeitoso levarem Oliver eles mesmos em vez de vê-lo sendo carregado por estranhos que provavelmente haviam levado outros cinco cadáveres naquela semana. Naquele dia, até; ali era Los Angeles, afinal de contas.

Então, os dois o ergueram entre eles, colocando-o na pequena lancha, e voltaram para o promontório. Mas, antes de fazer isso, quando Jakes estava de costas, Ken pegou a última história de Oliver Tooke, *A ampulheta*, e a escondeu na jaqueta. Pequenas dúvidas rastejavam em sua mente como formigas, então, ele queria saber o que o livro continha — e não tinha certeza se o policial entenderia.

Uma vez em terra, eles deitaram o cadáver em sua cama, subindo o lençol até seu queixo para esconder a violência que o projétil havia causado. Como se aquilo importasse.

Coraline estava sentada em uma poltrona no canto de seu quarto quando ele chegou.

— Gostaria de ver o Oliver? — perguntou Ken.

Sem dizer nada, ela foi até o quarto do irmão, olhou para o corpo e voltou para o seu quarto.

— Detetive — começou Ken, enquanto desciam para a cozinha. Estava na hora de contar o que tinha visto.

Jakes escrevia algo em seu bloquinho.

— Pois não? — Ele não ergueu o olhar.

— Acho que vi duas pessoas indo para lá.

— Como assim? — Ele ainda estava concentrado em suas anotações.

— Na lancha. Quando vi a lancha saindo, acho que havia duas pessoas nela.

Ele fez uma pausa.

— Você acha? Quer dizer, tem certeza?

Ken fechou os olhos e puxou pela memória aquela imagem, clara como o dia.

— Tenho certeza. Vi duas pessoas.

Jakes batia o lápis no bloquinho, pensativo.

— Como? Vocês têm sol noturno aqui?

— A luz do luar foi suficiente.

Jakes pareceu ter mastigado algo azedo e voltou a escrever.

— Luz do luar que nada...

Ken experimentou uma abordagem diferente.

— Ele comprou para todos nós ingressos para uma peça amanhã à noite. É isso que faria um homem que planeja acabar com a própria vida?

— Não sou psiquiatra.

— Mas se...

— Ouça. — Jakes fechou o bloquinho. — Parece que você está sugerindo que há algo suspeito aqui. Ora, eu te entendo, mas não há nada que passe essa ideia. Você mesmo disse que o sr. Tooke parecia infeliz ontem à noite. Ele foi até um alpendre doido no meio de um monte de pedras, aliás, não faço a menor ideia de por que isso seria legal, e usou a própria arma.

— Como sabe que é dele?

— O quê? A arma?

— Sim.

— Não há motivo para achar que não.

— Isso não basta.

— E o ângulo do projétil. — Ele demonstrou com o lápis. — Ele sobe pelo pescoço e sai pela lateral. Se fosse outra pessoa atirando, teria que estar sentada no colo da vítima.

— Não tem como ter certeza disso.

— Tudo bem, tudo bem. — Ele guardou o bloquinho e o lápis no bolso interno do peito. — Digamos que minha opinião sobre este caso se baseie em vinte e cinco anos trabalhando como detetive. Porque, em todo esse tempo, nunca vi uma arma falsa plantada ou um suicídio que não fosse nada além do que parecia ser: um homem infeliz com os meios para acabar com as coisas. E sinto muito. De verdade. Mas não podemos ignorar os fatos.

— Pode fazer uma busca de impressões digitais?

O detetive passou um momento em silêncio.

— Olhe, sr. Kourian. Podemos fazer isso. Podemos tentar rastrear a arma até o fabricante. Podemos bater em todas as portas daqui até Tijuana perguntando às pessoas se viram alguma coisa, mas serei sincero com você: não vamos fazer isso. Porque não há absolutamente nada neste caso que levante qualquer suspeita.

A campainha tocou e Ken saiu para encontrar a ambulância da polícia. O motorista se desculpou pela demora e explicou que eles tiveram que parar em todas as casas da estrada para pedir informações, porque não faziam a mínima ideia de onde estavam. E, então, o corpo foi levado e Jakes foi embora, e restaram apenas Ken e Coraline sozinhos na Casa da Ampulheta. Ele foi encontrá-la no quarto dela, de volta à cama, com sua camisola de seda com estrelas de água-marinha.

— Foram todos embora — disse ele.

— Eu sei.

— Quer que eu telefone para seu pai?

— Não acha que ele deveria ouvir de alguém que ele tenha visto mais de duas vezes? — A rejeição dela foi de uma indiferença insolente, mas, dadas as circunstâncias, ele não poderia culpá-la.

— Vou voltar para o meu apartamento para deixá-la em paz — disse ele.

Ken recolheu seus poucos pertences que estavam na casa — sua carteira, suas chaves — e chamou um táxi para levá-lo de volta à cidade. Enquanto se abaixava para entrar no carro, pensou por um instante que o táxi tinha um rádio que estava tocando uma lânguida música de piano, e ele estava prestes a pedir ao motorista para desligá-lo; mas então percebeu que a música vinha de dentro da casa. Coraline estava tocando o piano de meia-cauda branco do salão de baile. Algo europeu e melancólico.

9

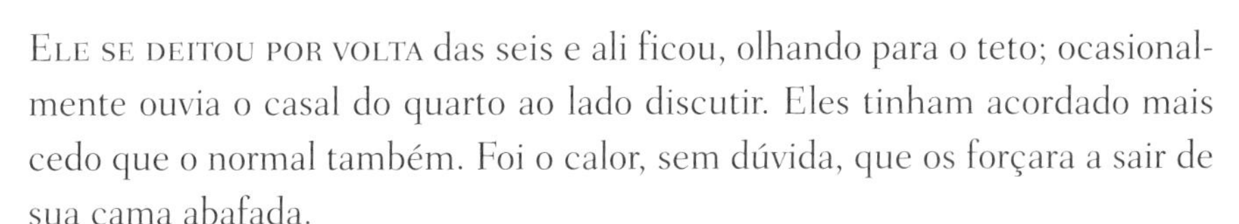

Ele se deitou por volta das seis e ali ficou, olhando para o teto; ocasionalmente ouvia o casal do quarto ao lado discutir. Eles tinham acordado mais cedo que o normal também. Foi o calor, sem dúvida, que os forçara a sair de sua cama abafada.

O detetive Jakes estava convencido de que tinha sido suicídio. Ken detestou aquilo porque pensar que seu único amigo de verdade havia interrompido a própria vida era tão amargo quanto fel. Mas ele precisava olhar para aquilo com objetividade, então, tentou pensar em um motivo pelo qual Oliver pudesse ter se suicidado. Não tinha preocupações com dinheiro, com certeza; seu trabalho era requisitado; e, se estivesse endividado, digamos, poderia pedir dinheiro ao pai.

Uma amante que desapareceu? Não havia sinal algum de que Oliver estivesse secretamente envolvido com alguém. Ele nem parecera tão interessado por mulheres — e nem por homens, diga-se de passagem.

E tudo aquilo nem sequer levava em conta a imagem no cérebro de Ken de dois homens saindo naquela lancha. Claro, estava escuro, mas ele sabia o que tinha visto. Portanto, as perguntas eram: quem era o segundo homem e o que estavam fazendo lá fora?

Bem, tinha um item que Ken coletara do local que talvez ajudasse. Oliver dissera que algo o incomodava, algo sobre o que precisava conversar com Ken e Coraline, e tinha ligação com seu novo livro.

Acabou que *A ampulheta* era uma história hipnótica sobre um médico inglês que estava investigando as mortes de seus parentes no século anterior no condado de Essex — de onde Oliver disse que sua família viera. A ação se passava em uma casa estranha no litoral que podia ficar isolada do continente devido à maré — e tinha o mesmo nome da casa da família na Califórnia: a Casa da Ampulheta. Então, aquela tinha que ser a casa dos antepassados dos Tooke. Mais uma ligação era que o médico recebera o nome do avô de Oliver, Simeon — e um dos personagens até tinha o nome do próprio Oliver. Havia crueldade naquele conto. Folheando as páginas, o sofrimento de uma mulher se destacava.

> Conferi o relógio no canto.
>
> – Quase uma hora. Ela não pode continuar lá fora por muito mais tempo. O frio deve estar congelando os ossos dela.
>
> Fechei o livro e retirei os óculos para poder me concentrar melhor. O som do pranto da mulher surgiu novamente. Já havia sido raivoso, depois queixoso e agora era ameaçador.

Era esquisito, mas havia até mesmo uma história dentro da história, uma noveleta sombria chamada *O campo dourado* sobre uma família da Califórnia que vivia em uma casa feita inteiramente de vidro. O narrador buscava a verdade sobre a morte de sua mãe, mas havia apenas alguns breves fragmentos da história. Eles descreviam uma viagem marítima atravessando o Atlântico, o autoquestionamento do narrador não identificado e, finalmente, a retribuição por um crime horrível.

Ken começou a ler do início, mas o tempo todo ficava buscando um significado por trás do significado. Lera mais ou menos um terço do livro sem encontrar um nó no fio quando seu despertador tocou muito alto. Eram oito horas, o horário de se levantar para trabalhar no jornal. Ele não estava com disposição para aquilo — ora, mal conseguia ficar de pé —, contudo, dado o tempo que havia tirado para aparecer como figurante em filmes, seu emprego já estava por um fio. O livro foi para dentro de sua mesinha de cabeceira.

* * *

Então, por volta das nove e meia — tarde, mas não perigosamente tarde —, ele estava sentado em sua cadeira de madeira no escritório de venda de classificados do *Los Angeles Times*, com a mente girando como uma roleta. Ocorreu a ele que havia dois aspectos esquisitos ou absolutamente suspeitos da vida de Oliver que deveriam ser investigados se quisesse descobrir a fundo o que havia acontecido com ele: um era o motivo desconhecido de Oliver ter pagado a fiança de Piers Bellen, e Ken teria que ir atrás dele; e o outro era a primeira tragédia familiar dos Tooke. Ele foi ao telefone e pediu à telefonista interna que o ligasse com o setor da biblioteca: os guardiões das edições anteriores do jornal e de arquivos sobre todos os assuntos que apareciam nas notícias.

— Biblioteca.

— Alô. Aqui é Ken Kourian. Gostaria de ver as reportagens de um caso de sequestro de 1915. — Ele deu os nomes do governador Oliver Tooke e de seus filhos.

— Tudo bem. Vai demorar umas duas horas. Qual é a sua mesa?

Ele sabia que aquilo poderia fazer alguém travar a empreitada.

— Sou dos classificados.

— Onde?

— Anúncios classificados.

Seguiu-se uma pausa.

— Então, para que cargas-d'água você quer essa pesquisa?

Ele havia preparado uma desculpa.

— Um anunciante em potencial vai publicar um livro sobre crimes antigos no estado. Eu prometi ajudar. É um ótimo contrato. — A desculpa era ruim.

Mais uma pausa.

— Tudo bem — disse a voz com um tom claro de irritação. — Umas duas horas.

— Obrigado — respondeu Ken. — E outra coisa.

— O que é?

— Pode ver se encontra algo sobre Oliver Tooke, o escritor, nos arquivos também?

— Quando?

Ken não tinha certeza.

— Qualquer época.

A voz do outro lado da linha não parecia satisfeita.

— Quer que eu verifique todas as edições de toda a história do jornal?

— Que tal dos últimos doze meses?

— Tudo bem, tudo bem.

Quatro horas depois, um contínuo colocou uma caixa de papelão na mesa de Ken. Continha edições de 1915 do *Los Angeles Times* que detalhavam o crime; a primeira era de 2 de novembro:

> Uma caçada policial está em andamento depois que o filho pequeno do magnata do vidro Oliver Tooke foi sequestrado da mansão da família, na Inglaterra.
>
> O menino, Alexander, de quatro anos, foi arrancado dos braços da mãe, Florence, por dois ciganos. A sra. Tooke caminhava pelo jardim com o filho mais velho, Oliver, de cinco anos, quando eles a atacaram. A polícia inglesa especula que os homens podem ter cúmplices. A família aguarda um pedido de resgate ou outro tipo semelhante de contato com os criminosos.
>
> A família estava passando o verão no monte do condado de Essex, com o pai do sr. Tooke, Simeon, que imigrou para a Califórnia em 1883.
>
> O inspetor Marlon Long, da delegacia de polícia do condado de Essex, declarou que seus homens só descansariam depois que o menino voltasse para sua família.

Florence. Aquele nome fez com que ele se sentasse ereto. Ele não sabia que era o nome dela, e havia uma mulher na história de Oliver com aquele nome. Aquilo tinha que significar alguma coisa.

E então a edição de dois dias depois:

> A polícia, no horrível caso de sequestro de Alexander Tooke, tem achacado acampamentos de ciganos por todo o condado de Essex, na

> Inglaterra, em busca da criança desaparecida. Mais de cinquenta homens já foram levados para interrogatório, e embora três tenham sido acusados de crimes não relacionados, uma fonte da polícia disse que os policiais ingleses não descobriram nada sobre o paradeiro do menino. Seu pai, Oliver Tooke, fundador da empresa de fabricação de vidro, oferece uma recompensa de dez mil dólares por informações que levem à recuperação segura do menino.

Acompanhava a matéria uma fotografia de um retrato de família. Ken já vira aquela imagem: era a que estava pendurada na biblioteca da Casa da Ampulheta. Ali, em um papel de jornal ordinário, estava a legenda: "O sr. Tooke com sua esposa, Florence, e seus filhos, Oliver Júnior, de cinco anos, Alexander, de quatro, e Coraline, de um".

Havia outras reportagens no arquivo, mas eram apenas especulações ou atualizações que nada diziam — até aparecer uma história um ano depois:

> A trágica família Tooke deixou a Inglaterra para voltar à sua casa em Point Dume, Los Angeles. Desde o sequestro do pequeno Alex, de quatro anos, a família se manteve enclausurada em sua casa em uma pequena ilha no condado de Essex, no litoral leste da Grã-Bretanha, com as venezianas fechadas. Oliver Tooke ofereceu valores cada vez maiores por informações sobre o paradeiro do menino, com a recompensa agora em fantásticos trinta mil dólares, porém, sem sucesso. O retorno deles indica que perderam totalmente a esperança de voltar a ver seu menino com vida.

E tinha um último e desagradável recorte. Uma reportagem da década de 1920 que ocupava toda a página, com a manchete: "A maldição da família atinge os Tooke mais uma vez com o afogamento da mãe":

> Florence Tooke, esposa do magnata do vidro Oliver Tooke, se afogou durante as férias da família na Inglaterra, quando visitavam a casa

centenária da família na ilha Ray, no condado litorâneo de Essex. Para quem vê de fora, a família parece amaldiçoada, tendo sofrido o sequestro e suposto assassinato do filho mais novo, Alexander, no mesmo local há cerca de cinco anos. A sra. Tooke teria sido vista atravessando um banco de lama quando a maré cruel subiu e a engoliu. Amigos dizem que seu marido está "totalmente perturbado" e faz o possível para consolar os filhos do casal, Oliver Júnior, de dez anos, e Coraline, de seis.

A matéria continuava sob uma imagem turva de uma mulher magra vestida para dançar à noite, com cabelos escuros soltos sobre os ombros:

> A sra. Tooke era uma beldade da alta sociedade. Nascida Florence de Waal em Nova York, era considerada uma excelente aquarelista do estilo impressionista e patrocinava mostras artísticas, estabelecendo-se como patrona das artes após seu casamento. Nos últimos anos, organizou exposições de obras de artistas da Frente Ocidental. Algumas eram controversas, tendo recebido acusações de derrotismo e torpeza moral.

No fundo da caixa estava a única matéria recente sobre o Oliver Tooke jovem. Era das colunas sociais, um escritor anônimo ligando o "jovem escritor bonitão" a duas ou três "vedetes maravilhosas" em uma festa ou outra:

> Mas, amigos, não pensem que a vida de Olly Tooke é um mar de rosas. Vocês devem se lembrar do caso de sequestro que se abateu sobre a família dele vinte anos atrás – seu irmão foi sequestrado e nunca foi encontrado. A mãe dele morreu alguns anos depois de coração partido, tendo sofrido até o fim com saudades eternas do filho perdido. Então Olly está com tudo porque é capaz de escrever bons livros ou seria a notoriedade de sua família e a aparência bronzeada? Será que ele seguirá sendo uma estrela cadente ou será expulso do céu noturno? Só o tempo dirá. Mas vocês sabem aonde ir para descobrir!

"Jesus Cristo, que exploração barata", pensou Ken. "Deem uma folga ao sujeito."

Ele tamborilava os dedos na mesa, pensativo, quando seu chefe voltou.

— Olha, George, não estou me sentindo bem — disse ele.

— Qual é o problema?

— Algo que comi. Preciso ir para casa, acho.

— Se estiver saindo cedo para ir a um de seus testes de elenco...

— Não. Estou me sentindo mal.

George apontou o polegar para a saída.

— Tudo bem, mas chegue cedo amanhã, se puder, para compensar.

— Pode deixar.

Ken vestiu seu paletó no momento em que o telefone tocou, e George atendeu.

— Classificados. — Houve uma pausa, e então George lhe estendeu o fone. — Para você.

Ken o pegou.

— Alô?

— Olá, Ken.

Ele conhecia a voz. Pouquíssimas mulheres ligavam para ele — uma ou duas secretárias, e era isso. Aquela voz era trinta anos mais jovem que elas.

— Coraline.

Seguiu-se uma ligeira hesitação.

— Podemos nos encontrar?

Por algum motivo, ele não sabia direito como responder. Então, recorreu à formalidade. Ela era, afinal, uma irmã enlutada.

— Claro. Onde?

George olhou para cima, franzindo a testa como se tivesse acabado de ouvir algo que não entendia, mas não gostava. Ken fingiu não perceber.

— Tem um bar na Rodeo Drive chamado Yacht Club. Meia hora.

— Conseguirei chegar. Nos vemos lá.

Ela desligou e ele fez o mesmo.

— Sente-se melhor? — perguntou George sarcasticamente.

— O irmão dela morreu ontem à noite — respondeu Ken. Ele avistou o arquivo com as reportagens antigas em sua mesa. Torceu para que George não percebesse, ou a coisa poderia começar a parecer estranha.

— Tudo bem, tudo bem, vá. Mas no futuro não me diga que está doente quando não está. Não sou um ogro. Precisamos cuidar uns dos outros.

— Claro.

Ken saiu se sentindo um pouco culpado.

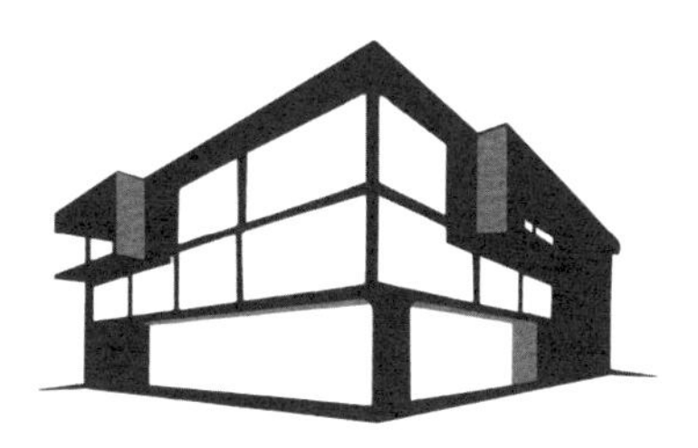

10

ACABOU QUE O BAR era um lugar sofisticado, repleto de tipos dos filmes. Algumas aspirantes a atriz ficavam sentadas sozinhas no bar, mantendo copos com bebidas caras demais à sua frente sem bebê-las e esperando serem notadas.

Coraline trajava um vestido preto justo e um chapéu de aeromoça com uma fita de seda enrolada em volta.

— Obrigada por ter vindo — disse ela, formal.

— Disponha. — Ele sentiu uma grande necessidade de tornar aquele contato menos formal, mas se conteve e fez sinal para um garçom. — O que aconteceu de manhã?

— Fui ao necrotério para identificá-lo formalmente. Meu pai providenciará o enterro. — Ela bebeu de um copo alto de *mint julep*.

— Enterro?

Aquela palavra a fez estremecer muito discretamente.

— Temos um jazigo da família. Oliver não era religioso, eu também não sou, então parece que pouco importa onde ou como, para falar a verdade. — Será que aquilo era verdade? Mesmo aqueles que não incomodavam Deus mais do que Ele os incomodava se importavam com o lugar onde seriam sepultados. Ela fez uma pausa. — Ele vinha falando muito sobre culpa nos últimos tempos.

— Falou comigo sobre isso também. O que significa?

— Alguma coisa na consciência dele. Não sei. — Ela esvaziou o copo e pediu outro.

Ken colocou logo a questão, já que as palavras estavam em sua garganta querendo sair:

— Então, acha que ele mesmo se encarregou da própria morte?

Ela o encarou com seus olhos azuis esbranquiçados e tirou um cigarro de um maço de Nat Sherman.

— Vê algum motivo para pensar o contrário? — A voz dela não vacilou.

Ele tinha algumas peças aqui e ali que não se encaixavam com exatidão.

— Alguns — disse ele. — Ele não parecia deprimido; não para mim, de qualquer maneira. Sabia que ele tinha uma arma?

— Não, não sabia.

Era o tipo de coisa que uma pessoa saberia sobre o irmão. Mas Ken guardou o pensamento para si.

— Então, talvez nem fosse dele.

Ela bebeu metade do *julep* marrom-dourado sem pestanejar.

— Possivelmente não.

— E vi dois homens saindo na lancha.

Ela fez uma pausa, levando o cigarro aos lábios. Ele estudou a reação dela, tentando identificá-la.

— Até a torre de escrita dele?

— Isso mesmo.

— Tem certeza?

— Tenho. Mas devo lhe dizer que o detetive Jakes não está convencido disso. Ele acha que estava escuro demais para enxergar.

— E qual é a sua resposta a isso?

— Que a luz do luar era suficiente.

Ela envolveu o cigarro com os lábios e soprou uma linha de fumaça para o lado.

— Isso não é exatamente conclusivo — respondeu ela.

— Não, não é.

— Então, devo confiar que você viu o que pensa que viu?

— Acho que deve. — Ele observou enquanto ela erguia novamente seu drinque. — Escavei as matérias que o *Times* publicou sobre seu irmão Alexander. O sequestro dele.

Com um lampejo de amargura, ela bateu com força o copo de bebida na mesa de zinco.

— Ora, mas se não é um pequeno detetive... — Ela voltou a se recompor. — Isso foi há muito tempo.

— Você...

— Eu tinha um ano. Então, não, não me lembro de nada.

O ar entre eles estava pesado.

— Fui a uma festa naquela casa uns meses atrás. Um homem chamado Piers Bellen me deu carona até em casa... ou era para ter dado. Ele agrediu um homem negro em uma lanchonete no meio do caminho e acabamos na delegacia, em vez de em casa. Oliver pagou a fiança dele. — Ela ouvia sem reação. — Mas a coisa realmente esquisita é que, quando Bellen ligou para ele, disse que era melhor que Oliver fosse lá pagar a fiança, ou então... daí disse uma coisa estranha à beça; que Oliver nunca ia ficar sabendo o que Piers tinha descoberto.

Coraline, pensativa, bateu as cinzas em um cinzeiro de vidro.

— Devíamos falar com ele.

— Concordo.

Só que primeiro teriam que encontrá-lo, pois Ken não tinha como entrar em contato com Bellen.

Mas conhecia alguém que tinha.

— Seu merda, você me largou lá com aquele porco! — gritou Gloria pela linha telefônica. Ken e Coraline estavam na cabine telefônica do saguão e era de admirar que o fone não tenha se despedaçado. Ele não falava com Gloria desde a noite na delegacia.

— Você quis ir com ele.

— Não quis nada! Saí com ele duas vezes. Não, três vezes depois daquele dia. Só isso. Achei que ele fosse um produtor importante.

— Então, o que ele é na verdade?

— O que ele é? Ele trabalha para a porra do governo — falou ela com sarcasmo. — Secretaria de Estado, acho. Se quiser falar com ele, ligue para lá. — E desligou.

Secretaria de Estado. Relações Exteriores. Alguma coisa a ver com o tempo que a família passou na Inglaterra, talvez. O desaparecimento do irmão de Oliver. Quem sabe.

Depois de passar pela linha de informações e por duas centrais telefônicas, Ken conseguiu falar com Bellen.

— Que Ken? — falou ele com um rompante. — Ah, da festa. Você viu o que aquele negro fez comigo, eu… — prosseguiu cuspindo.

— Soube o que houve com Oliver? — interrompeu Ken.

— Tooke? Saber o que sobre aquele babaca?

— Ele morreu.

Uma pausa.

— O q… Como? — Será que era medo em vez de surpresa na voz de Bellen? Sim, talvez.

— Ele morreu naquela casa de pedra que tem na praia; aquela aonde ia para escrever. Tiro de arma de fogo.

— Jesus Cris… — Ele falou como se tivesse acabado de ver um homem indo em sua direção com um cassetete em uma mão e uma corda com laço na outra.

Mas Ken não estava com humor para mimar o sujeito.

— Diga, Piers.

Mais uma pausa. E então Bellen falou de forma arrastada, desconfiado.

— Dizer o quê?

— Diga qual era o trunfo que tinha contra ele.

Hesitação.

— Nada.

— Era a respeito de Alexander?

— *Alexander?* — Ele bufou com desdém. — Não, não era a respeito de *Alexander* — falou ele com muita afetação. Mas sua arrogância também foi sua ruína, porque mostrou a Ken qual rumo tomar em seguida.

— Então era sobre outra pessoa. Alguém próximo a ele. — E, enquanto falava, a mão de Ken se dirigiu inconscientemente até o livro no bolso de seu paletó e ele passou o dedo pelas bordas das páginas. Havia algo ali em que ele vinha pensando muito. Era o fato de uma das personagens ter recebido o nome da falecida mãe de Oliver. E, ao telefone com Oliver, Bellen imitara a voz de uma mulher assustada. — Era sobre Florence, não era? — Silêncio. Um silêncio de culpa, com certeza. A flecha de Ken podia ter sido disparada parcialmente às cegas, mas acertou direitinho no alvo. — O que sabia sobre ela que estava usando para ameaçá-lo?

Bellen se enfureceu:

— Seu idiota, eu...

— Você sabia algo sobre Florence Tooke e estava usando contra ele. E suponho que tenha descoberto por meio do seu trabalho. Então, me conte o que era ou informo aos seus superiores que você tem feito uns trabalhinhos como freelancer durante o expediente.

Houve um longo silvo na linha.

— Ele queria saber sobre... como ela morreu. A maneira exata.

Ele viu Coraline ficar um pouco tensa.

— Ela se afogou — falou Ken. As reportagens dos jornais foram claras como o dia.

— Mas é justamente isso — respondeu Bellen. Ken podia sentir que algo viria atravessando tudo o que havia pela frente, como um trem de carga sem os freios. — Eles realizaram uma investigação forense. Pedi que me mandassem uma cópia do relatório e a repassei para Tooke.

— O que dizia? — perguntou Ken.

— Foi o júri... — A voz dele foi sumindo.

— O que tem o júri?

— Eles... — Ele hesitou novamente, como se o medo do que poderia acontecer ao revelar os fatos estivesse crescendo em sua mente.

— Fale.

— Eles... devolveram um veredito aberto.

Um o quê?

— Que cargas-d'água significa um veredito aberto?

— Significa que eles estavam desconfiados. Uma testemunha... a governanta ou algo assim... disse que a sra. Tooke estava bastante feliz naquele dia. Levou a pintura dela, determinada a fazer alguma arte. Não parecia que ia se matar. — Ken olhou de relance para Coraline; ele torcia para que aquelas palavras não a atingissem com muita força. — Então, o júri achou que poderia ter sido um acidente; poderia ter sido suicídio. Poderia ter sido... outra coisa. É isso que significa.

"Poderia ter sido... outra coisa". A ficha caiu. A única reação de Coraline enquanto ouvia isso foi franzir a testa. Aquele era o máximo de emoção que Ken a vira demonstrar... e isso não significava muito.

— O que mais você sabe? — perguntou Ken.

— Nada. Zero. Levei muito tempo para descobrir isso. E minha vontade era...

Ken desligou. Ficou óbvio que a vontade de Bellen era tirar o máximo proveito de Oliver que conseguisse.

Durante quase um minuto, Coraline se pôs a fitar o outro lado daquele lugar, os homens do cinema com garotas com metade de sua idade. Então, ela falou:

— Algum tempo atrás, Oliver desapareceu por um tempo... um mês, acho.

— Acha que ele estava na Inglaterra?

— Quando voltou, estava... distante.

— Ele descobriu algo lá.

— É minha suspeita.

Ela mandou adicionar o valor do que consumiram à sua conta pessoal, e eles deixaram o bar. Ken a seguiu até um terreno baldio onde um prédio provavelmente seria erguido dentro de um ano. Por enquanto, era um matagal habitado por desabrigados. Ken deu a ela um pouco de espaço.

— O que acha, Ken? — perguntou ela sem olhar para ele.

— Seu pai nunca disse nada sobre ter dúvidas quanto à morte dela?

— Claro que não.

— Então acho que há muita coisa que precisamos saber — respondeu ele. — E não vamos descobrir parados aqui.

Ela entendeu.

— Acha que precisamos ir para a Inglaterra?

— Acho.

Ela enfiou a mão na carteira, tirou um novo Nat Sherman e o acendeu com um isqueiro elétrico. Deu três tragadas longas, lançando a fumaça no ar, antes de voltar a falar.

— Não vou lá desde que aconteceu. — Ela fez uma pausa. — Odeio aquela casa.

— Me conte a respeito.

— O que quer saber?

— Comece do início.

— Meu avô a herdou de algum parente distante. Ele...

— Espere, isso é verdade?

— Como assim?

Parecia uma coisa tão louca quanto todo o resto que estava acontecendo.

— No livro de Oliver, há um médico inglês chamado Simeon que herda a casa do tio.

— É mesmo? Não li. Oliver pediu que eu não lesse por enquanto, mas não quis dizer por quê. Falou que me diria quando pudesse.

Aquilo, por si só, era estranho, muito estranho.

— Me conte sobre o que aconteceu na Casa da Ampulheta. A da Inglaterra — pediu Ken. — Houve realmente o caso do corpo enterrado na lama?

Ela olhou para ele com curiosidade. Deve ter parecido esquisito para ela que um estranho soubesse alguns dos segredos de sua família.

— Sim, houve. Meu avô nos contou quando já tínhamos idade para entender.

— Então, é a história. É a história de *A ampulheta*. Embora Oliver mude o sobrenome de seu avô.

Ela riu ironicamente com aquela revelação.

— Nossa grande lenda familiar. Só que é mais que uma lenda, é fato, tenho certeza. Acho que meu pai tem certo orgulho de sua ascendência... Todas as grandes famílias têm um pouco de assassinato e loucura, como os papas medievais. Tudo começando com meu avô... Depois que herdou a casa, ele morou nela durante um tempo antes de vir para cá.

— Havia uma mulher chamada Florence aprisionada na casa? Na história ela é cunhada do tio de Simeon.

— Havia uma mulher, sim. Mas não tinha o nome de minha mãe. Isso foi escolha de Oliver.

Ele assentiu pensativo, mostrando que entendeu. O que será que Oliver estava dizendo ao dar à mulher o nome da mãe deles?

— Comecei a ler o livro. Preciso terminá-lo. Acho que você deveria fazer o mesmo.

— Farei isso no caminho para a Inglaterra.

— Tudo bem. Tem só um obstáculo. — Um obstáculo era uma maneira educada de dizer que ele tinha o poder de compra de um monge.

Ela não precisava ser telepata... Os sapatos gastos de Ken falavam por ele.

— Não se preocupe, a fortuna da família paga.

— Eu...

— Disponha.

Tudo bem. Ele optou por falar dos aspectos práticos da viagem.

— Temos duas opções.

— Prossiga.

— De navio leva uma semana. De avião, dois dias.

Os cinejornais só sabiam falar nos primeiros voos transatlânticos de passageiros, que voavam de Nova York para Newfoundland para reabastecer, depois para a Irlanda para abastecer de novo, e finalmente chegavam ao porto de Southampton na costa meridional da Inglaterra. Os voos eram feitos em enormes hidroaviões que decolavam de portos costeiros em vez de aeródromos em terra.

— Então, vamos de avião.

— Se conseguirmos lugares.

— Meu pai é o governador da Califórnia. Vamos conseguir.

— Mesmo se estiver lotado?

— Eles desfazem a lotação.

— Entendi.

Então, eles iriam para a Inglaterra, onde o irmão dela havia desaparecido, e a mãe, se afogado. Tudo tinha que estar ligado a um — ou ambos — desses acontecimentos. Ele colocou as mãos nos bolsos. Aquela rua aberta, com homens e mulheres indo para mercearias e paradas de bonde, não era bem o lugar para o que ele estava prestes a perguntar, mas não tinha escolha.

— O que se lembra da morte da sua mãe?

Ela se pôs a olhar fixamente para o cigarro entre os dedos e o jogou para o lado.

— Eu estava na biblioteca, lendo. Algo sobre reis e rainhas ingleses. — Ken mal conseguia imaginar a jovem elegante à sua frente como uma menina. — Papai entrou, andando muito lentamente, disso eu me lembro. E me disse sem rodeios que mamãe estava morta. Ela tinha ido para os lodaçais. Nunca recuperamos o corpo dela. — Ken deu a ela um momento para respirar. — Todos os anos voltávamos no aniversário de sua morte. Ficávamos durante uma semana. Parei quando fiz vinte e um anos, mas papai ainda vai. É mais ou menos por agora. Sempre detestei ir... como se ela fosse ligar para a nossa presença.

Levou trinta e seis horas para organizar os voos. Nas primeiras vinte e quatro horas eles não se encontraram, mas Ken tinha providências a tomar: tirou férias não remuneradas de duas semanas do jornal e teve que ler o resto da história de Oliver.

Era uma história de fantasmas de certa forma. Sem sustos, mas os espíritos do passado voltando para assombrar os culpados que viviam. Eles, os espíritos, estavam por toda parte, até na música.

> Ela levou os dedos ao coração e começou a cantar aquele louvor novamente.
>
> *– O socorro dos desamparados, oh, habita em mim.*
>
> E ele percebeu por que ela cantava aquilo sem parar: ele conseguia distinguir muito discretamente aquela melodia no vento. Tinha que estar saindo dos sinos da igreja de Mersea.

Ken acompanhou os personagens ao longo de sua ilha lúgubre e pelas ruas sinuosas de Londres. Em meio ao risco e à reversão. Amizade e inimizade. E, quando finalmente chegou ao fim, compreendeu toda a tristeza daquela história: ninguém havia ganhado. Ninguém. Ninguém saiu na vantagem quando a verdade enterrada foi revelada; ninguém comemorou quando o segredo criminoso foi contado. Mesmo os personagens que permaneceram vivos nos últimos parágrafos haviam perdido mais que todos os outros juntos. Revele o passado, era a ideia, e assim o presente será destruído.

Aquilo fez com que Ken fizesse uma pausa. Se Oliver havia descoberto segredos e depois desejado não ter feito isso, quem diria que o que ele descobriu não deveria ser esquecido para desaparecer novamente? Mas a vontade de se vingar já tinha sido despertada. Era oito ou oitenta: Oliver, seu amigo, estava morto, e Ken queria saber quem iria pagar.

A viagem começou com um voo regular para a cidade de Nova York e depois continuou por ferrovia até Long Island para pegarem o avião transatlântico em Port Washington.

Eles tiveram que trocar de trem na estação de Flushing Main Street. A plataforma naquela manhã estava lotada de excursionistas e homens que transportavam caixotes de maçãs e farinha para as lojas locais. Alguns trens paravam para o embarque de uns cem ou mais passageiros, mas a maioria era de expressos que passavam direto a toda velocidade.

A mente de Ken havia estado inquieta a manhã inteira e agora havia se voltado para o relacionamento entre Coraline e o pai. Ele não conseguia entender muito bem. Ela aconselhava o pai a arrecadar dinheiro de apoiadores políticos, mas com certeza não agia de forma calorosa com ele. Contudo, pensando bem, ela não agia de forma calorosa com ninguém, exceto talvez com Oliver.

— Conhece alguém que já tenha atravessado o Atlântico de avião? — perguntou ele só para puxar conversa.

— Amelia Earhart.

— Conheceu-a pessoalmente?

— Um pouco.

Ora, que coisa fofa.

Eles foram submersos por outros corpos que se amontoavam, desesperados para entrar no próximo trem que parasse na estação. Mais um expresso estava passando direto. Por sorte tinha chegado cedo na plataforma, então, pelo menos conseguiriam se sentar quando um trem parasse. Coraline conferiu o relógio de pulso.

— Dois minutos — disse.

— Ótimo, eu… — Mas naquele momento Ken sentiu algo, alguém, batendo com força na parte de trás de seu joelho, fazendo-o perder o equilíbrio; e um ombro empurrando-o para a frente, derrubando-o. Seus pés estavam deixando a plataforma de concreto, e seu corpo, voando pelo ar. Foi uma queda nauseabunda e vertiginosa, mas foi a visão dos trilhos e das pedras enegrecidas indo ao seu encontro que fez o coração de Ken parar.

Ainda enquanto caía, ele conseguia ver o trem, a não mais de vinte metros, acelerando em sua direção. Não havia tempo para virar ou tentar agarrar a plataforma. Ele só conseguiu estender as mãos para proteger o rosto do impacto. Então, aconteceu: ele desabou sobre o metal e o cascalho, batendo a cabeça contra os ossos de seus dedos e sua barriga estrondeando sobre as pedras enquanto se espatifava por sobre o trilho de aço.

O impacto o deixou atordoado por um segundo, mas ele não tinha tempo para aquilo. A visão do trem em marcha acelerada avançando em sua direção chocou seu cérebro para que buscasse a autopreservação e ele rolou para o lado, se arrastando contra os tijolos fulvos que formavam a plataforma. Alguém gritava. O sinal sonoro do trem retumbava. Ken sentia o calor das rodas se aproximando em velocidade e ouvia os gritos de pânico das pessoas na plataforma enquanto observavam um homem prestes a morrer. Mas o instinto de sobrevivência é forte, e Ken pressionou o corpo com toda a força que tinha contra os tijolos, transformando sua carne em líquido para que se infiltrasse pelas minúsculas frestas. E ele sentiu algo passar tremulando por trás de sua cabeça. Algo rígido e quente.

Ele soube, então, que, se estivesse um fio de cabelo mais para trás, mil toneladas de aço teriam esmagado seu crânio em pedaços.

O trem havia passado direto por ele, com suas rodas guinchando e os freios emperrando a locomotiva nos trilhos como se fosse arrebentá-los. E alguém, uma mulher, ainda gritava.

Gritos de "Ele morreu?", "O trem o atingiu!" e "Você viu?" eram ouvidos entre os passageiros na plataforma.

— Alguém o puxe daí!

Ken arriscou o mínimo movimento, uma contração da cabeça que lhe mostrou o trem em repouso pouco além de onde ele estava. E ele desabou de costas no solo áspero.

— Chega outro dentro de dois minutos!

Tudo bem, tudo bem. Ele não tinha tempo para descansar ali. Isso ele entendia.

Ken se sentou no chão e se levantou com cuidado, o que o deixou de rosto colado com o de Coraline, cujas feições pálidas pareciam ainda mais pálidas agora, livradas de todo o sangue.

Ele não tinha tempo para os gritos de "Você está bem?" que eram despejados sobre ele. Agora que estava vivo, só queria saber quem o havia derrubado.

— Chamem a polícia! — rosnou ele, subindo na plataforma. Ele estava mais que pronto para uma briga. Queria mais que tudo entrar em uma.

Ele olhou ao redor, os punhos ensanguentados fechados com força, procurando um rosto que demonstrasse culpa. Ele viu jovens mães, homens velhos e crianças. Todos com cara de choque. Ninguém constrangido nem decepcionado por Ken ainda estar vivo e pronto para soltar coices como uma mula maltratada. Mas, por entre a multidão, por uma fração de segundo e não mais que isso, viu um homem de pé, se afastando dos outros, na boca da saída. Tinha uma aparência completamente comum... estatura e constituição médias, cabelos cor de lama. Porém, Ken viu no rosto dele um olhar que era pura determinação. Então, a multidão se movimentou novamente e ele desapareceu.

— Saiam da frente! — gritou Ken, abrindo caminho, empurrando as pessoas que tentavam detê-lo dizendo que ele tinha uma concussão ou precisava descansar. Ele chegou à saída em alta velocidade e olhou de cima a baixo a nova e ampla rua do lado de fora, mas não havia ninguém à vista além de duas mães com bebês em seus carrinhos.

Um policial chegou correndo ao local, com o rosto mais vermelho que uma cereja. Alguém devia tê-lo chamado.

— Você está bem, garoto? — perguntou o guarda, com a respiração pesada fazendo trepidar um corpo flácido e com sobrepeso.

— Estou vivo. — Ken enxugou a testa.

— Muito perigoso este lugar, com tanta gente empurrando — disse o guarda, tirando o quepe suado. Ele deveria tê-lo torcido para secar. — Já os alertei sobre isso.

— Alguém me empurrou. Foi intencional — disse Ken, com uma voz ameaçadora.

O guarda pareceu surpreso, como se Ken o tivesse acusado de ser o chefão por trás da agressão.

— Não, não, aqui não. Foi só um acidente. O povo sempre empurra. Não é frequente alguém cair, mas...

Eles foram interrompidos pelo maquinista do trem, que havia saltado de sua cabine e atravessado correndo.

— Você está bem, moço? — perguntou ele. Era apenas um garoto. — Pisei no freio assim que vi. Só que...

— A culpa não é sua.

— Só um acidente — disse o guarda com uma voz tranquilizadora.

— Um acidente é que não foi — disse Ken. — Você reconhece alguém aqui? — Ele apontou para a multidão, que sussurrava entre si enquanto acompanhava a discussão.

— Se reconheço? Alguns, acho. — O tom de voz dele tinha passado de defensivo para evasivo. — Esta é a minha área. Vejo as mesmas pessoas o tempo todo. — Ken desistiu. Como dissera, ele estava vivo, e o que aquele policial poderia lhe dizer, de qualquer maneira? Só que aquele povo não faria mal a uma mosca nem que ela pousasse em seu nariz e dançasse tango. E, dali em diante, Ken estaria vivo e seria cauteloso. — Quer ir até a delegacia, dar um depoimento? — perguntou o policial. Era óbvio que ele não queria que Ken fizesse nada daquilo. Provocaria só dor de cabeça e papelada.

Ken balançou a cabeça em uma resposta negativa e levou Coraline para longe dali, para dentro da estação, onde um carrinho de café estava parado sem clientes, depois de todos terem ido se espremer na plataforma para ver o espetáculo. Mais barato que filme sonoro. Até a moça que cuidava do carrinho havia deixado seu posto para esticar o pescoço, sem perceber que o astro do espetáculo estava bem ali, atrás dela. Ken serviu duas xícaras e jogou algumas moedas dentro da caixa. Ele não fazia a menor ideia se elas cobriam o valor, mas não estava com humor para verificar a tabela de preços.

— Sabe que aquilo não foi acidental, não é?

— Sei — respondeu Coraline. — O que acha que devemos fazer?

— Dadas as opções, sou totalmente a favor de ficar vivo. — Ele deu um gole em seu café; era horroroso, mas não ligou. A moça que o devia estar vendendo havia voltado, mas mantinha uma distância respeitosa, como se cair na frente de um trem fosse uma doença contagiosa. — Alguma ideia de quem foi?

— Não — disse Coraline.

— Você viu alguém?

— Não. Você viu?

— Só senti alguém me desequilibrar. Mas, quando levantei, vi...

— Viu o quê?

— Alguém. Um cara.

— Você o reconheceu?

— Não, mas notei alguma coisa nele, no jeito que me olhava.

— Como assim?

— Era como se ele planejasse fazer melhor da próxima vez.

Na área do porto, ao meio-dia, eles estavam de pé diante de um avião do tamanho de uma casa, que subia e descia na água.

— Este, madame — disse um comissário, extremamente orgulhoso de seu cargo —, é um Boeing B-314 Yankee Clipper. O maior avião do mundo. De todos os tempos.

— É muito impressionante — disse Coraline. — Pode fazer a gentileza de nos mostrar nossos lugares?

— Com satisfação, madame.

Coraline agradeceu, e eles foram levados para o camarote. Era tão luxuoso quanto qualquer coisa que a Cunard pudesse ostentar, com dois pavimentos com sofás daqueles que você senta e afunda, bares bem abastecidos e camareiros de paletó branco. Os chefs foram roubados dos melhores hotéis de Washington, DC, com a promessa de uma clientela de cabeças coroadas e gorjetas à altura delas. A viagem noturna de dezenove horas seria umas férias em si.

O avião tinha sete compartimentos no pavimento de passageiros, cada um com dez lugares, que foram convertidos em camarotes com beliches acortinados; todos feitos de nogueira polida.

— Coisa de outro mundo, não? — sugeriu Ken.

— Suponho que sim.

— Embora eu me pergunte por quanto tempo fará esta rota.

— Como assim?

— Seu irmão e eu conversamos algumas vezes sobre a Alemanha e seu novo chanceler. Oliver achava que uma nova guerra poderia ocorrer.

— Você achava que não? — perguntou ela.

— Naquela época, achava. Agora, não tenho tanta certeza. Acho que a próxima é a Polônia. Eu não ficaria surpreso se voltássemos ao conflito. O que você acha?

Ela pensou brevemente.

— Meu pai foi tenente na última guerra. Perdeu metade de seus homens em um único dia... e se lembra do nome de cada um deles. Se ele for presidente, acho que ficaremos de fora do que quer que aconteça.

O que quer que aconteça. Aquilo era uma receita de desastre internacional, essa era a opinião de Ken.

— Acha que deveríamos?

Ela fez uma pausa antes de responder.

— O que acho não faz diferença, Ken. — Ela chamou o barman e o convenceu a lhes trazer uma garrafa de uísque, muito embora ele insistisse que só poderia servir em copos. Ken serviu as bebidas e Coraline colocou discretamente uma nota de dez no bolso do barman. Ele fingiu não perceber. E fingiu mal. Passaram a olhar fixamente pela vigia, fumando e observando as estrelas passarem ao lado da fuselagem. — Quem é você, Ken? — perguntou ela, pensativa, como se realmente quisesse saber.

— Se eu dissesse que sou um garoto de fazenda da Geórgia, você acreditaria?

— Não acreditaria. — Ela deu uma última tragada no seu cigarro e soltou uma linha de fumaça prateada.

— É quem sou.

— É quem você era — respondeu ela.

— Não dá para escapar do passado, Coraline.

— Veremos. — E ela apagou o cigarro em um cinzeiro dourado.

Conhaques estavam sendo servidos e pairava sob o teto uma nuvem de fumaça de charuto tão espessa que uma pessoa poderia ficar perdida nela durante uma semana. Na traseira do avião ficava a "suíte de lua de mel" — um camarote totalmente privado, no momento ocupado por algum principelho europeu e sua "amiga", segundo um sussurro do garçom deles durante o jantar. A suíte podia ter recebido muitas pessoas que se comportavam como se estivessem em sua lua de mel, mas muito poucas delas usavam alianças de casamento, acrescentou o garçom. Ele se demorou até Coraline lhe dar uma nota de dez também. Parecia ser a tarifa corrente.

Ken ansiava por um tempo para descansar, mas sua mente voltava toda hora para a noite que passara na casa dos Tooke, quando viu a porta do quarto de Coraline entreaberta. A noite fora interrompida por fatos sangrentos, mas ele sentiu algo poderoso então, e, quando entrou no quarto dela, antes de lhe contar sobre Oliver, percebera toda uma ampla gama de emoções na maneira como ela olhara para ele.

Agora, estavam de pé ao lado de seus camarotes em miniatura com cortinas, não exatamente prontos para se separarem.

— Tudo isso é muito melhor do que eu esperava — disse ele. — Talvez eu simplesmente venha morar aqui.

— Melhor que seu apartamento?

Ele gargalhou.

— Da mesma maneira que o Palácio de Buckingham é melhor que uma vala lamacenta.

Ela fez uma pausa.

— Procurei uma coisa para você.

— O que é isso?

Um comissário trouxe a bolsa de ombro de camurça da moça, que estava no vestiário. Ele não recebeu uma nota de dez pelo esforço e fez cara de decepcionado. Coraline pegou uma carta dentro de um envelope azul desbotado no bolso lateral.

— Pode lê-la — disse ela.

Era uma carta de seu avô, Simeon, escrita em papel creme:

Casa da Ampulheta, Ray, Essex
6 de setembro de 1915

Meus queridos Oliver, Alexander e Coraline,

Já estou velho e a vida de vocês está só começando. Para vocês, sou um velho enrugado, e o quanto crianças se importam com velhos enrugados? Nada! E é assim que deve ser. Vocês devem se importar com pescarias e brincadeiras nas árvores e com aprender as lições da escola. Queria tanto voltar à idade de vocês! Bem, isso tudo já ficou para trás.

Escrevo esta carta enquanto estamos todos juntos porque quero que se lembrem de mim depois que eu tiver morrido. Porque eu vou me lembrar de vocês, onde quer que eu esteja.

Havia mais sobre os desejos dele para o futuro das crianças, conselhos sobre como conviver com outras pessoas e coisas do gênero, mas uma parte da carta se destacava:

Coraline, um dia você será uma jovem elegante, mas tome cuidado para não ficar elegante *demais*. Sua avó não era, e foi uma mulher maravilhosa. Portanto, suba naqueles aviões de que seu pai tanto fala. Aprenda a pilotar um até.

Alexander, sei que você será um líder dos homens. Um soldado, acho. Talvez na Marinha. Mas consigo enxergar, mesmo na sua idade, que você também tem um bom cérebro. Ser artista ou escritor também lhe cairia bem.

Oliver. Ah, Oliver. Peço-lhe minhas mais profundas desculpas. Você tem um espírito magnífico, e, ainda assim, esse seu corpo lhe falta. Fiz tudo o que consegui imaginar, mas escrevo esta carta sentado em minha cadeira de sempre, observando-o em seu quartinho de vidro na biblioteca, torcendo para ter algum lampejo de inspiração.

Sei que não terei.

Você provavelmente não tinha uma ideia real sobre o que significavam todos aqueles exames e observações, mas no decorrer dos últimos me-

ses tenho estudado você com uma esperança desenfreada da parte de seu pai – e minha – de que descobrirei algum milagre para curá-lo dos efeitos da sua doença. Mas não, meu querido neto, nada tem se mostrado promissor. Então, me sento no velho sofá, observando-o brincar com uma bicicleta de brinquedo, girando as rodas um milhão de vezes, e sabendo que você nunca conseguirá andar em uma. Isso é uma grande tristeza para mim e para seu pai, que tinha tantas esperanças para você, seu primeiro filho.

— O que ele quer dizer com "seu quartinho de vidro na biblioteca"?

— Meu pai imaginou que Simeon talvez pudesse encontrar uma cura para os efeitos da poliomielite de Oliver. Não é tão esdrúxulo quanto parece... Meu avô é doutor em doenças infecciosas e tinha certo renome por seu trabalho no tratamento da cólera. Estávamos passando um ano na Inglaterra à época. Então, Oliver teve que ficar em isolamento enquanto meu avô experimentava algumas coisas. Nada daquilo funcionou, embora posteriormente ele tenha se recuperado, como você sabe.

Ken verificou a data da carta. Era de dois meses antes do sequestro de Alexander.

— No livro de Oliver...

— Está querendo saber sobre a caixa de vidro. Da história. — Então ela também andara lendo. Aquela câmara de vidro ocupava um lugar tão central em *A ampulheta* que era surpreendente pensar que também poderia ser verdade.

— Estou.

— É claro que está. Bem, a verdade é que, sim: acho que aconteceu de verdade. Pelo menos tendo como base o que meu avô nos contou.

— Incrível. — Incrível que a história tenha se repetido; embora, desta vez, fosse Simeon sentado no sofá, observando dia e noite. — Por que seus pais voltaram para lá depois de seu irmão ter sido sequestrado? Imagino que o lugar guardasse lembranças sofridas.

— Acho que guardava, sim. Meus pais e meu avô deixaram a casa vazia durante anos, mas meu pai sempre dizia que ali era o lar de seus antepassados e que a ancestralidade deveria ser reverenciada. — Ela ergueu uma sobrancelha com sarcasmo de uma forma que dizia a ele que a ancestralidade, para ela, não valia de nada. — Então, eles começaram a voltar lá todos os verões. Até minha mãe morrer. — Ela examinou a carta novamente. — Papai idolatra Simeon. Costuma dizer "Seu avô ficará orgulhoso"... ou decepcionado, dependendo do que fizermos. De qualquer forma, quis que você lesse essa carta para saber como meu avô é de verdade, em vez de enxergá-lo pelo livro de Oliver.

— Entendo.

Ela estava ao lado da janela, e o céu noturno parecia estar entrando por ali. Talvez tenha sido o uísque ou o calor, mas ele deu meio passo na direção dela. As luzes acima de suas cabeças se refletiam na íris azul esbranquiça de Coraline. Ela ergueu o rosto para o dele, e ele sentiu sua respiração lenta e profunda enquanto as mãos dele subiam pelos lados do corpo dela, puxando-a para mais perto. Quando ele aproximou os lábios dos dela, os olhos de Coraline pareceram perder o foco, olhando através dele. E seus lábios se afastaram. Ela balançou a cabeça lentamente em um gesto de negação, olhando pela janela para a noite mais uma vez.

— Agora não — disse ela, baixinho. As mãos dele desabaram.

Eles ainda ficaram olhando um para o outro em silêncio durante alguns segundos, cada um esperando que o outro fizesse alguma coisa, que o garçom os interrompesse com uma tosse sutil ou que o avião caísse do maldito céu. Qualquer coisa. Nada aconteceu. Ela abriu as cortinas e as deixou cair de volta no lugar depois que entrou.

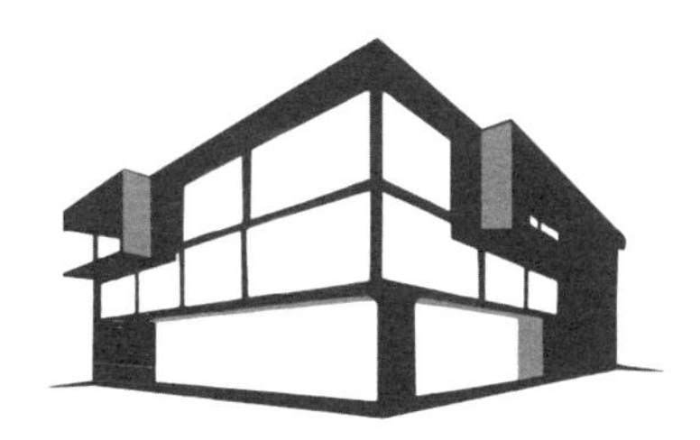

11

Eles foram acordados no meio da manhã com café e chá fumegantes. Depois de se lavarem e se vestirem, saíram do avião para a luz do sol do verão inglês. Não era absolutamente nada comparado ao verão da Califórnia — na melhor das hipóteses, poderia contar como a primavera para um californiano. Além disso, apesar do requinte do camarote, Ken não havia descansado bem e sua cabeça ainda estava cheia do nevoeiro provocado pela fumaça dos charutos da noite anterior. Então, o ar salgado do porto de Southampton formigando no fundo de sua garganta o fez recuperar o ânimo, mas pouco melhorou seu humor.

Enquanto atravessavam o cais para serem recebidos por algum dignitário arrogante da cidade e um funcionário da alta administração da Pan Am, Ken deu uma olhada ao redor. Era a primeira vista que tinha da Europa sem que fosse a dos cinejornais e não correspondeu às suas expectativas. A imagem que ele tinha do Velho Mundo era uma mistura das aventuras amorosas medievais e dos romances de Dickens; meio floresta, meio cortiço caindo aos pedaços. Mas ali estava um país se preparando para uma guerra do século XX em terra e mar: um enorme navio de guerra estava atracado e um enxame de barcos a vela zumbia em torno dele como vespas. Na boca do porto, um navio-varredor avançava para o mar. Uniformes azul-escuros da Marinha pululavam, e, pontilhados no meio deles, uniformes cáqui do Exército.

"Eles estão com cara de que estão bem resolvidos com o que está para acontecer", ele observou. Torcia para que o Reino Unido fosse capaz de sobreviver sem a ajuda dos Estados Unidos dessa vez se o governador Tooke fosse eleito presidente e mantivesse os rapazes norte-americanos fora de um segundo cenário de massacre na Europa.

Em seguida, eles pegaram o trem, e a imunda Londres ia passando como um borrão. Ken ficou desapontado por não conseguir visitar aquela grande capital, a fonte do vinho literário de que ele havia bebido durante toda a sua vida. Mas pelo menos havia o interior e as pequenas aldeias genuínas com igrejas de pedra e empregadas andando de bicicleta para observar a passagem do trem. Por fim, eles foram deixados na cidade de Colchester, em Essex — um local ancestral construído pelos romanos, disse-lhes uma placa desbotada na estação. Não era o destino final deles, mas Ken queria investigar uma coisa ali antes.

— Esta é a cidade mais próxima, certo? — perguntou ele.

— De Ray? É, sim.

— Então, ficaria aqui o tribunal de investigação.

— Suponho que sim.

Uma consulta na bilheteria da estação os levou a um prédio de tijolos a não mais de duas ruas dali.

O funcionário da recepção respondeu que sim, qualquer um tinha o direito de ler as transcrições do tribunal, e se o cavalheiro quisesse entrar na terceira sala sem janelas à direita, ele as encontraria marcadas por data.

— Este aqui — disse Coraline, abrindo um armário de madeira com a frente amarrada com arame depois de eles terem perdido algum tempo procurando. Ela puxou um livro pesado, encadernado com papel-cartão barato, que abrangia o ano da morte de sua mãe.

Ela o colocou em cima de uma mesa vazia e eles leram à luz de uma única lâmpada pendurada. As lâmpadas elétricas britânicas pareciam ser muito mais fracas que as norte-americanas.

Óbito de Florence Tooke (sra.). Inquérito no dia sete de julho de mil novecentos e vinte.

Ken e Coraline leram sobre as condições meteorológicas daquele dia — quente e claro —, o depoimento de uma chapeleira que atendera Florence naquela manhã e disse que ela parecera feliz o suficiente, nem um pouco, em sua opinião, com um estado de espírito de uma mulher prestes a se suicidar. Havia o depoimento do governador Tooke, que disse que sim, sua esposa estava infeliz desde o desaparecimento do filho do casal, mas que sua mente estava bastante equilibrada. Contudo, também havia o depoimento da empregada de Florence, Carmen, que estava limpando o escritório do governador quando, disse ela, viu a patroa largar o cavalete e tentar atravessar os lodaçais vagueando desenfreadamente até chegar à água e afundando. Alguns moradores confirmaram que outras pessoas já haviam morrido naquele mesmo local. O arquivo terminava com as palavras:

Veredito: Aberto

E aquilo, Ken sabia — qualquer pessoa capaz de ler aquelas palavras saberia — que significava algo suspeito. Algo que não estava bem certo. Ele verificou a porta e, discretamente, arrancou as páginas da encadernação e as enfiou dentro de sua mochila.

— Ninguém mais vai querer essas páginas — justificou-se.

— Isso é verdade.

Do lado de fora, eles demoraram alguns minutos sob a luz do sol do final da tarde para pensar sobre o que haviam lido.

— Foi como Piers disse — lembrou Ken depois de um tempo. Na verdade, ele estava meio que esperando que Bellen tivesse inventado aquilo.

— Estava torcendo para que não fosse.

— Não, eu entendo.

Até aquele momento, a morte de Florence havia sido simples. Dolorosa, claro, mas explicada. E agora Coraline tinha que aceitar a ideia de que tanto o irmão quanto a mãe haviam morrido em circunstâncias suspeitas.

Ela e Ken não disseram mais nada enquanto pegavam um táxi na estação de Colchester e atravessavam paisagens pantanosas de baixa altitude. Ali tinha sido a porta de entrada dos vikings na Inglaterra, contou o taxista.

Ken conseguia enxergar o porquê: era onde o mar e a terra se encontravam e se casavam. Às vezes, era sólido; outras, um canal aquoso. Campos desembocavam no congelante Mar do Norte, e ilhotas se erguiam como fantasmas.

Por fim, o táxi parou do lado de fora de um pub. Vê-lo deixou Ken feliz, porque, embora pudesse ter deixado de ver a velha Londres com a qual tanto sonhara, ali estava uma estalagem que havia resistido durante quatro séculos e ainda servia cerveja fraca em temperatura ambiente. A placa estava torta, porém o nome do estabelecimento, Rosa de Peldon, estava nítido. O prédio era amplo e baixo, com paredes ásperas caiadas que haviam se curvado aqui e ali com o passar do tempo.

A Rosa de Peldon havia sido descrita na história de Oliver. Nela, o herói, o jovem dr. Simeon Lee, descera de uma carruagem que havia parado em frente ao pub em uma noite tempestuosa próxima do final do século XIX para espiar os acontecimentos nebulosos da casa de seu tio, a Casa da Ampulheta. Agora, no século XX, Ken saltava do táxi com o fantasma de Simeon para investigar a morte de Oliver em uma cópia daquela casa na Califórnia.

— Eu tinha me esquecido deste lugar — disse Coraline com uma cara de enjoada enquanto dava uma volta, absorvendo aquilo tudo, para acabar se deparando com uma ilhota à frente deles. Ali era Ray, o cenário da investigação de Simeon Lee, da morte da mãe de Coraline e do desaparecimento de Alex. Não era muito maior que um campo de futebol, era baixa e atarracada como o menorzinho de uma ninhada. Além dela, erguia-se outra ilha, Mersea, onde uma cidade pequena se agarrava às rochas.

Ken foi até a janela do pub e olhou para dentro. Dava para ver vigas baixas de carvalho e uma convidativa lareira dentro de uma saleta. Um rádio tocava uma música clássica desconhecida.

— Vieram de Londres, não é? — ecoou uma voz rouca pela passagem da porta.

Ken conferiu as próprias roupas. Deviam parecer suficientemente estranhas para os habitantes locais.

— De um pouco mais longe que isso! — gritou ele com alegria, enquanto entrava a passos largos para ver alguns clientes jogando dominó ou dividindo um jornal no bar.

A voz, no final das contas, era do estalajadeiro — um sujeito magro como um ancinho —, que servia cerveja em uma jarra para um dos que liam o jornal. Um pouco da bebida derramou pela borda.

— Deu pra ver pelo sotaque. São norte-americanos? — Ele não parecia satisfeito. O estalajadeiro do livro de Oliver era mais alegre.

— Sim, somos — respondeu Ken, em uma tentativa de animar a conversa. Coraline entrou atrás dele e olhou em volta, como se estivesse vendo o próprio caixão.

— Tem tempo que a gente não vê um — disse o estalajadeiro. — Veio um canadense mês passado, não foi, Pete? — Pete, uma alma com aparência nervosa na casa dos quarenta ou cinquenta anos e cabelos ruivos brilhantes, concordou. — Mas eles são diferentes, não são?

— Eles gostam de pensar que são — confirmou Ken. Fez-se uma pausa quando acabou o assunto dos dois. — Pode nos servir duas dessas cervejas? — Ele tinha certeza de que cerveja morna em copo manchado não era a bebida preferida de Coraline, mas eles não podiam ficar de fora. O rádio continuava com sua orquestra solitária enquanto eles esperavam que as bebidas fossem servidas.

— Vieram atrás de ostra? — perguntou o barman, aparentemente admirado com visitantes de tão longe.

— Soubemos que são coisa de outro mundo — mentiu ele.

As bebidas foram servidas, e eles pagaram colocando algumas moedas no balcão. Enquanto o faziam, uma mulher, que aparentava ter uns cinquenta anos e parecia extremamente séria, se aproximou de Pete e colocou uma única pena branca em sua frente.

— Meu filho está na Marinha — disse ela. — Vai enfrentar os nazistas. Você foi um covarde na última e é um covarde agora. Mesma coisa para todos vocês. Bela igreja, a de vocês. Só tem covarde. — Ela saiu estufando o peito, e Pete, com as bochechas avermelhadas combinando com a cor de seus cabelos, guardou silenciosamente a pena no bolso da calça e fingiu ler a parte do jornal que estava com ele.

Ken retomou a conversa com o estalajadeiro.

— Existe algum lugar onde possamos nos hospedar por algumas noites?

— Um quarto? Bem... sim... temos alguns aqui. — Ele falou com certa dúvida. — Quinze xelins por noite, com refeições. Dez, sem. Vão querer um ou... — Os olhos do homem despiram Coraline — Dois quartos?

— Dois. — Ken entrou na frente para bloquear a visão do homem. Ela não era, de fato, nada dele, mas ele queria que o sujeito recuasse assim mesmo.

O barman entendeu o recado.

Depois de serem conduzidos aos dois quartos com todo o conforto de um mosteiro trapista, porém com ainda menos comodidades, eles se dirigiram ao andar de baixo. Estava na hora de começarem os trabalhos. A luz do entardecer se desmanchava sobre o telhado e havia no ar um cheiro de flores úmidas.

— Gostaríamos de explorar um pouco a região — disse Ken ao estalajadeiro. — Aquelas ilhas em frente. Dá para chegar lá?

O estalajadeiro olhou para o relógio e depois para uma tabela pregada na parede.

— Agora não. A maré está alta demais. O Strood... o caminho que leva até elas... está totalmente submerso. Muitos já se afogaram tentando atravessar quando a água o estava cobrindo. — Ken percebeu Coraline se arrepiar. — Vai escurecer antes de vocês atravessarem, então, é melhor esperar até amanhã.

Ken sabia tudo sobre as marés do Strood por ter lido *A ampulheta*, como subiam e desciam sem piedade.

— Preferimos ir hoje à noite, assim que for seguro.

O estalajadeiro encolheu os ombros magros e ossudos. Não faria diferença para ele se a polícia local precisasse tirar os corpos deles do lamaçal vinte e quatro horas depois.

— Se querem tanto...

Enquanto esperavam dar a hora certa, fizeram sua refeição da noite, que consistia, para o desgosto de Ken, em uma enguia borrachuda suspensa em uma geleia gelada e salgada, tudo posto em cima de um purê de batata empelotado. Por uma questão de formalidade, ele se forçou a comê-la, embora fosse mais como engolir um insulto do que comida. Coraline não se preocupou com a formalidade, e catou a batata para depois afastar o prato de sua frente.

— Não precisa dizer nada — falou Ken.

Eles seguiram com o fingimento de serem turistas que haviam escolhido um destino esquisito e afastado para conhecer após consultarem um guia de viagem pelo leste da Inglaterra que Ken comprara na estação ferroviária. Por fim, o estalajadeiro verificou a tabela de marés e seu relógio de pulso e informou que seria seguro o suficiente atravessar naquele momento, mas perguntou se eles tinham uma lanterna para iluminar o trajeto. Não, Ken respondeu. O estalajadeiro bufou e pegou sob o balcão uma lanterna a bateria, testou-a e entregou a eles. Se a estragassem, o valor seria adicionado à conta final.

— Desçam direto pelo Strood. Esse caminho os leva até Ray e depois Mersea. A cidade de Mersea fica para o oeste, mas a essa hora não é nada que valha a pena ver. — Bem, provavelmente tampouco o seria à luz do dia.

O Strood era um istmo que banhava as duas ilhotas, separadas do continente por riachos largos. O caminho estreito e escorregadio tinha possivelmente pouco menos de cem metros de distância entre o continente e Ray. Atravessava Ray pela mesma distância e depois chegava a Mersea. Na maré baixa, não ficava mais de um metro acima das ondas que batiam nos canais, e, à luz da lanterna Ken conseguiu ver a água subindo para tomar a estrada e qualquer um que estivesse nela.

Enquanto caminhava, ele sabia que estava literalmente seguindo os passos de Simeon, o herói de *A ampulheta*, aquela história maluca. De acordo com as informações de Coraline, o conto foi todo baseado na experiência do avô de Oliver na década de 1880, embora fosse difícil dizer quanto do livro era história, quanto era produto da imaginação de Oliver.

A ilha Ray em si era baixa, plana e de difícil trato. Seu semblante se projetava sobre o mar em um desafio mal-humorado. A vida que sustentava era semelhante: plantas pontiagudas, que se agarravam ao solo salgado, e alguns pássaros de canto estridente, que não ficavam mais tempo que o necessário para declarar a ilha triangular deserta.

Deserta, exceto por uma casa que se erguia como ardósia negra contra o céu escuro.

— Chegamos — disse Coraline.

Ken direcionou o potente feixe de luz da lanterna para a casa.

A Casa da Ampulheta, o lugar em que, na história, Simeon Lee havia desenterrado um segredo com as próprias mãos, içando-o da lama. E em que, neste mundo, o irmão e a mãe de Oliver haviam desaparecido. A casa ficava ao sul da ilhota, flanqueada por lodaçais ao leste. Teria sido um bom lugar para chegar à insanidade com tranquilidade.

A voz de Coraline mudou quando o feixe de luz iluminou a casa. Confusa, ela disse:

— O que houve com ela?

Era uma boa pergunta. Uma casa precisa de vidro nas janelas, portas nas paredes e um telhado. Aquela pilha de tijolos ordenados parecia subir cada vez mais, contudo, por cima de suas paredes enegrecidas, havia apenas pedaços de madeira e ladrilhos, enquanto suas janelas estavam vazias.

— Um incêndio — cogitou Ken.

Marcas pretas de queimadura acima das janelas logo ficaram visíveis à luz da lanterna.

— Eu não fazia ideia. — Eles observavam as ruínas. — Então, quando meu pai vem para cá, é isso que ele vê.

— É isso que ele vê — repetiu Ken.

Afastando-se novamente, cautelosos, como se o fogo estivesse de alguma forma esperando fora de vista para atacá-los, eles seguiram por uma trilha esburacada que mal ficava visível através da vegetação densa.

— Se estava vazia quando foi incendiada, significa que alguém a incendiou de propósito — falou Ken quando chegaram a menos de dez metros da porta aberta. — Ou isso ou foi atingida por um raio, mas a probabilidade é mínima.

— Não descarte a possibilidade. Nós, os Tooke, temos uma sorte esquisita. — Ora, os acontecimentos recentes provavam que ela estava certa quanto a isso.

Eles chegaram à entrada e Ken puxou o cordãozinho da campainha. Muito embora seu cérebro tenha lhe dito para não fazer isso, a expectativa que ele sentia era de ouvir o mesmo toque que Simeon ouvira, mas não houve som nenhum, é claro. E, de qualquer maneira, a porta que havia se aberto para Simeon agora tinha sido reduzida a meros pedaços de carvalho presos por dobradiças enferrujadas. Tudo aquilo parecia uma retaguarda surrada depois de uma batalha desastrosa que todos queriam esquecer.

Dentro da casa, a luz da lanterna incidiu sobre móveis carbonizados e revirados: uma enorme cadeira de zelador, uma mesa de jacarandá comprida, que um dia deve ter sido muito boa, uma lareira de ferro. O chão era de xadrez vitoriano em preto e branco, incrustado com um delicado desenho de estrelas, mas praticamente todo coberto de sujeira. Um cheiro de mofo exalava pelas entranhas da casa.

Coraline foi primeiro, pisando em meio à terra espalhada e às lascas. Os pés dela faziam barulho quando tocavam o chão. Alguma coisa que estava na cavidade escura fugiu.

— Então, esta é a sua herança — falou Ken.

— Como eu disse: nós, os Tooke, temos uma sorte esquisita.

Mais para dentro da casa havia uma pequena sala de descanso, com um grande buraco queimado em meio às tábuas do assoalho.

— Deve ter sido aqui que começou — disse Ken.

O apainelamento de madeira das paredes havia sido transformado em combustível. Havia alguns cacos de vidro dentro do cômodo, onde as janelas explodiram devido ao calor. As esquadrias de ferro permaneciam. Ken pensou novamente na história ambientada entre aquelas paredes. Era capaz de ver o doente pároco Hawes se arrastando. Mas que sombras agora se escondiam em seus cantos? Será que Oliver encontrara alguma coisa quando fora para a Inglaterra? Algo que levara à sua morte?

— Aonde você vai?

Ken havia começado a descer por um corredor que levava até os fundos. Ele parou embaixo de uma pintura levemente queimada, inclinada na parede. Uma cena de caça.

— A cozinha fica por aqui.

— Como você... — A voz dela foi sumindo. — É claro... Aquela droga de história. — O feixe de luz da lanterna reluziu nos olhos dela.

A cozinha tinha um enorme fogão de ferro fundido que provavelmente poderia funcionar tão bem agora quanto no dia em que foi entregue.

— O fogão é maior que meu apartamento — apontou Ken. Só o que havia ali eram lembranças guardadas pelos mortos. — Vamos para o andar de cima. — Era hora de se aproximarem do verdadeiro coração da casa.

Eles refizeram seus passos voltando ao corredor e olharam para o andar de cima, sobre o qual as nuvens da noite pairavam e algumas gaivotas esvoaçavam. Uma ampla escadaria de madeira levava para o andar superior. Apesar do incêndio, estava praticamente intacta. Avançavam com cuidado em meio a um labirinto de rachaduras e buracos na madeira. Uma leve garoa começou a cair, se infiltrando pelas tábuas do assoalho.

— Tinha me esquecido de como as proporções deste lugar são insanas — disse Coraline depois que eles terminaram de subir.

— Como assim?

— É igual à nossa casa na Califórnia. Do lado de fora, parece que são três andares, mas na verdade são só dois. O de cima é só muito alto — disse Coraline, e suas palavras umedeciam no ar. Ken aumentou a intensidade do feixe de luz da lanterna e iluminou a fileira superior de tijolos e os últimos vestígios do telhado. — Fico me perguntando por que alguém constrói uma casa assim.

— Para fazer entrar mais luz, presume-se. — Ele olhou para cima, para o vazio que um dia foi o telhado. — Bem, alguém conseguiu.

E então o feixe da lanterna iluminou algo que havia caído do telhado: um suporte de ferro forjado do tamanho de uma pessoa, que segurava um enorme cata-vento de vidro em forma de ampulheta. O vidro estava quebrado em dois pedaços. Nenhum grão de areia jamais voltaria a passar de uma metade para a outra.

— O nome da casa foi dado por causa disso — disse Coraline. — Acho que agora não significa mais nada.

Eles passaram por cima de vigas de madeira, ao longo do patamar que atravessava o andar superior, até uma porta que ainda ostentava um pouco do couro verde carbonizado. Ken tentou adivinhar o que havia do outro lado. Era a origem do mistério na história de Oliver, a origem de tudo. Ele empurrou a porta, que estava empenada e rígida no batente. Tentou arrombá-la com o ombro, mas nem assim ela se mexeu.

— Terei que arrebentá-la — disse ele, entregando a lanterna a Coraline.

Ken deu um passo para trás e se lançou contra a porta com todo o seu peso. A porta se manteve inteira por uma fração de segundo antes de ceder e partir em duas. E ali ele viu tudo, exatamente como a história de Oliver havia descrito: mil livros ou mais ocupando as altas paredes da biblioteca. No entanto, havia uma diferença elementar entre o livro e a visão em si, porque na história eles eram volumes excelentes e reverenciados que abrangiam todos os domínios do conhecimento humano; mas ali, estavam queimados pelo fogo, cobertos de líquen e envoltos por uma vida inteira de sujeira. Não era uma biblioteca, era um necrotério de livros. E cada um era um indigente.

Ken olhou para o outro extremo do cômodo, imaginando o que poderia encontrar. O feixe de luz seguiu, pois Coraline teve a mesma ideia, mas caiu em um espaço vazio: uma extensão seca e repleta de cinzas, sem livros, prateleiras ou mobília. Sem olhos resplandecendo silenciosamente. Tudo o que restava daquela câmara de observação era uma pilha de vidro quebrado no chão, refletindo malevolamente aquele cômodo em uma centena de imagens quebradas. Aquela câmara, no passado, havia significado algo terrível: o aprisionamento da doença e do desespero. Agora, aqueles fantasmas haviam sido libertados.

Ken verificou uma fileira de livros, passando o dedo pelas lombadas. Ele provavelmente estava na seção de ciências naturais, porque havia volumes que explicavam as reações químicas e descreviam sapos da América do Sul. Ele os recolocou cuidadosamente entre os destroços, mesmo sem entender por que se dava o trabalho de fazer isso, já que poderia tê-los atirado em qualquer lugar, pois não faria a menor diferença naquele cenário.

— O que achou que encontraríamos? — perguntou Coraline.

— Não isto. Isto é uma surpresa — respondeu ele. — É inquietante estar aqui depois de ler a respeito do lugar. Mas o incêndio? Pois é, isso foi inesperado.

Agora, aquele lugar seria, apenas e para todo o sempre, um lar para os pássaros e quaisquer criaturas que estivessem se escondendo nos cantos. Mas a questão era se Oliver havia encontrado alguma outra coisa quando estivera ali, algo que o colocara no caminho da própria destruição. Da mochila, Ken puxou seu exemplar de *A ampulheta* e leu, à luz da lanterna, algumas passagens sobre aquele cômodo que os cercava.

Ele mandou chamar Peter Cain, que chegou com as mãos imundas e segurando uma pá.

– Tava enterrando aquele potro morto. Bicho coxo num tem utilidade. Quer me ajudar a enterrar ele? – perguntou ele com insolência.

Simeon mandou que ele levasse Watkins à casa imediatamente e então subiu para a biblioteca. Florence estava sentada à pequena mesa octogonal, sobre a qual estava a pequena maquete de vidro da casa que todos eles habitavam, suas três estatuetas humanas esperando atrás das portas coloridas do andar superior, como atores preparados para representar seus papéis. Havia fogo na lareira e a imagem de suas chamas vermelhas dançava no vestido de seda amarela que Simeon escolhera para ela. Ela cantava um trecho do louvor novamente:

– *O socorro dos desamparados, oh, habita em mim.*

Florence. Com sua história, Oliver dera vida à mãe além daquela vida interrompida no mundo real. Ela continuava vivendo na cena que ele havia criado. Era triste de ler.

Não havia mais nada para ver, então eles tentaram as outras portas do andar de cima. Dois quartos estavam vazios, exceto por camas reduzidas a gravetos devido à ação da chuva. A última porta foi difícil de abrir, mas cedeu sem que Ken tivesse que arrombá-la, o que poupou seu ombro de mais uma pancada.

— Aqui era o escritório de meu pai quando vínhamos para cá — disse Coraline, espiando para dentro do cômodo, como devia fazer na infância. — Lembro de ficar de pé na porta vendo-o trabalhar. Ali. — Uma escrivaninha de tampo dobrável e uma cadeira de madeira de costas altas dominavam o cômodo. A escrivaninha havia ficado protegida por um solitário pedaço de telhado sobrevivente e não fora alcançada pelas chamas. Era a viúva em um enterro sem mais ninguém.

Uma vista astronômica esculpida na escrivaninha continuava tão nítida quanto sempre fora, mas, quando Ken investigou as gavetas — o que se mostrou complicado, já que a madeira havia deformado, obrigando-o a arrancá-las —, encontrou-as absolutamente vazias.

Não havia muito mais a examinar — algumas caixas viradas e várias prateleiras cujo inventário era: um vaso rachado, uma pequena caixa de cerâmica e uma pilha de excremento de rato. Ken se sentou na cadeira de encosto alto e suspirou. Porém, seu olhar caiu em algo: uma das gavetas não fechava completamente. Ele chegou a imaginar que fosse a madeira danificada, mas poderia ser outra coisa. Retirou a gaveta e tateou a cavidade. Sim, ali! Ali atrás, havia algo ali. Ele agarrou a coisa com os dedos e puxou.

Era um objeto oval, com cinco centímetros de comprimento e feito de porcelana. Suas duas metades, que se abriam como uma ostra, eram decoradas com dourado e delicadas linhas curvas de madrepérola. Alguém havia gastado um bom dinheiro naquilo.

— Eu sei o que é isso aí — disse Coraline no momento em que a coisa saiu do esconderijo.

Mas Ken não ia esperar ser informado. Ele separou as duas metades e descobriu um par de pinturas em miniatura, feitas com toques delicados de aquarela que deviam ter sido traçados com um pincelzinho de zibelina. Uma era da casa em que eles estavam, vista de longe sob o céu do anoitecer e antes do incêndio que a remodelara sem um mínimo de cuidado. A outra, de cabeça para baixo, era da casa homônima em um penhasco na Califórnia, em plena luz do dia.

— O quê? — perguntou Ken.

— Minha mãe as pintava às vezes. Eu tenho uma. Essa aí deve ser a de Oliver. Não sei por que ele a guardou aí.

Não, aquela era a pergunta mais difícil.

— Talvez para que ficasse com a mãe de vocês. De certa forma. — Ele estava longe de estar convencido de que aquela era a resposta.

— É possível.

Então, aquele cômodo guardava um segredo, de fato. Mas não era algo que Oliver havia descoberto; era algo que ele havia deixado.

Coraline olhava pela única janela do cômodo, que dava para o sul. Ken seguiu sua linha de visão até o litoral lamacento na ponta da ilhota, no limite da visibilidade sob a luz do luar.

— Quero ir embora — disse ela. — Não há mais nada aqui. — Nada além de lembranças ruins, poderia ter acrescentado para ser mais exata.

Ela se afastou rumo à escada. Ken a seguiu, mas algo lhe ocorreu e ele parou. Enfiou a mão na mochila e, dessa vez, tirou as atas da investigação forense que havia arrancado da encadernação.

— Espere — ele pediu.

— Por quê?

— *Ainda* há algo aqui. — Ele folheou o relatório. — Sim, aqui. — Ele apontou com o indicador para a página, e leu com o dobro da velocidade normal as palavras que o governador Tooke dissera, que davam conta de que sua esposa não estava sofrendo de nenhum desequilíbrio mental na manhã de sua morte e de que a chapeleira que a visitara havia dito que Florence Tooke parecia bem contente. Em seguida, passou ao depoimento de sua criada. — Veja. O depoimento de Carmen ao tribunal.

— E daí?

— Fique aqui. Vou lá fora nos lodaçais.

— O quê?

— Vou fazer um sinal para você com a lanterna. Grite quando vir o sinal. — Com isso, ele saiu correndo, deixando-a no cômodo iluminado apenas pela fraca luz do luar.

Com a lanterna, ele foi descendo a escada com cuidado e saiu pela porta da frente. Iluminou o caminho que percorreria com o feixe de luz. O chão foi ficando cada vez mais encharcado, subindo pelas laterais de suas pernas. Ele passou a avançar mais devagar, pois sabia exatamente o que poderia acontecer se tropeçasse no lugar errado — talvez deixasse cair a lanterna, fosse sugado...

Para o inferno com aquilo. Ele passou por muita coisa para seguir o mesmo caminho que Florence. Ele ia superar aquilo, ia descobrir o que havia acontecido com Oliver e ia descontar em quem quer que tivesse as mãos sujas de sangue.

E então o chão passou a ser mais lama congelante do que terra. A luz elétrica caía sobre uma extensão marrom que poderia ser tanto a margem como o mar sujo. Mais três passos e seus pés afundaram. Mais um para ter certeza. E ele estava com lama até os joelhos. Não podia arriscar mais um. E se virou para a casa. Ele agitou a lanterna de um lado para o outro. Depois, para cima e para baixo como se fizesse o sinal da cruz.

— Coraline! — gritou ele. O som ecoou, muito embora não parecesse haver nada ali em que ricochetear. Ricocheteava na desolação. Ele acenou e gritou novamente.

E então, ouviu a voz dela, muito distante.

— Sim!

Ele acenou fazendo o sinal da cruz mais uma vez, tirou os pés dormentes da lama e partiu de volta para a casa, subindo o corredor e deixando um rastro imundo até o escritório.

— O que viu? — perguntou ele assim que a avistou sentada na janela.

— Nada.

Exatamente o que ele esperava que ela visse.

— Foi o que pensei. Carmen disse ao tribunal que estava aqui quando viu sua mãe tentar atravessar os lodaçais. Um truque e tanto quando a janela dá para o outro lado. — Coraline franziu os lábios. — Conte-me sobre Carmen — pediu Ken.

— Ela está conosco desde que nasci.

Ora, aquilo significava que ela sabia mais segredos da família que uma sala repleta de seus advogados e banqueiros.

— Precisamos conversar com ela quando voltarmos. Confia nela?

Houve uma pausa.

— Em quem se pode confiar de olhos fechados?

Aquilo era verdade.

12

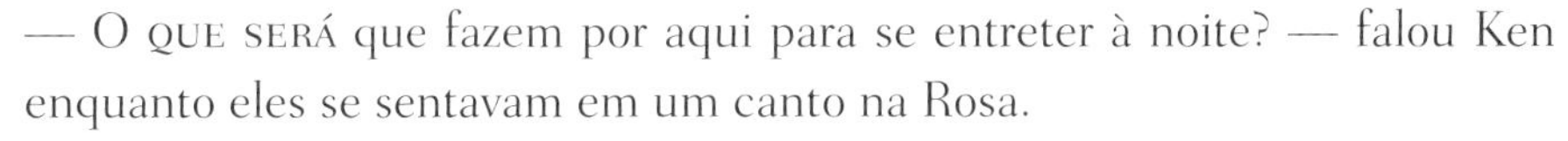

— O QUE SERÁ que fazem por aqui para se entreter à noite? — falou Ken enquanto eles se sentavam em um canto na Rosa.

— Matam uma vaca, se enterram vivos. Não pergunte a mim.

Coraline devia estar se sentindo bem chateada com as mentiras que iam sendo reveladas.

— Quer fazer alguma coisa para se distrair?

— Por exemplo?

— Cartas? Ou talvez eles joguem cribbage aqui.

— O que é isso?

— Alguma coisa com palitos de fósforo, acho.

— Nenhum de nós sabe jogar isso.

— Não. Buraco?

Ela deu de ombros em um gesto de aceitação. Ken pegou emprestado um baralho com o estalajadeiro e deu as cartas. Eles atraíram uma pequena multidão de moradores locais, que lhes perguntaram quais eram as regras e depois entraram no jogo. No final da noite, já faziam parte do grupo que frequentava a estalagem e todos tratavam Ken como amigo e Coraline com respeito. Ele se sentiu mal com aquilo, porém, de fato, gostou de passar aquelas horas no Velho Continente com ela e seus novos amigos. E deu para perceber que o fogo bruxuleante na lareira e seus amigos recém-feitos que se acotovelavam a fizeram se sentir um pouco melhor. Ela sorriu com algumas piadas e bebeu quase meio litro do gim do pub. Era tão diluído em água que seria necessário um barril para ao menos chegar perto da embriaguez, mas Ken suspeitava que mesmo a bebida sem nenhuma diluição mal teria feito cócegas nela.

Durante a noite, ele acordou sobressaltado, mas o sonho que tivera ainda inundava sua visão: Coraline com o maiô vermelho que usara no barco de Oliver no dia em que estavam todos despreocupados no mar. Só que, dessa vez, os dedos dele não estavam entregando a ela um coquetel, mas desatando os laços das costas do maiô de Coraline. Os laços se desenrolaram como cobras e se enrolaram nos pulsos dele, prendendo-o.

No escuro de seu quarto, ele conseguia sentir o peito subindo e descendo com a respiração ofegante e suas mãos se esticando.

— Meu Deus... — murmurou ele para si mesmo.

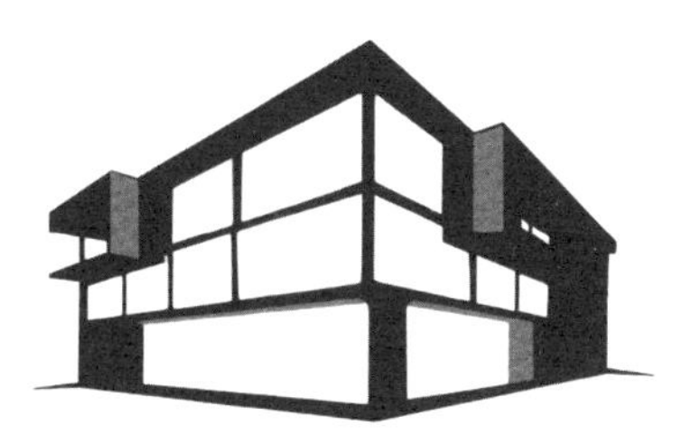

13

Ken acordou bem antes das oito. Era cedo demais para servirem o café da manhã, então ele pegou o livro de Oliver e começou a reler a história, sem pressa. Havia muito mais coisa ali do que parecia à primeira vista, aquilo era certo. Ele se viu pensando em como a personagem de Simeon encontrou um romance intitulado *O campo dourado*, que contava sobre um californiano que viajava para a Inglaterra para descobrir a verdade sobre sua mãe. Era uma reflexão sobre a busca do próprio Oliver; aquilo era óbvio para qualquer um que conhecesse a história da família. Sim, o livro de Oliver, com certeza, era um recado para aqueles que ele deixou para trás.

Ken leu o livro linha por linha, conferindo cada palavra como se fosse nova, caso tivesse deixado de notar alguma coisa, enquanto o som do estalajadeiro varrendo o salão e arrastando as cadeiras flutuava até ele do pub lá embaixo. E, quando chegou à descrição dos primeiros dias de Simeon na casa de Ray, algo ressoou em seu cérebro. Ele folheou para a frente e para trás, procurando uma passagem sobre os empregados da casa. Então, encontrou-a. Era um eco na página de algo que ele ouvira na vida real, algo que ouvira alguém dizer no pub. Ele fechou o livro com um baque, soltou uma risada e o jogou na cama antes de correr até o quarto de Coraline.

— Desça comigo — pediu ele. — Precisamos nos encontrar com uma pessoa.

Ela olhou o relógio de pulso.

— É o carteiro?

— Venha logo. — Eles desceram até a taberna. O estalajadeiro contava uma história suja para um barman que o ajudava a arrumar o salão e não se incomodou em interrompê-la ao ver Coraline.

— Tinha um sujeito aqui ontem à noite — falou Ken depois que ele terminou a história. — Ruivo. O nome dele era Pete.

— Pete Weir? — perguntou o estalajadeiro com prudência.

— Se você diz... Ele é um quacre, não é? Opositor consciente.

— Como sabe disso? — falou o homem, como se, ainda mais que antes, não gostasse que ninguém perguntasse nada, muito menos norte-americanos que alegavam ter ido atrás de ostras, o que era tão verossímil quanto alegarem que tinham ido por causa da vista.

— Aquela mulher deu a ele uma pena branca e ficou falando sobre a igreja dele ser covarde.

— Ele é um quacre, sim — cedeu o barman. — Não há nada de errado nisso.

Um ótimo quacre — que frequenta pubs —, mas Ken não estava disposto a questionar. Ele tamborilou os dedos no balcão do bar, satisfeito com a confirmação porque ela poderia justamente colocá-los em uma trilha que levaria a algum lugar, em vez de praticamente a lugar nenhum, como as outras que haviam seguido até ali.

— Gostaríamos de conversar com ele.

— A respeito de quê?

— Nada importante. — As sobrancelhas do estalajadeiro foram eloquentes em seu ceticismo. — Onde eu poderia encontrá-lo?

O homem passou um pano no imundo balcão de madeira pensativamente, decidindo se era seguro compartilhar a informação com forasteiros que tinham ido até ali por algum motivo que não era, de verdade, um tempo longe de tudo.

— A casa dele fica na praia Hard. Em Mersea.

— Obrigado. Como descubro qual é?

— Tem uma placa na frente oferecendo ostras à venda. — Ken agradeceu ao homem novamente, e o estalajadeiro olhou para o barman. O outro homem deu de ombros, como se os costumes dos norte-americanos fossem sempre difíceis de entender.

Ken estava se dirigindo à porta quando o estalajadeiro gritou:

— Ele não está lá agora.

— Não?

— Está no barco dele, no mar, fazendo a colheita. As ostras não saem simplesmente do mar e entram nas panelas.

— Tenho certeza disso. Sabe quando ele volta?

— Quatro ou cinco horas, provavelmente.

Aquilo era frustrante, mas Ken não poderia fazer nada a respeito.

— Tudo bem. Obrigado.

O barman respondeu com um aceno positivo da cabeça.

— Que conversa é essa? — perguntou Coraline, puxando Ken de lado.

— Um empregado no livro — explicou ele. — Peter Cain. É um quacre ruivo que bebe conhaque. Assim como Pete Weir. É uma baita coincidência; grande demais, acho. Talvez Oliver tenha feito isso conscientemente, ou inconscientemente, mas ele colocou Pete Weir em *A ampulheta*. Precisamos descobrir o que ele tem a dizer. Veremos quando ele voltar.

Então, eles tomaram seu café da manhã de cavalinhas e pão borrachudo. Depois, voltaram à Casa da Ampulheta. Visualmente, ficava melhor à luz do dia, mas não muito.

— O incêndio realmente acabou com ela — falou Ken.

— Preferia que tivesse sido demolida.

Era verdade que a casa pedia desesperadamente mais uma escavadeira que qualquer outra coisa. Eles a exploraram novamente, com a luz do dia iluminando mais que a fraca luz da lanterna com a qual foram na noite anterior, mas não encontraram nada mais que fosse útil e saíram de mãos vazias.

Meia hora depois, eles haviam deixado a ilha Ray para trás e chegavam à sua irmã, Mersea, que tinha alguns arbustos e árvores, o que a deixava parecendo um jardim paradisíaco em comparação com Ray, onde o matagal predominava. O solo também se elevava mais acima do nível do mar, tornando-a grande o suficiente para fingir que era uma cidade pequena. Havia umas duas igrejas, uma rua curta com lojas deprimentes e a praia — a Hard, como os locais a chamavam. Era um trecho repleto de cascalho, profundo o suficiente para atracar barcos pesqueiros, com um porto natural que havia sido reforçado com um quebra-mar.

Uma série de chalés de pescadores ficava à beira-mar, onde os homens iam e vinham, apressados, com panelas e redes. Algumas casas tinham placas do lado de fora oferecendo mercadorias, mas apenas uma anunciava ostras: uma casa de apenas um andar de tábuas de madeira. Era a casa de Pete Weir, mas não havia ninguém lá, como o estalajadeiro do pub informara.

O que fazer para matar o tempo? As opções não eram numerosas, portanto, eles optaram por caminhar pela cidade, visitar as igrejas, observar os barcos pesqueiros indo e vindo e tentar a sorte no chalé de Weir de vez em quando, sem sucesso.

— Cresci à beira-mar — contou Coraline, se sentando em um banco de concreto. — Eu achava reconfortante. Nem tanto agora.

— É compreensível.

Quando o final da tarde chegou, eles decidiram que era hora de visitar Weir novamente.

— Tem certeza quanto a isso? — perguntou Coraline.

— Como assim?

— Quero dizer... você está colocando muita importância em um detalhe do livro de Oliver.

Ele vinha pensando muito naquele livro, mesmo ali, sentados à beira--mar observando os barcos descarregarem suas pescarias.

— Eles chamam de *roman à clef*: romance com uma chave. O próprio livro revela a verdade. E acabei de perceber outra coisa.

— Que é?

— Que a personagem do "agente de inquéritos"... suponho que seja um detetive para nós... usa o nome de Cooryan como pseudônimo. Só posso supor que esse era para ser meu sobrenome. Acho que Oliver o deixou como um sinal para mim caso algo acontecesse com ele. Ele queria que eu contasse a verdade às pessoas se ele mesmo não pudesse.

Coraline se sentou por um momento, considerando aquilo.

— Acha que ele sabia o que estava para acontecer? — perguntou ela.

— Acho que ele sabia que era uma possibilidade. Como isso faz você se sentir?

Ela parou por um instante e se pôs a fitar o mar.

— Responsável.

Desta vez, quando eles se aproximaram do pequeno chalé do pescador, a cortina da janela estava aberta. Por uma vidraça rachada, Ken conseguiu ver Pete Weir a uma mesinha no canto, consumindo com bastante lentidão um copo de leite e um prato de peixe em conserva. Era um único cômodo com uma mobília pouca e simples e uma área separada por uma cortina a fim de criar um espaço para dormir. Weir ficava mexendo nos pedaços de peixe com seu garfo, aparentemente sem apetite. Ken bateu de leve na janela — com medo de que ela caísse para dentro — e o homem se pôs de pé com um salto, olhando para os lados, surpreso com a interrupção de sua rotina. Cautelosamente ele acenou para que entrassem.

O cômodo tinha um cheiro forte de mar.

— É Pete, não é? — O homem confirmou com a cabeça, um pouco desconfiado. Não era um homem que as pessoas costumavam procurar. — Meu nome é Ken Kourian. Posso lhe perguntar uma coisa? — Weir grunhiu algo que provavelmente era uma concordância. — Obrigado. Diga, você passou toda a sua vida em Mersea? — Ele grunhiu novamente. — Isso é um feito. De onde viemos, as pessoas sempre se mudam. Deve ser legal ter um lar e saber que é o seu lar.

— É sim, sr. Kourian. — Weir pareceu confuso com aquele nome estranho e o pronunciou com muito cuidado. Mas parecia que poucas pessoas conversavam com ele, e ele estava se acomodando um pouco, então, estava ansioso para manter algum diálogo. — Vieram para cá em lua de mel? — Coraline caiu na gargalhada. Ken reprimiu um sorriso. Weir estava com uma expressão de desconcerto. — Sinto muito, sra. Kourian. Eu...

— Srta. Tooke — disse ela.

O rosto dele perdeu o ânimo. Depois de um momento, a mandíbula dele se abriu e se mexeu como se mastigasse.

— Senhorita...

— Tooke. Coraline Tooke. O nome significa algo para você? — Weir olhou ao redor do cômodo, aparentemente preocupado que alguém tivesse ouvido. — Sim, posso ver que tem.

— O que significa para você? — Ken entrou na conversa. — Pete?

Pete esticou os dedos curtidos em direção à sua bebida, depois pensou melhor e recuou a mão. Ken ficou imaginando se havia alguma outra coisa no copo além de leite.

— Trabalhei para a sua família — murmurou ele.

— Você se lembra de mim? — perguntou Coraline. Ele deu de ombros, como se isso fosse fazer com que eles deixassem tudo para lá. — Acho que se lembra. — Ela fez uma pausa. — Se lembra de meu irmão Oliver? — Ao ouvir aquilo, as pálpebras de Weir se ergueram e depois caíram novamente. — Ele esteve aqui, não esteve? — Mais um momento de silêncio entre eles. — O que ele disse?

— Pete? Por favor, conte para nós.

Silêncio. Então, ele o quebrou:

— Me perguntou sobre sua mãe.

Ken sentiu um sobressalto. Lá estava, a bifurcação na estrada que os levaria de "lugar algum" para "algum lugar".

— E quanto a ela? — perguntou Coraline. Desta vez, os dedos endurecidos de Weir chegaram até o copo e ele despejou o que restava em sua boca. — Pete?

— Por favor. Não quero me envolver.

Ken e Coraline se entreolharam. Ken estava prestes a falar quando Coraline colocou a mão no bolso e pegou sua carteira. Ela a abriu, retirou uma nota de cinco libras e a colocou na mesa. Provavelmente era o que Weir tirava em uma semana de trabalho. Ele suspirou.

Cinco libras bastaram. Provavelmente ele teria aceitado muito menos.

— Não o que ele disse, né? É o que eu disse. O que eu vi.

A verdade estava próxima.

— E o que você viu?

— Não deveria dizer.

— Acho que agora tem que dizer — disse Ken a ele.

Weir rolava com nervosismo o copo entre os dedos.

— Foi depois que disseram que ela se afogou. — Ele olhou brevemente para Coraline, depois baixou o olhar, envergonhado. — No dia seguinte.

— O que foi? — perguntou Ken.

— Eu estava na Rosa.

— E então? — Ken tentou apressá-lo para que ele falasse logo.

— Um carro chegou lá fora. Carrão. Não reconheci.

— Continue.

E então o soco:

— Vi a criada da patroa, Carmen, carregando algumas coisas até ele.

Ken começava a compreender.

— Que coisas?

— Vestidos. Os vestidos da patroa. Outras coisas. Seu estojo de maquiagem. Não foi tudo que era dela. Só o essencial. — E ele olhou para Coraline pela última vez. — Se ela tivesse se afogado, aonde eles estavam indo? Diga-me isso.

Diga-me isso. Ken pensou nas constantes visitas do governador Tooke à Inglaterra e também olhou para a filha de uma mulher afogada que ainda precisava de suas roupas. Uma mulher cujo corpo nunca aparecera na maré na costa rasa. Uma mulher cuja leal criada mentira para o tribunal de investigação sobre ter testemunhado sua morte.

— Ela está viva — sussurrou Coraline.

E Ken pensou também no papel que os vestidos de Florence desempenharam no romance de Oliver, trazendo-a de volta a um simulacro de vida. Talvez Oliver tivesse pensado tanto nos vestidos de sua mãe que eles chegaram ao livro.

— Pensei muito nisso — murmurou o homem curtido para si mesmo.

— Eu pensei mais — disse Coraline.

— Já contou para alguém? Falou com alguém? — perguntou Ken.

— Nunca disse uma palavra. — Ele falava com um arrependimento legítimo. — Negócios de família. Não parecia assunto meu. Até seu irmão chegar perguntando.

Ken sondou mais, mas Weir não disse mais nada de útil. Então, eles saíram em meio ao final da tarde de Mersea.

— Onde ela está? — perguntou Coraline enquanto voltavam.

— Não sei. Acho que Oliver sabia, mas veja... seu pai vinha uma vez por ano. Ele não estava visitando o local da morte dela, estava visitando-a em vida. Então, presumimos que ela ainda esteja na Inglaterra... em Londres, provavelmente, para que ele possa chegar facilmente. E também presumimos que ela esteja sendo mantida lá. — E mais uma vez, ele pensou no livro. Ken tirou-o do bolso do paletó e folheou as páginas. Ele sabia qual era o capítulo de que precisava: o que detalhava uma caçada por Londres, uma prisão e um segredo revelado.

– Mas é verdade. E, alguns dias depois, Nathaniel me trouxe o que eu estava procurando. Era um endereço em St. George's Fields, em Southwark.

St. George's Fields. Ele entendeu imediatamente. Sim, ele mesmo tinha visto aquele lugar e sentido pena de qualquer pessoa que morasse ali.

– Posso imaginar o endereço a que se refere.

– Achei que poderia. Bem, Nathaniel me perguntou se eu conhecia aquelas bandas. Eu lhe disse que tinha lido sobre o lugar, mas que nunca achei que chegaria a visitar. "Não, moça, não são muitos que visitam." E, no entanto, no dia seguinte, eu estava em uma carruagem indo para lá.

Simeon a interrompeu:

– O Hospital Magdalena para Tratamento de Prostitutas Penitentes – disse ele. – Um nome desses não se esquece.

– Não mesmo. Então, lá estava eu, diante de um prédio de tijolos enorme que se parecia muito com uma prisão.

— Ken, está me dizendo...?

— Não sei. O nome é insano, mas não sei se o lugar é real ou se Oliver inventou tudo. Vale a pena tentar.

— Como?

— Bem, eles devem ter um sistema de informação de números de telefone neste país.

Eles voltaram para o pub com pressa, e lá o estalajadeiro indicou a Ken um telefone no canto. Provavelmente era o único em um raio de vários quilômetros. As moedas caíram pela fenda, e Coraline ficou observando enquanto

Ken falava no fone, esperava alguns segundos, falava outra vez e depois esperava um tempo antes de aparentemente agradecer a quem quer que estivesse do outro lado e desligar.

— Não tem nada registrado com esse nome em Londres. Mas pode muito bem estar com um nome diferente.

— Então?

— Então, não conseguiremos chegar lá esta noite, mas amanhã iremos a Londres nessa caçada.

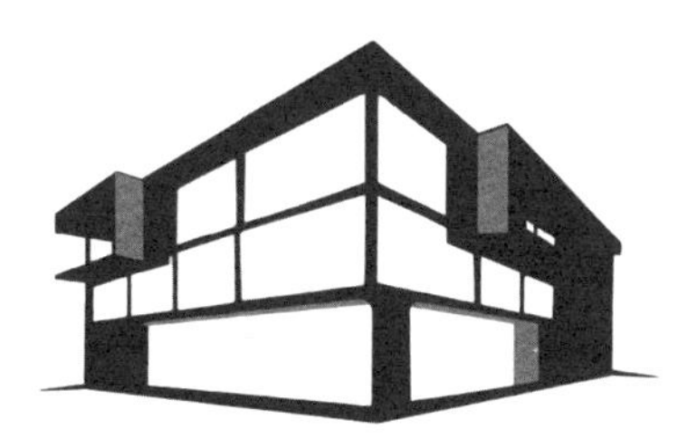

14

ELES DISCUTIAM A VIAGEM a Londres enquanto comiam cavalinha no café da manhã, e o estalajadeiro puxou casualmente uma conversa.

— E então, sobre o que queriam conversar com Pete?

Ken não queria que todos soubessem.

— Nada em especial — disse ele, tentando desconversar.

— Não era sobre os Tooke, então?

Ken engoliu os pedaços de peixe que tinha na boca. Não fazia sentido tentar fugir do assunto.

— Sim, era.

— E a senhorita é a srta. Tooke, então? — perguntou o estalajadeiro friamente para Coraline. Ela piscou em concordância, embora Ken tenha pensado que o olhar no rosto dela poderia ter espancado um fuzileiro naval.

Naquele momento, o estalajadeiro decidiu se juntar a eles à mesa.

— Lembro-me bem de sua família — disse ele. — Meu pai trabalhou para eles um pouco aqui e ali. Vovô também, pensando agora. — Ele coçou o queixo com a mão úmida. — Mulher bonita, sua mãe. — Ele fez uma pausa. — Uma pena, aquilo. Tudo por causa de seu irmão, não foi?

O sujeito foi tão sutil quanto um litro de uísque barato.

— Deve ter sido — respondeu Ken. — Estamos aqui para descobrir o que der.

— Descobrir? Vocês vão desenterrar a história toda?

— Vamos desenterrar a história toda — confirmou Coraline.

O estalajadeiro foi até o bar, onde pegou dois pratos com uma expressão pensativa no rosto.

— Já sabem sobre Charlie White?

Saber sobre ele? Charlie White havia sido apresentado como um jovem brutal de vinte anos em *A ampulheta*. O destino de seus primos, John e Annie, foi fundamental para a história. Às vezes, era fácil esquecer que os acontecimentos do livro eram baseados no que havia acontecido com o avô de Oliver quase sessenta anos antes. Estariam esses acontecimentos relacionados ao que aconteceu com a família em 1915? Àquela altura, Ken estava preparado para apostar até o que não tinha nisso.

— Sim, sei — respondeu Ken.

— Charlie foi *interrogado* sobre... qual era o nome dele? Alex?

— Por quem? — perguntou Ken, embora já estivesse entendendo.

— Pelos policiais.

— Por quê?

O estalajadeiro se dirigiu a Coraline:

— Ele foi visto próximo de sua casa quando seu irmão desapareceu. Sem motivo para estar lá. Disse que saiu para dar uma caminhada. Quem é que sai para caminhar em Ray? É mentira se quiser saber minha opinião. — Ele se apoiou no balcão do bar. — Mas quem sou eu para saber? Já faz tanto tempo...

— Ele está vivo? Ainda mora aqui?

— O único lugar aonde Charlie White vai é o inferno — murmurou o estalajadeiro em resposta. — Eu não me aproximaria se fosse vocês.

— Sem chance.

O estalajadeiro suspirou.

— Não. Bem, ele deve estar com quase oitenta anos agora. A última vez que ouvi falar dele é que estava enfurnado com Mags Protheroe. Ele tem um chalezinho agradável em Mersea.

* * *

Se o chalezinho de Charlie White algum dia já tinha sido "agradável", esse dia ficou no passado. Era um casebre repleto de buracos nas paredes, sem pelo menos metade das janelas, cuja porta da frente havia sido arrombada com chutes e muito mal consertada com tábuas pregadas à estrutura remanescente. Mais de uma vez, ao que parecia.

Enquanto eles se aproximavam da porta, sentiram um odor fétido de comida que acompanhava uma mulher de uns sessenta anos com uma touca de linho suja. Ela olhou ferozmente para o casal que se aproximava.

— Quem são vocês, pragas? — perguntou ela com uma voz extremamente estridente.

— Estamos procurando Charlie White. — O sotaque ou o tom de voz de Ken fez com que ela se detivesse, e ela olhou para ele, e depois para o chalé.

— Para quê?

Ken interpretou aquela pergunta como o máximo de convite que eles receberiam e marchou até a porta.

— Charlie White? — indagou ele.

Um homem, que havia sido enorme, mas que agora tinha a pele toda flácida, deu uma guinada em direção à porta, cuspindo e fazendo uma expressão carrancuda.

— Conheço vocês? — exigiu saber.

Charlie White não era nenhum gigante intelectual, mas havia uma astúcia animal em seu rosto. Seria melhor, Ken pensou, tomar a dianteira, e revelou quem eram. A expressão astuta ficou mais pronunciada e a boca de White se abriu para revelar uma fileira embriagada de dentes grossos.

— Como posso ser útil? — perguntou ele com sarcasmo.

Foi Coraline quem respondeu:

— A polícia o interrogou sobre o desaparecimento do meu irmão. Por quê?

— Por que não? Eu estava nas cercanias, como disseram. Muito tempo atrás, mocinha.

— Você viu alguém por lá? Alguém suspeito?

— Nem uma alma viva. — Ele cruzou os braços. Estava se divertindo.

— O que a polícia disse?

— Tem que perguntar pra eles, num acha?

— Provavelmente já estão mortos a essa altura.

— Vamos torcer.

— Você deve saber de alguma coisa.

— Sei de muita coisa. Não significa que vou contar.

— Por que estava lá?

Mas White não respondeu. Em vez disso, se apoiou no batente e falou, zombando:

— Quer saber? Acabei de pensar numa coisa. Vocês nunca viveram aqui. Nunca viveram. Então, qualquer coisa que tenham ouvido sobre toda essa história, ouviram dele.

— De quem?

O velho falou o nome mascando, como se fosse tabaco barato:

— Simeon Tooke. — Ele se pôs a observá-los com os olhos apertados enquanto fazia uma pausa. — O que você sabe realmente sobre seu avô, então, mocinha? Quer dizer, sabe *de verdade*?

— Muito mais que você.

Ele riu.

— Ah, é? Bem, então sou eu quem vou te contar uma coisa sobre ele.

— Prossiga.

— Ele era um trapaceiro. — O rosto dele se transformou na coisa mais próxima de um sorriso que ele foi capaz. — Sabia que ele sempre quis aquela casa? — Apontou na direção de Ray. — Isso era o que eu ouvia em qualquer lugar. Brincava lá quando menino e colocou o olho nela quando adulto. Conseguiu por bem ou por mal, dizem. Por bem *ou por mal*. Tirou do caminho o tio ou primo, sei lá o quê, pra colocar as mãos nela, dizem. Não importava quem tivesse que sofrer para que ele conseguisse, quem ficasse pobre.

Os olhos de Coraline se estreitaram. Foi uma revelação e tanto — se é que foi uma revelação. Mas, de qualquer forma, não era nada como a história de Oliver.

— Como assim, quem "tivesse que sofrer"? — perguntou Ken.

— Quem? — Ele mascou o tabaco invisível novamente. — Meu primo John. Ouviram falar dele?

Coraline falou:

— Foi meu avô quem o encontrou.

— Sim, sim. Engraçado isso. Ele estar bem ali na hora certa. Encontrar alguém onde encontrou John? Engraçado aquilo, não foi?

— Está dizendo que ele teve algo a ver com aquilo? Ele nem conhecia o seu primo.

— Num conhecia? Ele disse que num conhecia. Como é que a gente sabe se é verdade? — A expressão no rosto de White ficou ainda mais sombria. — Agora chega, já perdi a paciência com vocês. Fora. — Ele abriu a jaqueta imunda para exibir o cabo de madeira de uma faca guardada por dentro de seu cinto.

Eles conversaram bastante sobre o assunto voltando para o pub. Estava tudo ficando tão nebuloso quanto o mar que banhava Ray. O que exatamente Oliver havia recuperado? O que estava tentando revelar? Tantos segredos de família... Alex, Florence, Oliver, Simeon... Pensando bem, todos podiam ser o mesmo segredo. Aquela era uma ideia que podia dar em alguma coisa.

Quando entraram na Rosa, o estalajadeiro acenou para que eles se aproximassem.

— Digam-me uma coisa — falou ele. — Vocês têm amigos por aqui?

— Amigos? — perguntou Ken. — Não. — E já não estava gostando do rumo que a conversa tomava.

— Certo. — O barman cruzou os braços. — Só que tem gente perguntando...

— A nosso respeito?

— Exato. Parecia lá dos Estados Unidos, também. Apareceu uma hora atrás, perguntando se os chapas dele estavam hospedados aqui porque perdeu o nome do pub em que estão. História para boi dormir. Só tem esse pub por aqui. Falei para ele que nunca ouvi falar de vocês. Não sei se ele acreditou em mim, mas voltou lá para fora.

— Como ele era? — Ken fazia uma boa ideia de como era a aparência do tal sujeito.

O estalajadeiro encolheu os ombros.

— Cabelo castanho. Da minha altura, acho. De aparência comum.

— E quis saber nosso nome?

— Sim.

Ken puxou Coraline de lado. Era uma notícia ruim. Sim, parecia muito com o homem que o havia empurrado nos trilhos antes de eles pegarem o avião.

— O que fazemos? — perguntou ela.

— Seguimos com o plano e vamos direto para Londres.

Então, eles pegaram um táxi para Colchester e o trem para Londres, levando umas coisinhas para o caso de terem que passar a noite. Um alarme tocava repetidamente na mente de Ken avisando que eles estavam refazendo os passos de Florence em *A ampulheta*. Quando pararam na estação de Liverpool Street, ele quase conseguiu ver um pequeno e corrupto funcionário dos correios, com a palma da mão coçando por moedas, e um pároco vestido de preto descendo do trem.

Eles seguiam os passos de Florence e pegaram um táxi para St. George's Fields, em Southwark — a área ainda existia, embora tivesse sido totalmente alterada pelo tempo, e não para melhor. Não havia muitos campos em St. George's Fields agora, apenas um monte de ruas imundas repletas de ônibus e crianças subnutridas com rostos de carrascos. Incongruentemente, uma música tocava no ar, e Ken não conseguiu evitar cantarolar os versos sagrados e esperançosos sem se dar conta.

Coraline percebeu.

— O que está fazendo? — perguntou ela.

Ele se deu conta do que estava fazendo. Um badalar melodioso de sinos de igreja lhe lembrara de uma canção, e ela tomou conta de seu cérebro.

— Nada. Vamos fazer perguntas às pessoas. — A primeira com quem falaram, um rapaz que vendia frutas em um carrinho, nunca tinha ouvido falar no Hospital Magdalena para Tratamento de Prostitutas Penitentes. Na verdade, ele riu do nome e olhou de soslaio para Coraline, o que lhe rendeu algumas frases grosseiras de Ken. Mais alguns transeuntes: uma dona de casa que contava suas moedas em frente a uma tabacaria, um bêbado que se apoiava na porta de uma loja, uma moça que arrastava um cachorro sarnento, ninguém ajudou; e, quando perguntaram à última, Ken notou a música no ar novamente — o mesmo relógio de igreja batia a cada quinze minutos com um único compasso de música.

Eles fizeram uma pausa em uma cafeteria de esquina. Algo chamado "bolo de chá" — que era pouco mais que pão torrado com algumas passas solitárias salpicadas para decoração — foi trazido junto com o café fraco. Eles bebericaram a bebida e mastigaram a comida. Não falaram nada, receosos de que isso pudesse trazer má sorte para sua missão. Depois, voltaram para a rua a fim de fazer perguntas às pessoas, que olhavam para eles como se fossem loucos. Um casal zangado, uma senhora que não sabia que dia era, uma família que se desculpou por não fazer a mínima ideia. Um homem que caiu na gargalhada e começou a falar o que parecia ser grego, mais umas duas negativas de cabeça, e então, finalmente, um senhor de pernas arqueadas que sabia de alguma coisa.

— É essa aí. Foi essa — anunciou ele com um sotaque que era incrível que alguém conseguisse entender. Ele apontava para uma série de edifícios do século XVIII. — Agora não é mais. Agora são lares. Está assim há uns cinquenta anos ou mais. — O hospício da história de Oliver fora transformado em um prédio de apartamentos meio século antes. Dificilmente a mãe de Coraline estaria ali. Mais um beco sem saída.

— Ele mudou? — perguntou Coraline.

— Mudou? O hospital?

— Sim.

O homem coçou o queixo.

— Agora, pensando nisso, foi, sim, foi sim. Mas não é mais hospital.

— É o quê?

— Virou uma escola. Para meninas. Mudou de nome, é claro. — Ora, esse dificilmente poderia ter sido um debate complicado. — Mudou para Streatham, acho.

Coraline soltou um palavrão em desespero. Sua mãe também não poderia estar lá.

Ken ouvia a conversa, mas sua mente estava parcialmente em outro lugar. Na melodia no ar. Sim, era um badalar de sinos. Ele ouvia os versos em sua mente para combinar com a melodia. "O socorro dos desamparados, oh, habita em mim…" E os versos começaram a se aproximar de seus lábios. Coraline olhou fixamente para ele. Ele a ignorou e cantou mais da melodia. Então levantou a cabeça e prestou atenção. A melodia os cercava. Não, vinha da rua em frente. Mas não era uma canção qualquer, era o louvor que Florence cantava para si mesma repetidamente na história de Oliver enquanto ouvia os sinos da igreja badalarem-no. E estava sendo badalado agora por sinos de igreja próximos.

— Por aqui! — gritou ele, avançando para a rua adjacente. A melodia terminaria em breve. Eram os últimos quinze minutos marcados pelo relógio da igreja. Coraline olhou para ele como quem dizia que ele havia enlouquecido, mas o seguiu.

Ken correu vinte passos e então parou bruscamente, ouvindo com atenção. A melodia estava nas últimas notas. Ele virou à direita e correu por uma rua estreita que tinha apenas um casal de velhos chorando abraçados. A melodia findou enquanto ele olhava para um lado e para o outro da rua.

— De onde cargas-d'água está vindo? — perguntou ele para Coraline, que apareceu à entrada da rua.

— O quê?

— A... — E então, as orações de Ken foram atendidas quando os mesmos sinos badalaram o horário: doze badaladas. Ele seguiu acompanhando-os por uma passagem úmida para outra rua. Por fim, ele viu a casa. — Lá. Ela está lá dentro.

No final da rua, portões de ferro encerravam uma pequena propriedade. Madressilva-amarela subia pelas paredes e uma velha placa de metal na parede dizia que era o Hospital do Convento das Irmãs de Santa Inês de Jerusalém. O lugar tinha uma atmosfera como se estivesse esperando para acordar de um sonho.

Pelo meio do ferro forjado, Ken viu uma casa ampla, erguida em uma mistura de diversos estilos. Pelo menos, na aparência, era bem conservada. Ele se perguntou o que Coraline pensava ao ver aquilo tudo, sabendo que a mãe provavelmente estava lá dentro. Retornando do mundo dos mortos se não realmente voltando à vida.

Assim como a Casa da Ampulheta de Ray, o portão tinha uma velha campainha de corda de ferro, na qual Ken deu um puxão forte. Deve ter tocado em algum lugar, porque uma jovem trajando uma versão mais simples de um hábito de freira chegou rapidamente ao portão.

— Posso ajudar? — Nem se ela se esforçasse, conseguiria ter um sotaque mais irlandês que aquele. Ken sempre imaginara os irlandeses como bêbados, policiais grosseiros ou freiras, embora fosse um mistério para ele que tipo de país só poderia produzir essas três profissões.

— Viemos falar com... — começou ele.

— Minha mãe — completou Coraline. Aquela era a história da família dela, não dele. — Florence Tooke.

A jovem freira olhou para ela sem expressão.

— Não há ninguém aqui com esse nome — disse ela, balançando a cabeça em um gesto negativo.

Ken viu um leve ruborizar no rosto de Coraline.

— Sei que ela está aqui. Me leve até ela ou acabará levando a polícia até ela.

A freira piscava nervosamente.

— Juro para vocês, não há ninguém aqui com esse nome. Se quiser chamar um guarda, você pode e...

— Se me obrigar, eu chamo.

— Não vai fazer diferença. Palavra de honra.

Ken pôs a mão no ombro de Coraline. Algo na expressão daquela jovem fazia com que ele acreditasse nela. A viagem que eles fizeram, passando por documentos empoeirados, sobre água congelante e caminhos lamacentos, estava prestes a acabar ali, em uma cerca de ferro em Londres. A decepção era amarga e difícil de engolir.

— O quê? — perguntou Coraline a ele.

— Acho que ela está falando a verdade.

— Então cadê ela, caramba?

A freira ficou aquele tempo todo observando os dois com uma confusão visível no rosto.

— Não sei. Vamos embora. Vamos... — Ele se deteve quando algo fez um clique em sua mente. As palavras exatas da freira: "Não há ninguém aqui com esse nome". E o que elas implicavam. — Para todos os efeitos, ela está morta. É claro que a registraram com outro nome!

— Como é? — disse a freira, surpresa.

— Ela está aqui. Em algum lugar do seu convento, há uma mulher de cerca de cinquenta anos que está aqui desde 1920.

— Nós... Nós temos muitas pacientes que estão aqui esse tempo todo. — Agora ela parecia mais preocupada de que aquelas pessoas pudessem não ser simplesmente loucas.

— Mas essa mulher tem algo de singular — falou ele. — Ela fala com sotaque dos Estados Unidos. — Os olhos da freira se arregalaram, e ela olhou rapidamente por cima do ombro para os prédios às suas costas. — Estou certo, não estou?

A jovem hesitou, depois assentiu e cedeu:

— Ela é sua mãe? — perguntou ela a Coraline.

— Sim, é. Quero falar com ela. — Coraline se mantinha calma, embora Ken tivesse a sensação de que a jovem atrás do portão não devesse prolongar aquela situação por tanto tempo.

— Só a conheço como Jessica. Mas... — A voz dela foi sumindo.

— Nada de "mas". — Coraline aproximou o rosto do ferro negro. — Não vou pedir novamente.

Bem, a ameaça a uma freira funcionou, mas a jovem havia lhes deixado poucas opções.

— Eu... preciso falar com a madre superiora.

— Você precisa é destrancar este portão.

Ken interveio:

— Vá e pergunte a ela — falou ele, acalmando as águas agitadas. — Suspeito que ela saiba o nome verdadeiro da sra. Tooke. Por favor, diga a ela que a filha da sra. Tooke está aqui. Presumo que qualquer parente próximo tenha o direito de ver seus entes queridos.

— Bem, s-sim — gaguejou a freira. Então, engoliu em seco e correu na direção da casa.

— Minha vontade é matar meu pai — disse Coraline baixinho. — Como ele ousa fazer isso?

— Não vamos tirar conclusões precipitadas — advertiu Ken, pois tinha a sensação de que as coisas poderiam não ser tão claras quanto pareciam.

E, enquanto as paixões estivessem em polvorosa, seria melhor manter a cabeça fria.

Coraline fumou dois cigarros inteiros enquanto eles esperavam uma resposta.

Por fim, a jovem freira voltou, mas não estava só. Uma mulher atarracada com uma grande touca emoldurando o rosto vinha caminhando a passos largos na direção deles.

— Boa tarde — disse ela, embora seu tom de voz indicasse que era uma tarde ruim.

— Boa tarde — respondeu Ken antes que Coraline pudesse vomitar as palavras mais grosseiras que ele imaginou que lhe povoassem a mente. — Viemos falar com Florence Tooke, ou "Jessica", como vocês a chamam. Esta é a filha dela, Coraline.

— E você, quem é?

— Um amigo da família. Ken Kourian.

— Advogado? Médico?

— Nem um, nem outro.

— Então, por que eu me preocuparia com você? — Ela não esperou uma resposta, mas falou com Coraline: — Não permitiremos que falem com nenhuma de nossas pacientes. Para começo de conversa, não tenho nenhuma prova de que vocês são quem dizem ser.

Coraline quase rasgou sua bolsa ao abri-la. Ela puxou seu maço todo amassado de cigarros e o jogou de lado para que caísse em meio às ervas daninhas no pé do portão antes de encontrar seu talão de cheques. A freira mais jovem se abaixou e recolheu discretamente o maço de cigarros. Coraline estendeu o talão de cheques bancários.

— Meu nome está bem aí — disse ela, apresentando um.

A freira mais velha o pegou da mão de Coraline pelas grades e o examinou como se fosse capaz de detectar sinais de falsificação, depois devolveu o talão com um gesto que dizia que aquilo era imoral.

— Você me mostrou um talão de um banco. Dos Estados Unidos. Como vou saber se é realmente seu?

— E quanto ao seu passaporte? — sugeriu Ken.

— Está na minha valise, lá no Rosa.

— Então, pronto — disse a freira. — Se forem quem dizem ser, serão bastante capazes de escrever para o hospital do convento e da mesma forma responderemos para o endereço para correspondências registrado. Isto é, se é que a mulher que vocês afirmam ser nossa paciente estiver, de fato, aqui.

— Você sabe muito bem que está — murmurou Ken.

— Então, não terão dificuldades, terão? — respondeu ela com um tênue ar de superioridade. — Saia de perto deles, irmã Julia. — Irmã Julia, que estava agarrada ao portão, seguiu a mulher mais velha. Mas, quando se virou para ir, deixou cair algo da mão que estava ao redor do ferro forjado. Era o maço de cigarros.

— Malditas sejam — disse Coraline baixinho. — Elas não estão nem aí.

— Não — respondeu Ken, distraído pelo maço.

— Minha mãe poderia morrer lá dentro e não me deixariam entrar.

A visão de Ken ainda repousava sobre o maço de cigarros.

— Espere, veja.

— O quê?

Ele se abaixou e alcançou o maço passando o braço pelas barras de metal retorcidas. Era de um verde intenso e exibia o nome da marca em letras cursivas douradas. Porém, algo havia sido escrito sob o logotipo, a lápis: "Portão leste. Uma hora".

— Acho que nossa jovem amiga tem mais consciência que sua patroa — disse ele, mostrando aquilo para Coraline.

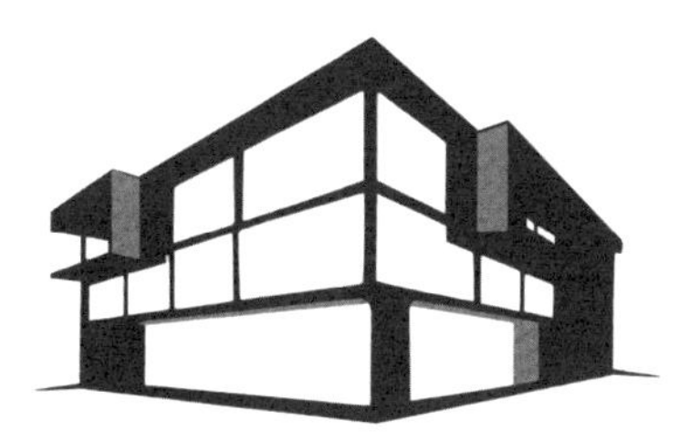

15

— Você se lembra de alguma coisa sobre sua mãe? — perguntou Ken enquanto eles esperavam do lado de fora de uma grossa porta na parede leste.

— Lembro que ela era boazinha. — Coraline fez uma pausa. — Nenhum ato específico, era mais a sensação que ela passava. Acho que é isso que é ser mãe. — Ela olhou para um pinheiro, que brilhava verde à luz quente do meio-dia.

— Sim, concordo.

Eles ficaram esperando até que um ruído metálico os alertou para um movimento do outro lado do portão. Um ferrolho pesado estava sendo puxado. O portão se abriu bem devagar, e irmã Julia olhou para fora com cautela. Quando viu que estavam sozinhos, recuou sem dizer nada.

Eles a seguiram rápida e agradecidamente, atravessando os jardins, procurando abrigo nos arbustos e nas árvores do canto, até chegarem a um prédio de aparência rústica ligado à casa principal por uma passarela coberta, de onde vinham sons profundos. A freira tirou um molho de chaves de seu hábito e os conduziu por uma passagem caiada, onde os sons se solidificavam em uma mistura de zumbidos e cânticos.

— É a hora das orações da tarde — sussurrou a jovem a título de explicação.

— Quem está rezando? — perguntou Ken, embora já soubesse.

— As pacientes. Rogam a misericórdia de Deus.

Algo brilhou nos olhos de Coraline.

— E minha mãe? — perguntou ela.

A freira os guiou, contornando uma esquina, passando por portas com fechaduras pesadas e números tramados na madeira. Todos recobertos com uma camada fina de tinta branca. A irmã parou no número cinco. Um murmúrio lá de dentro, rápido e baixinho, como se a falante tivesse algo urgente a dizer, mas não tivesse muito tempo, chegou até eles. A jovem freira se pôs a prestar atenção para ver se ouvia alguma coisa por um instante e depois colocou a chave na fechadura.

Quando estava prestes a girá-la, ela fez uma pausa.

— Por favor, lembrem-se de que ela está aqui há muito tempo. Está diferente das suas lembranças. — A cadeia de luzes elétricas que passava por cima deles emitiu um zunido.

— Eu tinha seis anos quando me disseram que ela morreu.

A freira tentou dizer alguma coisa, mas o espanto a deixou muda. Ela desistiu e bateu na porta.

— Jessica — chamou ela. Então, com hesitação: — Florence? — Os murmúrios pararam. O ar pairava gelado apesar do calor lá fora. — Florence, tem gente aqui que veio falar com você. Visita. — Houve mais murmúrios, ainda mais rápidos que antes.

A chave girou e a porta se abriu sob a ação do próprio peso. Eles estavam olhando para um pequeno cômodo, que parecia uma cela religiosa. De uma única janela lá no alto, quase tocando o teto, um feixe de luz âmbar entrava bem fraquinho. Partículas de poeira pairavam enquanto a luz refletia em uma parede coberta com imagens do Cristo crucificado, com a lateral do corpo perfurada e a cabeça rasgada por uma coroa de espinhos. O rosto do Salvador, da cor de cinzas, transparecia o sofrimento do homem oprimido por todos os pecados do mundo. Assim como a dor da mulher que havia coberto as paredes com Sua imagem.

A mulher estava ajoelhada no chão de concreto, de frente para um crucifixo de madeira pregado à parede abaixo da janela. A luz fazia seu vestido amarelo arder como o sol. Sua mão direita segurava um rosário, que era arrastado pelo chão. Tudo o que eles conseguiam ver dela eram suas costas arqueadas.

— Jess... Florence? — perguntou a irmã. Os murmúrios recomeçaram, agora vagarosamente, enquanto os dedos dela tocavam as contas em sequência.

— *O quarto mistério doloroso. Jesus com a cruz aos ombros.* — Os sons ecoavam pelo cômodo. Nem as paredes os queriam.

— Florence, estamos aqui.

— *... cheia de graça. O Senhor é convos...*

— Mamãe. — A palavra caiu como uma pedra na água.

Todos esperaram. A mulher ajoelhada no chão enrijeceu. A mão que segurava o rosário recuou para o peito.

— Quem é que está aí? — O sotaque era de Nova York.

— Eu, mamãe.

As costas se desdobraram e a cabeça de uma mulher se ergueu. Seus cabelos já tinham sido castanho-escuros, Ken pensou, e agora eram grisalhos.

— Coraline. — A voz dela não era mais um murmúrio. O tom era grave e atento.

— Sim. — Ela deu um passo à frente.

Quando ela o fez, sua mãe virou a cabeça. O rosto de Florence Tooke, outrora delicado e farto devido às facilidades de uma vida de posses, tinha ganhado carne, rugas, idade e preocupações. Mas com certeza era o mesmo que tinha aparecido nos jornais. E os olhos, que eram escuros, rastejaram pelas paredes em direção às três pessoas atrás dela, passaram pela jovem freira sem interesse, por Ken e chegaram à sua filha mais jovem.

— Coraline — repetiu ela. E aquilo foi dito com satisfação, como se tivesse esperado a vida inteira para pronunciar aquelas sílabas.

Os rostos de Jesus olhavam para todos eles, rostos mortos e vivos. Florence ergueu o rosário, beijou-o e pendurou-o no pescoço, e durante todo esse tempo ela mantinha o olhar nos três que haviam interrompido suas orações.

Por fim, virou o corpo para ficar de frente para eles. A luz a envolveu com uma névoa como brasas de um incêndio florestal. Quando ela abriu os braços, as chamas se derramaram pelo chão.

— Rezei tanto a Deus pedindo sua visita... — disse ela. Coraline deu um passo à frente, sem medo. — Dê-me um beijo.

Coraline só foi capaz de segurar as mãos da mãe. Mas havia uma pergunta que não podia esperar nem o tempo que levava para fazer aquilo.

— Por que está aqui? — perguntou ela.

Florence abriu um sorriso, como se fosse a única reação que ela esperava.

— Sim. Sim, por quê?

— Foi papai que a colocou aqui?

Florence deu as costas novamente para ficar de frente para a cruz na parede.

— De certa forma... — Entre as imagens de Jesus de Nazaré, Ken viu, havia outra imagem. Era uma cópia de um retrato da família. Ele já o vira duas vezes: uma pendurada na parede de uma das casas da família e outra em um papel de jornal granulado.

— De que forma? Ele a obrigou a ficar aqui?

Florence alisou os cabelos. Estavam perfeitamente arrumados e penteados, como se ela tivesse feito um grande esforço para deixá-los daquele jeito.

— Se ele me obrigou?

Irmã Júlia intercedeu:

— Acho que vocês não entendem.

— Como assim?

— Sua mãe não está detida aqui. Está aqui voluntariamente. Todas as pacientes estão.

Florence foi até uma cama no canto do cômodo, e, enquanto ela caminhava, Ken ouviu um barulho estranho: um ruído mecânico que não conseguiu identificar. Ela se sentou na cama, elegante e imóvel, como se paciência fosse algo que tivesse aprendido ao longo dos anos.

— Penso em você o tempo todo — disse ela, sonhadora. — Perguntei a Alexander sobre você.

O filho sequestrado. Então, ela falava com os mortos. Aquilo não era um sinal saudável.

— A senhora fala com Alexander? — indagou Coraline com suavidade.

Florence se virou para olhar o retrato da família na parede. Lá estavam todos eles: o governador, ela e seus três filhos. Mas, fora dos óleos sobre tela, duas daquelas figuras estavam mortas, e uma, isolada.

— Ele veio me visitar.

— Quando foi isso?

— Quando? — A mente dela ficou aérea. — Ah, semana passada. Ano passado. O tempo parece passar diferente neste lugar.

Sim, nunca poder olhar para um relógio de pulso ou um calendário provoca isso. Ken olhou para a freira, mas ela não tinha uma resposta.

Coraline se sentou na cama ao lado da mãe.

— Alex morreu, mamãe. Mais de vinte anos atrás.

Aquela era só uma das duas péssimas revelações que eles tinham para dar, Ken estava consciente. Eles guardariam segredo sobre a morte do outro filho dela por um tempo; contar naquele momento poderia causar consequências graves.

— Podemos conversar com algum médico a respeito dela? — perguntou ele baixinho à freira.

— Agora não. Ele vem amanhã.

— Como assim? — perguntou Florence à filha.

— Alex morreu. Com quatro anos.

Florence se recostou na cadeira e abriu um leve sorriso.

— Não, meu amor. Ele veio me visitar no mês passado. Nós conversamos. Fazia muito tempo que eu não o via.

— Mamãe, ele não está mais entre nós.

— Por que diz isso? — A alegria estava sumindo dos lábios dela.

— Sinto muito, mas é a verdade.

— Ele se sentou bem no lugar em que você está sentada agora.

Houve hesitação.

— Acho que não.

— Eu sei que sim.

— Mamãe, como soube que era ele?

— Como eu soube que era Alexander?

— Sim.

— Uma mãe conhece o próprio filho — respondeu ela com uma confiança serena.

Nesse momento, Ken pensou em uma coisa. De repente ela até tinha reconhecido seu filho, mas o filho errado.

— Sra. Tooke — começou Ken. — Pode ter sido o Oliver, seu outro filho, que veio visitá-la? É possível?

Ela ergueu o olhar para ele.

— Ah, não, não. Não foi o Oliver. Foi o Alexander. Com certeza.

— Não, mamãe.

— Ela está tomando algum tipo de medicamento? — perguntou Ken à freira.

Florence se acalmou, orgulhosa de si mesma.

— Eles me deram comprimidos por um tempo. Mas eu tinha problemas para pensar.

— Ela parou de tomá-los — disse irmã Julia. — Achamos mais seguro não obrigá-la.

— Mais seguro! — Florence soltou uma gargalhada. — Para vocês.

As reportagens que Ken lera descreviam uma anfitriã da alta sociedade que gostava de pintar aquarelas. Será que ela tinha sempre sido aquela estátua de suavidade ou será que, desde o princípio, tinha uma chama sombria em seu interior? E a insistência em que o filho morto tinha ido visitá-la poderia, dependendo do ponto de vista, ser expressão de uma fé religiosa arraigada ou de uma obsessão igualmente arraigada.

— Os médicos querem ajudá-la.

— Chega de médicos — ameaçou a mulher, distraída. — Foram eles que me colocaram aqui. São eles que estão por trás de tudo. Conspirando. — Ela andou furiosamente a passos largos até o canto oposto do cômodo. O leve tilintar a acompanhou.

— É um delírio comum — disse a freira o mais baixo que conseguiu.

— O que você sabe sobre isso, garota? — rebateu Florence, com um olhar torpe. — O que qualquer um de vocês sabe?

— Seu médico...

Florence a interrompeu:

— Sim, o médico. Pergunte a ele. Ele está por trás disso tudo. Ele estava envolvido nisso com meu marido.

— Qual médico? — perguntou Ken.

Ela ficou mais furiosa.

— Aquele. O da boca quebrada. Contei a Alexander sobre ele. A injeção.

Ken se dirigiu à irmã Julia:

— Sabe de quem ela está falando?

Ela balançou a cabeça em uma resposta negativa.

— Está um pouco confusa, Florence?

A mãe de Coraline ignorou a pergunta. Aquele ruído metálico esquisito soou de novo quando ela mudou de posição, como se alguém estivesse batendo em uma lata.

— Que barulho é esse? — perguntou ele à freira.

Mas foi Florence quem respondeu:

— É o meu pecado — murmurou ela. — Uma lembrança da minha culpa.

— O quê?

Em resposta, Florence se abaixou, tateou o tecido de seu vestido e começou a puxá-lo para cima, com os olhos fixos nos dele.

— Mamãe.

— Silêncio, criança. — E o algodão subiu deslizando pela carne da mulher, expondo uma panturrilha nua, depois a coxa rosada. — Aqui, vocês veem a minha culpa. — O vestido subiu ainda mais. A freira estava boquiaberta, como se soubesse o que estava por vir e não quisesse admitir. Então, a bainha passou por um anel de corrente de metal cravejado de farpas pontiagudas, todas voltadas para dentro, cravando-se na carne avermelhada e perfurando a pele, de onde escorriam pingos de sangue. — Mortifico minha carne para expiar o que fiz. — Ela olhou com felicidade para o objeto. — E por meio de minha lembrança do pecado, me sentarei à mesa do Senhor. — Seu olhar se ergueu para os outros três que ali estavam, um por um. — Vocês também expiarão seus pecados.

— Que merda é *essa*? — perguntou Ken à irmã Julia. Ele estava com raiva e pasmo em igual medida, mas a raiva venceu.

— Um cilício. Ela tem razão, religiosamente falando. Mas...

— Mas o quê?

— Nós não os usamos nas pacientes. São para as integrantes da ordem. — Ela tocou a própria coxa e Ken entendeu. — Ela nos implorou para colocar um. Por fim, a madre superiora disse que, se quisesse viver como uma integrante de nossa ordem, não havia vergonha naquilo. Ela conseguiu o que queria.

Florence levou o rosário aos lábios novamente e começou a cantar para si mesma.

— *O primeiro mistério doloroso*... — O fogo interior que ela mostrara se apagou e ela se voltou para dentro de si.

— Às vezes, é o próprio desejo que mata — comentou Coraline, olhando para a mãe. — Então, se ela não está detida aqui, pode ir embora? Neste momento, se ela quiser?

A freira pareceu arrependida de ter falado. Talvez devesse ter adivinhado qual seria a primeira coisa que passaria pela cabeça de uma filha.

— Bem... sim... mas não sei direito se isso é uma...

Coraline não iria aceitar interrupções.

— Mamãe, quer ir embora daqui?

— Por favor, podemos conversar no corredor? — perguntou a freira com urgência.

Elas se retiraram, deixando Ken sozinho com Florence. Ela sorriu para ele, e ele não conseguiu deixar de perceber um indício de algo se propagando pelos lábios da mulher; um indício de uma faceirice havia muito esquecida, como perfume no ar após o término de uma festa. Não foi agradável de ver.

— Como você se chama?

— Ken — disse ele. — Ken Kourian.

— Vai me levar embora, Ken? — perguntou ela, sussurrando. — Só nós dois? — O raio laranja do sol da tarde apareceu e ela se pôs sob ele. Ken se perguntou se aquilo havia algum dia feito parte da vida dela, de sua natureza. Os jornais nunca teriam noticiado isso, porque as classes mais abastadas sempre cerraram fileiras contra escândalos desse tipo. Ela se aproximou. — Seremos só nós dois? — Ele olhou para cima, para o retrato da família. Ela viu para onde ele olhou. — Isso tudo acabou.

Ela tentou se aproximar novamente, mas ele levantou a mão para não deixar que chegasse perto.

— Acho que não é uma boa ideia — disse ele.

— Será bom para nós dois.

— Não.

— E por que não? — Ela fez beicinho, em um gesto de petulância de uma atriz ruim.

— Está em segurança aqui.

Houve uma pausa, e então ela falou novamente:

— Ken diz que vai me levar embora. Só nós dois.

Ele adivinhou o que tinha acontecido. Olhou para trás e viu que Coraline e a freira haviam entrado novamente no cômodo.

— O que disse a ela? — perguntou a irmã, sem se preocupar em esconder o tom de acusação.

— Nada — respondeu ele. Não fazia sentido tentar explicar e teria parecido deselegante. Florence se sentou na cama, mas seu sorriso permaneceu.

— Lá fora — disse Coraline, e se retiraram para o corredor ela, a freira e Ken para conversarem. — Quero levá-la para casa — declarou.

— Mas será um choque terrível para ela — respondeu a freira. — É difícil dizer como ela vai encarar.

— Isso depende de nós.

— Você precisa falar com a madre superiora.

Coraline faz uma pausa de um segundo.

— Quero saber quem é o médico de quem ela falou.

— Não faço ideia. Sinto muito.

Eles ouviram Florence começar a sussurrar, rápido e baixinho, mais uma vez.

— Podemos tentar encontrá-lo — sugeriu Ken. — Mas tem certeza de que quer levá-la embora? Agora?

— Se eu esperar, e meu pai descobrir que estivemos aqui, talvez ele impeça. Pode colocá-la em algum lugar onde nunca mais a encontraremos.

Ken não tinha tanta certeza. Ele não conhecia a história e não queria fazer nada que, em retrospectiva, parecesse uma loucura.

— Ainda não sabemos por que ele fez isso.

— Não importa o motivo — disse ela, encarando-o com decisão. — Ela ficará melhor sem passar os dias cercada por essas imagens. Se não estava louca antes de entrar aqui, só isso já bastaria para que ela enlouquecesse. Minha mãe vai embora conosco.

Mas, antes que ele pudesse responder, surgiu uma outra voz que abalou os tijolos em meio à argamassa.

— Essa decisão não cabe a vocês! — A madre superiora se aproximava deles em alta velocidade. Vinha também outra pessoa atrás dela pelo corredor estreito, acompanhando seu ritmo.

— Então, cabe a quem? — perguntou Coraline.

E o homem atrás dela, o homem que Ken havia encontrado duas vezes do outro lado do oceano Atlântico, falou com uma fúria gelada à medida que passava a passos largos pela freira em direção a eles:

— É minha! Tirem-na daqui, e ela corta os pulsos. Ou se enforca. Ou vagueia mar adentro e desta vez pode ter sucesso.

— Você mentiu para mim durante vinte anos! — vociferou Coraline.

O governador Tooke estava a dez passos deles e se aproximava depressa.

— Escondi de você uma verdade que teria lhe causado mais sofrimento do que jamais poderia imaginar. — A freira mais velha, que deve tê-lo chamado de algum lugar próximo, parecia tão zangada quanto ele. — Ao contrário de você, tive que viver com isso. — O homem olhou extremamente irritado para Ken. — Meu filho o trouxe para dentro de meu lar. Agora, eu o encontro se metendo nos assuntos da minha família. Dê o fora daqui antes que eu mande prendê-lo.

Ken estava prestes a mandá-lo ir para o inferno quando Coraline reagiu em seu lugar:

— Ele está comigo, pai. E sua jurisdição aqui não é maior que a de um camponês.

— Por favor — implorou a irmã Julia, tentando se colocar entre eles. — Por favor, se acalmem. Isto está sendo desagradável para sua mãe e para as outras pacientes.

— Você já fez o suficiente! — rosnou a madre superiora.

O governador olhou com uma expressão tenebrosa para a filha e Ken, depois entrou a passos largos no cômodo de sua esposa e bateu a porta com força. Os murmúrios de Florence cessaram imediatamente.

— Olá, minha querida — eles ouviram o governador dizer. — Receio estar trazendo uma notícia muito ruim. — E disse a ela algo em um volume baixo demais para eles ouvirem. Então, houve silêncio antes do som de uma voz de mulher gritando. Coraline abriu a porta, mas o pai a empurrou, fechando-a com força.

O ar no corredor ficou estagnado enquanto eles esperavam, fervendo lentamente em meio ao que haviam feito. A freira mais jovem recuou alguns passos, se distanciando discretamente. Ken não a culpava. Ela havia feito o possível para fazer o que era o certo, e agora isso se voltaria contra ela. A madre superiora olhava para cada um deles com muita raiva, um de cada vez.

— Quero uma bebida — disse Coraline.

— Eu também.

Nos minutos seguintes, eles ouviram vozes abafadas e distinguiram algumas palavras: "Oliver" e "enterro". E depois mais silêncio.

Por fim, o governador saiu com o rosto lúgubre.

— Sigam-me — ordenou.

Coraline ignorou aquela instrução e passou rapidamente por ele, entrando no cômodo da mãe. Florence estava sentada na cama, olhando para cima, para a imagem esculpida de Cristo na cruz com gotas de sangue de madeira em Sua testa. Não parecia sequer perceber que a filha estava ali. A vida havia se esvaído dela, como se a notícia da morte de Oliver tivesse drenado o pouco que lhe restava.

Coraline também se sentou na cama e abraçou a mãe. Desde os seis anos não fazia isso, Ken sabia. Devia ser como abraçar um estranho. Ainda assim, ela o fez, e seu rosto tocou o de sua mãe.

— Quer saber por que a convenci a vir para cá? — disse o governador Tooke, arrumando a gravata. Eles caminhavam pelos jardins do convento. O odor de madressilva pairava pesado no ar. A raiva dele estava se transformando em exaustão.

— Que seja uma história muito boa, pai — advertiu Coraline.

— Ah, não tenho a menor necessidade de florear nada, menina. — Ele se sentou em uma árvore derrubada e alongou o pescoço. — Você sempre se achou esperta. Bem, vamos ver agora. Vamos ver. — Ele fez uma pausa, como se estivesse se lembrando de uma época que havia muito tinha reprimido em sua memória. — Quando Alexander foi sequestrado, sua mãe disse à polícia que dois ciganos o levaram dela no jardim da Casa da Ampulheta e fugiram para o continente.

— Eu sei — declarou ela. — Eu sei de toda a história.

— É o que pensa.

— Aonde quer chegar?

Ele ignorou a pergunta.

— Mas já pensou a respeito? O quê? Eles simplesmente caminharam até a casa sem que nenhum de nós nem os criados os víssemos e ainda conseguiram sair enquanto sua mãe gritava por ajuda? — A expressão de Coraline ficou um pouco tensa enquanto ela pensava, e uma mudança parecia sugerir que ela entendia o que ele estava falando. — Ah, sim, entendo. Está começando a pensar. Não é tão esperta agora, não é? E me diga o seguinte: qual foi o motivo? — Ele jogou as mãos para cima. — Mataram pela sensação da adrenalina, disseram. Bom, sempre falavam disso, mesmo naquela época. Matar pela sensação da adrenalina. — Ele balançou a cabeça em um gesto negativo, com raiva. — Bobagem. Claro, sempre tem um ou outro maluco, mas na maioria das vezes eles pegam uma machadinha e matam a própria mãe, não planejam o sequestro do filho de um homem rico. E não trabalham em dupla. E não vão até Ray para fazer isso. — A exaustão o dominava por completo. — Não, não acredito nessa explicaçãozinha inventada por policiais que não sabiam de nada e por um bando de jornalistas horrorosos que queriam vender mais cópias de seus jornais também horrorosos. É uma pena, de certa forma, porque seria mais fácil para todos se fosse algum maluco em quem nunca mais teríamos que pensar. — Ele escolhia com cuidado as palavras. — Eu torcia para isso, é claro. Torcia para que um daqueles ciganos ficasse bêbado e confessasse ou fosse preso por algum outro crime, para que eu mesmo pudesse resolver. Mas acho que isso não acontecerá. Não, senhor. — Ele tirou o paletó no calor, dobrou-o cuidadosamente ao seu lado sobre o tronco e se pôs a olhar para ele.

— Presumi que fosse um sequestro por dinheiro — sugeriu Coraline.

— Então, o que aconteceu com o pedido de resgate? — O desespero dele explodiu como se o estivesse escondendo havia vinte e cinco anos. — Passamos semanas esperando um. Quem sequestra uma pessoa por dinheiro pede dinheiro. Mesmo que algo tivesse dado errado e Alexander tivesse morrido, eles ainda teriam feito alguma exigência, enviado uma peça de roupa dele, e nós teríamos pagado na esperança de recuperá-lo. Mas não teve nada disso. Então, qual poderia ter sido o motivo?

Coraline passou um tempo sem dizer nada. Então, juntou os dedos das mãos e falou:

— Você acha que mamãe teve algo a ver com o que aconteceu. — E sua voz revelou um medo que nunca havia aparecido.

— Sinceramente, não sei — suspirou ele. Ken só pôde sentir pena do sujeito, prepotente como tinha sido até ali. — Ela vinha andando... instável havia algum tempo. Então, aquilo aconteceu e a polícia não encontrou nenhum vestígio.

— O que o fez pensar que conseguiria escondê-la assim?

Ele ergueu os olhos e pensou por um momento antes de responder.

— Seu avô me ensinou que um homem faz o que sabe que é o certo. Mesmo que todos os outros lhe digam que é errado. Vivi a vida com base nisso. A vida toda.

Ken olhou para o governador, um homem que perdera os dois filhos. Quem seria capaz de se recuperar de um trauma desses sem cicatrizes? Pouca gente.

— Ela disse que Alex a visitou — contou Coraline.

— Meu Deus... — murmurou Tooke. — As coisas em que ela acredita... Ela costumava ser melhor... em alguns aspectos.

— Como assim?

Ele tirou um lenço do bolso e enxugou o pescoço.

— Quando estava tomando a medicação, ela era... lenta em seus pensamentos... mas as ideias não eram esdrúxulas. Ela piorou. Os médicos me dizem que isso pode acontecer.

Eles passaram algum tempo sentados, ouvindo os pássaros do jardim e olhando para o bloco onde uma série de pequenos cômodos com grades continham mulheres.

— Ela quer ir para casa, pai. Está na hora. Talvez seja bom. O escândalo acabou. Se ela tiver supervisão permanente, ficará segura. Talvez até volte para nós.

— Não voltará.

— Talvez volte.

Ele hesitou.

— Como eu poderia levá-la para casa?

— Você não descumpriu nenhuma lei, não lá em casa, de qualquer maneira. E pode fazer isso discretamente.

— Ela nem tem passaporte.

— Então, vá até a embaixada providenciar um. Só o que os funcionários saberão é que uma mulher estadunidense, esposa do governador da Califórnia, precisa de um passaporte novo. Não farão nenhuma verificação, e mesmo que façam, não vão atrapalhar. Você é um homem poderoso. Pode estar em um avião dentro de quarenta e oito horas. Faça isso, pai.

— E depois?

— Depois o quê? Uma casa de repouso particular. Em um lugar tranquilo.

— Nenhum lugar é discreto assim.

— Algum lugar deve ser. E podemos pensar nos problemas quando estivermos diante deles. Se o senhor não fizer isso, eu mesma farei. E isso vai fazer muito mais barulho.

Tooke enxugou o pescoço novamente.

— Tudo bem. Tudo bem. Acho que está na hora.

— Acho que seu pai gosta da sua mãe. E de Oliver também — comentou Ken. Eles estavam no saguão do Hotel Savoy, em Strand. O governador, que já havia alugado uma suíte, disse que eles reservassem quartos ali enquanto ele permanecia no convento para providenciar a alta da esposa. Eles poderiam retornar a Mersea para pegar suas bagagens quando tudo estivesse à mão. Um comissário, trajando veludo verde e reluzentes medalhas de guerra, tocara a cartola com os dedos quando eles entraram e Ken finalmente sentiu o gostinho da Londres dos velhos hábitos, embora não estivesse com humor para aproveitá-la.

— Sabe o que ele dizia? — perguntou Coraline. — "Uma casa forte se constrói ao longo de gerações." Ele disse a Oliver que seria ele quem seguiria os passos de papai e concluiria o que nosso avô havia começado: a ascensão de nossa família ao andar de cima. Foi por isso que papai deu a ele o nome de Oliver.

A recepcionista estava preenchendo um formulário referente à estadia deles.

— Acontece — respondeu Ken. — Muitos homens querem que seus filhos sejam iguais a eles.

— Papai quer ser presidente. Se não conseguisse, queria que Oliver fosse. Agora, o que ele tem? Os Tooke morrerão com ele.

Ken chegou a sentir um leve traço de compaixão pelo governador, um homem que colocava o nome da família acima de todo o resto. Ele sentiu ainda mais compaixão pela sua esposa, cuja mente havia sido destroçada pela perda.

— Foi Oliver quem foi falar com ela — comentou ele. — Ela achou que ele era Alex.

— Eu sei.

E aquilo foi uma revelação.

— Coraline — chamou ele, mudando de posição para conseguir olhá-la nos olhos. — Não acho que seja coincidência seu irmão descobrir que sua mãe está viva e depois morrer.

Ela lambeu os lábios.

— Não.

Seguiu-se uma longa pausa. Um hóspede reclamava do barulho dos aviões que sobrevoavam Londres. O concierge estava explicando a possibilidade de guerra, o que era descartado como uma desculpa falsa para o barulho.

— Costuma pensar em seu avô e naquela casa em Ray? — perguntou Ken.

— O que têm eles?

Ele passou a mão nos cabelos, alisando-os.

— Tem uma coisa que não consigo tirar da cabeça.

— Como assim?

— É uma sensação de que tudo o que aconteceu, com você, seu irmão, conosco, é um jogo de dominó. A primeira peça caiu em 1881; a seguinte, em 1915; então, em 1920. Agora, estamos lidando com a última peça.

— Você percebe que isso parece loucura?

— Claro que parece. Mas também acho que é verdade.

A recepcionista providenciou para que as bagagens de mão fossem levadas aos quartos e eles seguiram para o bar a fim de beber martínis. O barman deslizou os copos pelo balcão de zinco.

— Vou jogar limpo com você — falou Ken depois que já tinham esvaziado três taças, os dois em silêncio. — Passei a maior parte da minha vida sonhando em vir para Londres.

— E o que achou?

— Bom, não é o que achei que seria.

Ele observou uma tropa de soldados passar apressada pela janela. A Grã-Bretanha estava mais frenética do que ele jamais imaginara. Fervilhava com uma mistura de rebeldia e medo do futuro. O país havia passado por uma guerra terrível vinte anos antes e não ansiava passar por outra.

— O que achou que seria?

Ele se pôs a olhar para as tropas e o trânsito que buzinava como se fosse um grupo de gansos desenfreados.

— Mais tranquila.

Eles beberam. E horas depois, após as luzes elétricas terem sido acesas, foram informados de que o governador Tooke havia retornado e exigido a presença deles. Eles esvaziaram seus copos e se dirigiram para o elevador. Ken percebeu que o álcool e o tempo para remoer tinham dado um impulso na raiva que Coraline reprimira no convento. Os olhos dela ostentavam um olhar inflexível, que foi se transformando em rocha sólida à medida que eles subiam os andares.

Um mensageiro do hotel os levou à suíte da coroa, que havia sido decorada para um rei com um gosto melhor do que a maioria deles tinha. O governador falava ao telefone, em volume alto e devagar, e Ken imaginou que a ligação estivesse viajando por cabos dispostos no fundo do Atlântico.

— Claro que pode. Fique à vontade. — Uma pausa. — Ah, nada que valha a pena dizer. Só que meu secretário recebeu um telefonema de um velho amigo dele no *Globe* perguntando se ele sabia alguma coisa sobre um acidente automobilístico na Flórida. — Ele fez uma breve pausa, e seu tom de voz mudou, tornando-se mais confidencial. — Não gosto desse tipo de política, Sam. Mas, se você vai se virar contra mim... — Ele fez uma nova pausa, desta vez esperando uma resposta, e Ken ouviu um ligeiro rangido pelo fone, embora não conseguisse distinguir as palavras. — Não, não, é claro que você não está. Ora, isso é uma boa notícia. E vou instruir meu secretário a garantir ao amigo dele que a moça está mentindo; ela sofreu uns dois hematomas, nada mais, está tudo exagerado, não vale o tempo do repórter. Sim, combinado. Fica para novembro. Foi um prazer conversar com você, Sam, como sempre. E dê minhas lembranças a Beatrice. — Ele desligou, ficou de pé, pensativo por um tempo, depois se sentou em uma cadeira de couro com encosto alto e apoio para os braços e esperou que Coraline falasse. Estava claro que a atmosfera mudara desde que os três estiveram sentados no jardim do convento e Tooke parecera arrependido, quase envergonhado do que havia feito.

Demorou um pouco até que Coraline falasse. A pergunta foi pesada:

— Pai, como teve estômago para fazer aquilo?

Ele serviu uísque para os três.

— Tinha que pensar na minha família — disse ele para a garrafa.

— Ela *é* da sua família.

— Mas não é a única. Tenho antepassados e espero um dia ter descendentes. Tenho um dever para com eles também.

— Dever?

O uísque permanecia no copo.

— Sim, minha menina. Dever. Você cospe essa palavra como se fosse suja. Não é.

— Vai falar de novo sobre ser presidente?

Ele pareceu irritado, mas manteve a voz baixa.

— Sim, será um dever para com o nosso país.

Coraline calçou lentamente um par de luvas azuis de pelica. Isso lhe dava tempo para pensar, Ken percebeu.

— Vamos apenas falar sobre mamãe e as providências para levá-la para casa.

Meia hora depois, Ken se deixou cair na cama macia e repassou tudo o que sabia e o que não sabia. Havia mais coisa na segunda lista. Oliver havia sido assassinado, disso ele tinha certeza. Sua morte provavelmente estava ligada ao encarceramento de sua mãe no asilo, onde ela assumira uma inclinação religiosa obcecada com a própria culpa. Mas por que isso levaria alguém a matar Oliver? E se...

Algo chamou a atenção dele.

A maçaneta da porta de seu quarto estava sendo pressionada e do lado de fora vinha o rangido de uma tábua de assoalho. Ele observou o movimento da maçaneta. Podia ser a pessoa que estivera fazendo perguntas sobre eles na Rosa de Peldon. Ou podia ser ela. O momento no avião em que eles quase se beijaram vinha martelando na sua cabeça como uma orquestra.

A maçaneta mudou de sentido e agora subia, retornando à posição normal. Ele esperou. Ouviu um som leve, de respiração, e toques muito leves de pés no chão.

E então ouviu quem quer que fosse tentar abrir a maçaneta do quarto ao lado: o de Coraline.

Ele saltou, descalço, sem camisa, destrancou e escancarou a porta. Não havia ninguém, mas ele não tinha imaginado tudo aquilo. Bateu na porta de Coraline. Nada. Nenhum som. Olhou escada abaixo e tentou de novo, com mais força.

— Coraline — chamou ele.

Nesse momento, ouviu uma movimentação, o barulho de roupas sendo vestidas ou despidas. A porta se abriu para ele, presa por uma correntinha de bronze. Os olhos da moça surgiram por cima dela. Ele sabia que eram de um azul esbranquiçado, mas naquela luz estavam mais escuros que carvão.

Ele ia explicar que alguém tinha tentado entrar no quarto dele — e no dela também — e que podia não ser nada ou ser alguma coisa, mas desistiu, apenas esperou que ela falasse.

Ela não falou. Só soltou a correntinha e a deixou cair.

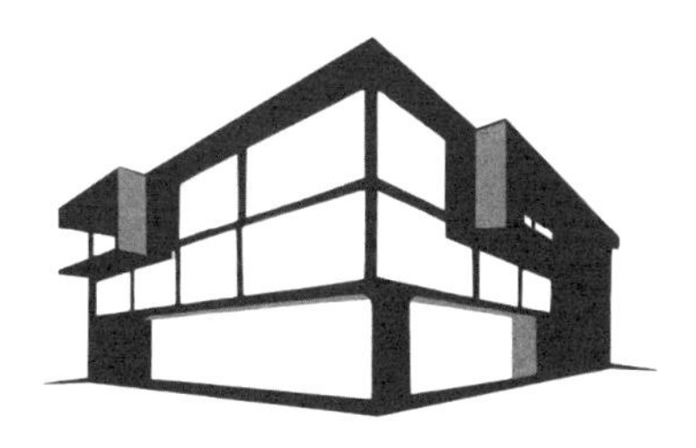

16

Eles passaram dois dias em Londres, depois voltaram para Mersea a fim de pegar suas malas antes de sobrevoar de volta pelo Atlântico e depois para Sacramento, onde pegaram um trem tarde da noite para Los Angeles. As luzes de cidadezinhas solitárias passavam brilhando pelas persianas, criando um livro bruxuleante de formas e sombras. Elas foram ficando menos frequentes, mais remotas, até desaparecerem por completo, à medida que o deserto do Oeste dos Estados Unidos assumia o controle. Poucas casas ou fazendas por ali. A Califórnia era um estado de cidades. Os filmes estavam lá pelos holofotes; os atores estavam lá pela fama; Simeon Tooke chegara meio século atrás pelo otimismo. Na Califórnia, todos olhavam para o futuro.

Eles pararam na Estação Central seis dias depois que saíram de Mersea, quando o sol estava se pondo.

— Que tal conversarmos com Carmen agora? — perguntou Coraline.

Eles sabiam por que ela havia mentido no inquérito sobre ter visto Florence se afogar, mas Ken queria saber o que ela dissera para Oliver quando ele visitou a casa pela primeira vez. O que quer que tenha sido, havia perturbado os dois.

Ken olhou para o relógio de pulso.

— Está tarde. Amanhã conversamos com ela.

Eles se despediram e ele pegou um bonde de volta para sua pensão. Pela primeira vez em semanas, passou a noite na própria cama.

Ken dormiu como uma pedra e, quando acordou, nem sequer precisou de café para fazê-lo acelerar em seu caminho até a casa dos Tooke.

Coraline o esperava na biblioteca, que tinha o mesmo ar lúgubre de antes, como se esperasse más notícias. Carmen foi chamada e entrou com uma expressão pouco à vontade. As notícias dos segredos que estavam sendo revelados dentro da família deviam ter chegado aos criados.

— Minha mãe está viva — falou Coraline após um silêncio extremamente longo. Carmen mordeu o lábio inferior e se pôs a fitar as próprias mãos. — Você sabia disso? — Lágrimas brotaram nos olhos daquela senhora, e ela respondeu com um gesto positivo e rápido da cabeça. — Você sempre soube.

— O governador Tooke contou para mim e para mais ninguém — sussurrou ela. — Às vezes, eu tinha que mandar coisas para ela. Roupas ou pequenas recordações. — Ela ergueu os olhos turvos. — Eu só queria cuidar dela, moça. Cuidei de todos vocês.

Coraline foi até as janelas que davam para o jardim, deixando a criada olhando para suas costas.

Ken assumiu a conversa:

— Oliver descobriu, não foi? — Ela respondeu com o mesmo gesto. — Ele lhe contou.

— Sim, senhor.

— Ele disse mais alguma coisa?

— Pediu fotos antigas, da família. De *toda* a família. — Havia certo peso nessas palavras. Ela não queria falar o nome de Alexander, a criança desaparecida. Seu nome era como uma maldição naquela casa, isso ficava cada vez mais claro.

— Só isso?

— Sim, senhor. Só isso, e perguntou sobre a própria infância. O que me lembro dele. Se ele era feliz; se era infeliz quando estava de cadeira de rodas.

— E o que você disse?

— Só vim para a família depois que Alex... — Ela lançou um olhar nervoso para as costas de Coraline. — Desapareceu. Então, não o conheci menino. Mas nenhum menino fica feliz em uma cadeira de rodas.

Eles a dispensaram. Ken sentiu pena da mulher, que havia sido obrigada a entrar em uma conspiração que não entendia e não a beneficiava em nada.

Ele tamborilava os dedos em uma estante de livros.

— Sua mãe disse algo sobre um médico. "Ele está por trás disso tudo. Ele estava envolvido nisso com meu marido." Foi o que ela disse. — Ken começou a ponderar. Seguir os passos de Simeon em *A ampulheta* o levou a Florence. Oliver havia deixado migalhas de pão por toda a floresta. Então, aonde mais Simeon tinha ido? — Um médico com... — A voz dele foi sumindo à medida que se lembrava de uma coisa. — A boca quebrada — continuou, mais para si mesmo do que para Coraline. — Deixe-me ver sua cópia do livro de Oliver.

Ela foi até seu quarto e voltou com o romance. Ken procurou uma passagem: Simeon nas docas dominadas pelo nevoeiro de Limehouse.

A visão de Simeon recaiu sobre um homem em um beliche. Ao contrário dos outros, ele não estava fumando seu ópio, mas bebendo de uma garrafa verde. Tinha lábio leporino, o que fazia o líquido escorrer pelo queixo.

— Aqui! — gritou Ken, e leu as linhas para ela.

– Gostaria de experimentar um pouco, moço? – perguntou o homem, que sorriu e desnudou a boca desprovida de dentes. No entanto, falou de modo educado. Um universitário, ao que parecia. – Os imorais deste estabelecimento gostam de perseguir o dragão. Quanto a mim, prefiro afogá-lo no conhaque.

– Percebi – respondeu Simeon. – Mas láudano é igualmente viciante, o senhor deve entender.

– Ah... ah... não precisa me dizer isso, moço. Sou membro titular da Faculdade de Cirurgiões do Rei.

— Não se lembra de uma pessoa que se encaixe nessa descrição? — perguntou Ken.

— Deveria?

— Um médico com lábio leporino. — O rosto dela permanecia inexpressivo. — Aquele médico que seu pai trouxe aqui para intimidar o senador Burrows pouco antes de seu irmão ser assassinado. Ele tinha lábio leporino. É coincidência demais para ser só coincidência. Oliver o incluiu na história porque ele participou do que aconteceu; e sua mãe disse que o médico por trás do que aconteceu com ela tinha a boca quebrada; e algo sobre injeções, também.

Ela assentiu.

— O nome dele era Kruger, aquele que papai trouxe aqui.

— Bem, podemos ver se conseguimos encontrá-lo. — Enquanto ele explicava aquilo para ela, algo lhe ocorreu, algo sobre o livro. — E acabei de perceber outra coisa.

— O quê?

— Tudo isso vem do livro. Mas escritores escrevem muitos rascunhos de seus livros.

— Então...

— Então, e se Oliver escreveu uma versão anterior? — Ele estava empolgado, entusiasmado com a ideia. — Um rascunho do qual ele tenha cortado partes para caber no número certo de páginas ou algo assim. Pode haver mais detalhes que nos ajudem.

— É possível.

— É. Primeiro, vamos tentar encontrar o dr. Kruger.

Uma ligação para o conselho médico estadual confirmou que um homem com aquele nome realmente tinha licença para exercer a medicina, e é claro que eles poderiam fornecer o endereço do consultório. Ken deu um tapa na parede em triunfo.

— Consultório do dr. Kruger. — Uma voz agradável e matronal do Sul chiou pela linha.

— Quero marcar uma consulta — informou Ken.

— Pois não, senhor. Pode me dizer seu nome?

Ele deu um nome falso.

— Qual é a primeira data disponível?

— Posso oferecer-lhe uma consulta amanhã, às duas. Serve?

— Estava querendo falar com ele antes.

— Lamento, mas ele está com a agenda cheia até esse horário.

— Entendo. Tudo bem, pode marcar. — Ele deu a ela um endereço falso, ela marcou a consulta e Ken encerrou a ligação.

— Acha que sai alguma coisa disso aí? — perguntou Coraline.

— Talvez sim, talvez não. Agora... quero ver se conseguimos encontrar alguma outra versão do livro.

De acordo com a folha de rosto do exemplar de Coraline, era a editora Daques Publishing que eles deviam contatar, e seus escritórios ficavam em Los Angeles, então Ken e Coraline foram até lá. Dava para ver que era uma empresa recente cujas ambições eram pouco modestas, a julgar pelo tamanho do escritório. Após conversas com a recepcionista, e em seguida com a chefe das recepcionistas, nas quais explicaram o motivo da visita, por fim a entrada deles em uma sala de reuniões com brilhantes poltronas de couro prateado que rodeavam uma mesa comprida e com prateleiras repletas de livros foi autorizada. Do outro lado da mesa, com um maço de papéis à sua frente, que ele marcava com uma caneta vermelha, um homem com um resplendor sarcástico em seus óculos ouviu o apelo dos dois. Era o editor de Oliver, segundo disseram a eles, Sid Cohen.

— Sr. Kourian, srta. Tooke, minha situação encerra um dilema e tanto — falou Cohen, se recostando e formando uma pirâmide com os dedos. — Percebam... acreditem se quiser, vocês não são os primeiros a vir aqui dizendo quase exatamente a mesma coisa.

— *O quê?* — espantou-se Ken. Aquilo foi uma surpresa, e não era muito bem-vinda.

— Na verdade, devo lhes dizer, vocês não são nem as primeiras pessoas nas últimas setenta e duas horas dizendo quase exatamente a mesma coisa.

Coraline olhou furiosamente para a parede de livros.

— Como assim, senhor? — indagou Ken.

— Como assim que veio um sujeito aqui há três dias dizendo que representava a família Tooke e, educadamente, porém com firmeza, solicitou que eu entregasse todos os rascunhos anteriores do livro mais recente de Oliver.

— Minha família não autorizou esse indivíduo a fazer isso — insistiu Coraline com amargura. — Quem era ele?

Cohen batia a caneta em meio a reflexões.

— Meu problema, moça, é que se estiver havendo alguma espécie de tramoia, em quem eu acredito? Antes de o outro sujeito aparecer, recebi uma carta anunciando a visita dele em papel timbrado de uma renomada firma de advocacia. É claro que poderia ter sido falsificada, muito facilmente, aliás... Eu não estava desconfiado, então, não conferi exatamente para ver se eles realmente a haviam enviado, mas também podia ser fidedigna. Então, eis meu dilema: é ele que está falando a verdade, ou são vocês?

— Quer ver minha carteira de habilitação? — rebateu ela, e Ken percebeu que, depois do incidente no convento, ela estava cansando de ter que provar sua identidade para pessoas que tinham uma ligação muito tênue com sua família.

— Sim, acho que serve.

Coraline abriu o fecho de sua bolsa de mão e retirou a carteira. Ela pegou sua habilitação e uma fotografia e as empurrou por sobre a mesa. Cohen pegou a habilitação dela, depois a foto, examinou-as detidamente e, com respeito, as devolveu. Ken percebeu um retrato em que Coraline e seu irmão estavam iluminados por flashes de fotógrafos, de braços dados em alguma festa.

— Acredito em você. Mas acho que não vai adiantar muito. Acreditei no outro sujeito e dei a ele os rascunhos anteriores que Oliver enviou.

— Como esse sujeito era? — perguntou Ken.

Cohen encolheu os ombros.

— Foi há alguns dias, então não me lembro muito bem. Mas ele parecia... bem... comum.

— Comum?

— Sim. Foi isso que chamou a atenção. Ele era tão comum que era surreal.

— Existe mais alguma cópia desses rascunhos? — perguntou Ken. Ele sabia quem era o homem de quem eles estavam falando.

— Lamento.

— Lembra-se de qualquer coisa deles? Alguma mudança importante?

— Serei sincero com você. Trabalho em dez livros ao mesmo tempo. Mal me lembro de seus títulos, muito menos das mudanças no texto. Então, peço desculpas, mas não posso ajudá-los. — Ele sugou a caneta pensativamente, como se fosse um cigarro. — Por que querem saber?

— Não importa mais. Agradecemos seu tempo.

Eles voltaram para o carro.

— Beco sem saída — murmurou Ken com raiva enquanto abria a porta.

— Parece que sim.

— Droga. Olha, não quero saber de esperar até amanhã. Estou fulo da vida. Vamos para o consultório do dr. Kruger agora!

— Se você diz...

Levava quinze minutos de carro até o consultório do dr. Kruger, que ficava em uma rua de casas abastadas próxima a Olympic, onde era difícil imaginar alguém precisando de cuidados médicos, a menos que fosse devido aos efeitos de uma dieta farta demais. Eles pararam em frente ao consultório.

— O que vai dizer a ele? — perguntou Coraline sem se dar o trabalho de esconder o ceticismo.

— Vou perguntar se tratou alguém de sua família.

— Ele provavelmente vai mandar você ir para aquele lugar...

— Se fizer isso, não perdemos nada.

Enquanto conversavam, um homem de aparência gentil, óculos e carregando uma maleta médica preta saiu do consultório. Ken o reconheceu e começou a se aproximar, mas o homem fez sinal para um táxi e o carro parou. Ele entrou e o táxi foi embora.

— Entre — disse Coraline.

Eles seguiram o táxi pelo trânsito tranquilo, mantendo distância. Não era difícil àquela hora do dia. Quando pararam, estavam em frente a um prédio de escritórios que havia sido concluído tão recentemente que ainda nem devia ter problemas com pragas. Uma placa de bronze aparafusada à parede anunciava a existência de uma associação médica: "Sociedade Americana de Eugenia". Ken sabia de um órgão nacional que fazia campanha para que pessoas "defeituosas", os deficientes físicos ou mentais, fossem eliminadas da população. Ele pensou em Florence, em como ela havia sido isolada.

Kruger subia a escada com pressa. Ken saltou do carro e o chamou:

— Dr. Kruger! — Kruger parou e olhou em volta. Quando se aproximou, Ken viu novamente o lábio leporino que Oliver havia notado. — Não sei se o senhor se lembra, mas já nos conhecemos. Foi muito rápido.

— Verdade?

— Foi na casa do governador Tooke.

As sobrancelhas de Kruger se ergueram com um leve interesse, tendo sido pego de surpresa pela abordagem na rua.

— Ora...?

— Ele me pediu para falar com o senhor sobre uma coisa.

As sobrancelhas baixaram de novo, a expressão do homem se estreitando em desconfiança.

— O governador Tooke mandou você vir falar comigo?

— Sim.

— Por quê? — Ele fez a pergunta já sem paciência; o fulgor cordial havia desaparecido.

— A respeito de como o senhor tratou da sra. Tooke. — O médico o avaliou sem falar nada. — Minha esposa sofre da mesma forma.

— Verdade? — falou o médico, cauteloso, sem intenção de revelar nada.

— Talvez eu tenha que colocá-la em uma instituição.

— Então, faça isso. — Havia uma austeridade no tom de voz de Kruger enquanto ele falava. — É de outro tipo de médico que você precisa. Portanto, procure novamente o governador Tooke... se é que ele o mandou, de fato... e volte a perguntar. — Nesse momento, ele caminhou com passos fortes na direção da entrada do prédio. Um segurança enorme encostado no batente da porta pareceu se interessar. Ele tinha uma aparência de quem queria fazer algo destrutivo com os punhos.

— Dr. Kruger.

— Não tenho mais nada a dizer.

— Doutor, espere!

Ken o seguiu, mas o segurança deu um passo à frente e pressionou a palma de sua mão carnuda contra o peito de Ken.

— Para trás, amigo... — alertou ele, e Ken se desvencilhou da mão dele e passou direto.

— Kru... — O nome foi estrangulado, forçado a voltar à traqueia de Ken por um braço corpulento envolto por trás em seu pescoço. Automaticamente, as mãos de Ken o agarraram, mas ele segurou firme, e Ken sentiu que estava sendo erguido no ar. Viu Kruger deixar cair sua maleta médica, surpreso.

Ken conseguia sentir que aquele braço musculoso era forte, mas não estava com disposição para heróis. Uma cotovelada afiada no estômago do sujeito afrouxou o aperto. Ele se virou e socou o esterno do segurança, fazendo-o se dobrar. Então, se iniciou uma luta greco-romana intensa, e Ken estava extremamente motivado.

— Vocês dois, parem com isso! — A voz estava acostumada a dar ordens, e, apenas um segundo depois, um policial se interpôs entre eles. — Mas que droga está acontecendo aqui?

Kruger desceu da entrada do prédio.

— Aquele homem estava me incomodando — falou ele, apontando um dedo em forma de bastão para Ken.

— É mesmo? Como?

— Me perguntando coisas.

— O senhor o conhece?

— De forma nenhuma. Quero distância dele.

Ken percebeu que não obteria nenhuma resposta daquele médico, mas pelo menos poderia lhe causar alguns problemas.

— Só quero saber o que fez com Florence Tooke. — Ele esfregava o pescoço. Estava ficando farto de sofrer lesões por causa de terceiros. — É a esposa do governador Tooke — acrescentou ele, para que o policial ficasse ciente. Sempre valia a pena lançar mão de uma ligação política se quisesse que a polícia realmente prestasse atenção em você.

— Nunca a tratei — declarou Kruger.

— Ah, é mesmo? — Ele prolongou aquilo como uma linha de pesca. — Então, por que acabou de me dizer que tratou?

— Não falei nada disso. — Kruger parecia abalado. Aquilo não era o que esperara pela manhã.

— Claro que não.

— Já estou farto disso. Policial, aquele homem estava me importunando. Por favor, leve-o para longe de mim.

— O senhor quer que eu o leve preso?

— Sim, vamos oficializar isto — sugeriu Ken, estendendo os pulsos para ser algemado.

Kruger abriu a boca, mas hesitou, decidindo se queria mesmo oficializar aquilo.

O policial mexeu suas ombreiras sob o uniforme. Aquilo era mais complicação do que estava procurando. Ele entendeu o que estava acontecendo e falou com Ken:

— Nesse caso, quero seu nome e endereço, e depois você vai embora.

Ken deu as informações que ele pediu, e em seguida o policial o conduziu pela rua com a mão firme em seu ombro, sem deixar dúvidas de que seria melhor Ken se mandar. Coraline levantou uma sobrancelha pintada com lápis para o acompanhante quando chegaram até ela.

— Bela empreitada — disse a moça.

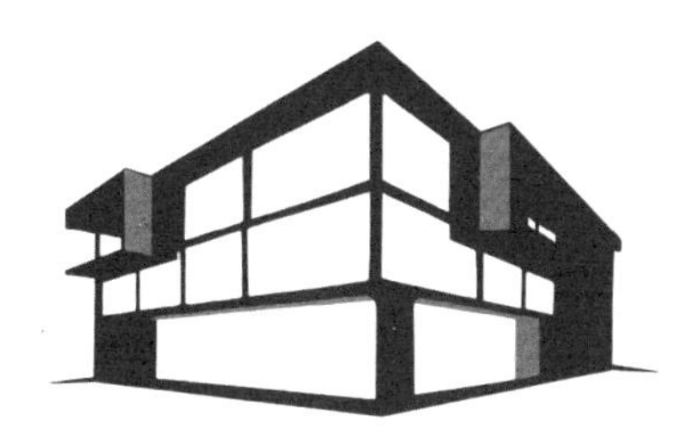

17

De volta ao seu apartamento, tratando de um pescoço contundido, Ken encontrou uma mensagem telefônica de seu chefe perguntando se algum dia ele voltaria ou se deveriam demiti-lo. Ele a amassou e jogou para o lado. Não, ele não iria voltar.

Tomou um banho de banheira, ouvindo o rádio, que estava transmitindo uma peça sobre um homem farto do crime em seu bairro, que recrutou uns amigos para um comitê de vigilantes, e acabou que a corrupção se infiltrou, e o comitê ficou pior que os criminosos que estavam tentando deter. Em seguida, entrou um programa de notícias que relatava mais reforço militar na Europa e um alerta meteorológico para o litoral da Califórnia. Uma tempestade tropical estava se formando no mar e poderia atingir a costa em breve. "Preguem tábuas de madeira nas portas e janelas de suas casas", disse o apresentador, "essa pode ser uma daquelas."

Ken passou algumas horas pensando em qual deveria ser seu próximo passo. Florence expiava um pecado que só ela sabia qual era. Mas, se tivesse a ver com o sequestro de Alexander Tooke, seria melhor saber mais sobre esse crime do que ele havia deduzido com base em algumas matérias de jornal.

Ele se dirigiu até uma cabine telefônica e ligou para a casa dos Tooke.

— Alô? — respondeu alguém com uma voz suave.

— Sou eu. — Ele se sentiu determinado.

Uma pausa.

— Imaginei que seria.

— Quero ir aí.

— Venha às sete.

E então Ken ouviu outra voz ao fundo, um homem perguntando:

— Para onde, srta. Tooke?

— O Iate Clube — respondeu ela, longe do fone. O chofer da família estava de plantão. — Ken? — perguntou ela, voltando à conversa.

— Sim.

— O que acha que aconteceu em 1915? Com o Alex.

— Parece que sua mãe foi a responsável, e Kruger está envolvido em sua posterior ocultação. Acho que seu pai providenciou para que isso fosse feito na Inglaterra porque menos gente a conhecia lá. Ninguém interviria. Faz sentido pensando assim.

Parece.

Acho.

Pensando assim.

A única coisa preto no branco por ali era o piso do saguão dos Tooke.

— Às sete — repetiu ela, e desligou o telefone, a voz substituída por um zumbido vago na linha.

Tão turvas essas águas. E não era nenhum exagero admitir que ele mal conhecia Coraline, não mais do que conhecia o resto de sua família. O que ela sentia, o que pensava, era apenas o que queria que ele visse.

Naquela noite, enquanto o ponteiro das horas de seu relógio de pulso se movimentava até o número sete e o dos minutos havia acabado de chegar ao doze, ele liberou o táxi e se aproximou da casa envidraçada. As luzes estavam apagadas, fazendo-a reluzir com os lampejos refletidos que vinham do mar. Era a casa errada para a família Tooke. Era transparente, permitindo que todos olhassem ali dentro, enquanto as pessoas que viviam lá faziam o possível para esconder suas vidas.

Ele puxou a cordinha, que tocou a campainha, porém, sem resposta. Ela devia ter saído e estava atrasada, mas como a noite estava agradável, ele deu a volta até a beira da praia para se sentar na areia e aguardar o retorno de Coraline.

Enquanto vagava pela costa, se banhando no calor da Califórnia após o ameno verão europeu, ele olhou para a torre de escrita, parada em meio ao mar — a última debutante em um baile de verão. Será que alguém tinha ido lá trancá-la ou recolher os livros de Oliver? Seria como fuçar a carniça da vida de um homem. Ele olhou para a casa de novo. Fazia apenas alguns meses que abrigara casais dançantes e a apresentação de trompetistas; agora parecia que nada daquilo tinha acontecido. E algo chamou sua atenção: a porta dos fundos não estava totalmente fechada.

Ele se aproximou.

— Coraline?

Nenhuma resposta. Abriu a porta bem devagar. Em meio à profunda luz acobreada, o vidro havia se tornado um salão de espelhos coloridos e o brilho do sol refletia pelo cômodo formando uma floresta de discos vermelhos. O mar azul ondulante aparecia sob cada um deles, cercando aquele cômodo de modo que o isolasse da terra, como a outra casa, mais antiga. Por um momento, ele sentiu empatia por Oliver, fechado e aprisionado em vidro durante toda a sua vida.

As ondas iam e voltavam atrás dele quando entrou, mas havia algo mais além do som delas. Música. Violinos — clássicos — eram tocados. Vivaldi, ele pensou. Alguém, em algum lugar da casa, estava ouvindo um disco ou o rádio. Ele chamou o nome de Coraline novamente, mas não houve resposta.

Contornou o piano de meia-cauda, atravessou o cômodo e o corredor. Parou para ouvir — os violinos agora estavam mais vigorosos, provenientes do andar de cima. A escadaria de mármore branco emitia um ardor débil e os violinos se elevavam em um crescendo violento à medida que ele subia.

— Coraline — chamou ele mais uma vez. Crescia dentro dele a suspeita de que algo esquisito estava acontecendo.

Os sapatos dele faziam barulho em contato com o mármore, uma batida de tambor abaixo dos violinos. Era impossível distinguir de onde vinham. A porta vermelha levava ao que havia sido o quarto de Oliver, que ficava de frente para o sol poente, e a luz era brilhante, recolhendo os detritos da vida:

uma cama; roupas ainda penduradas no armário; binóculos em um gancho próximo à janela. Ninguém ali.

O cômodo ao lado era a biblioteca de porta verde e estava ali para lembrar a qualquer visitante que aquela era uma família venerável; mas um telefone e uma máquina de telex estavam prontos, no canto, para comprovar que ali também havia riqueza e modernidade.

Assim, sobravam dois quartos de hóspedes e o quarto da própria Coraline. A música foi ficando mais alta à medida que Ken caminhava pelo corredor. Ele chegou até a porta dela, de vidro fumê azul, e então conseguiu ouvir de onde vinha o som das cordas do outro lado. Ele bateu à porta. Nenhuma resposta.

— Coraline. — Nada ainda. Mas então um novo som: um rangido distante. Ele segurou a maçaneta e abriu um pouco a porta. Uma fresta de luz perfurou o espaço em sua direção. — Você está aí?

O rangido novamente. Ele abriu a porta e o mar encheu sua visão: uma fileira de janelas com uma ampla vista do oceano, um sofá de couro branco na frente delas. Os violinos soavam acima das ondas e da madeira rangente; mas algo interrompia a vasta extensão do mar, algo pendurado no teto, algo que se balançava na brisa que entrava por uma janela aberta: um pé descalço, uma forma esbelta com um vestido de algodão e, sobre os ombros, a cabeça que pendia para a frente.

— Coraline! — Ele entrou correndo, derrubando uma mesa lateral, quebrando uma coleção de frascos de perfume e espalhando pequenas poças de um líquido dourado pelo chão.

Aquela forma de mulher estava pendurada por um laço de corda preso a uma luminária. Ela estava de costas para ele, com a cabeça curvada sobre o pescoço quebrado. Ele agarrou as pernas dela com um desejo desesperado de que ali ainda pudesse haver vida. Abaixo dela, um sapato de couro macio estava jogado no chão. Mas, quando as mãos de Ken agarraram as panturrilhas dela, um olhar para o rosto acima dele lhe mostrou algumas verdades amargas.

A primeira era que a vida que um dia ardeu intensamente naquele corpo havia sido extinta e nunca mais voltaria, não importava quantas orações fossem feitas, não importava o quão habilidosos fossem os médicos que a atendessem. Não existia mais, como a luz do dia anterior. A segunda verdade que se impunha a ele e que sufocava a respiração em seu peito era que a mulher que ele tinha nos braços, a mulher que balançava na brisa, não era a distante e incognoscível Coraline Tooke. Não. A pobre mulher que ele segurava era a mãe dela, Florence. A trágica Florence, cheia de remorsos e vítima de abusos, havia sido enforcada com uma corda industrial branca, feita para ser usada em madeira bruta ou em barcos.

Ele a soltou. A liga de metal, que lhe rasgava a carne da coxa como penitência por pecados antigos, tilintava com a movimentação. Aquilo não tinha servido de nada para ela. Deus não estivera ao lado dela, nunca estivera do lado da família que morava naquela casa, que agora tinha sido palco de duas mortes.

E então lhe ocorreu um pensamento: "Que sejam apenas duas".

Ele correu pelo corredor, entrando de supetão nos dois quartos de hóspedes inexplorados, depois no quarto do governador, verificando-os com uma única olhadela, e desceu até a cozinha. Mas Coraline não estava lá. Não havia ninguém. E, quando voltou ao quarto e à mulher enforcada, eram apenas eles dois na casa de vidro dos Tooke. Ele foi até o rádio no canto e desligou-o. Os violinos desapareceram, deixando apenas o ranger de uma corda.

Nada mais havia a fazer além de alertar as autoridades de que outra morte havia ocorrido na Casa da Ampulheta. Ele deixaria que eles a tirassem de lá... parecia mais respeitoso, embora não conseguisse dizer por quê. Foi até o telefone no corredor, se concentrando o tempo todo nas palavras que usaria: "Vim à casa de minha amiga. Tem uma mulher aqui. Ela se enforcou".

Mas ele se deteve. Será que tinha sido assim? Não tinha como ter certeza. Quando a coisa era com os Tooke, quanto mais se sabia, menos se tinha certeza.

Entretanto, não havia nenhum sinal de que qualquer outra pessoa tivesse estado lá. E quando se acrescentava o argumento de que o desaparecimento de Alex sem dúvida parecia ter tido o envolvimento dela e que isso pesava em sua consciência, você chegava, de fato, a uma conclusão. O pecado e a culpa foram acabando com ela aos poucos com o passar das décadas, a tal ponto que ela viu o filho morto ir visitá-la. Quem não iria querer que isso acabasse?

Ele tirou o fone do gancho.

— Telefonista — anunciou uma voz metálica.

— Emergência policial.

— Fique na linha.

Ele ouviu diversos cliques. Quanto tempo levaria para o...

Ken congelou quando ouviu o barulho de passos do lado de fora seguido do som de uma chave na fechadura. E então Coraline entrou. Ela estava prestes a falar algo quando ele a interrompeu.

— Coraline — começou ele a falar com urgência, mas suavizou. — Tenho uma coisa para lhe dizer.

Ela olhou para ele com uma expressão inescrutável, algo contido. Sempre se continha tanto...

— Como você entrou? — perguntou ela.

Ken respondeu logo, para tirar aquela pergunta do caminho.

— A porta dos fundos estava aberta. Mas olha...

— Eu a fechei.

— Eu entrei e encontrei uma coisa ali. — Ela esperou. — Encontrei sua mãe.

— Mamãe? Está aqui? — Coraline começou a se movimentar pela casa. — Papai só a trouxe para cá alguns dias atrás. Disse que a manteria em um lugar seguro.

Ele entrou na frente dela.

— Coraline, lamento.

— Lamenta o quê?

— Eu a encontrei morta.

Coraline deu um passo para trás, olhando para o rosto dele, tentando encontrar algo ali.

— Como assim? — perguntou ela.

"Culpa", pensou ele consigo mesmo. "Como assim? Foi a culpa."

Ele levou as mãos aos ombros dela para acalmá-la. Era a segunda vez que ele lhe contava sobre a morte de alguém próximo a ela. Era a segunda vez que tinha sido ele a encontrar o corpo.

— Ela se enforcou.

Fez-se silêncio durante um tempo. Então, uma única palavra que saiu mais como uma respiração impassível do que como som.

— Onde?

— Seu quarto.

— Ela ainda está lá?

— Sim. Cheguei aqui há poucos minutos. — Ele pôs a mão no braço dela, em uma tentativa de mostrar solidariedade que não provocou mais reação do que se ela também fosse feita de vidro.

Ela colocou a bolsa em uma mesa de mogno ao lado da porta e depois, sem olhar para ele, como se tivesse se esquecido completamente de sua presença, subiu para o quarto. Ele a viu se deter em frente à porta, olhando para dentro. Coraline esperou um pouco, de frente para onde ele sabia que o corpo da mulher estava girando, pendurado por uma corda, e atravessou o batente, saindo da vista dele. Ele lhe deu alguns momentos a sós com a mãe antes de se juntar a ela.

Era uma visão desagradável.

— Precisamos descê-la daí — disse ela sem emoção na voz.

— Sim.

Ele conseguia ver as dobras nas roupas de Florence e seu cabelo em desalinho. E, à medida que a corda girava, o rosto dela lentamente se virava para ele. Havia sido lindo no passado; agora estava envelhecido pelo tempo e inchado pela morte. Ele estendeu a mão para agarrar o algodão do vestido dela, segurando-o para manter o corpo parado.

— E então? — perguntou Coraline. O som preencheu o quarto.

— Ela está morna — disse ele a título de resposta.

— Então, isso significa...

— O dia está morno. Não sei como funcionam essas coisas, pode fazer uma grande diferença. Mas sim. — Ele sabia o que ela estava querendo dizer e cruzou o olhar com o dela. — Acho que não está morta há muito tempo...

Coraline estava sentada no sofá no canto de seu quarto, com os cotovelos apoiados nos joelhos.

— Então, se chegássemos minutos atrás, ela poderia estar viva.

— Não deve pensar assim...

— Não devo? Quem é você, droga, para me dizer como pensar? — Foi um raro lampejo de fúria desenfreada. — Quero que corte a corda e desça-a — disse Coraline.

— Eu sei. Mas... — Ele foi interrompido pelo som da campainha da porta da frente. A cabeça de Coraline se virou em um arroubo para olhar para o saguão. — Quem é?

— Não sei.

A campainha tocou novamente. Então, bateram na madeira e ouviu-se uma voz rouca:

— É a polícia. Abram, por favor.

Assim que Ken abriu a porta, reconheceu o homem. Era Jakes, o detetive que fora lá quando ele encontrou o corpo de Oliver.

— Detetive — falou Ken, surpreso.

— O que está acontecendo? — perguntou Jakes, direto ao ponto.

— Uma mulher se suicidou. — Ele não conseguia entender por que Jakes estava lá antes de ele ter alertado os policiais, mas faria essa pergunta depois.

— Aqui? — Houve apenas um lampejo de surpresa. Um homem que já tinha visto de tudo, com certeza.

Ken o conduziu até o andar de cima.

— Meu Deus — murmurou Jakes para si mesmo quando viu a corda e o que pendia dela. — Quem é ela?

— Minha mãe — respondeu Coraline.

— Sua mãe? — Ele olhou de novo para o corpo, agora parado após a brisa morna ter cessado.

— Ela estava em um manicômio na Inglaterra. Meu pai acabou de trazê-la de volta para casa.

Um facho de luz de reconhecimento e compreensão pareceu incidir sobre o policial. Não, aquele não era o primeiro suicídio dele.

— Contou a ela sobre o falecimento de seu irmão, senhora?

— Sim.

Jakes suspirou com tristeza.

— Lógico que contou. Desculpe dizer, mas já vi isso acontecer. Nenhuma mãe deveria enterrar um filho. Foi você quem ligou?

— Ligou? — respondeu ela.

— Alguém ligou para a central meia hora atrás, dizendo que precisavam de mim aqui com urgência. Não disseram por quê.

Então, alguém já havia chamado a polícia antes de Ken entrar na casa.

— Quem foi? — Ken perguntou.

— Não faço ideia. — Ele olhou para Coraline. — Tem certeza de que não foi você?

— Já lhe disse que não.

Ele fitou o corpo que pairava sobre eles.

— Acham que foi ela?

— Como ela saberia seu nome? — respondeu Ken.

— Difícil dizer, mas não é impossível. Fui o detetive no caso do seu amigo, afinal de contas. — A corda rangeu. — Vamos tirá-la daí.

Ken segurava o torso de Florence enquanto Jakes desamarrava a corda e a descia até o chão. Durante todo esse tempo, Coraline permaneceu no sofá, com os cotovelos apoiados nos joelhos. Ken se perguntou quanto do muro de gelo que a cercava era uma parte real dela, e quanto era "vestido" todas as manhãs para sua proteção.

— Vou registrar a ocorrência — falou Jakes. Ao sair do quarto, ele se deteve. — Lamento, senhora. Nenhuma família deveria passar por tanto. — Então desceu, e eles o ouviram chamar a delegacia para pedir uma ambulância da polícia.

Todos esperaram sem falar, às vezes observando para o mar.

Quando a ambulância chegou, os dois policiais que saíram de dentro dela entraram respeitosamente no quarto, examinaram o corpo e montaram a maca.

— Alguém tem que contar ao seu pai — Ken falou.

— Eu ligo para ele. Já fiz isso antes.

— Detetive! — Um dos dois policiais que estavam colocando Florence na maca, ajoelhado ao lado dela, chamou Jakes, que anotava algo em seu bloquinho.

— Espere, estou ocupado.

— Melhor dar uma olhada nisto. — Ken se aproximou do corpo. — Por favor, mantenha distância, moço.

— O que é? — perguntou Jakes.

— Veja só isso. — O policial ergueu os pulsos da falecida.

Jakes se pôs de cócoras e puxou para trás os punhos de algodão. Com a cabeça, fez um gesto de concordância para seu colega policial, que colocou os pulsos de volta nas laterais do corpo da mulher.

— Sr. Kourian — disse ele. — Você encontrou o corpo de Oliver Tooke, não foi?

— Você sabe que sim. — Ele não gostou de o policial ter feito uma pergunta cuja resposta ambos sabiam.

— E diz que ele estava morto quando chegou ao local.

— E daí?

— Bem, agora diz também que a sra. Tooke estava morta quando chegou aqui?

— Isso mesmo. — Ele conseguia ouvir um tornado vindo em sua direção.

— Alguém abriu a porta para você?

— Não, entrei pela porta dos fundos. Estava aberta.

— Aberta, hein? Isso é normal? — Ele olhou para Coraline para obter uma resposta, mas não esperou para ouvi-la. — E a sra. Tooke se enforcou.

— Ela...

O tornado bateu.

— Então, se a sra. Tooke se enforcou, quer nos contar exatamente como ela tem queimaduras de corda nos pulsos? — Ele deixou as palavras pairando no ar, depois ergueu os braços de Florence, puxou o tecido e mostrou os profundos vergões vermelhos que machucaram a carne dela. Havia sangue onde romperam a pele. O tom de voz dele diminuiu. — Quer nos dizer onde está essa corda agora?

Ken sabia que Florence talvez não tivesse se suicidado, mas não tinha relacionado isso a sua própria presença na casa, sua entrada furtiva pela porta dos fundos e a ligação anônima para Jakes. Nada de bom sairia daquilo.

— Alguém quer que você pense que eu a matei — disse ele.

— Então, alguém está fazendo um ótimo trabalho. Avisou a alguém que viria aqui esta noite?

Ken vasculhou seu cérebro, que funcionava a todo vapor por estar sendo acusado de duplo assassinato. Além da própria Coraline, ele não dissera nada a ninguém.

— Não, mas podem ter me seguido.

Jakes se levantou e avançou meio passo.

— Seguido você? E entrado correndo na casa, matado a sra. Tooke e saído correndo de novo sem você ver? Isso que é rapidez...

Ele tinha razão, é claro. Mas Ken estava apenas respondendo sem pensar duas vezes.

— Tudo bem, talvez não quisessem me incriminar. Talvez estivessem tentando incriminar Coraline. — Todos olharam para ela.

— Conhece alguém que poderia fazer isso? — perguntou Jakes.

Ela balançou a cabeça em uma resposta negativa.

— Escute, detetive — insistiu Ken. — Você não sabe se essas marcas aconteceram enquanto ela estava morrendo. Ela podia já estar com elas. Ou então, quem sabe, talvez alguém de fato a tenha matado, mas não fui eu!

Jakes olhou nos olhos de Ken.

— Recebo uma ligação dizendo que preciso vir para cá o mais rápido possível e, quando chego, encontro você bem atordoado por eu estar aqui, e a dona está morta. O que acha que isso parece para mim?

— Como uma armação!

Jakes continuou como se não tivesse ouvido:

— E tem outra coisa que andei pensando.

— O quê?

— Aquela mesa. Derrubada e tudo quebrado.

Ken olhou para a mesa com frascos de perfume que derrubou quando entrou e viu Florence suspensa.

— O que tem a mesa?

— É o que chamamos de "indício de luta". Me deixa muito desconfiado. — Ele levou o dedo indicador ao peito de Ken. — Você vem comigo.

— Vou nada. — Ken estava com raiva e, claro, preocupado também. Ele não podia negar o que parecia.

— Então, vou prendê-lo sob suspeita.

— Suspeita de quê?

— Você sabe de quê.

Os outros policiais estavam de pé, atrás de Jakes, com os olhares atentos fixos em Ken. Um deles — podia ter vinte, talvez vinte e cinco anos — deu um passo à frente, parecendo que queria causar uma boa impressão, e segurou o braço de Ken, que o afastou. O policial se aproximou novamente, cara a cara, e o sangue de Ken estava quente.

— É melhor recuar, policial — rosnou ele.

— Ou vai fazer o quê? — Ele empurrou Ken para trás, desafiando-o a revidar.

— Eu disse...

— Ou vai fazer o quê? — E ia empurrá-lo de novo.

Só que desta vez o sangue de Ken estava fervendo. Então, quando o policial estufou o peito, o punho direito de Ken subiu em um gancho, saindo de seu quadril, acertando o queixo do policial e o derrubando de joelhos. O homem saltou e agarrou Ken pelo pescoço, mas, antes que a coisa piorasse, Jakes já havia entrado no meio e separado os dois.

— Acalmem-se — advertiu o detetive. — Nenhum dos dois faça algo que eu precise explicar em um relatório por escrito.

Ken pensou por um segundo em correr até a porta aberta atrás dele. Dois homicídios podiam, sem dúvida, levar o tribunal a condená-lo à pena de morte. Ele poderia disparar e atravessar a estrada, chegar à floresta e se esconder. Mas e depois? Viver o resto da vida em meio ao matagal? Não, por enquanto tinha que jogar o jogo.

— Tudo bem. Faça o que tem que fazer — murmurou ele.

Eles o algemaram e o levaram. Ken viu o rosto de Coraline enquanto era levado. Era como se ela o estivesse vendo pela primeira vez.

Quando o camburão chegou, ele foi empurrado para dentro para se sentar em um banco de metal aparafusado à lateral. Uma parede de aço separava os motoristas da parte de trás, onde ele estava trancado.

— Observe-o com atenção — ordenou Jakes ao motorista.

— Não vai longe com as algemas — respondeu o policial.

O jovem policial que quis lutar saltou no banco da frente.

— Apenas observe-o. — E Jakes se dirigiu até seu próprio carro para ir na frente.

Com um gemido dos motores, todos ganharam a estrada. Uma portinha se abriu deslizando e o rosto do jovem policial apareceu.

— Escuta, já andou de carrinho bate-bate? — perguntou ele com uma risadinha, sem esperar a resposta. — Espero que goste. — A portinha se fechou deslizando de volta, e logo depois Ken sentiu o furgão dar um tranco e ir para o outro lado da estrada, fazendo com que ele batesse o ombro no lado oposto do veículo. Não havia nada em que pudesse se segurar. Imediatamente o furgão voltou derrapando para a pista em que estava antes. O chão pareceu sumir e ele caiu, batendo a parte de trás da cabeça no banco de aço. Ele quase desmaiou com a dor. Um segundo depois, o furgão derrapou novamente e sua bochecha se chocou contra uma braçadeira de metal, embora ele mal tenha percebido, pois o furgão passou por um buraco na estrada, lançando-o ao ar e derrubando-o pesadamente no chão. Sem aviso, o motorista pisou no freio subitamente, o que jogou Ken contra a parede divisória. Sentiu algo deformar em seu nariz e, quando caiu, sentiu uma coisa morna escorrer pelo queixo. Ele ouviu risadas na frente à medida que o furgão era novamente colocado em movimento.

"Riam bastante, rapazes", pensou ele consigo mesmo. "Um dia, irei atrás de vocês e será a minha vez de levá-los para um passeio."

Por fim, pelos vapores de gasolina e pelos sons furiosos do trânsito, Ken soube que estavam na cidade. Cada detalhe lhe parecia um sinal de alerta, e ele os levou a sério. Era inocente, mas não seria o primeiro a ser jogado em uma cela na prisão. Ele se sentou encurvado contra a lateral do furgão, com o rosto todo arrebentado.

Parecia loucura. Apenas algumas semanas antes, estava vivendo um sonho: atuar no cinema sonoro; passeios de barco com bons amigos... Agora, seu rosto ainda estaria nas telas de todo o país, mas seria em um cinejornal mostrando-o preso a uma cadeira, esperando que o vapor letal o subjugasse.

Que diabos! Ele se recusava a rastejar em autopiedade. Alguém seria condenado por todos aqueles crimes, mas Ken não permitiria que fosse ele.

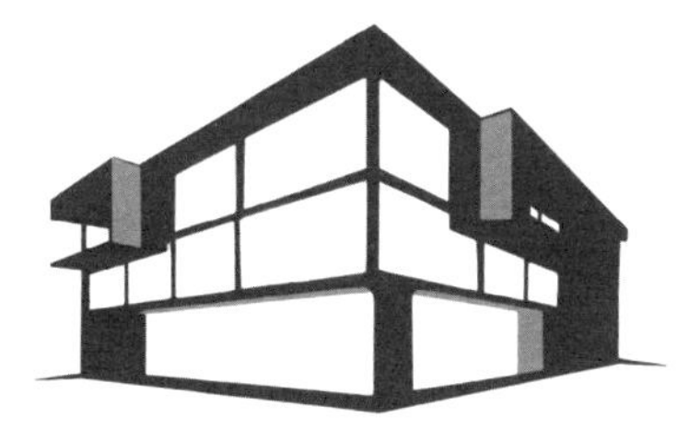

18

Na delegacia, Jakes parou para olhar o rosto contundido de Ken e lançou uma olhadela na direção dos dois policiais que o conduziram até a delegacia. Sua expressão não era de quem estava satisfeito. Ken passou as digitais na tinta e as pressionou contra o papel para registrar suas impressões. Então, foi conduzido pelos fundos para uma sala que continha apenas uma mesa e quatro cadeiras, todas aparafusadas ao chão. Jakes ficou de pé por cima dele com os braços cruzados.

— Quero um advogado — falou Ken.

— Se um sujeito me diz que quer um advogado, acho que ele fez algo para o qual precisa de um advogado.

— Boa tentativa, mas quero um mesmo assim.

Jakes apoiou os nós dos dedos em cima da mesa.

— Se você é inocente, é melhor esclarecer tudo o mais rápido possível.

— *Quero falar com um advogado* — disse ele, devagar o suficiente para o policial mais burro do mundo entender, e Jakes não parecia nem um pouco burro.

O detetive soltou um palavrão baixinho e saiu. Durante uma hora, Ken ficou sentado ou andando de um lado para o outro. A única coisa que tinha para fazer era pensar. Será que alguém armara para ele? O telefonema para Jakes com certeza apontava nessa direção. Era possível que um transeunte ou um vizinho tivesse ouvido gritos ou algo parecido vindo da casa e chamado a polícia, mas teria deixado o nome.

Por fim, Jakes entrou na sala com um homem sombrio, um sujeito gordo com manchas de comida na blusa e uma sacola de lona repleta de papéis embrulhados.

— Seu advogado — anunciou Jakes. — Você tem dois minutos com ele a partir de agora, daí eu volto e conversamos.

Depois que ele fechou a porta, o homem, que se apresentou como Vincenzo Castellina, falou com uma saraivada de palavras:

— Não me diga se é culpado ou inocente. Eu não ligo. Sou seu advogado. Farei o possível para livrá-lo.

— Sou inocente — disse Ken.

— Acabou de descumprir a primeira regra. De agora em diante, faça o que eu disser. Entendeu?

— Tudo bem.

— Os policiais fizeram isso? — Ele apontou para o rosto todo arrebentado de Ken.

— Mais ou menos. Dois policiais e um camburão de dez toneladas.

— Tá na cara. Carrinho bate-bate. Ficamos de mãos atadas — continuou Castellina, praticamente sem parar para respirar. — A polícia me mostrou o que eles têm. Provavelmente é insuficiente para apresentar queixa, mas primeiro temos que passar por um interrogatório. Não se preocupe, comigo aqui eles não vão apelar para a violência.

— Eles costumam fazer isso?

— Apelar para a violência? Claro. Geralmente, com os drogados e as bichinhas. Os crioulos levam a pior. Com você, tudo bem. Um branquinho saudável. Então...

Ele se calou assim que Jakes voltou.

— Tiveram tempo para conversar? Ótimo. — Ele se sentou do lado oposto da mesa. — Por que fez aquilo, Ken? O que ela fez para você?

— Após obter assessoria jurídica, meu cliente exercerá seu direito ao silêncio, de acordo com a Quinta Emenda da Constituição dos Estados Unidos — disse Castellina com autoridade. — Ele não cometeu crime nenhum.

— Isso é verdade, Ken?

— Após obter assessoria jurídica, meu cliente exercerá seu direito ao silêncio, de acordo com a Quinta Emenda.

— Pode falar por si mesmo, não pode?

— Após obter assessoria jurídica, meu cliente exercerá seu direito ao silêncio, de acordo com a Quinta Emenda.

Ficou óbvio que aquele muro de pedra era a tática favorita do advogado e provavelmente o fizera atravessar uma centena de interrogatórios daquele tipo. E ele ficou repetindo aquela frase sem parar durante a hora seguinte. A certa altura, outro policial entrou e entregou um bilhete a Jakes.

— Falamos com o governador Tooke — disse Jakes depois de ler atentamente o bilhete e não mostrar nenhum dos sinais de exaustão que, então, se evidenciavam nos rostos à sua frente. — Diz ele que mal o conhece, mas que, apesar disso, você tem passado muito tempo com a família dele.

— Após obter assessoria jurídica, meu cliente exercerá seu direito ao silêncio, de acordo com a Quinta Emenda. — Até a voz de Castellina mostrava sinais de tensão depois de repetir as mesmas dezessete palavras diversas vezes.

Jakes dobrou o bilhete e o colocou no bolso.

— Você e o filho dele. Rolou algo entre vocês, foi? Você e ele? Tiveram uma briguinha? E a mãe do cara? Tentou mandar ver nela? Manter tudo em família? Ela lhe pareceu fácil?

Diante daquela imundície, Ken perdeu a paciência.

— Escuta aqui, detetive — explodiu ele —, não tive nada a ver com as mortes de Oliver ou Florence Tooke.

— Não diga nada — ordenou Castellina.

Ken o ignorou.

— Alguém, em algum lugar, armou essa para cima de mim.

Castellina jogou as mãos para o alto e Jakes partiu para o ataque.

— Claro. Por que não ligou para a emergência quando diz que a encontrou? Ficou só lá sentado, olhando.

— Eu estava ligando, mas Coraline chegou. E aí você apareceu.

— É, não estava esperando por isso, estava? Engraçado você mal conhecer essa família e de repente encontrar dois deles mortos. Só você lá, mais ninguém — disse Jakes, com a voz grave e ameaçadora.

— Não é nada engraçado.

— Aproveitando que estamos de papo aqui, quer me contar o que houve com o sr. Tooke? O falecido?

Ken vinha torcendo para ter uma chance de apresentar uma ideia; não foi daquele jeito que ele tinha imaginado, mas ia ter que servir.

— Tudo bem, vou contar — falou ele. — O fato é que acho que ele tinha algo combinado naquela noite, um encontro. Se o sujeito tivesse ido até a casa, Coraline e eu o teríamos ouvido entrar, então Oliver deve tê-lo encontrado do lado de fora. E deve ter confiado no tal sujeito até certo ponto, ou não o teria levado até a torre de escrita.

— É claro. Tudo parte de um plano para matar o sr. Tooke, e a vítima concordou.

— Não, acho que o plano não era esse.

— Conte-me tudo, vai fundo.

— Porque, se fosse o caso, o assassino não o teria matado de um jeito menos dramático, nocauteando-o enquanto eles estivessem na água e empurrando-o da lancha para parecer que tinha sido acidental? Portanto, não. Acho que não foi planejado para acontecer daquele jeito. Foi alguma espécie de negociação que deu errado. Esse seria o meu palpite.

— Negociação. — O tom de voz de Jakes estava a um passo de ser uma zombaria manifesta.

— Algo assim. Então, o outro sujeito levou a lancha de volta e foi embora. A lancha estava na praia... acho que poderia ter sido levada até ali pela maré se Oliver não a tivesse amarrado, mas seria mais provável que a maré a tivesse levado para algum lugar mais distante da praia.

— Ah, é?

— É.

— Você é marinheiro?

— Não.

— Então, como é que sabe dizer como as marés se comportam?

— Não sou imbecil. E agora que estamos falando de meios de transporte, tem outra coisa.

— Claro que tem.

— Quando fui para a casa deles hoje, peguei um táxi. O taxista pode lhe dizer que cheguei lá minutos... poucos minutos... antes de você. Não daria tempo para fazer nada das coisas que suspeita que fiz. Encontre-o.

— Talvez a gente o encontre, talvez não.

Os dois homens respiravam pesadamente, como se estivessem brigando.

Castellina interveio:

— Detetive, tem alguma prova que ligue o sr. Kourian a qualquer um dos crimes? Prova real, não conjecturas vazias.

— Conjecturas vazias, é? — Jakes ficou andando de um lado para o outro na salinha e cruzou os braços. — Neste momento? Não.

— Nesse caso...

— Mas temos o suficiente para mantê-lo aqui enquanto averiguamos.

— O que ele quer dizer? — perguntou Ken a Castellina.

O advogado estava irritado.

— Vai jogá-lo na cela? — Ele olhou de soslaio para o hematoma no rosto de Ken.

— Melhor hotel de Los Angeles. Gratuito. E quer saber, Ken? Quando encontrarmos as provas, você irá para a câmara de gás.

As palavras dele tinham a confiança de uma previsão.

Jakes deu socos na porta e um oficial de detenção levou Ken.

Ele foi conduzido pela recepção, onde uma briga de bar havia levado um exército de bêbados briguentos, e pelas entranhas da delegacia. Os pisos cheiravam a alvejante, como se tivessem que ser desinfetados cinco vezes por dia. Não havia luz natural, toda ela era proveniente de uma fileira de lâmpadas enjauladas e mesmo essas pareciam já ter visto dias melhores. De vez em quando, um dos pernilongos que as circulavam jogava a toalha e pousava na lâmpada para se fritar.

O oficial o conduziu por uma porta, onde Ken se viu em uma sala tão iluminada que lhe machucava os olhos. Ele levou um segundo para perceber que havia pelo menos uma dúzia de luminárias de mesa, todas direcionadas diretamente para ele. Mãos que ele não sabia de quem eram o empurraram para dentro de uma cela, onde desabou sobre um banco de madeira coberto com um lençol branco manchado que fedia a dejetos humanos.

Eram três celas e ele estava na do meio, percebeu, e uns doze policiais o encaravam, imóveis como abutres. Um deles, um sujeito corpulento com costeletas espessas, abriu a boca para falar.

— Andou por lugares em que é indesejado. — O policial olhou de cima a baixo as grades, como se as visse pela primeira vez. — Animais têm que ser mantidos em jaulas. — O nariz de Ken se irritou com alguma coisa. Havia um balde ao lado do banco com cheiro de esgoto. — Vamos ficar de olho em você. A noite toda. — Depois disso, ele passou o cassetete pelas grades e saiu da sala de espera. Seus passos ecoaram pelo corredor, desaparecendo no nada, e, um por um, os outros policiais voltaram para suas papeladas, foram ler jornais ou ficaram palitando os dentes.

A calmaria antes da tempestade. O que ia acontecer com ele agora, caramba?

— Ei, rapaz — sussurrou uma voz. As palavras eram de um senhor com cabelos grisalhos e pele morena, que sugeriam que tinha alguma ascendência indiana; estava sentado em um banco manchado idêntico na cela à sua esquerda. — Você não sabe o que te espera! — E abriu a boca para mostrar uma fileira de tocos pretos. Ele caiu para trás contra as grades de sua cela, gargalhando histericamente. Um dos policiais estava assistindo e gargalhou junto.

Ninguém ofereceu a ele comida ou bebida, e ele não pediu. Ken se deitou no banco, tentando não pensar no que tinha sido utilizado o trapo que o cobria. *Andou por lugares em que é indesejado*. Foi o que o policial disse. Será que ele estava falando sobre Ken estar na casa dos Tooke naquela noite, ou será que significava que alguém não gostara de como ele vinha fuçando nas coisas desde a morte de Oliver?

O que será que Coraline estaria fazendo naquele momento? Será que ele seria acusado? Será que seu advogado conseguiria libertá-lo sob fiança? Eram várias perguntas e nenhuma resposta.

O tempo passava. A quantidade de policiais diminuiu para um senhor que fedia a alho quando passeava pelas grades da cela, exibindo a própria liberdade como o único entretenimento que poderia ter. Nem mesmo um rádio funcionaria onde eles estavam, e o velhote não parecia do tipo que apreciava um bom livro. Às dez, as luzes foram apagadas. Depois de algumas horas, a mente de Ken desistiu de correr entre a Inglaterra e os médicos, os livros de truques e homens em barcos,e o sono o dominou.

Ele não sabia direito o que o acordara. Podia ter sido a respiração em seu rosto, as mãos em seus pulsos e tornozelos. Mais provavelmente tinha sido o braço envolvendo seu pescoço, deixando-o sem ar.

Todo o corpo de Ken estremeceu como se tivesse sido atingido por um raio. Mas o peso dos homens sobre ele parou o treme-treme, pressionando-o contra a madeira do banco. Ele estava de olhos abertos, mas só conseguia ver silhuetas escuras se movimentando sobre ele. Ele virou o pescoço e tentou gritar, berrar um palavrão ou pedir socorro, mas uma coisa úmida e com gosto de gasolina foi enfiada em sua boca, de modo que sua língua ficou sufocada. E então sentiu um impacto na lateral de sua cabeça, e novamente em sua barriga, com um punho cerrado. Ele gemeu, mas nenhum som passou do trapo úmido em sua garganta. Ele lutou, o máximo que pôde, pelo que imaginou ser sua vida, e conseguiu libertar um punho, que atingiu um tecido mole acima dele. Alguém ganiu como um cachorro que leva um chute, mas o braço de Ken foi agarrado novamente e preso ao banco.

Então, algo serpenteou ao redor de seu pescoço e o apertou. Era áspero e arranhava a pele à medida que apertava cada vez mais. Uma corda.

— Andou por lugares em que é indesejado. — O murmúrio soava alto no ar parado. Ele sentia a corda apertando seu pescoço. Logo apertaria tanto que o sangue não passaria. Aquele subsolo pútrido seria seu caixão. — Mas logo não vai fazer diferença.

Ele sentia o sangue em suas veias lutando contra a corda, uma pulsação sufocada. Seu cérebro estava ficando mais lento sem oxigênio. A escuridão foi aumentando cada vez mais. O que ele podia fazer? Restavam poucas respirações antes de perder a consciência. Era sua última chance. Por força de vontade, ele se concentrou. Tinha que virar o jogo. Não conseguia falar nem se livrar deles usando a força, mas poderia confundi-los. Então, parou de resistir, ficou totalmente mole e prendeu a respiração, desabando no banco e deixando a cabeça cair para o lado. Houve uma pausa, e então uma mudança ocorreu nos homens que o seguravam.

— O que houve? — Ele ouviu uma voz baixa perguntar. — Ele teve um ataque cardíaco ou algo assim?

As mãos sobre ele permaneceram onde estavam — os policiais não eram burros —, mas diminuíram a pressão. Então, houve uma movimentação cautelosa acima dele: uma mancha de um preto puro se movendo contra o cinza de ardósia. Ele ouviu a respiração se aproximar. Conseguia sentir o cheiro de suor e de comida velha no hálito do sujeito. O homem foi se aproximando mais, até que chegou perto o suficiente para ouvir a respiração de Ken. E, com toda a sua força, Ken lançou seu corpo para cima e sua testa para a frente, acertando bem no meio do rosto do sujeito com a força de uma marreta. Ouviu-se um rugido de dor e o policial cambaleou para trás.

— Matem esse... — gritou ele. E então a cela foi inundada com uma luz ardente que fez com que todos se encolhessem.

— Já chega! — gritou Jakes da porta, baixando a mão do interruptor.

— Ele acabou de... — berrou o policial que segurava o rosto como um ovo quebrado.

— Acabou de nada — ordenou Jakes. E o olhar que o outro policial lançou contra ele poderia tê-lo matado. — Falei que acabou de nada.

Os outros policiais resmungaram, cuspiram no chão e saíram. Ken estendeu a mão e tirou a corda do pescoço. Um laço havia sido feito nela. Ele a atirou nos pés do policial em quem dera a cabeçada — o sujeito corpulento de costeletas espessas.

— Não tem problema... — disse o policial. — Não importa. Se não foi agora, vai ser outra hora. — E saiu da cela com arrogância, seguido pelos outros, que foram até suas cadeiras e se sentaram, olhando para ele como se fosse apenas mais um dia de trabalho.

— Está liberado — disse Jakes para Ken, fazendo um gesto com a cabeça na direção do corredor. — Mas voltará. Não encontramos o tal taxista e algo me diz que não o encontraremos.

Ken se levantou. O estrangulamento o deixara tonto e andar era um esforço grande. Ao passar por Jakes, o detetive falou novamente:

— Diga-me a verdade sobre o que fez, ou talvez da próxima vez não estarei aqui. — Ken balançou a cabeça negativamente. Não havia sentido em apelar para qualquer entendimento.

Quando chegou ao corredor, ouviu um dos policiais gritar:

— Quer prestar queixa?

Os outros riram.

Policiais eram corruptos, preguiçosos, muitas vezes estúpidos. Ele sabia disso. Mas, assim que saiu da delegacia, não conseguia entender por que um monte deles estava preparado para matá-lo também. Fazia algum sentido denunciá-los? Nenhum. Só o que Ken conseguiria se os denunciasse aos seus superiores seria garantir um lugar mais proeminente na lista de inimigos deles.

Não, o melhor seria terminar o que havia começado. Alguém tinha soltado os cachorros para cima dele. Ele precisava descobrir quem estava segurando as coleiras.

Era provável que Ken não tivesse mais sangue nenhum quando chegasse à pensão. Os policiais haviam decidido que o dinheiro de sua carteira deveria ir para o fundo de aposentadoria deles, então teve que voltar a pé, passando pelos bebuns e criminosos de verdade que aproveitavam a noite de Los Angeles para se divertir. Ele só queria deitar e dormir. Talvez nem tirasse a roupa. No corredor, a senhoria, perfeitamente maquiada, como se fosse o início da noite e não as primeiras horas da madrugada, o deteve no meio do caminho. Saía música de seu apartamento e por pouco deu para ver pela porta as pernas de um homem sentado.

— Sr. Kourian, parece prestes a desabar no chão — disse ela.

— Tive um dia difícil, madame Peche. — Foi sorte que a luz estivesse baixa o suficiente para esconder seus hematomas. Estavam cada vez mais inchados, e ele não queria ter que explicá-los.

— Você tem trabalhado muito. Ou talvez tenha encontrado uma amiguinha? — Ela deu uma piscadinha.

Ora, ela que ficasse em seu mundo de fantasia.

— Trabalhando muito.

— Ah, que pena.

Ela voltou para seu quarto e ele subiu a escada. A cada lance que subia, mais íngreme parecia. Quando estava prestes a colocar a chave de seu quarto na fechadura, ele parou. Pensou ter ouvido um som lá dentro. Algo se remexendo e fazendo ranger as tábuas do assoalho. Ele escutou com mais atenção. Nada. Tentou a maçaneta, que girou, mas a porta estava trancada, como deveria estar. Acalmando-se, empurrou a chave na fechadura e estava prestes a girá-la quando parou novamente. Dessa vez, o som foi inconfundível: algo deslizando sobre a madeira. Ele abriu a porta de supetão e examinou o quarto. Estava arrumado como havia deixado, mas a janela estava aberta. Ele correu e olhou por ela. A princípio, viu apenas os prédios e telhados ao redor, iluminados por postes de luz e pelas luzes das casas. Então, olhou diretamente para baixo. Sob a janela do quarto dele, a casa tinha um pequeno puxadinho que madame Peche usava para guardar móveis quebrados, caixas de roupas de frio e coisas do gênero. Agachada sobre ele, pressionando seu corpo em um recanto, estava a figura de um homem, iluminada por um poste de luz. Ele trajava um terno claro e uma boina de feltro de aba achatada que escondia suas feições. Mas então o homem arriscou uma olhadela para cima, expondo um rosto extraordinário em sua normalidade — como se tivesse sido criado especialmente para que ninguém pudesse descrevê-lo a um retratista da polícia.

Ao ver Ken, ele correu até a beirada do prédio, pulou para o chão e depois disparou rumo à rua principal.

Por uma fração de segundo, Ken pensou em pular da janela e correr atrás dele, mas, daquela altura, provavelmente quebraria o tornozelo ou o pescoço e não estava a fim de fazer esse favor para o sujeito. Em vez disso, desceu as escadas.

— Sr. Kourian, o que… — falou a senhoria, nervosa, quando ele passou correndo por ela. Ele chegou à rua, olhando em todas as direções.

Lá! Do outro lado da rua, andando rápido, mas sem correr, um homem com um terno de gabardine cinza-claro. Sem boina, porque ele provavelmente a havia descartado.

— Ei! — gritou Ken. Ele correu em direção ao homem. O homem começou a correr também, descendo por um beco comprido entre os prédios altos. Ken corria atrás dele, com o coração batendo mais rápido que um baterista de regimento.

O beco estava repleto de lixo e os ratos de um ninho guincharam quando Ken saltou sobre eles. O homem que ele perseguia era rápido, sem dúvida, mas, em vez de atravessar correndo o beco, ele se abaixou no vão de uma construção de madeira abandonada que era mais podridão do que madeira.

Ken chegou até ali e parou. O sujeito poderia estar armado — mais gente comprava arma do que doce em Los Angeles naqueles dias — e não se via nem sequer uma alma viva. Mas a briga tinha chegado à casa dele agora, então, ele não iria recuar e esperar que tudo acabasse sem fazer nada.

Ele avançou, pisando com cuidado. Era uma construção grande — tinha sido alguma espécie de armazém ou fábrica. Cacos de vidro se estilhaçavam sob seus pés à medida que ele ia entrando. Todas as janelas estavam imundas ou quebradas e um brilho fraquíssimo entrava por elas, vindo dos postes de luz. Uma enorme peça de maquinário na lateral do cômodo estava coberta por um lençol e havia uma entrada vazia no outro extremo daquele lugar que parecia levar a uma escadaria.

Ken parou e tentou ouvir alguma coisa. Havia algo que poderia ser o vento soprando por uma construção em ruínas ou a respiração de um homem ofegante. Ele foi avançando, e seus passos faziam quase nenhum barulho à medida que andava. Devia haver pelo menos outra saída da construção, e ele queria pegar aquele rato. Avançou em direção à entrada, mas, quando estava prestes a alcançá-la, se deteve. Um leve farfalhar chamou sua atenção, como o movimento de um tecido. Ele olhou para a peça de maquinário coberta. Lentamente, voltou na direção dela. Tinha uns sete ou oito metros quadrados e pouco menos de dois metros de altura. O lençol sujo que a cobria estava rasgado aqui e ali. Ken catou uma pedra do chão, uma daquelas que os meninos da área haviam usado para estilhaçar alguma das janelas. Serviria como arma.

Sua presa estava escondida dentro da máquina? Ken pegou o lençol e puxou, mas a roupa de cama permaneceu no lugar. Quando olhou para cima, algo caiu em sua direção, bloqueando a visão do teto. Caiu golpeando-o com uma ferramenta pesada de metal, rachando sua têmpora e derrubando-o no chão, onde ele se esparramou. A dor queimava e o mantinha no chão. Então, quando ela já havia diminuído o suficiente para que conseguisse suportar levantar a cabeça, foi apenas para ver a figura fugindo.

Ele poderia ter se levantado cambaleando, mas não estava em condições de persegui-lo. Ken se recostou contra o vidro quebrado e deixou que as ondas de dor o inundassem.

Chegou a pensar em denunciar aquilo tudo para Jakes, mas será que o detetive acreditaria nele? Nem por um segundo.

De volta ao quarto, depois de fechar a persiana e esperar alguns minutos para se certificar de que ninguém estava esperando para entrar, ele enfiou a mão sob a cabeceira da cama. Havia prendido uma coisa na ripa do meio com linha e agora a recolhia. Era um pequeno objeto de porcelana oval, incrustado com delicadas linhas de madrepérola: o suporte de pinturas em miniatura pintadas por Florence que encontrara na casa de Ray. Ele o abriu cuidadosamente para revelar as duas imagens que guardava: a casa em Essex e a casa na Califórnia, cabeça com pé e pé com cabeça.

A artista tinha talento. Ken virou-o, de modo que as duas casas viraram. Mas, ao fazer isso, ele ouviu algo que ainda não havia percebido: um leve som de tique-taque, como uma madeira fina batida por um prego. Ele girou-o mais uma vez e ouviu o som de novo. Havia algo por trás de uma das pinturas.

Com a ponta de uma colher, ele tirou cuidadosamente a pintura da Califórnia do lugar. Nada ali. Fez o mesmo do outro lado. Dessa vez, quando a pintura da casa de Ray soltou, havia uma coisa. Era o modelinho de um cavalo, esculpido em madeira, com meia polegada de comprimento. O tipo de coisa que uma criança poderia ter como parte de uma coleção de animais de um quarto de bebê. Enrolado em volta do cavalo havia um pedaço fino de papel. Ken o desdobrou:

Oliver, meu irmão. Durma bem.
Alexander

Alexander. Ele havia escrito aquilo.

E o que era inconfundível era que a caligrafia era bem-feitinha e inclinada. Não era o tipo de garrancho que uma criança de quatro anos faz em uma folha. Um adulto havia escrito aquele bilhete.

Ken pegou o pequeno modelo de cavalo entre o indicador e o polegar e o segurou contra a luz elétrica. A madeira era marrom-avermelhada e exalava um leve odor de maçãs maduras. Qual era mesmo a passagem do livro de

Oliver que falava de um potro? Ele pegou a cópia do livro do amigo no baú. Sim, um potro havia sido sacrificado na frente de Simeon.

– Coxo desde que nasceu. Melhor coisa pra ele – informou Cain.

Ken passou bastante tempo fitando a miniatura. Em sua sombra estava a verdade sobre a morte de Oliver, e Ken começava a enxergá-la.

19

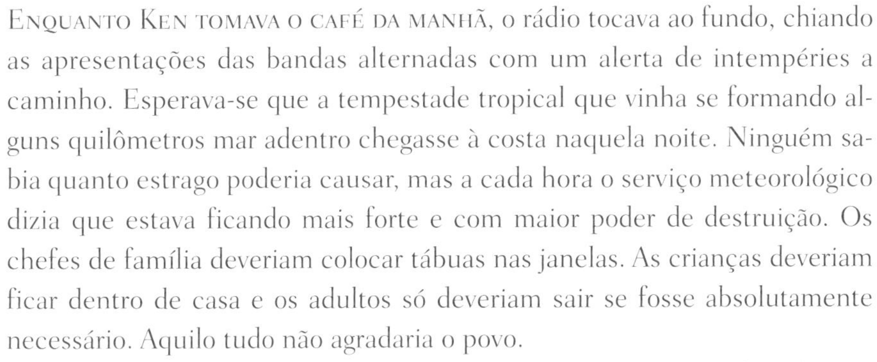

Enquanto Ken tomava o café da manhã, o rádio tocava ao fundo, chiando as apresentações das bandas alternadas com um alerta de intempéries a caminho. Esperava-se que a tempestade tropical que vinha se formando alguns quilômetros mar adentro chegasse à costa naquela noite. Ninguém sabia quanto estrago poderia causar, mas a cada hora o serviço meteorológico dizia que estava ficando mais forte e com maior poder de destruição. Os chefes de família deveriam colocar tábuas nas janelas. As crianças deveriam ficar dentro de casa e os adultos só deveriam sair se fosse absolutamente necessário. Aquilo tudo não agradaria o povo.

Ele terminou sua torrada com geleia, refletindo sobre o fato de que havia se demitido... bem... mais ou menos... de seu emprego. Ken não ia sentir falta dele, mas estava arrependido de ter perdido acesso ao arquivo do jornal. Queria reler as histórias que recebera sobre a tragédia familiar que envolvera os Tooke. Queria, não: *precisava* relê-las.

Então, depois de limpar tudo, foi para o escritório, atento a qualquer pessoa com quem tivesse trabalhado e que pudesse questionar sua presença no edifício. Ele teve a sorte de entrar e descer as escadas até a biblioteca sem ver ninguém nem ser descoberto.

— Você me levou uns recortes sobre um caso de sequestro de 1915 — falou ele com um sujeito malnutrido com uma viseira verde.

— Veio reclamar? — Ele estava em uma mesa que ficava na frente de fileiras e mais fileiras de estantes, cada uma delas repleta de grandes caixas. — Só que estamos com poucos funcionários. Não temos como enviar tudo. Se quiser recortes dos outros jornais, vai ter que especificar e esperar.

Ken se animou com aquela informação.

— Está dizendo que pode haver mais coisa em outros jornais?

— Claro. Temos as cópias anteriores do *Examiner*, do *Press* e do *Express*.

— Pode pegá-las para mim?

— Todas?

— É possível? Só de 1915. Não, de 1916 também.

— Escuta, tenho outros trabalhos a fazer, sabe?

— Tudo bem, eu mesmo faço.

O sujeito da viseira verde apontou com o polegar para as prateleiras.

— Fique à vontade.

Ken demorou muito só para encontrar os volumes certos. O *Press* e o *Examiner* não traziam mais detalhes que o *Times*, mas o *Express* tinha feito ótimas reportagens, enviando um repórter para entrevistar absolutamente todas as pessoas ligadas àquele caso, e voltava ao assunto sempre que arrumava uma desculpa. E Ken viu um nome, enterrado bem no fundo de uma das matérias, que reconheceu. Era do lote de 1916, depois que a família havia voltado da Europa. Havia uma fotografia deles empurrando a cadeira de rodas de Oliver em direção a um escritório, que ele também reconhecia.

> **Boas notícias, finalmente, para a trágica família Tooke. Após o choque do terrível sequestro de seu irmão, o pequeno Oliver Tooke é visto sendo levado ao consultório do médico da alta sociedade Arnie Kriger. Kriger é especialista em doenças infantis. Um de seus funcionários disse ao *Express* que a poliomielite do menino havia melhorado notavelmente durante sua estada na Europa e que ele poderia em breve conseguir andar, embora com alguma dificuldade. Nós, do *Express*, rezamos para que ele consiga!**

O repórter errara a grafia do nome do médico, mas era claro sobre quem estavam escrevendo.

Ken ficou se perguntando qual enfermeira ou recepcionista teria recebido algumas notas amassadas de dólar em troca daquelas informações. Ele pegou tudo e voltou para casa a fim de tentar descobrir qual era o significado daquela história. Deixou um recado para Coraline ligar para ele. Eles precisavam conversar.

A tempestade atingiu a costa naquela noite.

Um aguaceiro inundou as ruas, lançando árvores contra paredes, estilhaçando vidraças. Qualquer um pego na estrada — os que não ouviram os avisos no rádio e os alertas dos jornais — se protegia na entrada de lojas, procurando uma saída. Quando tentavam gritar entre si, mal conseguiam emitir um som.

Ken estava em seu quarto. Sua senhoria havia corrido pela casa, distribuindo tábuas para pregar por dentro das janelas caso elas se estilhaçassem — já era tarde demais para pregá-las por fora. Quando a energia foi cortada, Ken desceu aos tropeços até o patamar em busca de uma vela.

Estava decidindo a melhor forma de conter a enchente quando alguém começou a bater freneticamente em sua porta, a mexer na maçaneta e a forçar o ferrolho.

— Quem é? — perguntou ele. Ken não estava esperando ninguém, então ficou ressabiado após o último visitante não anunciado.

— Coraline — foi a resposta.

Ele abriu o ferrolho. A chuva encharcara as roupas da moça e ele ficou observando a água escorrer por sua pele. O ar de sofisticação dela havia desaparecido, deixando uma beleza natural.

— Entre.

— Não. Você é que tem que sair. Agora.

Ele estava alerta. Já havia sofrido o suficiente para saber que as ameaças ao seu redor não eram em vão.

— Por quê?

— A polícia. Jakes me ligou. Eles têm uma testemunha que o viu chegar à casa com minha mãe. Me perguntaram se eu poderia explicar isso.

— É mentira! — falou ele como se rosnasse, e a puxou para dentro e se trancou com ela. — Eu deveria ter previsto que algo assim iria acontecer.

— Sei que é mentira, mas me disseram outra coisa.

— O quê?

— Encontraram uma faca, um canivete na casa. Chutada para baixo da mobília, disseram. Encontraram fibras brancas nela que parecem ser de uma corda como a usada para… matá-la.

— Tudo bem, olha… — Ele estava prestes a dizer que a faca não era dele. Então, algo lhe ocorreu e ele foi até o baú onde guardava seus pertences e procurou uma coisa.

— O que está procurando?

Ele se recostou na cama. Agora, a invasão de seu quarto fazia sentido.

— Eu tinha uma faca assim. Uso nas refeições. Levaram. — Um vulto de ceticismo passou pelo rosto de Coraline. — Não diga nada. Eu sei o que parece. Alguns policiais tentaram me matar ontem à noite.

— O quê? — Mesmo com todo o resto que tinha acontecido, ela parecia surpresa.

— Talvez só quisessem me assustar por ter dado um soco naquele policial ontem. Não sei. De qualquer forma, me seguraram na delegacia e colocaram uma corda em volta do meu pescoço. Não foi nada divertido. — Ele esfregou o pescoço. — Pode ser que alguém tenha dado dinheiro para fazerem isso.

— Todo mundo recebe dinheiro dos outros para fazer coisas. — Ela fez uma pausa. — Suas impressões digitais estarão na faca?

— Nela toda.

— Temos que ir. Agora. Estou com o carro de Oliver.

Ele pegou uma capa de chuva e saiu correndo com Coraline, fazendo o possível para não impressionar os outros moradores que estavam em volta com lamparinas e uma quantidade de tábuas que mal dava para segurar com os dois braços. Madame Peche, carregando uma pilha de roupa de cama ensopada, o deteve na escadaria.

— Sr. Kourian. Não é possível que vá sair no meio disso — disse a ele.

— Não tenho escolha.

Ela olhou para Coraline com uma sobrancelha arqueada.

— Sei. Bem, a porta estará trancada quando voltar à noite. *Se* for voltar à noite.

— Entendo.

Eles abriram caminho brigando contra a torrente. A tempestade caía na vertical agora, uma massa de água congelante, saindo das nuvens negras que haviam povoado os céus de Los Angeles. Faltava energia em todos os lugares e a única luz vinha dos postes de luz a gás e dos relâmpagos.

— Acabou a eletricidade! — gritou ela.

— Os fios devem ter caído. Toda a rede elétrica da cidade entra em curto quando isso acontece! — gritou ele em resposta. — Cadê o carro?

Coraline apontou para o outro lado da rua. O Cadillac estava parado em frente a uma loja de bebidas. Ela escorregou no rio que corria ao longo da rua e ele a segurou assim que ela caiu.

Eles se fecharam no carro quando um galho de árvore atravessou a rua voando, seguido por outros detritos: um jornal, algumas caixas, um outdoor que nunca mais convenceria ninguém a comprar o creme dental da Johnson & Johnson.

Coraline ligou o carro. Ainda devia estar morno da viagem que acabara de fazer, embora a água que escorria por ele ameaçasse bater o motor.

Ken enfiou a mão no bolso e tirou o suporte de pinturas de porcelana.

— Se lembra disso da casa de Essex?

— Claro. As pinturas da minha mãe. Só Deus sabe por que Oliver quis deixá-las naquele lugar. Só Deus sabe por que qualquer pessoa iria querer estar lá.

Ken o abriu e levantou a pintura da casa da sombria ilha Ray. O cavalinho ficava aninhado atrás dela. Ele colocou-o na luz.

— Acho que tem a ver com isto. Encontrei ontem à noite. A princípio, achei que fosse um cavalo.

— Não é?

— Não exatamente, é um potro. — Ele não mostrou a ela o pedaço de papel que havia sido enrolado no modelo. O papel que trazia escrito:

Oliver, meu irmão. Durma bem.
Alexander

— E qual a diferença?

— O livro de Oliver. Tem a história de um potro. O potro morre. Tinha esquecido completamente até encontrar isto. Parece uma coisa tão insignificante quando você lê a história... Então, só agora estou percebendo o que significa na verdade. Oliver era inteligente. Existem muitas mensagens sutis em seu livro. Só que algumas são tão sutis que só a pessoa a quem se destinam entenderia.

— E quem é essa pessoa? — questionou Coraline.

— Tem uma outra coisa que precisamos descobrir primeiro, mas veremos isso amanhã. E, neste momento, temos que nos esconder.

Eles saíram com o carro e ganharam a rua. Os postes de luz a metano possibilitaram que encontrassem o caminho pela estrada, mas a água, com quinze centímetros de profundidade no asfalto, os atrasava. Eles passavam por lanchonetes e lojas fechadas e trêmulas, e só tinham percorrido algumas ruas quando Coraline começou a olhar para trás, desconfiada.

— O que foi? — perguntou Ken, já fazendo alguma ideia do que era.

— Tem só uns três carros na rua esta noite — respondeu ela. — Acho que o que está atrás de nós estava estacionado em frente à sua pensão.

Ele se virou para ver um Desoto Sedan verde em alta velocidade. Tinha alguém querendo acabar com a vida dele, isso era certo. Talvez fosse um policial ou o homem de rosto sem feições com o terno de gabardine que o visitara da outra vez.

— Tem certeza?

— Não. — Mas Ken ficou observando atentamente o veículo por mais duas ruas até que Coraline fez uma curva brusca de último segundo, espalhando uma espessa onda de água suja pela calçada, e o carro não fez nenhuma tentativa de segui-los. Se os ocupantes do carro foram pegos desprevenidos ou se Coraline e Ken estavam imaginando uma ameaça onde não existia, ele não sabia dizer. — Então continuamos fugindo — disse ela.

— Escuta. Quem quer que eles sejam, estão atrás de mim, não de você. Posso descer aqui. Eu me viro. Você ficará mais segura.

Ela girou o volante e afundou o pé no pedal.

— Duvido.

Eles seguiram em frente, açoitados pelo vento. Madeiras de cercas eram lançadas pelo ar e se quebravam ao desabar no chão. Carros estacionados se sacudiam sobre as rodas e janelas descobertas explodiam em fragmentos.

— Temos que encontrar algum lugar para ficar — disse ele. — Vire na próxima à direita. Tem uns hotéis baratos para lá.

— Maravilha — respondeu ela.

Eles viraram à direita, seguiram por alguns quarteirões e encontraram uma fileira de pensões com nomes que prometiam um luxo que nem sequer podiam fingir oferecer: Hotel do Rei, Shangri-La, Quartos Grandiosos. Em dias normais estariam todos exageradamente iluminados, mas a cidade estava no meio de um apagão, e eles pareciam cemitérios.

Ken e Coraline pararam em um que oferecia estacionamento, um prédio estreito de tijolos com uma escada de incêndio inacabada. Nem sequer estava claro se o hotel ainda estava para abrir ou se já estava fechado, mas eles arriscaram.

Atrás do balcão da recepção, um homem dormia sobre um colchão com os óculos de arame ainda sobre o nariz; uma lamparina a querosene era a única iluminação. Ken tocou a sineta e o atendente da noite, que cheirava fortemente a uísque barato, despertou com um gemido.

— Um e cinquenta por noite. Água quente paga a mais. Assine aqui — balbuciou ele. — Vieram de carro?

— Não. — O atendente poderia decidir sair e dar uma olhada no número da placa.

— Certo. Pagamento adiantado.

Ken entregou o dinheiro. O homem não percebeu ou não se importou por eles não terem bagagem. Entregou-lhes uma lamparina encardida e eles subiram a escada íngreme até o quarto.

O cômodo não chegava a ter nove metros quadrados e queimaria em segundos se houvesse um incêndio. A cama estava forrada com dois lençóis que, juntos, praticamente a cobriam.

— O que acha, Ken?

O cabelo de Coraline estava encharcado, gotas delicadas caíam ao chão. A chama da lamparina iluminava os olhos dela de tal modo que Ken via o quarto refletido neles. Ele atravessou até o lado oposto do cômodo a passos largos, jogou tudo para o alto. Ele a puxou pelos ombros para que a boca de Coraline virasse para cima, aproximando-se da dele, e tocou-lhe os lábios com os dele com intensidade. Ela estava calorosa e dócil; até que se afastou dele, enxugando a boca com a manga da blusa.

— Desculpe-me — disse ele.

— Não tem motivo — respondeu ela baixinho. — Se o momento fosse outro, teria sido...

— Eu sei. Sei o que teria sido.

— Acho que simplesmente tenho azar.

— Acho que nós dois temos — disse ele, fitando a escuridão do lado de fora.

No momento em que estava caindo no sono, Ken ouviu uma nova voz vindo da recepção.

— Olá, Mick.

— Olá. — Era a voz do atendente da noite.

— Recebemos uma ligação. Procuramos um casal. Na casa dos vinte. Parecem elegantes. Podem estar de carro. Chegou alguém nas últimas horas? — Ken se sentou ereto e alerta.

— Nas últimas horas? Eu estava dormindo nas últimas horas.

— É mesmo?

— Claro que sim.

Houve uma pausa.

— Tudo bem, grite se eles aparecerem.

— Tem recompensa?

— Recompensa? Claro que tem recompensa. A recompensa é não fecharmos vocês.

A conversa acabou. Então, a escada rangeu. Alguém estava subindo. Ken ficou de pé em um pulo. A janela tinha grades, de modo que ele teria que resistir. Os passos pararam em frente ao quarto. Ken prendeu a respiração, pronto para a entrada do policial, mas ouviu a voz do atendente:

— Deem o fora daqui, porra! Não vi vocês. — E a escada rangeu novamente quando ele voltou ao seu posto.

Ken vestiu a jaqueta. Eles devolveram a chave, correram para o carro e seguiram dirigindo pelo rio sujo que costumava ser Los Angeles. Encontraram um terreno baldio escurecido pelo apagão para ficarem estacionados durante algumas horas e esperar, tremendo, no banco de trás. O atendente ficou com o dinheiro deles.

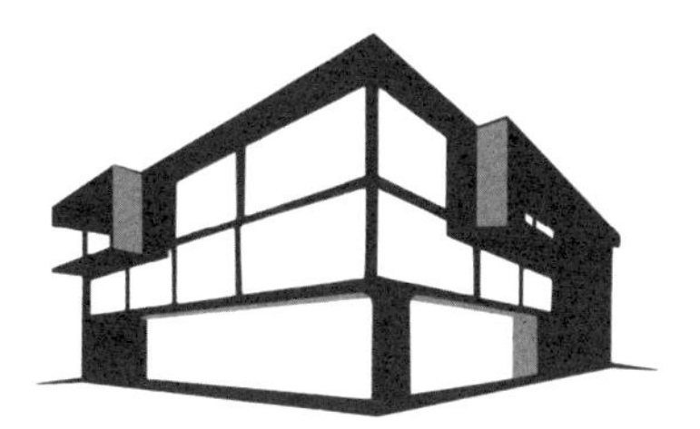

20

O VENTO CONTINUOU SOPRANDO forte durante toda a noite e não diminuiu na manhã seguinte. As nuvens sólidas da tempestade tropical — que agora ameaçavam se transformar em um furacão, segundo um empolgado locutor no rádio do carro — fizeram com que toda a cidade ficasse envolta em um cinza-escuro e fosse açoitada por uma chuva torrencial. O meio da manhã era igual ao crepúsculo e os poucos carros que circulavam estavam com os faróis acesos, de modo que pareciam insetos infernais. As ruas estavam alagadas com uma água profunda e lamacenta. Ken estacionou em um local onde pudesse ver o alvo deles.

— Quanto tempo vamos esperar? — perguntou Coraline.

— Até ele chegar aqui.

Ela acendeu um cigarro. As rajadas de vento levavam rapidamente a fumaça embora assim que ela se aproximava da abertura no alto da janela do carro.

Eles se aproximaram um do outro, sem pensar, para se aquecer. Era impossível ver o sol; só sabiam, pelos seus relógios de pulso, que devia estar acima deles.

— Olha ele ali. — Ken apontou pelo para-brisa, embaçado pela chuva que desabava. Ela balançou a cabeça em um sinal de que havia entendido. A exaustão da noite transparecia no rosto de Coraline.

Ken saiu do carro e esperou que o homem do outro lado da rua abrisse seu consultório. Então, atravessou correndo na direção da porta, abalroando-o para dentro de um amplo corredor e batendo a porta depois que já estava dentro.

— O que vo...

Ken fez o sujeito parar de falar com seu punho. O médico gritou de dor e caiu para trás, contra a parede, segurando a boca retorcida com a mão.

— Nenhum som — alertou Ken. Kruger ergueu a palma da mão em sinal de rendição. — Quero saber sobre a família Tooke.

— O que... o que quer saber?

— A mãe. Qual era o estado mental dela depois que o filho foi levado?

O médico gaguejava, incapaz, a princípio, de formar palavras.

— Não sou especialista em doenças da mente.

— Arrisque um palpite. — Ele ergueu o punho novamente.

— Está bem! — implorou Kruger. — Ela estava transtornada, é claro. Seu filho estava desaparecido.

— Ela foi consumida pela culpa, doutor. E você sabe por quê. Sabe o que ela fez.

— Não sei. *Não sei* — protestou ele.

Ken agarrou a camisa de Kruger, torceu-a em seu punho e imprensou-o contra a parede.

— E os meninos, como eram?

Kruger pareceu aliviado por passar para um novo assunto.

— Eles... Alexander era saudável. Oliver teve uma poliomielite grave.

— Qual era o prognóstico dele?

— O que isso importa? — gritou o homem.

— *Responda à pergunta.*

Kruger jogou as mãos para o alto em um segundo sinal de rendição e fez uma representação impressionante de um homem que estava fazendo o possível para relembrar fatos de vinte e cinco anos antes.

— Provavelmente ficaria na cadeira de rodas para o resto da vida.

— E qual tratamento o senhor recomendou? — O homem piscava nervosamente. Mas este foi o ponto crucial de tudo. Foi ali que tudo deu errado: para Oliver, para Alexander, para Coraline, para Ken; e ele preferia impedir que Kruger voltasse a respirar algum dia a deixá-lo engolir a verdade. — Diga-me agora ou quebro o seu pescoço em dez lugares diferentes.

Alguns minutos depois, Ken saiu do prédio e foi até uma cabine telefônica no final da rua, onde fez uma ligação. Jakes atendeu e Ken lhe contou a história.

— O livro de Oliver — disse Ken a Coraline enquanto entrava novamente no Cadillac. — Está tudo aí se você olhar.

— O quê?

— Tudo.

— Aonde estamos indo?

— De volta para sua casa.

Ele ligou o motor e ganhou a rua que tinha virado um rio. Uma onda irrompeu contra a lateral do carro enquanto as rodas agitavam a água. A cidade estava se afogando, tudo sob a pálida luz âmbar dos postes de luz a gás.

— Tem um carro nos seguindo — disse Coraline baixinho, com a voz quase se perdendo na chuva.

— O mesmo?

— Sim.

Ele olhou pelo retrovisor lateral e conseguiu distinguir um Desoto verde em alta velocidade. Desta vez, havia luz suficiente para ver um homem ao volante. Ele usava um cachecol, mas Ken sabia quem era.

— Achei que tivesse ido embora — murmurou ele. — Bem, vamos ver como ele dirige.

Ele afundou o pé no acelerador e o carro saltou para a frente, derrapando.

— Ele está vindo atrás — falou Coraline, observando o outro carro por cima do ombro. Ken girou o volante, fazendo uma curva, levantando as rodas do lado contrário do Cadillac alguns centímetros do chão e caindo pouco depois, provocando uma onda de choque pelo carro. O motor do Cadillac era mais potente que o do Desoto, e rapidamente a distância entre os dois aumentou. Mas, com aquele tempo, não tinha como sumir de vista totalmente, e o Desoto começou a se aproximar. — O que será que ele quer? — perguntou ela.

— Nós.

O carro verde subitamente avançou com um rugido, encontrando uma reserva de aceleração, e seu para-lama dianteiro bateu no traseiro do Cadillac, lançando o carro da frente sobre uma enorme poça d'água antes que Ken conseguisse aprumá-lo novamente.

— O que foi isso? — perguntou Coraline.

— Ele está tentando nos jogar para fora da estrada.

O carro de trás se aproximou novamente e bateu no metal. Só que desta vez os para-lamas se encaixaram, transformando os dois automóveis em uma máquina robusta. Ken pisava e soltava o acelerador, mas o Cadillac arrastava uma carga pesada. Ele virava para a esquerda e para a direita, tentando se soltar, mas de nada adiantava. E agora estavam chegando a uma encruzilhada.

Quando Ken estava aprendendo a cavalgar, entendeu que, quando se faz uma curva, a pessoa se inclina para a frente e bate os calcanhares no flanco do cavalo para que o animal cavalgue com mais força. Se não fizer isso, a pessoa pode ser lançada do cavalo. Com automóveis era igual. Aquela curva exigia aceleração, e, ao chegar ao cruzamento, ele pisou fundo no acelerador. O motor berrava, mas o carro de trás os segurava. Ele pisou no acelerador novamente, com força suficiente para fazer o pedal atravessar o chão. Então, no último segundo, girou o volante para a direita, mudando de sentido quase que instantaneamente.

Houve um estrondo e um rasgo de aço, e o Cadillac disparou para a frente. O velocímetro saltou, passando de oitenta, e Ken virou a cabeça para ver o outro carro girando e se afastando, lançado pelo torque de giro e pela fúria do Cadillac, derrapando de lado pelo asfalto molhado, sobre o amplo cruzamento e direto na direção do tráfego que vinha no outro sentido. Os outros veículos pararam bruscamente, cantando pneus e virando em vários sentidos, mas o Desoto continuava derrapando. E então suas duas rodas esquerdas atingiram simultaneamente o meio-fio oposto, e o carro alçou voo a quase um metro de altura, colidindo com um poste de luz e quebrando-o no meio como uma muda de árvore, antes de cair de lado na calçada.

Ken tirou o pé do acelerador e pisou fundo no freio. Os pneus cantaram e mancharam a rua, parando a uma distância de cerca de vinte metros de onde eles estavam. Ele saltou do veículo, abriu o porta-malas e pegou uma chave inglesa pesada no kit de reparos. Correu até os destroços do Desoto com ela erguida no ar. Dezoito, catorze, nove metros. Ele levou segundos para cobrir essa distância. E, ao se aproximar, viu o motorista pelo espaço vazio onde antes ficava o para-brisa. O rosto do homem estava coberto de sangue, e por um momento Ken não soube dizer se o sujeito estava vivo ou morto. O poste de luz quebrado cuspia gás, fazendo com que o ar fedesse a comida podre.

O tronco do homem estava caído sobre os dois bancos.

— Quem é você?! — gritou Ken, arrancando o cachecol dele. A boca ensanguentada estava grogue, tentando formar palavras, e depois, se fechou silenciosamente. — Diga-me! — Ele ergueu a chave inglesa, ameaçando mais sofrimento se a pergunta não fosse respondida.

Os olhos do homem se estreitaram um pouco. Ele estendeu a mão para a frente, na direção de Ken, empurrando a porta. Já estava meio aberta, tinha o fundo rasgado pela batida, de modo que o metal se rasgou em pontas retorcidas. Não abria direito, e uma das pontas de aço raspava na outra com um gemido. O motorista tentou novamente com todo o seu peso, e à medida que as duas tiras de metal se esfregavam uma na outra, pequenas faíscas voavam, protegidas da chuva pelo automóvel.

Ken deixou cair a chave inglesa e recuou. Dava para ver que o perigo não era o motorista, e sim o que estava prestes a acontecer. Mais uma profusão de faíscas, e aconteceu. O gás que havia no ar se inflamou, e Ken foi ao chão quando o carro foi engolido por uma bola de fogo de cinco metros de diâmetro. Se o sol tivesse caído pelo céu, não poderia ter brilhado mais forte. A rajada de ar fervente foi como outro vendaval, e quando ele ergueu a cabeça, viu um jato de chamas do poste de luz subindo três metros por dentro da tempestade escura.

Ken deitou a cabeça na rua. O sujeito no carro já não representava mais uma ameaça. Ele sentiu o sangue morno. Um corte profundo havia se aberto em sua bochecha. Foi como se, durante alguns momentos, o mundo inteiro tivesse desabado sobre si. Só o que ele conseguia fazer era respirar ruidosamente.

— Moço, você está bem? — Era uma mulher, segurando um chapéu na cabeça. — Você foi atingido pelo... pelo... — Ela procurava uma palavra que descrevesse o que acabara de ver.

— Não — disse ele baixinho, sentindo os pulmões chiarem. — Não fui.

Ken limpou o rosto com a manga da camisa, deixando-a toda manchada de cinzas. Ele se arrastou de volta ao carro. Coraline apareceu, abalada.

— Foi ele quem matou Oliver e mamãe?

— Provavelmente.

— Ele estava tentando nos matar?

— Isso não importa mais.

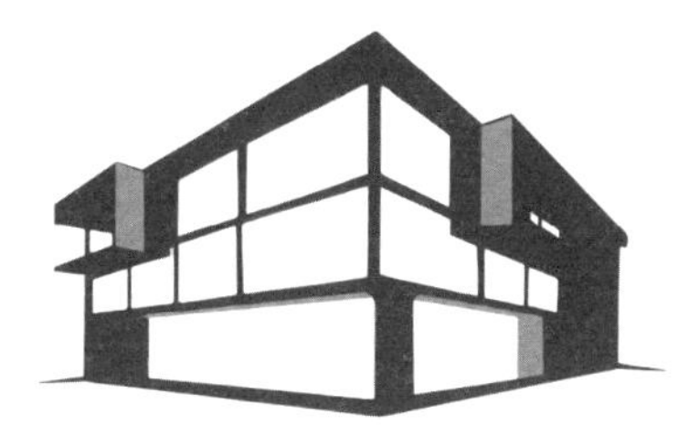

21

O carro atravessou os portões de ferro da Casa da Ampulheta. A tempestade em alto-mar podia ser vista de dentro da casa.

A criada, Carmen, abriu a porta para eles e depois se recolheu e assumiu uma postura retraída, instantaneamente constrangida, já que sua última conversa com eles havia revelado segredos profundamente escondidos.

— Cadê meu pai?

— Na biblioteca, senhorita. Mas está sendo entrevistado pela rádio. E...

Eles a ignoraram e subiram as escadas. O governador Tooke estava sentado em uma cadeira com encosto alto e apoio para os braços de veludo vermelho, com um microfone e equipamento de gravação arrumados à sua frente. Um jovem apresentador tinha seu próprio microfone.

— KQW conversando aqui com o governador Oliver Tooke, o favorito para a indicação à disputa presidencial pelo Partido Republicano. Governador, a tempestade está forte ao nosso redor, mas os Estados Unidos têm um grande futuro pela frente. O senhor não acha?

— Ora, sr. Willett, eu concordo. E isso é porque...

— Pai, precisamos conversar com você. — Coraline olhou fixamente nos olhos do pai sem vacilar ou piscar.

— Minha querida, estou conversando com...

— É sobre Oliver. E Alex.

Tooke olhou para a filha como se ela fosse um escorpião.

O homem da rádio falou:

— Senhor, podemos...

— Acho que preciso conversar com minha filha.

O apresentador fez uma cara de quem estava insatisfeito com aquela situação, mas se colocou em seu lugar e deixou a biblioteca.

Coraline foi até a janela, tirou um maço de cigarros da bolsa, acendeu o último deles e olhou para fora. O governador olhou para Ken.

Eles haviam percorrido uma estrada triste e arrebentada. Ken a havia começado com um amigo, mas esse amigo teve sua vida roubada. E tudo começou com o infortúnio simples e comum de um menino.

Ele se sentou onde estivera sentado o apresentador da rádio.

— Temos uma conversa difícil, sr. Kourian. Não concorda?

— Concordo.

— Bem, já tem algum tempo que esse momento se aproxima, e agora chegou a hora. Gostaria de uma bebida?

— Uma bebida? Não, não, obrigado, governador.

— Está muito cedo, eu sei. Mas acho que preciso de uma. — Ele se dirigiu até um grande globo e levantou a metade de cima, revelando garrafas reluzentes. Pegou duas e colocou-as na mesa lateral, mas não abriu nenhuma. Estava inseguro. Devia ser angustiante para ele estar daquele jeito. E voltou à sua cadeira sem um copo.

Por onde começar?

Ken escolheu começar com a história.

— Li o último livro que Oliver escreveu. É estranho. Verdadeiramente singular.

— Meu filho era uma decep...

Ken o interrompeu:

— Seu filho era inteligente, isso é o que ele era. Precisei desvendar muita coisa do livro dele.

— Explique para mim — disse o governador Oliver Tooke, tomado novamente pelo descontentamento. Ele olhou para a filha. Ela retribuiu o olhar.

— Vou explicar. No fundo, é uma história que trata de identidade. Trata de ser duas pessoas ao mesmo tempo. De não saber quem você é. E trata de um potro coxo sacrificado em um estábulo. — Aqueles detalhes deveriam ter contado tudo a ele, mas a verdade era tão extraordinária que, quem poderia tê-la sonhado? Ken fez uma pausa e olhou pela janela. A chuva parecia estar escorrendo por debaixo do vidro. Então, ele não aguentou mais esperar e perguntou: — Por que o senhor fez o que fez?

— Por que fiz *o quê*? — O maxilar de Tooke estava rígido. A fumaça subia do cigarro de Coraline e flutuava por entre os livros.

— Sr. Tooke, passei por muita coisa. Não quero saber mais de ladainha esta noite. Você fez um homem acabar com a vida de seu filho mais velho, aleijado pela poliomielite. E criou seu outro filho no lugar dele, convencendo o mundo durante vinte e cinco anos de que ele era o irmão mais velho. Por quê?

Tooke voltou à mesa que continha as garrafas, escolheu uma de uísque e derramou metade do conteúdo cor de palha em dois copos de cristal. Ele ofereceu um para Ken, que o recusou.

— Ora, ora... — disse o governador, devolvendo um dos copos para a mesa. — O tempo acabou. — Ele se deixou cair na cadeira em que estava sentado antes e bebeu um longo gole. O suficiente para deixar a maioria dos homens bêbados em um piscar de olhos. — Por quê, por quê, por quê... — Ele apontou para Ken com o dedo médio esquelético. — Sabe de uma coisa? Os tempos estão mudando, foi esse o porquê. Antigamente um homem era eleito presidente por seus pares... outros homens perspicazes que sabiam o que era melhor para este país. Homens que sabiam ler, escrever e pensar. Homens que entendiam de comércio e de leis, e quais direitos um homem deveria ter. Mas agora isso mudou. — Ele acreditava no que estava dizendo, isso era evidente. Era um homem que acreditava com todo o seu ser. — Agora que o direito de voto foi estendido a todos os homens e mulheres que consigam marcar um X em uma cédula de votação, é quem fica melhor nos cinejornais e fala mais bonito no rádio. Não é escolhido por inteligência ou capacidade, ele é escalado, como naqueles filmes que você está tão desesperado para estrelar. E isso é muito perigoso para um país.

— É?

— Ah... mas é, é sim. — Tooke quase riu. Agora, não pararia mais. — Mas eu defendo valores. Defendo o aprimoramento deste país para o bem coletivo de seu povo. — Ele entrelaçou os dedos das mãos para ilustrar a sociedade unida. — E uma nação não é mais do que seu povo; então, temos que fortalecer as *próprias pessoas*. Melhores na mente e no corpo. — Ken imaginou Kruger entrando na sede da Sociedade Americana de Eugenia. Aquele lugar estava repleto de gente que pensava igual ao governador Tooke e, incentivada por acontecimentos na distante Alemanha, agora clamava abertamente por aquilo em que acreditava. — E não serei hipócrita. Não, não serei. Então, tive que fazer o que defendo. — Ele tomou outro gole.

— E então?

— E então… — Ele passou um tempo perdido nos próprios pensamentos. — E então mandei levarem deste mundo o meu querido menino e deixei meu filho mais novo tomar seu lugar e ficar com seu nome. — Aquela foi a mais amarga das defesas. Ficou um tempo pairando no ar. Ken conseguia ouvir aquilo ecoando. — Assim como Abraão, sacrifiquei meu filho. E, sim, muito rapidamente, Alexander começou a acreditar que era Oliver. Ele tinha quatro anos; você acredita muito rápido em qualquer coisa nessa idade. Logo, ele se esqueceu de que algum dia havia sido chamado por outro nome. — Ele saboreou mais um gole de sua bebida. — Talvez, no fundo da mente dele, sempre houvesse alguma lembrança, sei lá.

A tempestade batia, fazendo barulho nas paredes, produzindo o único som naquele ambiente. Até que Coraline falou. Ken viu que o ódio que ela tinha sentido havia esfriado.

— Você sempre foi tão seguro de si, pai. Moralmente. Como se isso escorresse por seus poros.

Ela foi até a mesa de bebidas, pegou o copo de uísque que Ken havia recusado e bebeu metade sem olhar para nenhum deles.

— Foi Kruger quem o matou? — perguntou Ken.

— Foi melhor para ele.

— E como foi que chegou a essa conclusão de merda? — Parecia impossível para Ken que eles estivessem sentados ali, discutindo a morte de um menino, e Tooke falasse como se não fosse mais do que um dever desagradável.

— A vida de um aleijado não é vida. — Ele rolava o copo entre os dedos. — Quer experimentar? Ter que depender dos outros para empurrar sua cadeira para todos os lugares? Para vesti-lo? Levá-lo ao banheiro? Ver seu irmão correr no campo de atletismo em que você não consegue pisar?

Ele parecia, ainda, acreditar em cada palavra que proferia.

— E quanto à mamãe?

Tooke olhou de relance para Coraline.

— Ela não quis, é claro. Foi preciso muita, muita persuasão.

— Você a levou à loucura.

— Dei o meu melhor por ela. Coloquei-a em um lugar em que cuidariam bem dela. Visitava-a sempre que podia.

E, pela primeira vez, Ken ouviu um levíssimo tom de constrangimento. O governador levou o copo aos lábios, depois colocou-o na mesa, só que ele acabou virando. Tooke não tentou endireitá-lo.

— Jesus... — exclamou Coraline baixinho.

— Por que a farsa? — perguntou Ken.

— Como assim?

Ele teve nojo de perguntar, como se a mecânica das ações do governador fosse o que importasse, e não as consequências.

— Quando Kruger o matou, por que fingir o sequestro do mais novo? Por que não dizer simplesmente que o mais velho com poliomielite havia morrido?

O vento aumentou. A chuva batia contra a janela, sacudindo-a, ameaçando atravessá-la.

— Diga-me você, sr. Kourian.

Havia horas que ele vinha ponderando aquela questão. E apenas uma resposta se encaixava:

— Acho que foi porque suas opiniões sobre a eugenia eram bastante conhecidas. Se seu filho aleijado tivesse desaparecido sob circunstâncias estranhas, a suspeita teria recaído em você. Mesmo que não pudesse ser comprovado, teria sido o fim de sua carreira política. Mas, desse jeito... desse jeito, você até angariou solidariedade. — O governador não respondeu. Ken detestou saber que estava certo. E foi por isso que seu amigo Oliver tinha falado de uma culpa que nutria: porque sua vida fazia parte da morte do irmão. — Mas tudo mudou quando você leu o livro de Oliver e aí percebeu que ele havia encontrado sua esposa e descoberto tudo. Não é verdade?

Tooke fez uma pausa antes de falar.

— Na verdade, você não está totalmente certo nas suas suposições — respondeu ele.

— Não estou?

— Não exatamente. Apesar de toda a sua inteligência e esperteza, está deixando de perceber uma ou duas nuances.

— Que nuance é essa?

O governador bufou em desdém.

— Meu filho. Minha última chance de um homem continuar nossa linhagem, e não era em nada melhor que os veadinhos com quem andava. — Ele olhou para o lado, como se procurasse uma explicação para o fato de seu próprio filho ter se tornado um vexame tão grande. — E então, quando ele descobriu tudo e reuniu toda a coragem que tinha para me confrontar, o que ele fez? Passou do ponto. Superestimou o poder que tinha.

— Caramba! Como assim?

Tooke olhou Ken de cima a baixo como se avaliasse um animal.

— Como assim, sr. Kourian? Como assim que o mariquinhas do meu filho veio me ameaçar.

— Como?

O governador estendeu a mão alva até a gaveta de sua escrivaninha. A madeira soltou um gemido ao sair de seu repouso. Tooke jogou uma cópia de *A ampulheta* para Ken como se fosse uma doença.

— Disse que essa exposiçãozinha ridícula que ele fez era uma amostra do que estava por vir. Que quando eu concorresse para a Casa Branca, ele iria à polícia contar toda a história. — O dedo indicador dele ia para a frente e para trás, a raiva fazendo o sujeito falar cada vez mais alto. — Achou que me colocaria na cadeia. Agora que eu estava prestes a salvar esta nação de uma guerra devastadora contra um país amigo e admirável! Eu não podia deixar isso acontecer.

A água da chuva caía pela vidraça como se fosse uma cachoeira.

— Então você mandou um homem assustá-lo para que ele ficasse quieto, mas as coisas saíram do controle, talvez eles tenham lutado, e ele acabou morto. — O governador estendeu a mão para pegar o copo virado, mas com as pontas dos dedos o fez rolar até a borda da mesa e cair ao chão, estilhaçando-se em centenas de cacos. — Quem foi que você mandou? — perguntou Ken.

— E isso importa? — A raiva havia diminuído.

— Provavelmente não. Acho que o conhecemos hoje.

— E?

— Não voltará a vê-lo.

— Entendo. — Tooke olhou para o copo de uísque em mil pedacinhos. — A família dele sempre trabalhou para nós. A avó estava até no livro de Oliver. A governanta. Sempre foram leais, e os mantive assim. — Um pensamento pareceu ter lhe ocorrido. — Não que isso faça qualquer diferença, mas o que fez com Kruger? — Uma rajada súbita de vento sacudiu a janela, que rachou em um canto, ficando com um aspecto de teia de aranha, e a chuva começou a entrar por ali.

— Liguei para um policial que conheço — informou Ken.

— Estão vindo para cá?

— Sim.

O governador suspirou exausto, como se não dormisse havia meses. Um relógio no canto passou para um novo minuto.

Coraline falou:

— Meu avô teria afogado você se soubesse o que iria fazer.

— Ah, é mesmo, mocinha? — perguntou Tooke com amargura na voz. — Bem, vou lhes dizer mais uma coisa que vocês simplesmente não vão acreditar. Sabem quem está realmente por trás do que fiz?

— Diga.

— Justamente seu próprio avô.

Ken ficou impressionado.

— Simeon? — perguntou ele.

— Veja, sei o que Oliver escreveu sobre nossa pequena intriga familiar do século passado — continuou Tooke. — Mas pergunte a si mesmo o seguinte: de quem ele ouviu a história? Toda do meu pai, é claro. E acha que aquele homem contou a verdade, a mais pura verdade em nome de Deus, sobre o que realmente aconteceu? Ah, não. Tenho minhas dúvidas sobre isso. Você leu a história. Acredita nela? Na mulher correndo por Londres como o Cavaleiro Solitário e no velho deixando todos os seus bens mundanos para um rapaz que mal conhecia? Não lhe parece um pouco fantasioso demais? Ah, não. Não, mocinha. Meu pai precisava de dinheiro para pesquisar a cólera e uma maneira de consegui-lo caiu no colo dele. Pouquíssimos dias de tratamento com sabe-se lá o que e a herança é dele. Ainda assim, quem é que tem o direito de questionar a versão dele dos fatos?

A mente de Ken deu um solavanco. O livro, com todos os seus subterfúgios, vinha sendo a mais absoluta verdade para ele. Mas será que era mesmo? Talvez fosse necessário escavar mais alguns estratos de mentiras.

Tooke continuou calmamente:

— Portanto, perceba, sr. Kourian, que o que meu pai fez naquela casa antes de mim me mostrou o que eu tinha que fazer lá, seguindo o exemplo dele. Porque bons homens fazem aquilo que é certo, independentemente do que os outros tenham a dizer a respeito. Assim como meu pai, assim como Abraão.

Ken ficou algum tempo observando o sujeito. Havia uma luz nos olhos dele que começava a piscar e a ficar mais fraca. Então Ken falou:

— Abraão não foi até o fim.

— Como é?

Ele olhou nos olhos do governador.

— Ele não foi até o fim. O Anjo do Senhor desceu e o deteve. Isaac continuou vivo. Era apenas uma prova. De fé.

Em algum lugar fora da vista deles, ouvia-se um som abafado de motor de automóvel. Estava parando em frente à casa.

As mãos de Tooke se crisparam.

— Ora, rapaz, isso está bom para o Livro Sagrado, mas aqui na Terra... — Ele se inclinou para a frente para enfatizar: — A mão de um homem é mais sangrenta.

Ken não se importava com o orgulho fraco e barato daquele homem. Não significava nada.

— Sabe, acho que acabei de entender do que se trata a história, do jeito que Oliver a escreveu — comentou ele. Agora, havia uma movimentação em algum lugar da casa. O som ricocheteava nas janelas rachadas; eram passos se aproximando pelo mármore. — Não se trata apenas de você, ou do seu filho, ou mesmo do seu pai. Trata-se de o passado ter vontade própria: vontade de vingança. De reparação, imagino. O passado sempre busca isso. — Ele olhou para o livro no chão frio, levemente remexido pela brisa. — Então, pode enterrá-lo em tijolo, em pedra ou debaixo da lama; mas, quando faz isso, você só ganha um tempo, governador.

Ele observou a teia de rachaduras se espalhar pelo vidro. "E que tudo venha abaixo agora", pensou.

FIM

A AMPULHETA

GARETH RUBIN

A AMPULHETA

Tradução: Roberto W. Nóbrega

GLOBO LIVROS

Texto fixado conforme as regras do Acordo Ortográfico da Língua Portuguesa
(Decreto Legislativo nº 54, de 1995)

Editora responsável: Amanda Orlando
Assistente editorial: Isis Batista
Preparação: Marcelo Vieira
Revisão: Pedro Siqueira, Mariana Donner e Carolina Rodrigues
Diagramação: Carolinne de Oliveira
Adaptação de capa: João da Motta Jr.

1ª edição, 2023 — 1ª reimpressão, 2024

CIP-BRASIL. CATALOGAÇÃO NA PUBLICAÇÃO
SINDICATO NACIONAL DOS EDITORES DE LIVROS, RJ

R835a

Rubin, Gareth
A ampulheta / Gareth Rubin ; tradução Roberto W. Nóbrega. - 1. ed. - Rio de Janeiro : Globo Livros, 2023.
448 p. ; 23 cm.

Tradução de: *The turnglass*
ISBN 978-65-5987-123-0

1. Romance inglês. I. Nóbrega, Roberto W. II. Título.

23-86829 CDD: 823
CDU: 82-31(410.1)

Gabriela Faray Ferreira Lopes - Bibliotecária - CRB-7/6643

Direitos exclusivos de edição em língua portuguesa para
o Brasil adquiridos por Editora Globo S.A.
Rua Marquês de Pombal, 25 — 20230-240 — Rio de Janeiro — RJ
www.globolivros.com.br

Este livro, composto na fonte Fairfield, foi impresso
em papel Ivory Slim 65 g/m² na Gráfica Coan.
Tubarão, maio de 2024.

Para Phoebe

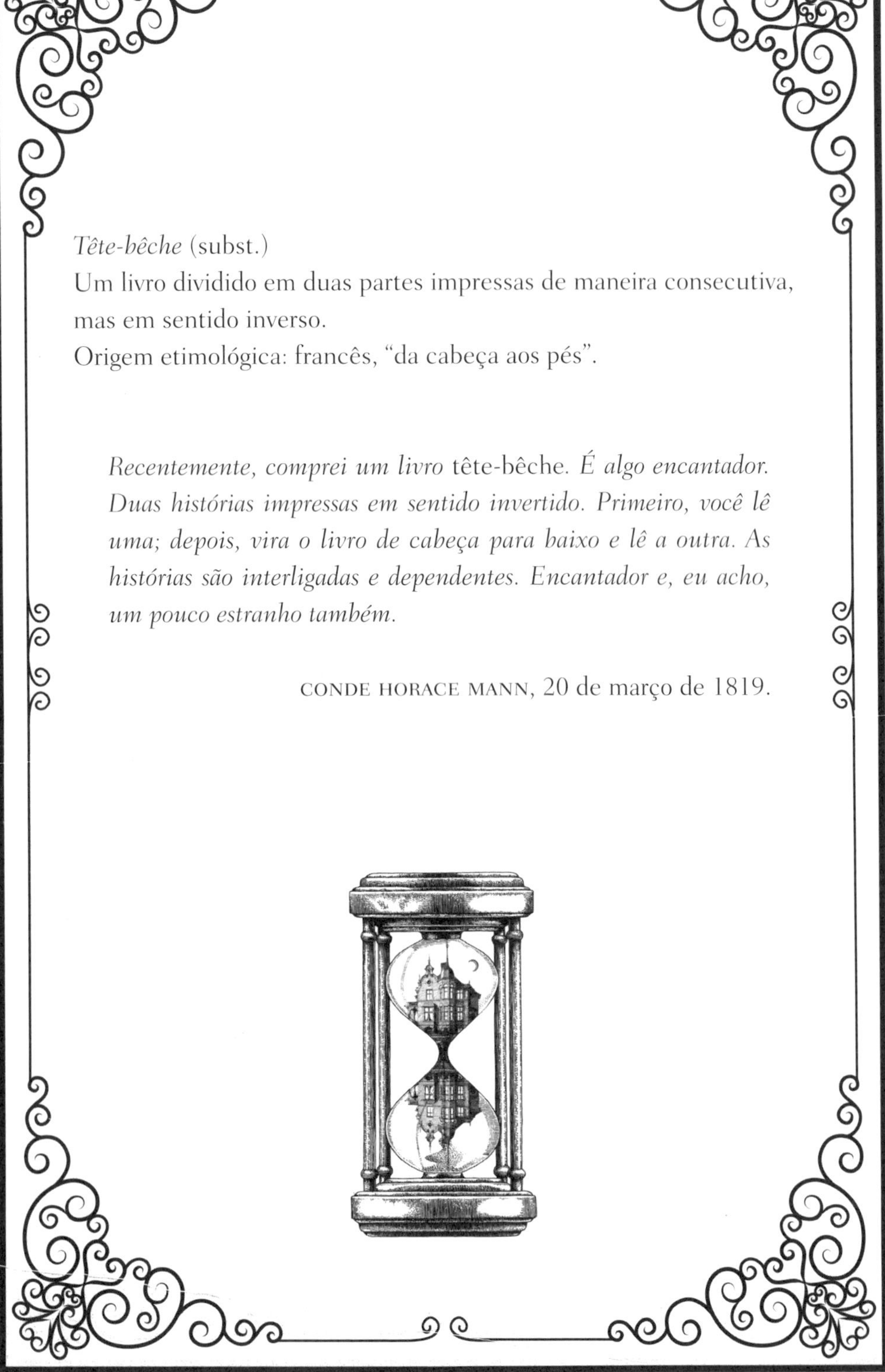

Tête-bêche (subst.)
Um livro dividido em duas partes impressas de maneira consecutiva, mas em sentido inverso.
Origem etimológica: francês, "da cabeça aos pés".

> *Recentemente, comprei um livro* tête-bêche. *É algo encantador. Duas histórias impressas em sentido invertido. Primeiro, você lê uma; depois, vira o livro de cabeça para baixo e lê a outra. As histórias são interligadas e dependentes. Encantador e, eu acho, um pouco estranho também.*
>
> CONDE HORACE MANN, 20 de março de 1819.

Já vais partir? O dia ainda está longe:
Não foi a cotovia, mas apenas o rouxinol,
que o fundo amedrontado do ouvido te feriu;
Todas as noites ele canta nos galhos da romeira:
É o rouxinol, amor; crê no que eu digo.

JULIETA, *Romeu e Julieta*, ato III, cena V

I

Londres, 1881

Os olhos cinzentos de Simeon Lee estavam visíveis acima de um lenço que ele amarrara para impedir a entrada do fedor da cólera: o cheiro de corpos apodrecendo em cortiços e necrotérios.

— O rei bateu à porta — murmurou ele.

— Não podemos chamá-lo por um nome diferente? — implorou seu amigo Graham, que cobria o nariz e a boca com um lenço úmido. — Não gosto desse nome. Parece que devemos algo a ele. Não é verdade.

— Ainda assim, ele virá cobrar — respondeu Simeon baixinho.

— Acha que haverá outra epidemia?

— Torço para que não. — Não, ele torcia para que aquele fosse apenas um surto local da doença.

Os dois, que haviam passado anos treinando juntos para seguir uma carreira na qual curassem as pessoas doentes e tranquilizassem as saudáveis, caminhavam pela rua Grub, nas profundezas do antigo coração romano de Londres. As construções na via foram entregues à imprensa — jornais e periódicos que catalogam as intrigas, os prazeres e as tristezas da vida cotidiana. A vala que seguia pelo meio da pista estava cheia de tinta.

Simeon deixou de lado o lenço que cobria seu rosto quando chegaram à acomodação compartilhada.

— Precisamos encontrar o ponto fraco dessa coisa — disse. Ele pensava na doença comparando-a a um animal, como se fosse um cão raivoso. Pequena demais para os olhos, mas ainda assim uma bactéria forte o suficiente para arrastar hordas de homens, mulheres e crianças até o túmulo. Um pequeno e traiçoeiro assassino. — Toda doença tem seu ponto fraco.

O dr. Simeon Lee tinha feições longas e esguias e uma figura longa e esguia que subia graciosamente a escada que os levava até seus cômodos — seu sótão, na verdade — acima de uma gráfica cujas prensas batiam sem parar. O lugar lhe convinha, entretanto, pois ele podia trabalhar enquanto a maioria das outras pessoas descansava. E era barato. Muito barato. Depois de meses durante os quais suas pesquisas foram interrompidas por falta de dinheiro, ele precisou economizar cada centavo.

— A coisa está lá, consigo senti-la — continuou ele. — Droga, conseguimos nos proteger contra a varíola durante um século. Por que não contra a cólera? — Ele olhava pelo basculante encardido. A escuridão aguda de uma névoa de dezembro o fitava de volta.

— Foi o que você disse, uma ou duas vezes. Está ficando um pouco obsessivo. — Graham hesitou. — Sabe, você não está se tornando muito popular no hospital.

— Você me surpreende. — Ele não se importava nem um pouco com o que as antigas e bigodudas criaturas que dirigiam o Hospital Universitário do Rei pensavam dele. Deixe-as trabalhar nos cortiços e nos infantários nas cercanias de St. Giles e talvez elas enxerguem as coisas de maneira diferente.

Graham deu de ombros, demonstrando pouco caso.

— Como pretende encontrar sua cura milagrosa?

— Como? — Ele quase riu da pergunta. — Com dinheiro. Preciso de dinheiro. Preciso da bolsa do Macintosh. — Ele afrouxou o nó da gravata e se deixou cair sobre o comprido e chamuscado banco de madeira de espaldar alto resgatado de uma calçada em Marylebone. — Enquanto isso, eles desabam dentro de suas próprias casas como se fosse a peste. — Ele se revirava sentado no banco queimado, tentando achar uma posição confortável. — Um pobretão nesta rua tem menos chance de chegar aos trinta anos do que eu tenho de receber a honraria de cavaleiro. Meu Deus, se Robertson e os outros ao menos dessem ouvidos, poderíamos fazer algo a respeito! — O

amigo nem sequer se mexia enquanto Simeon falava sem parar, protestando contra o corpo docente da faculdade de medicina da Universidade do Rei, que repetidamente demonstrara sua total incapacidade de conceber uma única ideia nova que fosse. — Tempo e dinheiro. Basta isso para encontrar a cura. Tempo e dinheiro suficientes.

Sua raiva nascia da frustração. Poucas coisas conseguiam irritá-lo tanto quanto a perspectiva de deixar todo o seu trabalho de três anos acumulando poeira sobre a mesa. Todos os meses o conselho de bolsas da faculdade de medicina hesitava e ponderava sobre suas propostas e zombava delas, e mais homens, mulheres e crianças sucumbiam à doença.

— Acha que vai conseguir?

— Está entre mim e Edwin Grover. Ele quer a bolsa para seu remédio para analgesia.

— Ele é brilhante.

— No papel, sim. Em termos práticos, é um cretino. É tudo teórico demais. Nem pensa em como faria para espetar uma agulha no braço de uma costureira.

Ele batia na mesa com os nós dos dedos, irritado. Grover passava seus dias em um conjunto de cômodos no andar de cima de uma casa um tanto elegante em Soho Square. Quase nunca saía. Não precisava. E, provavelmente, não lhe interessava.

— E se não conseguir?

— Então, meu amigo, passarei a catar moedas pelas ruas.

Ele fez uma reverência.

— Parece congelante.

— Sem dúvida, é.

Graham pigarreou.

— E aquele emprego em Essex? Era remunerado.

Simeon ergueu as sobrancelhas, surpreso.

— Nossa! Tinha me esquecido completamente dele. — Aquilo havia saído da mente de Simeon quase no mesmo instante em que ele deixou de lado o telegrama no dia anterior.

— Seu tio, certo?

— Não é bem assim. É primo do meu pai.

— Ora, é um trabalho remunerado.

Era verdade, mas não era um trabalho atraente.

— Cuidar de um pároco rural que se convenceu de que está à beira da morte, muito embora provavelmente esteja em forma o suficiente para aguentar dez rounds contra Daniel Mendoza.

— Simeon, você *precisa* do dinheiro.

Ele se pôs a ruminar. Não havia como discordar daquilo. Porém, sentia-se como um mercenário barato, tratando de um homem que provavelmente não precisava de mais orientação médica do que "pegue leve no vinho do Porto e dê uma caminhada de vez em quando". Entretanto, aquele dinheiro poderia ser o recomeço de seu progresso rumo à cura da doença.

— É uma opção — admitiu. — Embora só Deus saiba quanto dinheiro posso arrancar dele. Párocos rurais não nadam em dinheiro.

— Verdade. Pelo menos ele é um sujeito agradável?

Simeon deu de ombros.

— Sem dúvida, um desses pastores velhos e quietos que passam o tempo todo lendo tratados sobre o cálculo do arcebispo Usher de que o mundo tem seis milênios de idade.

— Bem... poderia ser pior. Só tem ele na casa?

— Ah. Bem... — Simeon riu para si próprio. — É aí que a coisa fica um tanto... intrigante.

— Como assim?

— É o escândalo da família.

— Escândalo? Sou todo ouvidos.

— Eu mesmo não sei nem metade da história... Meu pai não quis me contar os detalhes. Acredito que o irmão do pároco foi morto pela esposa em circunstâncias estranhas. Um deles era louco, acho. Eu deveria investigar. Claro, claro, uma história picante pode servir para atenuar o tédio do trabalho. Mas, não, confio na Providência de que o conselho do Macintosh me dará aquilo de que preciso antes.

* * *

Na tarde seguinte, Simeon estava sentado em um banco duro e bem lustrado do lado de fora da sala de um comitê na Universidade do Rei. Edwin Grover, vestido com elegância, estava sentado em um banco idêntico à sua frente.

— Ainda com a cólera, sério? — perguntou Grover.

— Sim. Ainda com ela.

Grover não tinha outras perguntas.

Um mensageiro idoso saiu fazendo ranger a porta da sala do comitê.

— Dr. Grover? Siga-me, por favor.

Grover entrou atrás dele. A porta se fechou com um estrondo que ecoou pelo corredor.

Demorou uma hora para que saísse, com uma cara de satisfeito consigo mesmo. Simeon soltou um palavrão baixinho ao vê-lo; então, era a vez dele.

Ele entrou, se sentou em uma cadeira de madeira diante de um painel de cinco homens e expôs seus planos para curar um dos maiores males da época.

— Dr. Lee. Estivemos analisando seu pedido e os documentos comprobatórios — informou um deles com ar taciturno. — Uma pergunta não parou de nos incomodar.

— Que pergunta, senhor?

— Que provas temos de que você realmente chegará a algum lugar?

Não foi uma pergunta amistosa.

— Pode ser mais específico?

— Seu currículo parece… — ele baixou os olhos para um arquivo. — *Inconsequente*. Nada, pelo que entendemos, foi produzido de verdade com isso.

— Não acredito que…

— Diferentemente… digamos… do currículo de outro candidato, que mostra dois artigos publicados só na *Lancet*.

Em algum lugar por dentro das paredes, os canos de água batiam e uivavam devido ao ar aprisionado.

— Tenho o mais absoluto respeito por publicações acadêmicas…

— Considerando que tudo o que podemos ver produzido por seu trabalho é uma série de solicitações por mais financiamento.

Simeon cerrou os dentes antes de responder.

— Acredito que o retorno valerá a despesa, senhor.

— Mas que retorno? E de quanto será a despesa?

— Acho que trezentas libras seria...

— Trezentas libras? Para uma doença que agora está restrita aos bairros pobres? — Houve murmúrios de concordância do restante do grupo. — É com isso que as pessoas que vivem nesses lugares estão acostumadas. Elas nascem no meio disso. Viverão suas vidas no meio disso.

— E, se passasse tanto tempo na companhia delas quanto eu, saberia que muitas estariam melhor se não vivessem no meio disso.

— O que está querendo dizer? — perguntou o doutor idoso.

— Quero dizer, senhor, que perdi as contas de quantas crianças com menos de cinco anos vi serem condenadas a nada mais que uma vida curta e cheia de sofrimento. Algumas vezes chegou a ser tentador abreviar suas vidas ali mesmo em vez de observar seu inevitável declínio.

— Ora, isso fica entre você e Deus. Aqui, estamos preocupados com seu pedido de bolsa.

— Claro. Sinto muito pela digressão... — disse Simeon, se desculpando. — Respondendo precisamente à sua pergunta: não conseguimos identificar material digno de vacina com base em fontes humanas. Minha consideração é que animais não humanos talvez possam produzir o material de que precisamos. Por exemplo, se expusermos nossos parentes mais próximos, os gorilas, a essa doença... e colhermos seu sangue, é possível que a consanguinidade possa proporcionar a proteção contra o germe.

— Então, agora ele quer todos nós balançando pelas árvores — murmurou um dos homens.

Quando Simeon voltou aos seus aposentos, havia uma garrafa de vinho tinto aberta sobre a arca que eles utilizavam como mesa. Ele bebeu o pouco que havia sobrado e olhou para o amigo, que roncava suavemente na cama, e desviou o olhar pela janela. A rua estava silenciosa como um túmulo.

Então percebeu que a garrafa estava em cima de algo: um telegrama. No dia anterior, ele enviara um telegrama para o pai, pedindo detalhes sobre os casos de assassinato que envolveram seus familiares em Essex dois anos antes e deixaram em polvorosa as más línguas. A resposta havia sido rápida.

"Seus deveres são puramente clínicos. Ocupe-se deles e de nada mais. Ouvi dizer que houve a suspeita de crimes abomináveis antes mesmo de ter acontecido a violência. Não é surpresa para mim. O ar da Casa da Ampulheta sempre teve algo de corrupto e maligno. Deixe isso com Deus e com a lei."

Simeon não foi capaz de deixar de observar o fato de que o pai, que não costumava ser um homem de arroubos de extravagância poética, dissera que era a casa em si que tinha "algo de corrupto e maligno", e não a família. Aquilo foi curioso.

Simeon nunca conhecera o ramo distante da família que morava na Casa da Ampulheta. Ele crescera centenas de quilômetros para o norte, entre as ruas de pedra de York, um único filho sobrevivente criado por pais que tinham somente um interesse passageiro por ele e que o despacharam para uma escola longe de casa aos dez anos. Seu pai, um advogado com uma firma nebulosa que atendia às necessidades de aristocratas igualmente nebulosos, aceitava a medicina como uma profissão razoável, embora supusesse que a esposa teria preferido que Simeon tivesse almejado uma atividade mais badalada na rua Harley. Sua posterior desaprovação de uma carreira nas pesquisas e no combate a doenças infecciosas não serviu de nada para saciar a sede do filho por aquilo.

"Então, é Essex, mesmo", pensou ele.

A ilha Ray fica nos sapais da orla do litoral de Essex. É, ou não — dependendo da maré —, uma ilha que repousa entre as desembocaduras abertas dos estuários de Colne e Blackwater. Na maré alta, fica bastante isolada, e a única casa que há nela parece à deriva e erma. O mar que flui por entre o continente e Ray é recoberto por um tapete de sargaço emaranhado, como os dedos de tantos homens afogados. O sargaço flutua no próprio tempo pelos riachos do estuário, até a aldeia de Peldon, no continente, onde a lagoa que fica do lado de fora da estalagem Rosa de Peldon há muito tem sido um armazém para aqueles que complementam sua renda como pescadores de ostras vendendo conhaque e tabaco trazidos do continente sem pagar o oneroso imposto especial sobre o consumo. De fato, o fundo da lagoa é de madeira e pode ser erguido para drenagem, revelando os barris encrustados

com betume que ficavam escondidos ali dentro. Esses barris fornecem vinho a todas as estalagens de Colchester e asseguram renda a todos os alfaiates.

De fato, não chega a ser arrecadado nem um centavo inteiro de imposto especial sobre o consumo em Essex, muito embora um quarto dos bens do país sujeitos à incidência desse imposto seja importado pelo condado. E não pense que os fiscais tributários desconhecem essa atividade fraudulenta, mas desde que vinte e dois deles foram encontrados num barco um dia de manhã com os pescoços cortados alguns anos antes, seus amigos relutavam em se intrometer nas atividades locais.

Ao lado de Ray, fica a ilha vizinha de Mersea, que tem dez vezes o tamanho de Ray e abriga cerca de cinquenta casas e uma praia de cascalho conhecida como Hard. Salicórnia dourada e alfazema-do-mar roxa decoram as duas ilhas, que têm uma base de cascalho compactada com argila que atrai aves pernaltas e flutuantes como ostraceiros e tadornas.

Ainda assim, humanos que visitam essas ilhas devem ser cuidadosos.

Na maré baixa, aparece um istmo estreito, o Strood, que sai do continente e é revelado pela salmoura que parte. Ele vai até Ray, atravessando a ilha de um quilômetro e meio de largura, e depois segue para Mersea. Mas qualquer um que o percorrer deve se certificar de ter conferido o calendário das marés. O perigo não é só ficar ilhado em Ray, com sua casa obscura, e sim que qualquer um que esteja no próprio Strood à medida que a água salgada sobe corre o risco de ser tragado pelo sargaço. Quase todos os anos desde que Ray foi povoada pelos romanos, pelo menos uma pessoa se enroscou na erva daninha. E ainda boiam por lá, sem fazer barulho, sem reclamar; juntando suas mãos lentamente.

Simeon conseguia sentir o cheiro de alfazema-do-mar no vento quando desceu da carroça do lado de fora da estalagem Rosa de Peldon. O condutor passou a viagem se gabando e rindo da indústria local que não era nem de perto lícita, e Simeon chegou a dar uma espiada na lagoa, mas viu apenas a turva água salgada. O ar em si tinha gosto de sal. Queimava um pouco o fundo da garganta, e ele tentou engolir a saliva umas duas ou três vezes para se livrar

da sensação antes de dizer a si mesmo que logo se acostumaria com ela como parte da paisagem.

— Boa tarde, senhor — ouviu ele. O estalajadeiro, um sujeito magro com enormes costeletas, estava de pé à porta fumando um longo cachimbo. — Cê vai entrar?

— Vou, e estou contente por fazer isso — respondeu Simeon alegremente, colocando a bolsa de viagem no ombro e carregando sua maleta médica de couro preto na outra mão.

— Certo, então. Cê vai querer algo pra comer e uma jarra de cerveja, eu não devia nem tá perguntando.

— Me parece muito bom. — Ele olhou o prédio de cima a baixo. Era uma estalagem campestre ampla e de um andar só, caiada de branco e que chegava a um cinza opaco no sol do inverno. Ele estava com fome, e a perspectiva de uma comida quente o nutriu durante a viagem de uma hora da estação de Colchester a caminho de se encontrar com o pároco local, Oliver Hawes... na verdade, era dr. Hawes, pois aquele homem era um doutor em divindade.

— Vamo entrando, então, moço.

Ele aceitou de bom grado. A taverna estava recebendo uns sete ou oito sujeitos que trajavam roupas de pescadores. Todos fumavam um cachimbo branco comprido e fino, idêntico ao do estalajadeiro. Simeon se perguntou se seriam capazes, de alguma forma, de diferenciar seus próprios cachimbos daqueles dos amigos. Três mulheres também haviam chegado e formavam um trio de Moiras no canto, examinando-o silenciosamente.

— Entre, rapaz — reiterou o estalajadeiro. — Sempre tem uma recepção calorosa na Rosa. Livre-se do peso da maleta, moço. Isso aí! Jenny! Jenny! Alguns pães e umas doze... não, dezesseis ostras. Ele tá com cara de fome. Depressa, menina.

O sujeito não fez nenhuma tentativa de perguntar se o pedido atendia às necessidades de seu novo freguês. Segundos depois, Jenny, uma menina de uns dez anos, surgiu com pão e um punhado de ostras. O estalajadeiro entregou uma jarra de cerveja pequena e fez um sinal com a mão para que Simeon comesse de pé no bar. Ao que parecia, toda a estalagem estava esperando que ele começasse a comer ou anunciasse o que estava fazendo ali. Ele escolheu começar pela comida. Mas, se esperava que a conversa

recomeçasse enquanto comia, enganou-se. O ar permanecia imóvel, exceto pelo som dele, ou de outra pessoa, bebendo cerveja. Dez minutos depois, havia terminado a refeição.

— Deu quatro xelins, três pences e uma história — informou o estalajadeiro.

Simeon riu.

— E que história seria essa?

— Cê contar o que tá fazendo aqui.

Pareceu perfeitamente amistoso, sem nenhum resquício de advertência, então Simeon não teve pudor em responder.

— Sou médico. Estou indo cuidar de um parente meu.

— Que parente?

Simeon parou para pensar como eles se dirigiam ou se referiam a seu "quase tio".

— O dr. Hawes.

— O pároco Hawes! — O estalajadeiro arregalou os olhos e um murmúrio percorreu o ambiente. — Cê é parente dele.

— Meu pai é primo dele.

— Verdade? Não fazia ideia que a família do pároco não era daqui.

— Eu mesmo nunca o vi pessoalmente.

— Não... ora... se cê não é de Mersea ou Peldon, não vai conseguir. Ouvi dizer que ele tava doente.

Houve um murmúrio geral, mas o estalajadeiro era claramente o porta-voz de todos ali.

— Estarei com ele hoje à noite e descobrirei.

O estalajadeiro ficou preocupado.

— Espere amanhecer. A maré tá subindo.

— Agradeço, de verdade — respondeu Simeon. — Mas devo ir esta noite. O dr. Hawes está me esperando.

— Morty, cê leva ele? — perguntou o estalajadeiro a um dos homens que nem sequer tentavam disfarçar que ouviam a conversa.

— Sou o barqueiro — Morty se voluntariou. Ele já tinha passado dos sessenta e era pequeno mas em forma, como deve ser um homem que rema nos riachos e mares de Essex. — Barqueiro, eu.

— Parece ser dos bons.

— Mas estou indo para casa agora.

— O Strood é seguro agora? — perguntou o estalajadeiro.

— Deve de ser. Não vai ser rápido, mas ele atravessa.

— Ora, parece bom para mim — disse Simeon. Ele queria ir logo. — Pode me apontar o caminho?

Todos que estavam na estalagem olharam pela janela. Não chovia, mas já passava das seis da tarde e a noite de inverno estava totalmente escura.

— Cê vai precisar de uma lamparina — disse o estalajadeiro, falando meio incerto de que um jovem da cidade, provavelmente de Londres, soubesse que precisaria levar algo assim.

— Eu trouxe uma.

— Botas altas de pesca?

— Não sabia que precisaria. Dou um jeito. — Ele olhou para baixo, para suas botas de couro de cano baixo. Bom, elas já tiveram dias melhores, de qualquer maneira.

— Fica de olho por onde cê passa, então. Direto por ali. A rua se transforma no Strood. O caminho não tem erro quando cê tiver em Ray. A Casa da Ampulheta é a única que tem na ilha.

Ele se deu por satisfeito.

— É um nome estranho. Por que se chama assim?

— Cê óia o cata-vento quando tiver chegando lá. Cê vai ver. — O estalajadeiro hesitou um pouco, como se decidisse se deveria abordar um assunto complexo. — Não é um mau sujeito, o pároco Hawes. Até um pouco engraçado, às vezes. Mas ele tem sido bom com a cunhada depois que… bom, você sabe. — Ele parecia estar sondando para ver o que exatamente Simeon sabia.

O escândalo da família. Aquelas pessoas certamente sabiam mais que ele sobre aquilo. Seria válido conversar, pensou ele.

— Sim, sei que ela matou o irmão dele.

O estalajadeiro pareceu um pouco aliviado em descobrir aquilo.

— É isso aí. Isso é bom. Não queria que fosse um choque cê ouvir isso.

— Não é. — O pai lhe contara em detalhes, mas foi vago sobre como exatamente Florence matara o marido, James, irmão de Oliver. — Mas não sei exatamente o que aconteceu.

— Não sabe, hein? — Ele pareceu um pouco cético e refletiu sobre sua resposta. — Pergunte ao Morty.

Morty olhou nervosamente para Simeon.

— Então, cê não sabe, hein?

— Os detalhes, não.

Morty deu de ombros.

— Bom, a família é sua. É da sua conta. — Estranho pensar que aquele homem tinha razão: aquilo era da conta dele, muito embora nunca tivesse conhecido nenhum dos envolvidos. A família, pensou ele, podia ser um poço de ligações estranhas. — Eu levei o corpo... seu tio James ou como for que cês chamem ele... pra longe da casa. Terrível estado em que ele tava! — Simeon sentiu certa curiosidade, tanto profissional quanto humana. — Cara inchada. Amarelo. O mal tinha se instalado. — Ele fez uma pausa. — *Infêquição* é como cês chamam aquilo, rapaz. — Ele pronunciou a palavra com cuidado.

— Que infecção? O que houve?

Morty deu de ombros como se ensaiasse uma história que todos conheciam.

— Ela fez um talho profundo no rosto dele. Jogou uma garrafa em cima dele e o vidro espatifou. O mal instalado. Deixou a carne dele preta aqui, amarela ali. — Ele apontou para sua própria bochecha e mandíbula. — Fica tudo inchado feito um porco.

Então, Florence cortara o rosto de James fundo o bastante para que ele morresse por septicemia. Deve ter sido uma briga daquelas!

— Ele era uma beleza antes daquilo — bradou uma das três Moiras lá de longe. — O galã do condado.

— Por que ela fez isso? — perguntou Simeon. Era um interesse lascivo, mas todos os outros sabiam, então, por que não ele?

Morty balançou a cabeça com tristeza.

— Nunca perguntei. Coisa ruim de ter sucedido aqui. Num quis saber muito daquilo ali. Só punhei o caixão no barco, remei até Virley e levei até a capela de Santa Maria. Agora tem sete palmos de terra em cima dele. Vai e pergunta pra ele qualquer dúvida.

— Morty... — advertiu-o a Moira.

— Ora. — Ele sorveu um pouco de sua bebida reflexivamente. Houve uma pausa quando todos fizeram o mesmo. — Cê sabe onde a sra. Florence está agora?

— Não.

Morty olhou de relance para cada um de seus amigos, um de cada vez. Eles retribuíram seu olhar carregado.

— Vai saber logo.

2

As palavras ecoavam nos ouvidos de Simeon enquanto ele agradecia a todos por seus conselhos, pagava a conta e voltava a seguir seu caminho. Sentiu a ardência do sal no fundo da garganta novamente quando saiu e partiu mais uma vez rumo a seu destino, vagando pela estrada de uma só pista que se transformaria no Strood. Com a estalagem atrás dele, se sentiu um tanto só sob o céu noturno e gostou da breve solidão.

O chão ficou macio, indicando que ali havia um pântano, e logo a relva ao lado da trilha se transformou em uma papa aguada, com as luzes da Rosa bruxuleando sobre sua superfície negra. Pareciam sinais advindos de faróis para ele, tremeluzindo de um lado para o outro. Em seguida, ele já estava no Strood propriamente dito. Era largo o bastante para um homem passar e, ao final, ele distinguiu uma grande massa negra que não apresentava reflexos bruxuleantes: a ilha Ray, onde seu familiar o aguardava.

Cada passo que ele dava parecia afundar mais na lama. A cintilante água cristalina dos dois lados do istmo zombava de seu árduo progresso, e seus calcanhares, depois seus pés e tornozelos, afundavam. Simeon começou a ficar preocupado que seus joelhos também afundassem e ele ficasse lá preso até que a maré subisse acima de seus ombros. Mas escolheu confiar na avaliação de Morty de que o caminho era sólido o suficiente — apenas

o suficiente — e seguir em frente. E pouco a pouco o caminho foi ficando mais sólido, até ele chegar a terra firme.

Ray, a ilha que ia e vinha com as marés.

Ele aumentou a chama de sua lamparina a óleo e a luz iluminou o chão por uma boa distância. Havia comprado de um comerciante de um navio que lhe garantira que a luz dela era tão forte quanto a que ele encontraria em qualquer lugar, forte o bastante para que navios se encontrassem a mais de um quilômetro e meio de distância.

Foi um lugar sombrio que a luz revelou. Mortalmente sombrio. "Por que cargas-d'água alguém foi se estabelecer aqui?", se perguntou ele.

Ele ergueu o olhar. Um tênue filete de estrelas se espalhava pelo céu; mas se via um vazio no horizonte onde elas estavam ofuscadas, onde algo negro e largo se agigantava saindo do solo alagado. A Casa da Ampulheta, a única construção em Ray. Uma solitária janela iluminada próxima da ponta era o único sinal de habitação.

Aproximando-se e iluminando-a com o forte facho de sua lamparina, Simeon descobriu que a casa tinha três andares e era larga como uma quinta londrina. Ao lado dela, havia o que parecia ser um pequeno estábulo. Uma casa espaçosa para um pároco rural, embora, mesmo no dia mais claro da primavera, a vista devesse ser lúgubre.

Casa da Ampulheta. Ele se lembrou da instrução do estalajadeiro de olhar para o cata-vento para entender o nome. Olhando para o telhado e inclinando a lamparina da melhor maneira que conseguiu, viu um cata-vento incomum, de fato. Tinha o formato de uma ampulheta, com uma cascata de areia caindo de um bulbo para o outro; porém, em vez de feito de metal, o cata-vento era inteiramente de vidro e cintilava sob o feixe de luz. Tinha que ser de cristal de chumbo para resistir ao vento e à chuva que constantemente fustigavam-no. Enquanto ele observava, o cata-vento girava languidamente, murmurante. O vento devia estar mudando.

Chegando à porta, Simeon encontrou a corda de uma campainha antiquada se projetando da alvenaria. Ele a puxou com força, ouviu o barulho de sino vindo de dentro da casa e, em seguida, passos e ferrolhos sendo destrancados. "Por que trancar a porta em Ray?", perguntou-se ele. "Quem chegaria sem ser convidado?"

— Dr. Lee? — Uma governanta alegre e rechonchuda estava de pé ao lado, e ele conseguia sentir o calor que saía do amplo corredor.

— Sim.

— Não vai entrar, senhor?

Ele concordou com alegria.

A casa parecia ter sido decorada cem anos antes. Bustos de poetas mortos havia muito se alinhavam em uma parede, e uma grande pintura a óleo de homens em uma caçada foi colocada acima da escadaria. A imagem mais impressionante, no entanto, era um retrato sobre a lareira que mostrava uma mulher dotada de uma beleza masculina, com volumosos cabelos castanhos, de pé diante de uma casa impressionante.

— Meu nome é Tabbers, moço. Eliza Tabbers.

Simeon colocou sua bolsa no chão.

— Existe algum outro funcionário aqui?

— Sim. O Cain... Peter Cain. Ele é criado, jardineiro, o que desejar. Nós dois vivemos fora daqui, senhor, em Mersea. Eu venho logo que amanhece para acender o fogo e costumo sair por volta das sete. O turno de Cain é das oito às cinco.

Sim, seria difícil atrair muitos para viver em um local assim... a apenas um quilômetro e meio da aldeia mais próxima, porém remoto, isolado e à mercê do humor do mar.

Simeon entregou seu sobretudo para ela, que o colocou em um armário ao lado de uma mesa, sobre a qual havia uma mixórdia de lamparinas e chaves de ferro enferrujadas.

— Por favor, poderia me levar até o dr. Hawes?

— Agora mesmo.

Ela o conduziu escada acima e ao longo de um corredor onde todas as superfícies estavam cobertas com tapetes, cortinas ou tapeçarias de parede. Tudo aquilo se somava a uma atmosfera peculiar onde o ar pairava imóvel e cada passo era pesado e sem ruído. O andar superior, descobriu ele, tinha três portas saindo de um longo corredor, todas forradas com couro colorido: verde, vermelho, azul. Mais duas ao final eram de madeira lisa.

Eles pararam diante da verde e a governanta bateu: três vezes suavemente, depois mais três, com força. A resposta foi um gemido doloroso vindo de dentro. A esse sinal, ela abriu a porta para Simeon.

O que ele contemplou foi uma visão extraordinária. A escuridão, como em uma igreja à noite, foi perfurada por dedos de luz que saíam de uma lamparina a óleo parcialmente fechada sobre uma mesa octogonal no centro do cômodo. Havia lamparinas a gás na parede, mas estavam apagadas. Em vez disso, a teia de fachos que partiam da mesa de bronze mostrava a Simeon que ele estava em uma biblioteca... todavia, uma biblioteca bem diferente de qualquer uma que já tinha visto, mesmo nas poucas casas grandiosas que o haviam recebido.

Ela subia por dois andares completos, quase até o telhado da casa, com uma fileira de janelas em cada andar. Escadas ao redor daquele ambiente permitiam acesso aos livros que cobriam todas as paredes de cima a baixo. Ele se deu conta de que a escadaria que havia subido chegava apenas ao primeiro andar da casa, portanto, devia ter sido construída dessa forma, com um andar superior similar a um penhasco. Um paraíso para bibliófilos, e um verdadeiro inferno para aqueles que abominam a palavra escrita.

Dentro daquele ambiente havia silhuetas de mesas e escrivaninhas de leitura com pilhas de livros. Poltronas profundas haviam sido escolhidas como plataformas para consumir as páginas. Foram dispostas em uma espécie de círculo, e no meio de tudo aquilo havia um sofá, no qual um homem magro e calvo na casa dos quarenta havia voltado a cochilar, com a mesa octogonal e sua lamparina ao lado. A extremidade oposta do cômodo estava em plena penumbra, embora um reflexo bruxuleante da lamparina, como as luzes na água escura lá fora, sugerisse que havia ali um amplo painel de vidro.

— Dr. Hawes — chamou a governanta.

Lentamente, os olhos do homem se abriram por detrás de grossos óculos quadrados.

— Olá? Ah... — A voz do homem de idade avançada vacilou. — Ah, você deve ser o garoto de Winston.

— Exato, senhor.

— Ah, fico feliz que tenha vindo. Muito feliz. Venha, venha — falou ele em um tom gentil e tentou atrair Simeon até onde estava, mas sua mão desistiu no meio do gesto.

Simeon se aproximou e ofereceu a mão. O paciente gentilmente a agarrou e o cumprimentou.

— Devo começar examinando-o, senhor? — perguntou Simeon, curioso para saber o que poderia encontrar em termos de doença ou hipocondria. — Podemos conversar enquanto examino.

— Examinar-me? Ah, sim, sim. Claro.

— Posso acender as lâmpadas a gás?

— Sinto muito, acho a luz delas muito desagradável. Prefiro a lamparina a óleo.

— Entendo. — A criada se retirou enquanto Simeon abria sua maleta médica para tirar o estetoscópio. — Agora, por favor, poderia me dizer qual é o problema?

— Eu... ah... receio estar morrendo — sussurrou o pároco. — Meu coração, sabe... E sofro de tantos suores e dores... no corpo todo. Dores nas juntas, nos órgãos. Na cabeça. E meus dentes batem tanto! Mas, pensando bem... sempre fui friorento.

Simeon considerou a casa morna. Não havia fogo na lareira, então, devia ser um dos sistemas que espalham ar quente pelos respiradouros da casa.

— Preciso escutar seu coração, depois farei algumas perguntas — explicou ele.

O paciente abriu devidamente a blusa. Desconcertando as expectativas de Simeon de uma doença imaginária, o músculo do homem estava, de fato, tudo, menos saudável. Galopava durante alguns segundos, depois palpitava, depois batia profundamente com um som surdo. "Nada bom", pensou ele.

— E quando isso começou?

— Ah... agora me deixe pensar... Sim, foi na quinta-feira. Costumo ser forte, apesar dos calafrios que sinto. Mas, assim que acordei, senti umas batidas fortes na cabeça. Fui para a cama, achando que fosse apenas uma crise incomumente grave de calafrios. Mas hoje estou muito pior... as dores acabam comigo e não consigo dormir nem ficar em pé.

Eram cinco dias de doença. Certamente parecia pior que uma infecção comum. Se estivessem na cidade, Simeon teria imediatamente acusado a Rainha Cólera, mas, numa praia praticamente deserta, seria quase inédito.

Malária? O terreno era pantanoso, porém, essa doença tinha sido erradicada havia muito por aquelas bandas.

— Comeu alguma coisa que não tenha o costume de comer? Talvez carne mal cozida?

— Não. Na verdade, como pouca carne. Considero que anima demais o sangue.

— Entendo. Sua governanta pode ter preparado alguns cogumelos não usuais para o senhor, talvez?

— Não. Um pão simples, queijo, às vezes peixe ou carne de carneiro, verduras comuns. Só isso. E a sra. Tabbers e o Cain comem a mesma coisa ao mesmo tempo... Somos poucos vivendo aqui, não faz sentido preparar refeições diferentes para cada um.

— O senhor consome álcool?

O pároco pareceu um pouco envergonhado.

— Costumo tomar um pouquinho de conhaque para dar sono, mas não tive estômago para ele desde que fiquei doente.

Ele fez um gesto na direção de um pequeno barril no canto do cômodo. Havia uma concha de prata ao lado dele, pronta para servir a bebida. Parecia que, por aquelas bandas, onde os fiscais de impostos temiam pisar, até os párocos bebiam direto do barril.

— Acho melhor manter distância do álcool por enquanto — disse Simeon. — Portanto, nada de beber para sentir sono.

— Se o senhor manda...

Simeon examinou todas as causas possíveis da doença do pároco que conseguiu desenterrar de sua memória da faculdade de medicina e da prática médica. Não parecia haver nada aparente. Comida ou bebida estragada seguiam sendo a causa mais provável, entretanto; então, ele imaginou que ficaria por ali uns dois dias enquanto o paciente se recuperava. Depois voltaria para Londres, onde estaria alguns guinéus mais perto de retomar suas pesquisas.

— Vou lhe dar um tônico, e torçamos para que faça o senhor se recuperar logo — disse Simeon, com confiança.

— Se o senhor manda... Afinal de contas, o senhor é a pessoa qualificada para tal.

Simeon sorriu ante o comportamento agradável do pároco, tirou uma garrafa de dentro da bolsa e derramou uma dose do tônico na caneca. A dose foi bebida, provocando um leve estalar de lábios por causa do gosto amargo.

— Eu mesmo supervisionarei o preparo de suas refeições. Talvez alguma coisa tenha fugido da atenção de sua governanta.

— Há vinte anos, mais ou menos isso, ela tem sido leal a mim — disse o homem. — Não terá sido intencional.

Simeon franziu a testa.

— Não, tenho certeza de que não seria. — Por um tempo, ele se deteve a pensar no porquê de aquela possibilidade ter ocorrido ao dr. Hawes, mas um barulho, um leve rangido, o fez virar a cabeça na direção da parte soturna do cômodo, interrompendo seu pensamento.

— Londres deve ser uma cidade deveras excitante para um jovem — disse o pároco, com indiferença no tom.

Simeon voltou a fitá-lo. Ele imaginou ter detectado um resquício de inveja na voz do religioso.

— Certamente é revigorante. Às vezes, porém, a pessoa deseja uma vida mais tranquila.

— Receio que Ray e Mersea não possam ser descritas como revigorantes — disse o velho. — Mas espero que fique alguns dias.

— Até que o senhor se sinta melhor. Claro.

Mais um rangido proveniente da parte escura da biblioteca fez com que Simeon se perguntasse se havia algum animal de estimação escondido nas sombras, e ele olhou de novo naquela direção, mas não conseguiu distinguir nada.

— E não discutimos seus honorários. Cinco guinéus por dia bastam?

— Seria muita generosidade. — Simeon olhou em volta para as prateleiras que os cercavam. — Diga-me, quantos livros o senhor tem aqui?

— Livros? Ah, uns três mil, eu diria.

— É um bom tamanho para uma biblioteca. Eu... — Ele se interrompeu quando um barulho mais alto vindo da escuridão o fez estremecer. — O que é esse barulho? O senhor tem cachorro?

— Cachorro? Meu Deus, claro que não. — O pároco Hawes ergueu os olhos a fim de olhar para seu parente, com um ar perplexo em sua expressão. —

O senhor não sabe? Ah, imaginei que alguém fosse informá-lo sobre isso na Rosa de Peldon, se não antes. — A Rosa era sem dúvidas o centro local de inteligência social. — Ora, é melhor pegar a lamparina e olhar por si próprio.

Ligeiramente desconfiado daquela maneira indireta de ser informado, Simeon ergueu a lamparina a óleo da mesa. Ela lançou um clarão amarelo com um raio de não mais que dois metros do chão, iluminando pilhas de livros e alguns tapetes persas ou turcos. Simeon foi em direção à parte escura do cômodo.

— Tenha cuidado, meu rapaz — alertou o velho.

Enquanto caminhava, Simeon viu o facho brilhar novamente em uma superfície reflexiva como a água negra do estuário. Vidro. Aquela parte do cômodo era, de fato, um enorme painel de vidro e a luz da lamparina parecia circular seu resplendor. Então, mais um som, dessa vez um farfalhar, pareceu emanar dali. Ele viu seu próprio reflexo no painel escuro, como em um espelho, se aproximando com a lamparina na mão.

À medida que se aproximava, a luz caía devidamente na base do vidro, se elevando rapidamente até sua altura total, e o que ela revelou pareceu mesmo estranho. O painel não era a última parede daquele cômodo, mas uma divisória transparente que separava a parte ocupada pelo pároco Oliver Hawes com seus três mil volumes e outra parte menor, isolada da esfera pública.

— Isto é um tanto incomum — disse Simeon.

— É necessário. Tanta fúria…

"Que fúria?", perguntou-se Simeon, examinando a vidraça escura.

De repente, alguma coisa, uma mancha de cor pálida, apareceu atrás do vidro: um disco em forma de lua que se retirou para o meio da escuridão e desapareceu. E algo verde brilhou próximo ao chão. O que acabara de ver? Certamente não era… Ele teve uma ideia, mas ela parecia a maior das insanidades.

Ergueu a lamparina para se certificar. O feixe de luz tinha dificuldade de penetrar no espelho escuro, mas Simeon pressionou a lamparina contra a superfície do vidro e a luz conseguiu se infiltrar. A cena que ela iluminou o atingiu friamente, pois, vedada detrás daquela divisória de vidro, havia uma escrivaninha, uma mesa posta para o jantar, uma única cadeira, uma espreguiçadeira e prateleiras repletas de livros. E, imóvel na espreguiçadeira, tra-

jando um vestido verde-claro, estava sentada uma mulher de cabelos escuros e olhos ainda mais escuros que, silenciosamente, fitavam os dele de volta.

Ele a observou, as íris dela fixas nas dele, seu corpo quase imperceptivelmente subindo e descendo com sua respiração. Os lábios dela se abriram, como se estivesse prestes a falar.

— Sabe da minha cunhada? — A voz do pároco Hawes parecia sair de um lugar muito distante. Os lábios da mulher se fecharam novamente, formando um sorriso irônico e cínico. Então, ela inclinou a cabeça para o lado, olhando para além de Simeon, para dar uma olhadela na direção do pároco. Então aquela era Florence, que havia assassinado James, o irmão do pároco, após arremessar uma garrafa com tanta ferocidade contra seu rosto que ela quebrou e uma infecção se instalou, poluindo seu sangue. — Estamos seguros, ela não pode sair. — Aquilo estava claro. Ela habitava uma cela… uma cela com fachada de vidro, enfeitada com móveis finos, mas não deixava de ser uma cela. — Simeon, meu rapaz? — reiterou o pároco Hawes.

O sorriso permanecia. Ficava com ele.

— Eu não tinha ideia disso.

Ela era, talvez, dez anos mais velha que ele e a curva de seu queixo com sua bochecha a marcavam com uma beleza rara. Pelas bandas do interior, pensou ele, onde os homens eram seguros e diretos e não se curvavam à linhagem, ela teria ciência disso. Talvez lhe tivesse sido útil. E era uma beleza que ele já tinha visto, pois ela era, sem dúvida, a pessoa do retrato pendurado acima da lareira no corredor.

— A presença dela o surpreende.

— Me surpreende! Me impressiona — afirmou ele, voltando a si. Atrás dela havia prateleiras de livros ligeiramente abastecidas e uma porta fechada. — O que ela faz ali? Como isso pode estar certo?

— Era isso ou o manicômio — declarou o pároco com um tom de aborrecimento, como se enraivecido por uma insinuação implícita. — Depois que ela matou James, o juiz estava pronto para prendê-la. Fiz tudo que pude para mantê-la em segurança. Mas, se acha que ela ficaria melhor em uma camisa de força no hospício, por favor, me diga.

A voz do pároco desapareceu novamente enquanto Simeon fitava Florence. Era uma mulher impressionante, sem dúvida, e prendia seu olhar sem a menor preocupação, como se fosse ele o aprisionado atrás daqueles vidros.

— Então, ela vive nisso aí?

— Ela tem um quarto e um banheiro atrás. Veja aquela porta. — Havia uma abertura estreita na parte de trás da cela. — Para que tenha privacidade se necessário. E ela come a mesma comida que todos aqui.

— Entendo...

A mente dele estava a mil por hora. Nenhum ser humano deveria ser mantido como um animal de zoológico. Ainda assim, ela matara um homem, e a vida no hospício Bedlam certamente seria muito, muito pior. Simeon fora obrigado a entrar naquele lugar terrível como parte de sua formação: os pacientes acorrentados à parede dia e noite, se balançando até enlouquecerem de vez; outros gritando que eram bastante sãos, mas que rasgariam sua garganta com os dentes se tivessem a oportunidade. Muito raramente, um paciente era libertado após ser curado de sua doença mental, mas isso acontecia somente com os casos mais brandos. Não, não a deixe ir para o hospício enquanto for possível. Por mais cruel que parecesse, talvez ela realmente estivesse melhor ali.

— Não tem sido fácil. Tem sido complicado manter o equilíbrio — prosseguiu Hawes, enquanto sua raiva se transformava em algo parecido com arrependimento. — Difícil para todos nós. — Ele enxugou a testa com um lenço com dificuldade.

A vontade de Simeon era conversar com ela, porém Florence não demonstrava qualquer sinal de que a recíproca era verdadeira.

— Como ela recebe as refeições?

— A portinhola aos seus pés. — Simeon olhou para baixo. Havia um painel retangular no vidro que podia ser erguido, à altura certa para passar uma bandeja de comida, mas não muito mais que isso.

— Deve haver uma saída para ela.

— Para garantir total segurança, que é o que ela precisa, não há. O enclausuramento é rigoroso. A roupa de cama é trocada semanalmente para manter a limpeza, passada pela portinhola. Há entrada e saída de água no cômodo. Fora isso, nada mais entra ou sai. Tem que ser assim para satisfazer as autoridades.

"Danem-se as autoridades", pensou Simeon.

— Florence — chamou Simeon, e teve certeza de que as pupilas dela mudaram ao ouvir seu nome. — Consegue me ouvir? Somos parentes... por casamento. Sou o dr. Simeon Lee. — Ele esperou uma resposta, mas ela permaneceu imóvel. A mudança nos olhos dela seria a única visível. — Vim tratar o dr. Hawes de uma doença. — Será que, naquele momento, ele viu uma leve alteração em seu rosto? Talvez os cantos de sua boca tivessem se contraído um milímetro. Mas a iluminação era fraca, de modo que, provavelmente, tudo não passava de uma alteração no resplendor da lamparina.

— Duvido que ela lhe responda — informou Hawes. — Ela fala quando deseja, o que não acontece muito.

Simeon seguiu fixado nela.

— Fale comigo, Florence. Apenas uma palavra. Uma única palavra.

— Hoje ela não o fará.

— Como pode saber?

— Porque ela também já tomou sua bebida para dar sono.

Simeon olhou em volta.

— Como assim?

Ele detectou algo ameaçadoramente inocente naquelas palavras.

— Os médicos que a examinaram disseram que ela estava sofrendo de excesso de açúcar no sangue. A melhor maneira de acalmá-la seria um pouco de láudano todo dia de manhã e à noite.

Tintura de láudano — ópio dissolvido em conhaque — era uma prescrição comum para aqueles de natureza excitável. Simeon, de fato, já havia visto aquilo ser utilizado com bons resultados para acalmar pessoas cuja mente era muito agitada, mas não sabia ao certo se aquela seria a decisão ética no caso.

— Ela tomou uma dose esta noite? — perguntou Simeon.

— A mesma de sempre. A caneca próxima de sua mão.

Pela primeira vez, Simeon viu que, sobre uma pequena mesa octogonal, idêntica à que vira do lado de fora, jazia de lado uma caneca vazia. E também viu quando ela baixou os olhos para a caneca. Certamente estava acompanhando a conversa. Então, a mente dela estava desperta, mesmo que seu corpo estivesse se arrastando. "Mas é claro", pensou Simeon, "aquele poderia

ser o truque mais cruel de todos para aplicar nela." Prisão atrás de um vidro era uma coisa. Prisão dentro de um corpo paralisado seria cem vezes pior.

— De onde o tira?

O pároco indicou uma grande escrivaninha com fechadura no canto e tirou uma chave do bolso.

— A garrafa é bastante segura, garanto.

Simeon tentou falar com ela novamente.

— Florence, sou médico. Há algo que eu possa fazer para ajudá-la?

Ele não tinha grande esperança de receber uma resposta, mas esperou por uma mesmo assim. Não veio.

— Você é um bom garoto, Simeon. Seu coração é admirável, mas alguns rios não podem ser atravessados.

Ele se pôs a remoer aquilo.

— Há quanto tempo ela está aí?

— Desde logo depois de ter matado James. Quase dois anos.

— E não saiu desde então?

— Não há... pouco mais de um ano. Por um tempo ela esteve mais calma e parecia seguro, sabe. Naquela época havia uma porta que dava para o corredor, e eu a deixava ficar aqui sentada comigo à noite. Mas então uma... mudança se abateu sobre ela e achei melhor mandar bloquear a porta.

"Melhor para você", pensou Simeon. "Mas e para ela?"

Uma faísca voou da lamparina de modo que seu reflexo flutuou no espelho escuro. Florence seguiu seu progresso e, em seguida, voltou seu olhar para Simeon. Ele tinha vontade de conhecer a história, como seus parentes chegaram até aquele estranho estado de coisas.

— Dr. Hawes — disse ele.

— Ah, pode muito bem me chamar de "tio". Sei que não está correto no sentido literal e estrito, mas facilitará as coisas.

— Tio. — Ele se virou para encarar o pároco. — Conheço apenas a forma como ela matou seu irmão. Posso saber o porquê?

O religioso se recostou em seu sofá, aparentemente impactado pela lembrança.

— Ela suspeitava que James estivesse se comportando mal. Isso é só o que estou preparado para dizer.

Um levíssimo rubor de vergonha surgiu em suas bochechas pálidas.

— Compreendo.

Mas, longe de saciada com a resposta, sua curiosidade foi ainda mais inflamada.

— Não estou convencido de que compreenda — advertiu Hawes. — Meu rapaz, Ray e Mersea são locais remotos. Mais remotos do que você entenderia olhando um mapa. O distanciamento é alimentado naturalmente. — Ele mudou de posição. — Poderia fazer a gentileza de me servir um copo de água?

Pela primeira vez, Simeon deu as costas para a mulher que vivia atrás do vidro, embora ainda a sentisse — talvez agora até de forma mais pungente, por não ser capaz de vê-la. Ele foi até o armário onde havia algumas garrafas. A água parecia limpa o suficiente e ele entregou um copo ao pároco.

— Obrigado. Eu estava lhe contando sobre o espírito deste estranho afloramento de humanidade. Bom, tenho quarenta e dois anos. Meu irmão é... era... seis anos mais novo. Florence fica no meio de nós dois. O pai dela é o proprietário de terras e magistrado local, o sr. Watkins. Um bom cavalheiro. Devido à nossa idade e ao fato de que as únicas outras crianças em um raio de quilômetros eram descendentes de pescadores e... bem, como devo dizer?

— Contrabandistas? — sugeriu Simeon.

— Digamos... homens que são alheios às leis do imposto especial sobre o consumo — admitiu Hawes. — Agora, na condição de homem do clero, é claro que sempre insisto que qualquer coisa que entre em minha casa tenha sido devidamente tributada. — Simeon olhou para o pequeno barril de conhaque com a concha de prata preparada ao lado; ele não teria apostado que aquilo estava totalmente dentro dos conformes. — E assim ficamos próximos. James e Florence eram, ouso dizê-lo, crianças mais loucas que eu.

— Conte, por favor.

Ele ainda estava ciente de que um dos personagens da conversa estava ouvindo atentamente, embora envolta nas brumas do ópio.

O pároco riu das lembranças.

— Bem, lembro de uma vez que eu estava aqui lendo alegremente, provavelmente história romana, o meu grande interesse. Até hoje. Eles estavam na casa de Watkins, em Mersea, tendo aula de francês. No primeiro momen-

to em que o tutor lhes deu as costas, os dois saíram pela janela, desceram correndo até a praia, largaram suas roupas e nadaram pelos córregos até a Rosa. Apareceram no meio do dia, encharcados e trajando apenas as roupas de baixo. Então, tiveram a ousadia de pagar Morty para trazê-los de volta a remo, prometendo a ele que meu pai lhe pagaria. — Ele riu suavemente de novo. — Malandros.

— Parecem ter sido.

— Ah, mas às vezes eram terríveis. Violentos, também. — Ele riu. — Quando James tinha mais ou menos dezesseis anos, eles estavam na feira do condado e ele dava muita atenção a uma garota da fazenda. Florence perdeu um pouco a cabeça e deixou a coitada com o olho roxo. Bom, não eram nada refinados, mas eram crianças. Apenas crianças.

Uma lembrança mais recente pareceu tomar conta do pároco, e ele olhou fixamente para Florence, na parte escurecida do cômodo.

— Por que ela fica sentada no escuro desse jeito? Ela não tem uma lamparina?

— Tem, sim. Às vezes ela a acende. Às vezes prefere a escuridão, acho. A escolha é dela. — Hawes suspirou. — Estou muito cansado agora. Acho que vou para a cama, embora duvide que eu vá conseguir dormir. Indicarei onde fica seu quarto. — Ele se levantou. Simeon tentou ajudar, mas foi gentilmente repelido. — Não, eu consigo, meu rapaz.

Ele se arrastou em direção à porta.

Relutantemente, Simeon o seguiu, se afastando da cela que sua parente distante ocupava. À medida que a luz se afastava da cela, ela voltava à sombra; mas ele a sentia ainda a observá-lo.

— A porta vermelha é o seu quarto. Espero que durma bem — disse Hawes à saída da escadaria enquanto se afastava dolorosamente para sua cama.

Simeon lhe desejou boa-noite e entrou no quarto em frente. Era agradável o suficiente, achou ele, embora um pouco mofado e antiquado. "Assim como o termo 'contrabandista'", pensou. Ele se despiu, deitou na cama e puxou o cobertor, repassando tudo o que ouvira naquela noite. Sabia que deveria estar pensando na possível causa da doença do pároco Hawes, mas só conseguia pensar na mulher por trás da parede de vidro.

3

Um bando de gaivotas grasnava, voando ruidosamente em círculo, procurando algum lanchinho no mar ou na terra quando Simeon acordou. Depois de se lavar em uma bacia, ele desceu a escadaria e, ao passar pelo corredor de entrada, notou novamente o retrato acima da lareira e examinou-o mais de perto. Era Florence, agora ele tinha certeza, a cabeça e os ombros da moça sob um céu muito ensolarado; tão ensolarado que dificilmente poderia ser a Inglaterra. Não, tinha que ser algum outro lugar. Ela trajava um vestido de seda amarelo-sol e havia sido pintada talvez dez ou doze anos antes, quando tinha mais ou menos a idade atual de Simeon, em frente a uma casa demasiadamente incomum, construída quase que inteiramente de vidro. O artista havia demonstrado grande talento, pois a obra ostentava um realismo quase perturbador.

A sra. Tabbers estava comendo pão com queijo na cozinha, ao lado do criado, Cain, um homem de aparência robusta com tufos de cabelo vermelho brilhante brotando aqui e ali de sua cabeça, seu nariz e suas orelhas. Cain mastigava a mesma quantidade de comida por tanto tempo que Simeon achou aquilo extraordinário.

— Bom dia.

— Bom dia, moço — respondeu a sra. Tabbers.

— O dr. Hawes está acordado?

— Está.

Passava um pouco das oito, de acordo com o relógio pregado à parede.

— Quero me certificar de que ele coma bem. Levarei o café da manhã para ele se não houver problema.

A sra. Tabbers pareceu encantada com a ideia.

— Vá e sirva-o bem, moço. Ele está na biblioteca. Tive que eu mesma ajudá-lo a chegar lá.

Ela preparou uma bandeja com pão e leite.

— É possível que o dr. Hawes tenha comido algo que lhe fez mal.

— Minha comida é muito boa, moço — respondeu ela com rispidez. — O pároco está sempre dizendo.

— Tenho certeza de que é verdade. — Sem querer ofender a mulher que lhe fornecia o alimento, ele pegou um pedaço de pão para provar. — É possível, porém, que algo não visto tenha chegado à comida dele. Vocês comem a mesma comida que ele?

— Exatamente a mesma. Nós dois. Não tem sentido fazer duas vezes, não é?

— Não — concordou ele. — E a água, o leite... tudo é da mesma origem?

— Tudo da mesma — disse Cain, em um tom que sugeria que achava que estavam sendo acusados de alguma coisa e ele não gostava disso.

— Vinho?

— É raro — disse a sra. Tabbers. — Na época do Natal. O vinho da comunhão, é claro. Mas é só uma gota e toda a congregação bebe.

Ele não estava chegando a lugar nenhum.

— E quanto ao conhaque que ele bebe para dormir?

Ela deu de ombros.

— Uma gota na maioria das noites. Ele terminou um barril um ou dois dias antes de adoecer.

— Que dia, exatamente, foi isso?

— Ele adoeceu no dia... deixe-me ver... foi quinta-feira. Primeiro dia do mês. — Aquilo estava de acordo com o que o pároco havia dito.

— Devemos testar esse conhaque — respondeu Simeon. O momento era interessante. Poderia ser aquela a origem da doença do padre, embora o

agravamento contínuo de seu estado sugerisse que era improvável. — Contudo, não imagino quem iria querer experimentá-lo.

— Eu exprimento — ofereceu-se Cain.

— O quê?

— O conhaque. Eu exprimento. Para garantir que é seguro de beber.

A sra. Tabbers bufou.

— Um belo de um quacre, você, bebendo. E aquele compromisso que o fizeram assumir? — resmungou ela.

— Silêncio, mulher — retrucou ele. — É pra medicina.

Simeon interveio.

— Você compreende que pode ser arriscado, não é?

— Dou primeiro a meu cachorro. Nelson. Ele gosta de uma gota de conhaque. — Não havia como explicar os riscos que algumas pessoas corriam ao beber. Cain verificou o relógio. — Vamo fazer por volta das nove. Só preciso ver o potro primeiro — disse ele à sra. Tabbers.

— Que potro? — perguntou Simeon.

Cain colocou mais comida na boca e falou enquanto mastigava.

— Um coxo. Nasceu uma semana atrás da égua do pároco. Vou ver se melhorou. Se não... bem...

— Bem o quê?

— Um desperdício, não é? Sai muito caro. Não é bom pro pároco e nem pra mim. Não vai querer um bicho coxo.

— Entendo.

— Não é um bom sinal, um potro coxo.

Ele mastigava a comida lentamente.

Ocorreu a Simeon que os camponeses davam grande importância à saúde de seus animais, e havia muito augúrio quanto à forma como o gado se saía. Então, sim, um potro doente era uma maldição.

— Você é de Mersea?

— Nascido e criado — grunhiu ele. — Nunca estive a mais de quinze quilômetro de distância.

Aquilo podia ser útil.

— Então, conhece todos os segredos destas bandas — disse Simeon com jovialidade. Depois de ter visto Florence na noite anterior, certamente havia alguns segredos que o intrigavam.

Cain pousou sua taça.

— Cê quer perguntar alguma coisa? Pergunte.

A reação foi mais agressiva do que Simeon havia esperado; ainda assim, não adiantava negar sua curiosidade.

— O que aconteceu entre Florence e James?

Cain cortou um pedaço de pão, passou manteiga e comeu, aparentemente alongando o momento para decidir quais palavras usar.

— Dizem que o sr. James andou envolvido com coisa.

— Peter! — advertiu a sra. Tabbers.

— Bom, é a verdade.

— Que tipo de coisas? — quis saber Simeon.

— Já chega de fofoca — falou a sra. Tabbers com firmeza.

— Sra. Tabbers...

— *Não*. Chega de fofoca.

Ela se serviu de leite de uma jarra e pousou a caneca, como se colocasse um ponto-final na conversa.

Simeon achou melhor desistir de pressioná-los por enquanto. Apanharia mais moscas com mel do que com vinagre, e então deixou o cômodo, levando a bandeja com a comida do pároco para a biblioteca.

Ele entrou, mantendo a linha de visão firme no paciente, para encontrar Hawes na mesma poltrona da noite anterior, com um cobertor puxado sobre ele.

— Bom dia — balbuciou o pároco.

Enquanto colocava a comida na mesa, Simeon não conseguiu mais se conter e lentamente virou a cabeça a fim de olhar para a outra parte do cômodo. Ela estava sentada, observando em silêncio, trajando o mesmo vestido verde. Talvez fosse o único que lhe era permitido. Ela pode ter passado a noite toda daquele jeito. Será que dormiu? Simeon não ficaria surpreso se descobrisse que aquele prazer, aquela libertação, lhe eram negados. Mas ele tinha que cuidar de seu paciente, que estava pior de saúde que na noite anterior. Sua pele estava pálida, e quando Simeon mediu sua pulsação,

descobriu que estava mais rápida e mais leve, indicando um agravamento de qualquer doença que o estivesse afligindo.

— Meu rapaz — disse o pároco —, sinto como se um exército marchasse dentro da minha cabeça. Um exército.

Simeon baixou cuidadosamente o pulso de seu tio.

— Lamento ouvir isso. Coma um pouco do café da manhã, vai lhe fazer bem.

O pároco comeu e bebeu um pouco e depois começou a tremer e desabou sobre o sofá.

— É verdade que está um pouco pior, senhor, mas estou confiante de que superará tudo isso. — Era mentira. Os sinais vitais daquele homem estavam muito mais fracos que antes. Não seria surpresa se ele desmaiasse ali mesmo. — Se o senhor pudesse...

— Alguém está me envenenando! — gritou Hawes de súbito, arqueando o corpo para cima e depois desabando novamente.

Simeon demorou um tempo para superar seu espanto.

— Por que, em nome dos Céus, o senhor pensaria isso? — perguntou.

Hawes ofegou e se recuperou um pouco.

— Não me faltam inimigos.

Outra afirmação chocante. O homem era um pároco do interior, não um paxá turco.

— Inimigos? Quem?

Mas, apesar de seu ceticismo, uma pessoa inevitavelmente surgiu em seu pensamento. Simeon olhou para a área cercada pelo vidro. Ela os observava, um tanto impassível.

— Está falando de Florence?

— Dela. De outros.

A dúvida primordial de Simeon voltou com a sugestão de todo um complô de assassinos na ilha de Ray.

— E eles são capazes de envenená-lo?

— Mais que capazes. Mais que capazes — insistiu ele. — Você precisa descobrir o que foi que eles me deram. Tem que haver uma cura.

Não era incomum pacientes delirarem durante febres, culpando fantasmas por suas doenças. Era muito provável que o padre estivesse sofrendo

de uma doença orgânica perfeitamente normal ou possivelmente de uma intoxicação alimentar acidental. E, no entanto, a veemência de sua alegação, o histórico de homicídios na Casa da Ampulheta e o subsequente estranho encarceramento da cunhada do pároco davam margem a dúvidas amorfas e assustadoras na mente de Simeon.

Seja qual for a causa, seria melhor manter o paciente calmo.

— Devo dizer que, se o senhor consumiu veneno, seja acidentalmente ou por ação intencional de alguém, é um veneno estranho, que segue prejudicando sua saúde continuamente durante seis ou mais dias após a ingestão. Não conheço nenhum que funcione assim, e as comidas e bebidas que o senhor consome foram todas consumidas também por seus criados. Nem sequer um problema estomacal eles relataram. — Ele foi até o novo barril de conhaque. — O senhor bebeu daqui, não bebeu?

— Estava fresco um dia antes de a doença me dominar. Não bebo dele desde então.

— Isso torna muito improvável que seja a origem de qualquer composto nocivo, embora Cain esteja ansioso para experimentá-lo assim mesmo.

— Ah, deixe-o experimentar. Por que não?

Após aquilo, Hawes, exaurido pelo questionário, se virou e começou a cochilar. Simeon o observou durante um tempo e, com pouca coisa para se ocupar, aproveitou o tempo para vagar entre as estantes de livros. Era um acervo surpreendentemente diverso — da religião à história natural e à ficção em prosa. Tinha *A vida dos doze césares* aqui; uma coleção das poesias de Donne acolá…

Toc. Toc. Toc. Ele ergueu o olhar. Ouviu o som de vidros se chocando leve e lentamente. Originava-se da parte do cômodo em que ficava Florence, onde ela batia ritmadamente uma caneca na parede que os separava.

— Florence? — disse ele. — Deseja alguma coisa?

Ela desdobrou um dedo e apontou algo. Simeon seguiu a reta em que ela apontava até a mesa octogonal do padre. Na superfície, sugerindo manuseio recente, havia um livro. Ele o pegou e descobriu que era uma noveleta fina. O título era *O campo dourado*, em letras devidamente douradas.

— Quer ler isto? — perguntou ele, estendendo-o para ela. — Quer que *eu* leia?

A mão de Florence caiu para o lado e ela voltou à sua cadeira. Simeon folheou as páginas ressequidas do livro.

Vou lhes contar uma história. Não é uma história bonita, nem chega a ser desagradável. É apenas uma história. Uma história real, todavia. E posso colocar a mão sobre o peito e jurar isso, porque a presenciei.

Vocês provavelmente nunca ouviram falar de mim. Devem ter ouvido sobre meu pai, no entanto. Se forem da Califórnia, provavelmente ouviam o nome dele toda vez que iam comprar uísque e também vidro para suas janelas. Acho que não estou revelando nenhum segredo de família quando digo que a proibição de bebidas alcoólicas foi uma dádiva de Deus para a conta bancária do meu pai. Antes de o Congresso decidir que todos tínhamos que prestar o Juramento, ele era um empresário que estava bem em seu ramo. Porém, um primo na cidade de Vancouver – que fica na Colúmbia Britânica, se vocês não sabem – e uma disposição natural para ganhar dinheiro por qualquer meio necessário fizeram com que, ao longo da década de 1920, os barris chegassem pelo Pacífico e papai os trocasse por dinheiro. Muito dinheiro.

A primeira coisa que papai comprou foi um terno novo. A segunda, uma esposa. A terceira, uma casa feita de vidro.

Não era toda feita de vidro, é claro. Havia madeiras, armações de metal e pisos de madeira, mas as paredes eram quase todas de vidro. Isso deixava a casa quente no verão e gelada no inverno. Meu pai a comprou de um homem que a havia construído e depois perdeu todo o dinheiro em um golpe na bolsa de valores – que papai disse que ele realmente deveria ter percebido que era golpe. O vendedor agradeceu a meu pai por tirá-la de suas mãos como se estivesse fazendo um grande favor ao camarada, embora a verdade seja que meu pai tinha visto carniça caída no pasto e estava dando um mergulho para catá-la.

E agora começamos a história, porque ela tem que começar. Começa em fevereiro de 1939.

Simeon fechou o livro, mantendo o polegar entre as folhas, e o examinou mais de perto. Florence quis que ele o lesse, então, devia haver algum significado que ele ainda não conseguia enxergar. O livro não era maior que uma noveleta baratinha comum, mas era encadernado de forma deslumbrante em couro carmesim com veios. Quem era o autor? Ele olhou a lombada, que trazia o nome "O. Tooke". Quem quer que fosse, estava escrevendo sobre o futuro e descrevendo-o como o passado. Ele abriu as páginas novamente.

Havia nevado no dia anterior. Não acontece muito por aqui – não mais que de poucos em poucos anos no litoral, onde nossa casa foi construída. Antigamente, quando a maior parte da Califórnia não tinha nome, nem mesmo um nome indígena, alguém batizou o promontório onde moramos de Point Dume, e o local faz jus ao nome. Quando eu era criança, nevava na praia onde o mar chega à areia, e uma absurda camada branca subia e descia, como pele de albino esticada ao longo das costelas de um dragão.

Agora, vocês precisam saber quem estava lá naquela época. Os personagens principais englobam a mim, minha irmã mais nova, Cordelia, e nosso avô. Também tinha meu pai. Minha mãe havia falecido cinco anos antes na França. Eu carregara seu caixão.

Geralmente jantávamos tarde, à moda francesa, às nove e meia. Àquela hora, é claro, a maioria de nós estava quase morta de fome e as pessoas mais bem alimentadas da casa eram os criados, que comiam três horas antes de nós, seus supostos patrões.

Naquela noite, desci a escadaria e avistei minha irmã entrando de fininho na sala de jantar com um vestido ao estilo chinês que cintilava com fios de ouro.

– Consigo ouvir seus pensamentos – gritou ela olhando para trás enquanto eu a seguia pelos ladrilhos pretos e brancos.

– O que estou pensando? – respondi.

Ela parou, esperou até que eu a alcançasse, pegou meu braço e sussurrou em meu ouvido:

– Você está pensando que basta aguentar só mais alguns desses jantares para poder voltar a Harvard e àquela garota agradável que lhe manda

poemas tão ruins que deveriam ser considerados um crime, mas você está sempre a relê-los porque ela tem um sorriso muito bonito.

Tossi. Às vezes as percepções dela são dolorosamente verdadeiras.

Foi nesse momento que o mordomo pigarreou, sua forma de chamar atenção sem realmente pedi-la.

– Pois não? – falei.

– Uma carta para o senhor.

Ele me entregou uma carta em uma travessa de zinco. Estava lacrada por todos os lados com fita encerada e tinha meu nome na frente com uma caligrafia que não reconheci. Parecia que havia sido escrita com pressa... A tinta estava borrada, e os selos, colados totalmente tortos. Havia vários deles porque eram britânicos... a carta tinha vindo da Inglaterra. E algo dentro do envelope se mexia quando a carta era sacudida.

Sem saber o que esperar, eu a abri e retirei um pequeno cartão, que trazia um recado curto.

"Vou lhe contar o que aconteceu com sua mãe. Estação ferroviária de Charing Cross, em Londres. Debaixo do relógio. Dezessete de março às dez da manhã." E dentro do envelope havia um colar de prata com um pequeno medalhão. Eu o abri e encontrei uma pequena foto de minha mãe sorrindo. Eu o conhecia bem. Ela o usara na noite em que sua carruagem capotou e saiu da estrada durante uma tempestade violenta. Ninguém sabia aonde ela iria naquela noite. Somente agora alguém sabia. Alguém que não tinha assinado o nome.

Então, a história era uma busca. Uma busca pela verdade enterrada na história da família. Não diferia muito do que Simeon estava vivendo naquele momento. Embora as palavras fossem suficientemente simples, e a história fosse — por enquanto — inofensiva, ainda assim ele sentia um desconforto crescente com ela. Como se o puxasse para outro lugar, para outra época, para o mundo de outra pessoa.

— Florence? Este livro. O que significa para você? — perguntou ele. — Por que quer que eu o leia?

Ela não deu nenhuma resposta em forma de palavras ou ações. Simeon folheou para uma página mais à frente. O cenário ficou estranhamente familiar.

> **O pub parecia fechado, mas soquei a porta com força e frequência suficientes para ressuscitar os mortos. Finalmente o estalajadeiro apareceu como se fosse um deles. Então, era ali que os contrabandistas se encontravam. Alguns estavam lá dentro com pistolas por dentro dos paletós.**

Simeon pulou para o final da história. Ele estava, o que era fora do comum, na metade do livro, e vinha seguido por páginas em branco.

> **Então, lá estava ele. E lá estava eu. E nada entre nós a não ser um ódio que queimava como carvão em brasa. Eu poderia ter enfiado uma faca em suas costelas e orado em agradecimento ao Todo-Poderoso enquanto isso. Apesar de toda a sua declaração de amor e piedade, ele teria feito o mesmo comigo no tempo que levava para falar um palavrão. A questão era: qual de nós tinha o plano, e qual de nós tinha a frieza para colocá-lo em prática? No final, fui eu.**

— Florence, o que é isto? — perguntou Simeon.

Ela olhou para o livro que ele tinha nas mãos, depois se levantou de onde estava sentada e foi até as próprias prateleiras. Puxou um volume grosso, folheou-o até encontrar a página que procurava e pegou uma caneta em sua escrivaninha. Ela circulou algumas palavras na página e levou a página até o vidro. Circulado com tinta preta, ele leu: *Alerta. Revelação. Premonição.* A última estava circulada duas vezes. Ela colocou o livro de volta na prateleira e se reclinou em sua espreguiçadeira, olhando para ele.

4

Simeon não queria admitir aquilo para si mesmo, mas ficou aliviado ao fechar a noveleta carmesim e colocá-la na estante mais alta. Percebeu, enquanto o fazia, que sua mão tremia. Só então olhou de relance, pelo vidro, para Florence. Ela não parecia decepcionada nem zangada por ele não ter lido tudo. Parecia satisfeita, como se tornar *O campo dourado*, suas vistas dos Estados Unidos e sua história oceânica parte da vida de Simeon bastasse para o momento. Mais coisa sairia daquilo, disso ele tinha certeza.

Com seu paciente dormindo, havia pouco para ele fazer além de torcer para que Hawes se recuperasse. É verdade que ele poderia levar o pároco para o hospital em Colchester, mas de que adiantaria? Somente o deixaria exposto à sujeira e aos germes que inundavam os hospitais provincianos. Não, ele estava melhor ali, onde Simeon podia monitorar seu estado.

— Podemos conversar, Florence? — perguntou ele.

Ela afundou mais o rosto nas mãos.

— Existe algo que eu possa fazer ou conseguir para que você fique mais confortável?

Ela sorriu, mas para si mesma, pensou ele. Aquilo dizia que ela sentia pena do homem que tentava provocá-la a falar, algo que nunca aconteceria.

— Bom, se algum dia pensar em alguma coisa, terei o maior prazer em consegui-la para você. — Ele colocou as mãos nos bolsos. — Pode me contar

algo sobre você? — Nada. E, no calor do momento, algo mais provocativo saiu de seus lábios: — Pode me contar sobre James? Pode me contar o que fez e por que o fez? — Ele não sabia que reação esperar, apenas que desejava provocar alguma. — Você o amava ou o odiava?

E então, veio a reação... nada de gritos ou lágrimas. Ela apenas se levantou totalmente, erguendo o rosto para o céu fora de vista, como se estivesse se banhando nos raios do sol e, então, suspirou — havia um mundo inteiro de palavras naquele único suspiro. E foi embora, para seu espaço particular, onde ficaria em paz. Será que a emoção que ela sentiu foi arrependimento? Constrangimento? Anseio? Raiva? Podiam ser todas essas coisas ou nenhuma delas.

Assim que ela desapareceu de vista, Cain entrou no cômodo segurando um prato com pão, um pouco de carne bovina salgada e uma caneca de leite em uma bandeja que colocou no chão diante da parede de vidro. Ele ergueu a portinhola e chutou a bandeja para dentro. A caneca virou, derramando o leite na comida. Ele deixou o cômodo sem olhar para trás.

— Cain! — gritou Simeon depois que ele saiu, indignado com aquele gesto.

— Deve perdoar os modos rudes de Cain. — Hawes havia acordado e também testemunhara as ações do criado. — Ele era muito apegado ao meu irmão.

— E isso justifica esse tipo de comportamento?

— É preciso tentar entender a raiva das pessoas.

Bem, havia pouco a ser feito. Mas ainda era necessário alguém experimentar o conhaque. Simeon desceu com o pequeno barril e chamou Cain, que atendeu de cara feia até avistar o tonel de bebida.

— Muito bem, esta é a sua oportunidade — disse Simeon, com irritação. Sua vontade era disciplinar o criado por seu comportamento anterior, mas aquele papel não lhe cabia. — Mas faça o seu cão experimentar primeiro.

Não foi necessário pedir duas vezes ao criado, que saiu e voltou com um cão um tanto feio.

— Este é o Nelson — murmurou ele antes de encher uma tigela com uma mistura de conhaque e água.

O cão bebeu tudo. Simeon se perguntou se o animal gostava mesmo de bebida alcoólica, como Cain dissera. Eles esperaram vinte minutos e o cachorro começou a cambalear, depois caiu de cara no chão da cozinha, mas continuou respirando.

— É da boa! — disse Cain, e se serviu de uma caneca transbordando com a bebida.

— Devia esperar até amanhã para experimentar. Ver se acontece qualquer alteração com Nelson.

Cain deu de ombros e levou o copo aos lábios. Os homens por ali provavelmente foram desmamados com aquilo. Cain começou dando um gole cauteloso, estalando os lábios de forma ruminante, depois bebeu tudo de uma vez.

— É da boa! — confirmou.

Simeon torcia para que agora não tivesse dois pacientes moribundos e um cachorro morto para dar atenção.

— Apenas espere aqui um pouco, vou observá-lo.

— Como quiser.

Ele calculou o que faria se Cain apresentasse sintomas de envenenamento. Um laxante seria a melhor opção. Ele tinha uma garrafa de água cheia de uma pasta de semente de mostarda que faria um homem recobrar a consciência em segundos, independentemente do que tivesse bebido. Mas eles esperaram trinta minutos em silêncio e não houve alteração na compleição nem na pulsação de Cain, e Simeon calculou que provavelmente nada mais aconteceria.

O criado agradeceu a Simeon e saiu, levando o que restava do barril e o cão paralisado.

Simeon saiu do cômodo no rastro de Cain. Era uma manhã desagradável, com uma chuva quase horizontal e penetrante. Sobre o próprio mar, ele conseguia ver um nevoeiro costeiro se formando; a neblina congelante do mar que podia envolver cidades inteiras, transformando-as em poços de névoa gelada.

Ele atravessou a alfazema-do-mar a passos largos, determinado a não deixar o clima derrotá-lo. A Casa da Ampulheta ocupava a única parte sólida de Ray, na borda ocidental da ilhota, cercada de lama e situada a algumas centenas de metros do Strood. Mas ainda estava exposta ao pior que o Mar do Norte e seus fantasmas vikings poderiam lançar contra ela. Enquanto olhava fixamente para o nordeste, através da vizinha Mersea, para aqueles países que haviam criado os homens desenfreados e seus escaleres armados, ele podia muito bem acreditar que havia algo de maligno no panorama, preparado para se levantar rapidamente e arrastar um homem para sua morte.

Por um segundo, enquanto olhava naquela direção, algo brilhou para ele na lama. Uma centelha captando os fracos raios de sol apenas por um momento bruxuleante, depois sumindo novamente, deixando apenas o solo encharcado. Ele ficou olhando insistentemente para onde a centelha aparecera, mas agora não havia mais nada.

O canal que separava Ray de Mersea vivia um dilema, avançava e recuava, subia na direção do Strood, ameaçando dominá-lo, e depois recuava quando via que sua força não era suficiente àquela hora. E alguém vinha de Mersea pelo istmo: um menino de uns doze anos, carregando uma cesta em cada mão, e se movimentando rapidamente, de um jeito treinado. Simeon viu quando ele saiu do Strood e colocou uma das cestas no chão. Ela continha alguns pacotes embrulhados com papel e barbante.

— Você é o filho do açougueiro? — perguntou Simeon.

O menino assentiu com um gesto mínimo e ressabiado.

— Você não traz a carne direto até a casa? — Simeon apontou com o polegar para trás. Não chegava a ser um trajeto longo para o menino.

O garoto balançou a cabeça de um lado para o outro.

— Por quê? — questionou Simeon.

A criança ficou imóvel, como um pássaro observando um gato.

— Diga-me — ordenou.

Desconfiado, o menino hesitou. Então, abriu um sorriso meio diabólico e recitou uma cantiga desafinada:

— Não corra devagar. Não corra depressa. Cuidado com a dona dentro do vidro. Seja você um gato ou um rato, evite todos os que vivem na Casa da Ampulheta.

Ele permaneceu brevemente para desfrutar de sua coragem, então deu meia-volta e correu em direção a Mersea. Simeon o observou desaparecer, espirrando água à medida que ela invadia o caminho. A sra. Tabbers saiu da casa e recolheu a cesta, com um aceno educado da cabeça. Aquele era, ao que parecia, um ritual corriqueiro naquela ilha deprimente.

Ele voltou para a casa e encontrou a sra. Tabbers preparando o almoço com a carne que o menino tinha entregado. Sem ter nada para fazer, Simeon ficou observando-a trabalhar até que ela pedisse para ele parar. Ele se retirou, frustrado, para o seu quarto, a fim de ler um jornal de medicina até a

noite, saindo apenas para jantar ou verificar o paciente e dar uma olhada na cela de vidro no fundo do quarto. O espaço estava vazio e ele se perguntou por que Florence não aparecia.

Simeon acordou tremendo. A princípio sua mente ficou branca como nuvem e ele não fazia ideia de onde estava ou de quem era. Só sabia que sentia uma cãibra incisiva em seus membros gelados. Lentamente as formas foram evoluindo na escuridão, destacadas pelo luar, e ele foi capaz de discernir um quarto de dormir: uma vela em um castiçal ao lado de sua cama e seu casaco na guarda de uma cadeira. Ele afundou a cabeça de volta no travesseiro, momentaneamente exausto devido ao esforço para se lembrar.

No entanto, não foi apenas o frio que o acordara. Um barulho vindo da janela lhe dizia que ela havia se desprendido e tilintava ao vento. Ele esfregou os olhos, sentindo uma fina camada de cristais de gelo sobre eles, e se forçou a descer da cama. O ar congelante o despertou completamente ali, e, mesmo depois de ter fechado a janela novamente, não conseguiu voltar a dormir, de modo que, enquanto estava deitado, seus sentidos se sintonizaram com a noite e sua audição se concentrou em um rangido rítmico de madeira como o de um navio no mar. Era regular demais para ser o clima. Mais pareciam passos humanos.

Imediatamente, ele pegou o castiçal e riscou um fósforo contra o colchão, o que preencheu o cômodo com um brilho alaranjado. Um velho relógio que ficava em cima da lareira indicava que passava das duas da manhã. Estava tarde demais para o pároco estar fora de casa, e cedo demais para a sra. Tabbers acender as tochas. A casa era solitária, mas não isolada e, sendo assim, não estava totalmente descartada a possibilidade de um assalto. Simeon pegou o atiçador de ferro da lareira.

O som de ondas poderosas — inaudível durante o dia, quando as pessoas e os animais contribuíam para a poluição sonora — sibilava pelas frestas das paredes enquanto ele olhava para o corredor. Estava tudo imóvel e escuro.

Tudo exceto por uma fresta de luz sob a porta da biblioteca.

Ele prestou atenção na tentativa de ouvir alguma coisa. Os rangidos de passos haviam parado. Quem quer que fosse, havia ficado imóvel. Talvez

tivesse ouvido o movimento de Simeon e agora o esperasse. Com cuidado, Simeon foi até a biblioteca procurando caminhar sem emitir ruído. Ele parou, esforçando-se para ouvir qualquer som que viesse lá de dentro, mas não conseguiu escutar nada. Com o coração disparado, ergueu o atiçador, preparado para acertá-lo com força na cabeça de qualquer intruso, e entrou.

O cômodo que encontrou era uma estranha inversão daquele em que havia estado. Anteriormente iluminado no cômodo principal e escuro na cela no fundo, agora era a prisão translúcida que brilhava e resplandecia devido a uma lamparina, e todo o resto estava nas trevas, com sombras parecidas com dedos se projetando dos móveis e dos livros.

Foram os passos de Florence que produziram os sons, pois lá estava ela, bem desperta, trajando seu vestido habitual. Mas Simeon conseguia ver apenas suas costas, curvadas, pois ela estava debruçada sobre a mesinha, rabiscando em uma folha de papel que ele quase não conseguia ver à frente dela. Sua mão fazia traços compridos que atravessavam o papel, seguidos de idas e vindas curtas, como se ela estivesse desenhando algo. Paralisado por aquela visão noturna, ele abaixou o atiçador e se pôs a observá-la.

Subitamente a mão dela parou. Seu corpo congelou e suas costas começaram a se desdobrar lentamente como as de uma serpente. Suas mãos alisaram o vestido. Uma delas caiu sobre a folha, deslizou por sua superfície até a borda e a ergueu da mesa.

Em momento algum ela se virou para encará-lo, mas se curvou para chegar à portinhola na parede, passou o papel para o outro lado e apagou sua lamparina. Lá estava ela novamente na escuridão, e o vidro virara um espelho no qual seu reflexo, iluminado por sua vela incandescente, o fitava de volta. Ele ouviu o farfalhar do vestido de Florence.

— Espere — pediu ele, querendo ouvir sua voz.

O farfalhar parou. Ele se aproximou. O farfalhar recomeçou, depois foi sumindo gradativamente, e ele soube que ela tinha ido embora.

Simeon se curvou para examinar a folha que ela deixara. Tinha acertado; ela estava desenhando. A vela bruxuleante mostrava uma casa à beira de um penhasco. Linhas fortes e extensas. Uma casa no topo de um penhasco à beira de uma vasta planície. Mas a paisagem não era de Ray. Era de algum lugar muito distante. A cena no retrato acima da lareira do corredor.

5

Na manhã seguinte, Simeon decidiu que um pouco de ar fresco poderia ser bom para seu paciente, e Hawes consentiu em ser levado para um passeio em uma cadeira de banho, embrulhado como um bebê. O clima estava certamente fresco.

— Leve-me até ali, por favor, meu rapaz — pediu o pároco, apontando para a orla dos lodaçais.

Cain e Simeon carregaram a cadeira pelo terreno irregular, e a colocaram no chão para que o padre pudesse ver o mar. As ondas iam e vinham, os pássaros no céu circulavam e mergulhavam à procura de peixes saltitantes. Simeon começou a pensar novamente no que poderia estar provocando a doença do velho. Ele precisava de seus escritos médicos, porém, frustrantemente, os havia deixado em Londres. Uma ideia lhe ocorreu: a biblioteca daquela casa estava repleta de obras sobre uma vasta gama de assuntos; será que teria a sorte de encontrar ali algo de útil para sua busca? Seria útil o trabalho de Hagg sobre doenças intestinais, ou o de Schandel sobre…

Seu pensamento foi interrompido quando ele notou, com sua visão periférica, um pequeno grupo de pessoas reunidas no Strood; uns sete ou oito adultos e o filho do açougueiro que ele tinha visto no dia anterior. Mesmo de onde estava, a menos de cinquenta metros de distância, Simeon conseguia

ver o sorriso sórdido no rosto do menino, que balbuciava algo que ele tinha certeza de que era a mesma cantiga escolar de antes.

Os adultos estavam muito malvestidos: pescadores ou trabalhadores rurais e suas esposas. Observavam os três homens que saíram da casa como se fossem feras dentro de uma jaula.

— O que eles querem? — perguntou Simeon.

Inusitadamente, foi Cain quem respondeu.

— Tão cum medo de nós. Acham que vamos comer eles vivos.

Um som curto de resmungo partindo de sua garganta soou muito a uma risada.

— Lamento dizer que Cain tem razão — disse Hawes. — Meu rebanho nem sempre foi o mais receptivo e acolhedor. Soube que alguns deles desconfiam de mim a ponto de... bem...

Ele se conteve.

— De? — incitou Simeon.

— Eu não poderia descartar violência.

Simeon mordeu o lábio, pensativo. Ele vinha rejeitando a ideia de que o tio fosse vítima de envenenamento intencional, mas será que não seria o momento de considerar a hipótese mais seriamente?

— A doença da qual o senhor sofre. Acha que poderia ser...

— Estou sendo envenenado. Já lhe disse. Poderia ser pela mão sinistra de uma dessas pessoas aparentemente inofensivas? Eu consideraria totalmente possível.

Havia, de fato, algo no semblante dos aldeões enfileirados diante deles que dizia que a violência gratuita não era desconhecida por aquelas bandas.

— Existe alguém de quem o senhor suspeite efetivamente? Alguém que guarde algum rancor do senhor?

Hawes apertou os olhos.

— Aquele da ponta. — Ele apontou o dedo definhado. — Charlie White. Tem apenas vinte anos, mas ainda assim há muito detectei a presença do Diabo nele. Beberrão descontrolado, utiliza mulheres para sua própria satisfação. Adverti-o do púlpito para que freasse seus modos libidinosos. Não me deu ouvidos. Acredito que ele goste de vir a cada missa para ouvir o que está reservado para ele.

— É mesmo?

— É. Ele se diverte bastante com isso. É o prazer dele viver sua rebeldia pecaminosa. E, com a minha repulsa, ele gosta ainda mais. Mas não gostará do tormento infinito. Não, senhor! Não mesmo! E não é sagaz o suficiente para escapar dele.

— Sagaz?

— Ah, tem que ter cabeça para escapar das chamas. Ele não tem. Ele vai arder.

Simeon tomou nota da queixa.

— Mais alguém de quem suspeite?

Hawes hesitou, limpou os óculos que haviam embaçado com a neblina e os colocou de volta.

— Aquela. Mary Fen. — Ele indicou uma mulher baixinha e atarracada com cabelos na altura dos quadris. — Ela teve cinco filhas em cinco anos. Nenhuma sobreviveu mais de um mês. Negligência? Talvez. Ou quem sabe algo pior. Ela não seria a primeira nestes lados a dar para a filha uma dose de qualquer coisa em vez de criá-la. E ela sabe que tenho minhas desconfianças sobre isso — grunhiu ele. — Esses dois, eles estão sendo julgados não só diante de mim, mas também diante de Deus. Mas, olha... Pode ser qualquer um deles. O Diabo está em todo lugar. Ele pode ter possuído um deles ou todos eles.

Aquela ideia parecia crescer dentro dele, a raiva ardia em suas palavras.

— Sim, sim, um deles possuído pelo Inimigo. As mãos dele controlando as deles para pingar alguma coisa dentro de mim.

Seu dedo ossudo apontou na direção dos espectadores.

O dr. Oliver Hawes, doutor em divindade, era um pároco do campo, e párocos do campo tinham tendência a ter ideias muito rígidas do Diabo e da perversão. Para homens como ele, não eram conceitos meramente abstratos, e sim realidades corpóreas que poderiam ser encontradas no beco mais próximo. Simeon continuou relembrando as palavras telegrafadas de seu pai. "O ar da Casa da Ampulheta sempre teve algo de corrupto e maligno. Deixe isso com Deus e com a lei." Ele cruzou os olhos com os do menino, que murmurava sem parar aquela cantiga.

* * *

Depois do almoço, Simeon decidiu pesquisar na biblioteca as obras médicas que pudessem ser úteis. Algo sobre toxicologia seria perfeito; talvez até encontrasse uma boa solução em termos de remédios caseiros, ou um guia botânico que relacionasse cogumelos venenosos e seus sintomas. Ele ficou quase duas horas pesquisando; a princípio, pegando os livros com cuidado e guardando-os exatamente onde estavam antes. Depois, à medida que a frustração o tomava de assalto, atirava-os no chão com raiva.

O tempo todo, ele observou o tio comer com dificuldade. O pároco estava parado ao lado da lareira, de onde uma pequena chama emanava calor para o cômodo, com um xale sobre os joelhos. Sua saúde havia piorado, mesmo desde aquela manhã. Depois de muito pesquisar, Simeon desistiu dos livros e se deixou cair sobre uma cadeira com encosto alto e descanso para os braços. Florence estava no fundo privado de sua cela. Simeon olhou de relance para a espreguiçadeira vazia dela.

— Tio, a Florence faz desenhos?

As sobrancelhas de Hawes se ergueram, e ele levou aos lábios uma colher com um pouco de mingau aguado.

— Desenhos?

— Paisagens, coisa do tipo.

O velho deixou cair a colher na tigela de estanho.

— Sabemos que ela faz, às vezes — disse ele, com algum esforço.

— Ela desenha à noite?

— Por que desenharia à noite? — Hawes fez uma pausa, pensativo. — Dou a ela bastante tempo durante o dia para seus passatempos. Por que à noite?

— Não sei.

Simeon não conseguia compreender nada além do que o pároco compreendia.

— Você… a viu?

Ele não queria que Hawes soubesse que ele andara espreitando pela casa depois da meia-noite. Pareceria intrusivo.

— Não, mas encontrei isto pela manhã.

Ele tirou do bolso o desenho da noite anterior e o colocou sobre as pernas do tio. A princípio não aconteceu nada. Nenhuma centelha de reconhecimento no rosto do velho. E então nuvens escuras pareceram se espalhar. O lábio inferior de Hawes tremia. Ele pegou a folha, investigou-a como se houvesse alguma grande verdade bíblica a ser encontrada em seus traços, amassou-a e atirou-a ao fogo. Simeon ficou perplexo com aquela reação a um mero desenho.

— Por que fez isso? — perguntou Simeon.

— É tolice. Para tolos. E quero comer em paz — falou Hawes cuspindo. — Chega disso.

Simeon não deu crédito àquela explicação. Havia uma raiva ardente naquilo.

— Tio, se deseja que eu investigue o que o está deixando doente, precisa me deixar fazê-lo. Aquele desenho obviamente significa algo para o senhor. Por favor, me explique o que é.

A reação foi instantânea. O velho bateu as mãos magras nos descansos da cadeira e, com um esforço terrível, conseguiu se lançar para a frente, levantando-se, e desabando de joelhos. Simeon fez menção de ajudá-lo a se erguer, mas, com um lampejo de fúria que lhe desnudou os dentes como os de um cão, Hawes deu um safanão na mão do sobrinho, afastando-a. E, como um bebê, começou a engatinhar apressadamente pelo chão, empurrando a mobília ou outros obstáculos para tirá-los de sua frente.

— Esta casa é minha. Minha! Eu dou as ordens que eu quiser! — vociferou ele.

Uma mesa lateral repleta de livros foi derrubada, e então, ele estava na parede de vidro, batendo nela com os punhos.

— Saia daí! Saia daí! — gritava ele. — Sei que está me ouvindo!

— Tio! — interveio Simeon, chegando para puxar o velho para trás.

— Saia logo.

Ele bateu os punhos novamente no vidro.

E, naquele momento, com seu vestido verde de seda esvoaçante, Florence surgiu de sua área de dormir. Parecia entretida e curiosa ao ver Oliver Hawes de joelhos, rugindo do outro lado da cela que construíra. Ao vê-la, o pároco parou de gritar e vacilou. Aquela cena levou Simeon a se recordar de uma

naja, que hipnotiza sua presa antes de atacá-la. No entanto, aquela serpente estava exausta, e ele desabou, batendo a cabeça com força no chão. Estava inconsciente.

Atônito, Simeon verificou se havia escoriações e, não encontrando nenhuma, rolou o velho para deitá-lo de costas e passou a estapeá-lo levemente nas bochechas até que ele começou a gorgolejar.

— O senhor precisa descansar — disse ele, erguendo o pároco e o colocando em uma cadeira com descanso para os braços.

Com o canto do olho, ele viu Florence sorrindo imperturbável, aproveitando o espetáculo. Tinha certeza de que ela escondia algo em seu coração quanto à razão de seu guardião ter se arrastado, enfurecido, pelo chão para bater os punhos contra sua gaiola dourada. Ele queria saber que segredos eram aqueles e estava começando a perder a paciência.

Havia também alguns resquícios do desenho que fizera a terra estremecer, viu ele. Na borda da grelha, uns pequenos restos carbonizados escaparam das chamas. Ele os puxou. Era o limite da paisagem que ela havia imaginado. Não havia ali nada mais do que ele tinha visto antes — menos, é claro —, mas aquela cena imaginada destacada em tinta negra assumia uma importância maior agora. Fosse o que fosse, teve a capacidade de provocar uma indignação violenta no pároco Hawes. Mas por quê?

Enquanto segurava o papel, com um pedaço carbonizado se desintegrando na ponta de seus dedos, ele ouviu o pároco dizer com dificuldade:

— Aquele... mundo — sussurrou ele. — Eu disse a eles que não era real. Eles deviam viver sob os desígnios de Deus!

"De que outra forma estavam vivendo?", perguntou-se Simeon.

6

Na manhã do dia seguinte, durante o desjejum, a sra. Tabbers serviu linguiças de carneiro e pão de centeio.

— Desejo ir ver uma coisa em Mersea — informou-lhe Simeon, consumindo fervorosamente a comida.

— Num demora muito, não — murmurou Cain com a boca cheia de comida exageradamente mastigada.

— Posso caminhar pelo Strood agora?

— Pode, sim.

Aquilo era para o bem. Ele ainda não conseguia encontrar nenhuma causa orgânica para o estado do pároco naquela casa, mas uma ideia lhe ocorreu: seria possível que a causa estivesse em um outro local da vida de Oliver Hawes? Era concebível que a origem daquilo estivesse no outro prédio em que ele passava a maior parte de seu tempo. Simeon não queria ficar distante de seu paciente por muito tempo, mas poderia dispor de uma ou duas horas para correr até a igreja de São Pedro e São Paulo em Mersea.

Simeon torcia para que, quando retornasse, ainda tivesse um paciente para atender, pois, quando se levantara, viu Hawes gemendo no sofá com uma febre tão alta que se poderia ferver água em sua testa. Ele estava pior, muito pior, que no dia anterior. "Minha cabeça lateja como se fosse estou-

rar", balbuciara o padre. Uma linha amarela de saliva pendia de seus lábios até que Simeon a limpou.

Então, depois de terminar sua refeição, Simeon partiu em meio a uma garoa fina. Mersea era, de longe, a ilha mais substancial entre as duas, como ele logo descobriu. A aldeia ficava a um quilômetro e meio ao longo do caminho, aninhada no litoral sul da ilhota. Um maciço pináculo de igreja se erguia e quatro ou cinco dúzias de casas pareciam se aglomerar em torno de sua base. Eram, em sua maioria, chalés de pescadores, atarracados e robustos; seus ocupantes, sem dúvida, eram como eles.

A igreja em si era uma construção medieval no estilo românico inglês. Em seu interior, as pedras e a argamassa estavam aparentes, além de uma ou outra cor regimental — tropas aquarteladas na ilha durante as guerras francesas do início do século, provavelmente. Simeon começou a olhar em volta, na vaga esperança de que algo se destacasse como a possível causa da doença do pároco.

Ele verificou o templo e a sacristia, examinou a pia batismal seca, o altar-mor e o armário trancado que provavelmente guardava o vinho da comunhão. Nada lhe pareceu impróprio, e ele se deixou cair em um banco da igreja, cabisbaixo.

— Bom dia — saudou uma voz.

Seu dono era um homem que entrara no templo. Com cerca de sessenta anos, estava vestido de forma elegante; muito mais elegante que qualquer um dos pescadores teria sonhado.

— Bom dia.

Simeon esperou para ver se a conversa iria além daquela saudação.

— Meu nome é William Watkins. Magistrado destas bandas.

Ele se sentou ao lado de Simeon. Parecia haver pouca companhia por ali, então, qualquer oportunidade que se apresentasse tinha que ser aproveitada. O homem tinha um estilo de discurso antiquado que sugeria pensamentos antiquados.

— Simeon Lee. Médico.

— Ah... veio atender o Hawes?

— Isso.

Ele não ficou nem um pouco surpreso por todos ali saberem quem estava bem e quem estava doente.

— Viverá, ele?

— Podemos ter esperança.

Ele evitou dizer que eles poderiam orar... Em lugares remotos como aquele, dizer algo assim provavelmente seria compreendido como um convite, em vez de uma forma de dizer. A agenda dele estava vazia, mas isso não significava que preferisse passar boa parte de seu tempo de joelhos na igreja.

— Esperança, sim. Depois, de volta a Colchester, não é?

— Londres.

— Ah, Londres! Nossa... Passei um tempo por lá quando era jovem e impetuoso. — Ele riu sozinho. — Espero que também goste. Sim. Uma cidade e tanto, Londres.

Ele pareceu se perder em seus dias de juventude.

— Você é o pai de Florence.

— Ah... ah, sim. Florence. — Sua voz perdeu o ânimo. — Como ela está? Não vou lá tanto quanto... antes.

Simeon suspeitou que havia uma razão para aquilo. Não era uma viagem longa e devia haver muito pouca coisa com que um juiz de paz pudesse se manter ocupado em Mersea. Não, o fidalgo Watkins provavelmente se sentia muito pouco à vontade vendo a filha naquele estranho confinamento.

— Ela me pareceu bastante saudável quando a vi. Considerando onde está... — Simeon optou por não mencionar o desprezo que borbulhava sob o manto diário de láudano. — Não é nada fácil aquilo lá para ela, o senhor sabe.

— Não, não. Claro.

Watkins baixou a cabeça e seus lábios estremeceram, tentando formar palavras. Simeon esperou. Anos com pacientes o ensinaram o lado bom de esperar o momento de alguém que quisesse falar.

— Aquela prisão... — disse ele depois de um tempo. — Nunca foi a minha vontade, sabe?

— Tenho certeza.

Poucos pais iriam querer seus filhos mantidos em cativeiro para exibição. Provavelmente o magistrado Watkins não era um homem perverso, apenas fraco.

— Era lá ou o manicômio. O juiz disse isso.

— Então ela está realmente em melhores condições onde está.

— Ah, sim. — Ele se animou, como se tivesse encontrado alguém que dava apoio às suas ideias. — Com certeza, moço. Eu a teria levado para casa comigo se o juiz tivesse permitido. Só que ele não permitiu. Preocupado que eu fosse soltá-la, suponho.

Simeon fez uma pausa, imaginando o quão correto seria afirmar que aquele arranjo foi por insistência de algum juiz não especificado.

— O senhor teria feito isso?

— Teria? — Watkins parecia estar se perguntando aquilo, sem saber a resposta. — Não posso dizer com certeza.

"Não pode ou não quer?", pensou Simeon consigo mesmo.

— O dr. Hawes está gravemente doente, mas a causa não está clara e venho tentando averiguá-la. O senhor tem se sentido mal? Ou qualquer um que o senhor conheça por aqui?

— Mal? Não, de jeito nenhum. Todos muito saudáveis.

A presença de Watkins pelo menos oferecia a perspectiva de uma ideia sobre os estranhos acontecimentos ocorridos na Casa da Ampulheta ao longo dos últimos dois anos... acontecimentos que já haviam deixado um homem morto, uma mulher presa e agora podem ter relação com a desconcertante doença do pároco. Mas seria melhor ganhar um pouco da confiança do magistrado antes de sondar.

— Eu gostaria de conhecer um pouco a ilha — disse Simeon. — Sentir o que ela tem a oferecer. Que parte o senhor sugere que eu visite?

— A ilha não é muito atraente, moço. E digo isso como alguém que mora aqui. — Ele estava se esforçando ao máximo para se animar. — Ah, sim, é um local velho e hostil. Mas venha, podemos nos recolher até minha casa para tomar um... chazinho... — disse ele, hesitante.

Simeon suspeitou de que seu título de médico tivesse deixado o magistrado receoso em oferecer uma bebida mais forte.

— Obrigado.

Eles caminharam durante dez minutos até a única casa grande nas proximidades. Tinha um estilo moderno, com pináculos e torres, como um castelo alemão.

— Vamos para o telhado — disse Watkins. — Não ligue para a chuva. Costuma ser muito pior.

Eles subiram as escadas da casa, que era mais confortável por dentro do que sugeria sua fachada, passaram por um alçapão e chegaram ao telhado. Uma vez lá em cima, Watkins mostrou alegremente seu telescópio e convidou Simeon para olhar nele.

— Dá para ver a costa da Holanda se tiver sorte. Se não tiver, você vê Kent.

Ele esperou que sua piadinha fosse assimilada.

Simeon não conseguia ver nada além de um violento aguaceiro no mar.

— Eu me sinto um forasteiro, muito embora minha família, ou parte dela, tenha raízes firmes aqui — disse ele.

— Ah, sim, com certeza pode ser desse jeito. Mas somos um povo acolhedor — concordou Watkins amigavelmente, ainda que de maneira um tanto imprecisa.

— Para falar a verdade, eu nem havia sido apresentado ao dr. Hawes antes de vir. Não sei nada sobre ele.

— Ah, não tem muito o que contar. Um confiável pároco do interior, moço. Nada além disso.

— Todos temos um passado, senhor — rebateu Simeon. — Acredito que o senhor já tenha sido um jovem um tanto quanto impetuoso!

Aquilo agradou tanto a Watkins que ele começou a sorrir.

— Ah! De fato, fui mesmo, moço. Ah, sim! Muito boa aquela época!

— Mas o dr. Hawes deve ter sido do tipo estudioso.

Watkins hesitou por um momento.

— Ora, sim… Bem, ele nem sempre foi um homem do clero.

— Não?

— Ah, não, não… Embora eu ache que esse sempre foi o destino traçado para ele… por temperamento, entende?

— Ah, é? — disse Simeon, como se estivesse interessado, mas não muito.

— O pai dele, o coronel Hawes… olha… aquele, sim, era um homem rígido, um homem inflexível. Queria que seu primogênito fosse para o Exército, não para a Igreja.

— É mesmo? Então, por que o destino não foi do jeito dele?

— Ah, mas foi. Por um curto período — disse Watkins.

— Não entendo.

Watkins se sentou na ameia que ficava nas bordas do telhado.

— O coronel estava determinado a comprar uma patente para o jovem Oliver... Eu disse a ele, de verdade, eu disse: "Seu garoto não serve para o campo de batalha, Henry!". Mas ele queria que seu primogênito fosse soldado e ponto-final. No fim das contas, a melhor coisa que ele conseguiu foi encontrar um regimento no Exército indiano que o aceitasse.

— Ora, me parece bom o bastante.

— Ah, o moço acha, é? — respondeu Watkins, aquecendo para a conclusão da história. — Recebeu baixa por covardia.

— Não!

E foi uma surpresa genuína. Watkins pareceu um pouco satisfeito consigo mesmo. Independentemente do quanto gostasse de se apresentar como o genial fidalgo do interior, também gostava das fofocas de outrora.

— Por tudo o que é mais sagrado. Regimento de rifles, se bem me lembro... enviado para lutar na Guerra do Butão. O moço entende que os detalhes são difíceis de descobrir, mas, pelo que eu soube, ele teve que ser retirado do vagão arrastado e, após poucos dias, havia abandonado o posto. Tiveram que enviar um grupo para encontrá-lo. Claro, isso também significava que ele havia perdido a patente e não conseguiria vendê-la... voltou para casa como um covarde endividado.

Ora, ora. A Igreja realmente parecia uma escolha melhor de profissão.

— E quanto a James?

O magistrado ficou tenso, como se experimentasse um súbito ataque de nervos. Simeon percebeu.

— Eu... Eu...

Ele espiou pelo telescópio para evitar o olhar insistente de Simeon.

— Sr. Watkins?

Watkins se afastou timidamente da luneta.

— James era... bem, era diferente de Oliver, é claro. Muito diferente. Imprudente, o pai dele pensava...

Sua voz foi sumindo. Era perceptível que aquele homem estava pensando em muitas coisas que não estava colocando para fora.

— E o que é que o senhor está escondendo de mim?

O magistrado arrastou os pés como um colegial.

— Eu... não desejo falar mal dos mortos.

— Sr. Watkins. Eu gostaria de saber.

A suspeita de que o estado de seu paciente era, na verdade, produto de algumas das estranhas relações naquelas ilhas ficava cada vez mais forte... e era ali que estava o caminho para a cura.

Para evitar o olhar do médico, Watkins retornou ao telescópio e se abaixou para espiar por ele.

— Consigo ver a Holanda — declarou. — Sim, tenho certeza de que é a Holanda.

Simeon se colocou na frente da lente.

— Sr. Watkins. Preciso saber. Eu poderia perguntar em outros lugares, mas talvez isso gerasse certa comoção...

Watkins se afastou do telescópio.

— James estava envolvido com... uma atividade que não era legal.

Cain havia insinuado algo do tipo.

— Pode me dizer qual?

— Peço desculpas, moço. Falei demais. Devo... ir trabalhar. — Ele se dirigiu com nervosismo até o alçapão que os levara até o telhado. — Quer me acompanhar?

— O senhor não vai responder?

Watkins fitou o alçapão.

— Então vou perguntar outra coisa. — Ele não esperou por uma recusa. — Quais foram as circunstâncias exatas da morte de James? E não irei embora sem uma resposta.

Diante daquilo, Watkins pareceu murchar.

— James... — disse ele, balançando a cabeça em negação.

— Continue.

— Moço, esse é um assunto doloroso!

— Eu entendo, porém outras coisas podem depender disso mais do que qualquer um de nós sabe neste momento. O dr. Hawes está convencido de que tem alguém tentando assassiná-lo.

— O *quê?* Quem?

Ele pareceu genuinamente perplexo.

— Isso não sabemos.

— Florence é que não é! — exclamou Watkins. — Sei o que o moço pensa, mas ela não mataria um homem a sangue frio. A morte de James foi um acidente.

— Nesse caso, o senhor não terá reservas em me contar o que sabe a respeito disso.

Watkins estava perturbado e começou uma frase três vezes antes de conseguir conclui-la.

— Foi... foi numa noite uns dois anos atrás. Ouviram Florence e ele discutindo. Não era a primeira vez. Com certeza não. — Ele ergueu o olhar. — Bem, essa discussão foi sobre uma mulher, ao que parece. Não sei dizer quem era... alguma meretriz de James, imagino. Florence era muito ciumenta. Passional. Era impossível contê-la quando estava com o sangue fervendo. Desisti de tentar antes mesmo de ela completar dezessete anos. Ela...

— A discussão... — incitou Simeon.

— Sim, sim. Ora, eles gritaram um com o outro, ele negou tudo, pelo que ouvi, e então ela atirou uma garrafa nele ou algo assim. Ela tinha bebido, acho.

— Ela o fez intencionalmente?

— Como vou saber?

— Ora, ela ficou orgulhosa do que fez?

— Orgulhosa? Acho que não, moço. Insolente. Sim, ela ficou insolente.

Simeon percebeu que Watkins estava escondendo algo dele.

— Sr. Watkins, na minha condição de médico, eu ficaria surpreso se tal atitude, por si só, fizesse uma mulher ser relegada a um hospício. Acredito que haja muita coisa que o senhor está deixando de me contar.

Watkins baixou a cabeça, derrotado.

— Depois que James morreu, Florence começou a agir de forma deveras estranha. Ela admitiu que o matou, mas alegava que havia alguma espécie de conspiração contra ela. Então, fugiu para Londres, onde passou uma vergonha profunda, e, se não fosse um magistrado da polícia assumir a guarda dela, só Deus sabe o que poderia ter feito. Tive que pedir que Hawes enviasse uma carruagem até lá para buscá-la e trazê-la para casa.

Ora, aquilo era uma excelente contribuição para a história.

— Por que enviou o dr. Hawes no seu lugar?

— Por quê? Porque não queria ver minha própria filha ser arrastada de volta escoltada por policiais. — Ele cobriu o rosto com as mãos. — E sim... sim... foi uma vergonha. Eu sentia vergonha de ela ser minha filha; de não a ter criado para ser melhor que aquilo.

Simeon entendeu. A vergonha certamente parecia devorar aquele homem por dentro.

— E em seguida? Um julgamento? Não me esconda nada.

Watkins assentiu.

— Um julgamento. No inquérito judicial... ela não estava em condições de comparecer... passava metade do tempo delirando, só láudano a acalmava, e, quando isso acontecia, ela perdia a vontade de falar. O promotor defendeu a internação dela. Mas eu conhecia o juiz, Allardyce. Conversei com ele. Ele concordou que, em vez de mandá-la para o hospício, ela poderia ficar aqui.

— Naquela cela de vidro — acrescentou Simeon. Ele ainda não estava convencido de que seu extraordinário encarceramento ou qualquer outro encarceramento fosse necessário.

— Sob supervisão, moço! Sob supervisão! Ofereci minha própria casa, mas nem mesmo Allardyce conseguiu concordar com isso. "Com seu coração afetuoso de pai, você não seria um carcereiro confiável", disse ele. Mas então Hawes se ofereceu e Allardyce permitiu. Então, Hawes mandou construir os aposentos dela. Foi o melhor resultado que poderíamos obter.

Simeon tinha muito a dizer sobre aquilo, mas ficou em silêncio. Estava na hora de verificar seu paciente, que não queria deixar sozinho por mais de duas horas seguidas. E, assim, Watkins o conduziu de volta pela casa e o levou até a porta.

— Por favor, mande minhas lembranças para Hawes... e para Florence — acrescentou ele, com algum constrangimento.

7

Simeon vagou pela aldeia com passos pesados e voltou ao longo do Strood para a ilha de Ray, passando pelos lodaçais que desciam para o canal que separava as duas ilhas.

Enquanto se aproximava da Casa da Ampulheta, lúgubre em meio à chuva e com o curioso cata-vento de ampulheta girando lentamente no topo, ele contemplava as extensões de lama argilosa de que Cain o advertira para manter distância. Insetos as sobrevoavam e filetes de água lodosa corriam através delas. Mas ele sempre fora meio do contra, e o fato de Cain ter dito a ele para tomar cuidado simplesmente resultou em uma determinação de examiná-las o mais de perto que conseguisse.

Ele se aproximou da borda. Eram nojentas, como as descrições de Dante do rio Estige. Pôde tranquilamente imaginar o barqueiro Morty no papel de Flégias, transportando almas pelo quinto círculo do Inferno. Estava prestes a seguir em frente quando algo chamou sua atenção. Algo metálico que conseguia reluzir naquele clima funesto. Sem dúvida era a mesma coisa que havia refletido os raios do sol no dia anterior, mas depois tinha desaparecido de sua visão.

Ele avançava cuidadosamente, equilibrando-se até encontrar terra firme. A pouco menos de cinco metros de distância, parecia que o prêmio estava alojado em um graveto curto e fino, coberto de lama e carregado só Deus

sabe de onde. Chegou mais perto ainda, e o metal se solidificou em um anel de peltre. Ele se esticou e seus dedos se fecharam no objeto e o puxaram, mas o graveto estava preso na lama. Evidentemente havia mais sob a superfície, pois não se soltava. Simeon mudou de posição para conseguir alcançá-lo; então, puxou com mais força. E, sem que nada mudasse, sem um alerta na lama ou no céu, percebeu que não estava segurando uma lasca de madeira, mas o dedo indicador congelado e incrustado de sujeira da mão de um homem.

Ele caiu para trás e ficou olhando o que estava em sua mão. Enterrada na lama estava a parte de um homem. Ou todo ele. Era uma imagem repugnante, mesmo para aqueles como Simeon, que viam os mortos e moribundos praticamente toda semana. Mas ele se recompôs. Um cadáver era um cadáver, quer estivesse sobre uma maca de necrotério ou submerso no solo. E alguém, em algum lugar, esperava notícias de seu irmão, filho ou pai.

Segurando-se com mais firmeza, tentando adivinhar o peso daquilo que jazia na lama e reprimindo qualquer horror humano latente naquela cena, Simeon decidiu revelar o morto oculto. Ele agarrou a palma da mão do cadáver, como se estivesse apertando a mão de um amigo, e puxou.

Com um pouco de esforço, primeiro os dedos da mão, depois o pulso, foram trazidos à superfície. Emergiu um punho de camisa que pingava de tão ensopado de lama, uma caricatura metonímica da vaidade do homem. Sim, parecia que aquela pobre alma estava inteira ali embaixo.

Simeon agarrou firme o pano e puxou, apoiando-se no chão macio sobre o qual estava ajoelhado. E mesmo com toda a sua força, não conseguiu. Tampouco conseguiria sair dali para buscar ajuda, pois sabia que aquela mão provavelmente seria encoberta novamente e o corpo poderia afundar tão profundamente, ou ser carregado para dentro do canal, que talvez nunca mais fosse encontrado. Sua única opção era chegar mais perto.

Ele se deitou e deslizou do solo firme até a massa aquosa de lama, sentindo-a cobrir o próprio corpo e submergindo as pernas abertas. Sabia que estava afundando. Se errasse o cálculo, poderia acabar enterrado na mesma cova rasa daquele homem sepultado na lama. Cuidadosamente, então, mergulhou fundo, ao longo da carne sólida do falecido, até sentir os ombros dele. Chovia forte e suas costas estavam encharcadas, mas ele se recusava a deixar sua carga submergir mais uma vez.

Simeon se preparou e, com toda a sua força, deu um puxão. Então o corpo começou a se mexer. Quanto mais perto o cadáver chegava, mais fundo Simeon escorregava, até que os dois estavam abraçados na lama. Os olhos estavam vazios, a garganta, entupida com lama, mas Simeon só conseguia pensar em rebocar aquele corpo gelado para a luz.

Ele deu um giro, contorcendo-se, até que, como uma cobra, com um grito e o que restava de suas forças, finalmente torceu o corpo e seu fardo morto e chegou à terra firme, desabando, ofegante devido ao esforço. Com a palma da mão, limpou a lama do próprio rosto e cuspiu a água marrom. Então, conseguiu olhar para o rosto daquele homem pela primeira vez.

Ainda coberto de lama, era quase impossível reconhecer aquele cadáver como humano em vez de um ser primitivo. Mas lá estava ele: uma testa, nariz grosso e queixo saliente. Um homem corpulento e musculoso que um dia devia ter respirado, trabalhado, comido, rido e praguejado. Simeon ficou olhando fixamente para aquilo que havia dragado da lama e deixou que as gotas de chuva levassem embora um pouco da sujeira.

"Quem é você, meu amigo?", perguntou-se ele. "Você se afogou? Seu coração parou enquanto caminhava? Será que deram pela sua falta e o procuraram ou será que ninguém notou sua ausência?"

A carne do corpo estava quase totalmente intacta. Havia um pouco de putrefação aqui e ali, mas pouco visível. Ou a morte havia sido recente ou o barro o havia preservado perfeitamente, como se tivesse sido congelado. Simeon puxou as pálpebras para trás. As íris estavam transparentes e verdes; os dentes, fortes, porém manchados devido ao tabaco... Um dos pescadores locais, possivelmente.

Ele ficou se questionando sobre o que fazer. Estava a apenas algumas centenas de metros da Casa da Ampulheta. Àquela altura, ele mesmo poderia tranquilamente transportar o corpo até lá. Então, com um esforço supremo, ergueu o homem, colocou-o sobre os ombros e caminhou lentamente até a casa.

Quando a sra. Tabbers viu o que a esperava na soleira, sua boca formou um grito silencioso.

— Acalme-se — instruiu Simeon enquanto ela cambaleava para trás. — Ele está completamente morto.

Simeon passou por ela e se dirigiu para a saleta dos fundos, sem se preocupar com a coisa que carregava pelo corredor.

Havia uma mesa transbordando de textos religiosos que ele jogou no chão, substituindo-os por seu fardo, de boca para cima, com água suja pingando no tapete.

— O que em nome de Deus... — sussurrou a governanta, após ter recuperado a voz.

— Um homem, sra. Tabbers. Um homem morto.

— Quem é?

Ele percebeu que ela, disfarçadamente, fez o sinal da cruz. Sem dúvida, o pároco teria uma ou duas coisas a dizer sobre tal zelo.

— Talvez a senhora possa saber mais do que eu.

Ele pegou um vaso de flores, jogou-as de lado e derramou a água sobre o rosto do cadáver, limpando-o com a toalhinha de mesa sobre a qual o vaso havia sido colocado. Bochechas inchadas apareceram através do barro restante.

— John White. É esse aí.

Cain entrara, atraído por todo aquele drama, e as palavras eram dele.

Simeon estava abrindo o colarinho do homem para examiná-lo e parou ao ouvir o nome.

— John White?

— Isso.

No dia anterior, quando os habitantes locais formaram uma fileira diante deles como corvos no Strood, Hawes apontara um jovem que, suspeitava ele, fazia muitas coisas ruins, cujo nome era Charlie White.

— É irmão de Charlie White?

— É primo dele. Não mais. Agora morreu. Óia pra ele.

Cain esfregou o queixo.

— Então ele era daqui? De Mersea? — perguntou Simeon.

— Mersea, é. Se escafedeu-se um ou dois anos atrás.

— Bom, acho que agora sabemos o porquê.

— É.

Cain deu um passo à frente. A sra. Tabbers manteve uma distância maior. Se por respeito pelo morto ou por medo dele, Simeon não soube dizer. Mas, em sua condição de médico, sentia um pouco de ambos. Para ele, cadáveres eram principalmente provas das falhas da medicina.

— Quem era ele?

A sra. Tabbers e Cain trocaram um olhar sutil, igual ao que haviam trocado quando ele perguntou sobre as atividades de James.

— Pescador de ostras.

— Entendo. E o que mais? — Ele esperou um momento. Cain retribuiu o olhar de Simeon. — Está escondendo alguma coisa, não está, Cain?

— Tô não.

— Guarde para si mesmo por enquanto, mas eu descobrirei — disse Simeon.

Ele já tinha suspeitas profundas o suficiente sem precisar de mais nada. Parecia que toda a população estava envolvida na atividade criminosa local.

— Descubra.

Simeon voltou ao corpo. Uma poça escura havia se formado debaixo dele no tapete, e Simeon começou a despi-lo.

— Traga-me tesoura, panos e um balde de água morna com sabão — instruiu ele à sra. Tabbers. — E é melhor trazer alguns lençóis.

— Devo acordar o dr. Hawes? — perguntou ela.

— Não, depois eu mesmo conto a ele.

Ela foi apressadamente buscar a água.

— Conte-me mais sobre este homem — solicitou Simeon a Cain.

— John? Tipo caladão — disse ele com um tom ainda rabugento. Claramente achava que aquilo não era assunto de forasteiros. — Forte.

Um homem descrito por Cain como "caladão" devia ser praticamente um idiota.

— Como ele desapareceu?

— Verão do ano retrasado. Achei o barco dele virado e encalhado na Hard. Sem ele dentro. Todo mundo pensou que tinha se afogado no mar. Agora parece que se afogou foi na lama. — Ele espremeu os olhos para olhar pela janela. — Não seria o primeiro.

— Ele tinha família?

— A mãe dele morreu uns mês atrás. Tinha uma irmã, Annie, mas ela foi embora.

— Então, Charlie é o mais próximo?

— Imagino que sim.

Simeon tirou a roupa da parte de cima do corpo. Estava encharcada de chuva e lama. A sra. Tabbers voltou com a água morna e os lençóis, e ele se lavou e se secou, depois limpou mais lama do homem prostrado em cima da mesa.

A pele estava toda amarela, desgastada em alguns pontos. Porém, conforme sua jaqueta era cortada, a carne de seu torso parecia explodir para fora. A sra. Tabbers soltou um grito estridente.

Simeon olhou para baixo, para os rasgos na carne.

— Algo estava devorando este homem.

Cain murmurou um palavrão.

— O sr. Watkins deve ser informado.

— Eu vou — disse Cain.

— Obrigado. — Um pensamento lhe ocorreu. — Mas não conte a Charlie White. Eu cuidarei disso.

Cain estreitou os olhos.

— Como quiser.

Simeon se limpou, subiu as escadas e vestiu uma camisa limpa. Estava na hora de contar ao pároco.

Ao entrar na biblioteca, ele encontrou Hawes deitado no sofá, gemendo. Uma olhadela para a divisória no outro extremo do cômodo mostrou que estava vazio; a prisioneira estava recolhida em seus aposentos na parte de trás.

— Tio — chamou Simeon.

A voz do velho era pouco mais que um sussurro.

— Ah, Simeon, meu rapaz, me arrebatam tantos calafrios... — Simeon levou a mão à testa do pároco. De fato, ele estava gelado ao toque. — O tempo que me resta neste mundo é pouco.

E, pela primeira vez, pôde-se provar que um paciente tinha razão quanto à gravidade de seu estado.

Simeon já havia perdido pacientes, é lógico, mas foram sempre estranhos. Todavia, detestava a ideia de permitir que a vida de seu parente se esvaísse, porque era sua responsabilidade.

— Não desista ainda, tio. Estará de pé e fazendo seus sermões ao rebanho antes que perceba.

O velho conseguiu abrir um pequeno sorriso.

— Não tenho tanta certeza — falou, ofegante.

— Deseja que eu chame alguém para vir aqui?

Hawes ergueu os olhos com esforço.

— Não. Ninguém. Seu pai é o meu parente de sangue mais próximo. Se eu morrer, esta casa será dele, e depois, com o tempo, será sua, sabe? — Seus olhos se arregalaram. — O que fará com ela?

O que fazer com a casa? Entre todos os outros pensamentos estranhos que a Casa da Ampulheta havia engendrado em Simeon ao longo dos últimos dias, a ideia de herdá-la não lhe ocorrera. O que poderia fazer com ela? Instantaneamente pensou em sua pesquisa, paralisada pela escassez de recursos financeiros. Se conseguisse, de alguma forma, convencer seu pai a lhe transferir a casa imediatamente — seu pai, afinal de contas, havia declarado uma profunda aversão ao imóvel —, poderia vendê-la e retomar seu trabalho sem ter que correr atrás de emprego remunerado ou bolsas de estudos. Poderia dedicar todo o seu tempo e esforço!

— Vou usá-la para ajudar a descobrir a cura da cólera, tio — disse ele, consciente de que era uma declaração um tanto pomposa, mas daria consolo ao pároco, sem dúvida, pensar que algo de bom se originaria de sua morte.

— Ah, seria um bom uso. Sim, mas com uma condição.

— E qual seria?

— Se eu morrer, você deve ficar responsável por ela.

Simeon olhou abruptamente para a cela de vidro que ficava no extremo do cômodo.

— É para o bem dela mesma. Se for solta, será imediatamente apreendida e mandada para o manicômio.

Simeon não desejava se tornar o carcereiro de Florence. No entanto, considerou que o pároco estava correto ao afirmar que o hospício era a alternativa. Ora, se tudo aquilo realmente acontecesse, ele faria o possível para tratá-la com justiça. Isso provavelmente implicaria um período de observação e decisão sobre o melhor tratamento ou a melhor ação. Se ambos

tivessem sorte, a liberdade dela seria possível. Ele deu ao tio sua palavra de que faria o que lhe fora pedido.

E então a informação que Simeon fora compartilhar não podia mais esperar.

— Aconteceu uma coisa que preciso contar ao senhor.

— Hã?

— Encontrei o corpo de um homem nos lodaçais.

O pároco ergueu um pouco a cabeça, em surpresa.

— Meu Deus, quem?

— Acredito que seu nome seja John White.

— John White? Ah, é um rapaz daqui. Então, foi isso que aconteceu com ele. Coitado. Acontece, não é? Mesmo para quem vive aqui. Coitado. — Ele olhou para cima e sussurrou uma oração silenciosa. — Gostaria de contar com minha ajuda com as providências? — murmurou ele, com a consciência à deriva.

Simeon duvidava que o tio logo estivesse em condições de ajudar com qualquer coisa.

— Tomarei todas as providências. Cain pode ajudar.

O corpo de White teria que ser mantido na casa até lá. Simeon resolveu mandar Cain levá-lo para o estábulo. Era improvável que a sra. Tabbers gostasse de tê-lo deitado em cima da mesa da saleta dos fundos por tempo indeterminado.

Com a descoberta do corpo de John White, Simeon quis falar imediatamente com o primo do morto, Charlie, a quem o pároco identificara como um dos malfeitores de Mersea. Hawes provavelmente ficaria inconsciente por um tempo, então, Simeon foi instruído por Cain a como chegar à casa de White. Depois disso, visitaria a outra pessoa de Mersea a quem o pároco apontara como uma assassina em potencial, Mary Fen, que havia perdido cinco filhas bebês. Como Hawes havia dito, ela não teria sido a primeira mãe pobre a derramar algo cáustico no leite de um filho em vez de tentar alimentar mais uma boca. As *baby farms*, aqueles lugares nas cidades fétidas do Reino Unido onde as mulheres deixavam permanentemente seus filhos

indesejados, pagando uma quantia fixa para que fossem mantidos, eram conhecidas por isso; o caso de Margaret Waters, de Brixton, que envenenara muitos bebês sob seus cuidados antes de ser presa e enforcada na cadeia do condado de Surrey, ainda estava fresco na lembrança de todos.

White morava em um chalé longe do povoado principal. Era pitoresco em um estilo pastoral: glicínias envolviam a porta, e os caixilhos das janelas eram pintados de verde. No entanto, Simeon não conseguia identificar exatamente, mas aquela casa tinha algo de sórdido, como se houvesse podridão nas raízes das flores.

De acordo com a sra. Tabbers, White vivia ali sozinho, após ter recentemente herdado a casa de uma parente. Assim que ele abriu a porta, Simeon concluiu que a aparência bem cuidada do chalé era devida à falecida e não duraria muito. White era jovem e bonito. Contudo, embora todos os traços de seu rosto fossem belos — o maxilar era forte, e a cútis, límpida —, Simeon ainda não conseguia descartar a impressão de que, assim como a própria casa, havia algo de torto no todo.

— Você é Charlie White?

— O moço veio à minha casa. O moço sabe quem é eu.

Havia um sorriso de escárnio por trás de cada palavra.

Periodicamente, no decorrer de seu trabalho, Simeon tinha que lidar com a hostilidade de alguns como White. Aquilo não o incomodava.

— Tem razão quanto a isso.

— E eu sei quem o moço é.

— Fico feliz. O dr. Hawes...

— O dotô Hawes... — White disfarçou um riso desdenhoso.

— Sim. Ele está mal.

— Então deixa ele rezar.

— Tenho certeza de que é o que ele está fazendo. Ele acha que talvez você saiba algo sobre a doença dele.

— Acha o quê? — E soltou uma gargalhada intensa e gutural. — Sei nadinha do que aflige o pároco. — Ele se inclinou para a frente. — Mas sei bem o que aqueles que vive naquela casa deseja. — E parou de rir. — O que eles quer e o que eles faz pra conseguir.

Parecia haver um significado por detrás da confusão verbal.

— Conte-me o que quis dizer com isso.

White hesitou.

— Pergunte à mulher. A louca matou o irmão do pároco. Se tem alguém que sabe, é ela, agora o maridinho dela tá mortinho da Silva. Cês dizem que os White não merece uma provinha da justiça. Ora, parece que talvez a gente pode engolir ela inteira assim mesmo.

Ele fez com os lábios um som como se sorvesse algo delicioso e começou a fechar a porta. Simeon manteve-a aberta forçando-a com a mão no sentido contrário.

— O corpo do seu primo foi encontrado.

— Meu primo?

— John. Estava desaparecido, não estava?

White apertou os olhos.

— Estava. Onde encontraram ele?

— Nos lodaçais. Está na Casa da Ampulheta.

White bufou com um tom de escárnio.

— Onde mais estaria?

White tirou a mão de Simeon e bateu a porta.

Simeon pôs-se a pensar nas palavras de White. Com certeza, a Casa da Ampulheta parecia ser o centro de todos aqueles acontecimentos esquisitos. O que dissera o pai de Simeon, que a casa carregava algo de maligno, tornava-se mais verdadeiro a cada minuto. Bom, ele pensaria bem sobre o assunto enquanto se dirigisse para sua outra visita domiciliar.

Mary Fen vivia em uma casinha de proporções razoáveis, achou Simeon. Ela piscou, surpresa com a presença do médico em sua soleira, antes de deixá-lo entrar; devia ser raro receber visita, ainda mais uma com roupas limpas. Seu marido, uma espécie de artesão de metais, espiou de sua mesa de trabalho e depois retornou ao que estava fazendo sem um lampejo de interesse.

Simeon olhou em volta. A casa era razoavelmente bem decorada. Algumas peças de mobiliário simples. Um tapete áspero sobre tábuas expostas.

— Sra. Fen.

Ela piscou com força.

— Sou o dr. Lee. O pároco Hawes é meu paciente. Vi vocês há uns dois dias no Strood, nos observando quando saímos da casa. — Ele esperou

por uma resposta. Nada além de uma repetição da piscada forte da mulher.
— Por que fizeram aquilo?

— Aquilo não quis dizer nada, moço. De verdade.

— Então, por que o fizeram?

Ela balbuciou sua resposta.

— O pároco não gosta de nós.

Simeon observou o marido da mulher despejar uma pequena quantidade de metal em pó em um pires de madeira e misturá-lo com algum outro composto. Ele retirou um amálgama com uma pequena colher de vidro.

— Por que acha isso?

— Sei não — respondeu ela com timidez.

Simeon percebia que aquela conversa seria menos cooperativa que a anterior, aquela em que Charlie White tinha gostado de zombar do clérigo.

— A senhora sabia que o dr. Hawes está indisposto?

— Ouvi falar.

— O que a senhora ouviu?

— Só que ele tava mal.

— A senhora sabe como ele ficou mal?

— Não, senhor.

— A senhora sabe alguma coisa sobre aquela casa?

— Eu não, moço.

Ele mudou de assunto e perguntou o que Mary Fen sabia sobre John White. Ela piscou mais forte que nunca. Conhecia-o, claro, mas não eram amigos. E quanto ao primo dele, Charlie? Ela não tinha nada a ver com ele. E assim por diante.

— As pessoas por aqui conversam sobre o que acontece na casa paroquial? — quis saber Simeon em certo momento.

— Eles… conversa.

O marido dela começou a escovar o amálgama sobre as alças de uma caixa de facas de aço que estava em cima de sua mesa. Simeon deixou-se distrair com o trabalho do homem.

— E o que dizem?

— Eles diz que a tal da fulaninha…

Ele tentou adivinhar a quem ela se referia.

— Florence.

As ações daquele homem em sua bancada de trabalho eram curiosas.

— Essa aí. Que ela matou o marido.

O que era aquilo que ele usava no aço?

— Isso é de conhecimento público. O que quero saber é... Espere! — Simeon se levantou e foi até o homem. O marido de Fen olhou para cima, surpreso com a interrupção em seu trabalho. — Essas facas. — Ele apontou para o faqueiro. — Você as está banhando em prata.

O homem piscava com força, assim como a esposa. Parecia ser de família. Simeon balançou a cabeça para os lados em um gesto de desaprovação. Mal conseguia acreditar que a raiz do infortúnio daquela família fosse tão tragicamente simples. Ele pousou a mão no ombro do artesão.

— Vocês perderam muitas filhas — disse ele, com suavidade. O homem diante dele suspirou profundamente. — Vocês foram considerados... suspeitos de envenená-las, não foram? — Ele se arrependeu da agudez da acusação, mas não havia como ignorá-la.

— Algumas pessoas...

— Bem, sinto muito. Mas vocês, *de fato*, as envenenaram. — Simeon ergueu uma das facas de aço não tratadas. — O amálgama que está usando. — Ele bateu com a faca na lateral da panela de madeira. — É de prata e mercúrio, não é?

— É.

— Ora, o pó de prata é inofensivo, mas o mercúrio...

— A gente sempre cuidou pra que as bebês nunca tocassem nele! — insistiu Mary.

Simeon suavizou a voz em solidariedade.

— Tenho certeza disso, mas o mercúrio é um metal desenfreado. É por isso que o chamamos de prata-viva. Agora sabemos que pode ficar no ar e ser inalado. — Ele olhou para ela. — Lamento dizer, mas a senhora o inalava mesmo durante a gravidez, e ele passou pelo seu sangue para suas filhas já desde o útero. Elas já saíram dele envenenadas.

— Elas foram... — começou a dizer o marido, mas parou, perplexo.

— Lamento, senhor. Nós, adultos, conseguimos filtrar tamanho nível de veneno no ar, mas as chances de suas filhas eram nulas — disse Simeon,

colocando a mão no ombro do homem e torcendo para que aquela informação pudesse trazer algum consolo.

As palavras pairaram no ar, e o casal diante dele ficou olhando um para o outro, incapaz de falar.

— Se quiserem tentar novamente conceber uma criança, posso dar instruções sobre como fazê-lo com segurança.

De volta à casa, Simeon encontrou o tio sentado com as costas eretas, com uma carta junto ao peito e uma caneta ao seu lado, no chão. Ele se recusou a dizer o que havia na missiva.

— Vou buscar um tônico para o senhor — disse Simeon, depois de verificar o pulso do clérigo.

Ele foi até seu quarto e serviu uma caneca de tônico, embora não estivesse otimista quanto ao seu potencial de ajudar. Apesar das alegações de seus tutores, sempre estivera convencido de que o efeito da bebida estava mais no mental que no físico.

Quando retornou alguns minutos depois, os olhos do pároco estavam fechados e ele murmurava sozinho.

— Beba isto, tio — disse Simeon, levando a caneca aos lábios do velho.

Hawes acordou instantaneamente. Ele jogou a bebida de lado, estilhaçando a caneca.

— Caramba! Alguém está me envenenando! — gritou ele. — Estou sendo assassinado. Deve ser ela! — Seus braços se contorciam no ar, e Simeon lutou para segurá-los; a súbita força do pároco era espantosa em vista de sua fraqueza alguns minutos antes. Simeon só conseguia imaginar que eram os espasmos de morte de um tigre.

— Ela não pode se aproximar do senhor — insistiu Simeon. — Está há mais de um ano presa atrás daquela parede de vidro. Se tem alguém envenenando o senhor, só pode ser outra pessoa.

— Então, descubra quem é! — rosnou o pároco. — Descubra! Não me encontrarei com meu criador nestas condições. — Ele sussurrou algo que Simeon não conseguiu escutar. Então, falou alto novamente: — Se eu morrer, não a solte. O juiz disse que ninguém pode deixá-la sair, ou ela será

levada para o hospício. Prometa para mim que não a soltará. Não até que tudo tenha sido resolvido com Watkins e as autoridades.

— Tio...

— Você deve jurar.

— Devo?

— Sim. Apenas pense no que ocorrerá se ela for solta em descumprimento das condições prescritas pelo juiz.

Simeon não gostou de ser forçado a fazer aquela promessa, mas cedeu. O tio provavelmente estava correto ao dizer que o devido processo legal deveria ser seguido, caso contrário, era provável que fosse totalmente desconsiderado da decisão posterior.

— Então, eu juro.

— Fico satisfeito. Tome. Providencie o envio disso. — Ele empurrou a carta nas mãos de Simeon. — Você pode lê-la.

Estava endereçada ao bispo.

Milorde bispo,

Rogo por sua mais profunda indulgência em um assunto particular. Acredito estar sendo alvo de um crime profano. Alguém desconhecido está me levando à morte utilizando-se de um veneno vil. Veneno, milorde. Não tento esconder meu infortúnio. Rogo que envie um inquisidor que venha descobrir a identidade do demônio. Sei que a mulher de quem tenho tutela nutre fúria por mim, devido à minha posição, embora eu assuma a guarda como um dever de não deixar que ela vá para o manicômio. Se não for ela, deve ser um dos meus servos ou um dos locais que fomentaram um ódio secreto por mim em seus corações. Meu sobrinho, o dr. Simeon Lee, conhece a identidade daqueles que têm as maiores razões para me desejar mal.

Sigo sendo, milorde, o servo mais humilde da Igreja em sua figura.

Oliver Hawes, DD

— O senhor deseja que eu envie isto? — perguntou Simeon, perturbado.

— Sim. E mande buscar o delegado. Quero que o povo responda a interrogatórios. Eles devem entregar seus segredos vis ou enfrentar os devidos castigos.

Tortura? Não estávamos mais no século XIV.

— Não acredito que haja base suficiente para medidas como essa.

— Tem de haver. Você deve enviar a carta.

A sra. Tabbers adentrou o cômodo.

— Ouvi algo quebrar, senhor — disse ela, incerta.

Hawes se curvou sobre o lado da cama e vomitou. A serva correu para limpar com um pano retirado de um bolso do avental, enquanto o pároco se recobrava, com os olhos em chamas.

— Entendo, tio — disse Simeon.

Ele tinha sérias dúvidas quanto às instruções, mas não estava na hora de discutir. Tentou entender o que estava por trás da mania de perseguição do pároco. Não era incomum o cérebro de moribundos dar voltas excêntricas, até paranoicas. Mas, se alguém próximo estivesse realmente por trás da doença de Hawes, não poderia ser Florence. Ela estava onde sempre ficava.

E, ainda assim, Simeon tinha que admitir que, agora, o envenenamento parecia uma explicação plausível, afinal. Se fosse uma infecção, ele nunca tinha visto uma como aquela, e não era nada que qualquer pessoa que tivesse entrado em contato com Hawes mostrasse sinais de ter contraído. Poderia ser alguma lesão ou doença interna, mas não haveria como saber sem cortar aquele homem ao meio.

— Sra. Tabbers, faria a gentileza de pernoitar na casa? Acho que o dr. Hawes precisa de atenção constante.

— Claro, moço.

— Tyrone! — vociferou o pároco. — Vá buscar Tyrone, ele descobrirá quem está fazendo isto comigo. — Ele tirou os óculos quadrados do rosto e os atirou de lado como se o queimassem.

— Quem? — perguntou Simeon, bestificado, à governanta. Nunca tinha ouvido aquele nome, mas um homem no leito de morte não manda chamar um conhecido distante.

— Sei não, moço — respondeu ela, preocupada apenas com a limpeza.

Simeon se curvou até o pároco.

— Quem é Tyrone? Ele é importante? Ele sabe quem está... envenenando o senhor?

— Ele descobrirá, eu sei!

— Então, diga-me como encontrá-lo.

O clérigo, porém, olhou para Simeon com raiva, recostou-se e fechou as pálpebras. Seu peito afundou, como se toda a sua força tivesse evaporado mais uma vez. Aquilo foi uma visão assombrosa.

— Será que a sra. Hawes sabe dizer quem é ele? — perguntou Simeon à governanta.

— Sei não, moço.

Simeon se aproximou da parede gelada da cela de Florence e ficou parado diante dela. Seus dedos se esticaram como que por vontade própria em direção ao vidro, que os refletia.

Como se estivesse esperando por ele, Florence deixou seus aposentos particulares e cruzou seu olhar, que parecia, de alguma forma, mais profundo e contundente que antes, com o olhar contemplativo dele. Como se ela estivesse retornando ao que era.

— Você sabe qual é o problema do dr. Hawes?

Ela sorriu, mas nada disse. As ocasiões anteriores ensinaram Simeon a esperar aquela reação. Mas aquilo escondia conhecimento ou ignorância? Ele não sabia dizer.

Ele tentou uma tática diferente.

— Quem é Tyrone? O dr. Hawes o quer aqui.

A mulher do outro lado do vidro riu levemente para si mesma, levantando a boca e alongando o pescoço. Simeon viu a linha longa e estética de seu pescoço. Então, ela se virou e voltou ao seu cômodo particular, com o leve farfalhar da seda verde em movimento.

8

— Por favor, moço! Venha rápido!

Simeon foi chacoalhado até recobrar uma consciência débil. O rosto da governanta surgiu na luz azulada que existe apenas pouco após o amanhecer.

— Senhora...

— O dr. Hawes... Acho que ele está morrendo!

Simeon desceu da cama cambaleando, sem se preocupar em vestir roupas sobre sua blusa de dormir, e agarrou sua maleta médica.

As lamparinas a gás na parede da biblioteca estavam acesas, mas com fogo baixo, dando ao aposento uma pálida coloração amarelada. Uma olhada em seu paciente lhe disse que o homem estava entre a vida e a morte.

— Tio! Dr. Hawes! — gritou ele enquanto aplicava leves tapas nas bochechas cinzentas e não barbeadas do homem. — Acorde!

Ele ergueu as pálpebras do tio, buscando uma reação da pupila à luz que a sra. Tabbers segurava no alto. Não houve. Simeon experimentou sal volátil sob o nariz do homem, soprando ar nos pulmões dele e pressionando seu o peito com força para fazer o coração bater.

Mas não fez diferença. Porque, independentemente das medidas prescritas em seus livros didáticos, Simeon sabia que o paciente havia falecido. A cor já se esvaía de seus lábios; não havia pulsação nem no punho, nem no pescoço. Não, não haveria mais som, acabaria ali a raiva do pároco.

Obedecendo às instruções daquele homem exausto, a sra. Tabbers partiu para buscar Cain em seu chalé em Mersea, e Simeon deixou-se cair pesadamente em uma poltrona. Uma pontada de raiva o percorreu naquele momento, e ele empurrou todos os seus instrumentos sobre a mesa octogonal. Uma confusão de abaixadores de língua, o estetoscópio inútil, o pesado vidro do tônico que não funcionara, tudo caiu e rolou pelo chão.

Então, agora eram dois os homens mortos naquela casa. Aqui, um padre que deveria estar pregando seu sermão dominical naquela manhã; do lado de fora, no estábulo, John White, frio como a lama de onde havia sido retirado. A Casa da Ampulheta havia sido transformada em um necrotério.

— Não fique triste, Simeon.

A voz ecoou pelo cômodo. Originava-se de todos os lugares ao mesmo tempo. Era grave, como se flutuasse na água negra e no sargaço dos córregos, e tão gelada quanto eles. Enfim, aquela voz.

— Florence — disse ele, para si mesmo, não para ela.

Ele olhou fixamente para o vidro escuro. Não conseguiu ver nada através dele, mas sabia que ela estava lá.

Então, ela o cercou novamente.

— Ele sempre sonhava em ser alçado aos céus. E agora…

Uma centelha brilhou no escuro quando ela acendeu sua lamparina a óleo. O fulgor preencheu o cômodo da mulher, lançando sua sombra granulosa pelo chão. Simeon se levantou e foi até ela. Ele via seu reflexo duplicado; uma vez no vidro e outra nas íris dela.

— Achei que nunca fosse falar.

— Até que falei.

A voz dela tinha o tom desafiador do sotaque local sob os finos modos da filha de um fidalgo. Era como ervas daninhas abaixo da superfície suave.

Ele lançou uma olhadela para o cadáver que jazia no sofá.

— Agora que ele morreu.

Houve uma longa pausa, um ar pesado.

— Sim. Agora que ele morreu, descobri minha voz.

— Sabe o que foi que o matou?

Ela inclinou a cabeça para o lado, achando graça.

— O médico é você.

Ela estava gostando daquele jogo de evasivas.

— Tem alguma ideia?

— Daqui de dentro, Simeon? — Ela agitava a mão. — Como eu poderia ter qualquer ideia daqui de dentro?

Ele ficou pensando se aquilo era verdade.

— Então, por que agora está falando?

Ela se sentou e fitou a chama do óleo.

— Acho que é porque quero. Quero me ouvir.

— Quero ajudá-la, Florence.

— Você veio para ajudar Oliver, Simeon. E não deu lá muito certo.

Ela abriu um discreto sorriso malicioso.

— Minha formação médica só vai até certo ponto.

— Ah, disso eu sei. Foram necessários dois médicos para me colocar atrás deste vidro. — Ela se inclinou para a frente e bateu com a lamparina no vidro. — Homens tão letrados… Precisaram de toda aquela formação para saber que o melhor lugar para mim era aqui dentro, para que eu não colocasse a mim mesma, ou a eles, ou a qualquer outro homem, em perigo.

Ele se pôs a pensar onde estava a sra. Tabbers, o quão longe Cain morava e quanto tempo levaria para que retornassem.

— Eles fizeram o possível, tenho certeza. O que as pessoas são capazes de fazer… isso não se aprende na sala de aula.

Ela olhou de relance para o padre morto.

— Ah, sim, isso sem dúvida é verdade. As pessoas são extraordinárias às vezes. As coisas que já fiz… as coisas que os outros que viveram neste lugar esquecido por Deus fizeram… Eu nunca as teria previsto. Não.

Ele franziu a testa; havia tanto que ela estava escondendo…

— Do que está falando? Florence, se sabe de alguma coisa, me conte. — Ela não reagiu. — Quem é Tyrone? — perguntou ele. — O dr. Hawes queria que ele viesse aqui.

— Tenho certeza de que queria.

— Então, você o conhece?

— Pode-se dizer que fomos apresentados.

— Pode me dizer onde encontrá-lo? O dr. Hawes disse que ele saberia quem o estava envenenando.

A informação chegaria tarde demais para um médico e um remédio, mas a tempo para um juiz e a forca.

Florence se sentou em sua espreguiçadeira de um azul intenso.

— Não desejo revê-lo. Se soubesse o que ele fez comigo, também não desejaria.

Aquilo fez Simeon parar, mas ele sentia que precisava seguir pressionando.

— Sabe onde ele está?

— Sei.

— Então, pelo amor de Deus, diga-me.

Em vez de responder, ela começou a cantar um louvor doce e triste.

— *Habite em mim; rapidamente cai o anoitecer. A escuridão se aprofunda; Senhor habite em mim. Quando outros auxiliadores fracassam e os consolos fogem, o socorro dos desamparados, oh, habite em mim.*

Aquilo não serviu de nada para ele, parecia zombaria. O que poderia convencê-la?

— O dr. Hawes foi bom com você. Não deixou que fosse levada para o hospício.

— Já parou para pensar que talvez lá seja o meu lugar?

Aquelas palavras o surpreenderam, mas ele não tinha dúvidas de que ela falava sério. E de alguma forma explicavam o motivo de ela não ter exigido imediatamente sua liberdade após o falecimento de Hawes.

— Não faz ideia do que diz.

— Como assim?

— Já estive naquele buraco imundo. Não imagina o que acontece lá dentro.

A dissimulação da mulher começava a irritá-lo.

— Explique-me.

— Explicar? — A emoção dele se transformou em raiva. — Vá pedir explicação para o diabo que a carregue! Já vi homens tirarem a própria vida bebendo o ácido sulfúrico utilizado para limpar o chão. Quer saber como eram os gritos deles? — Ele não esperou a resposta. — Vi mulheres parirem filhos e os oferecerem para os homens que as supervisionavam para que simplesmente as libertassem. Meu Deus, prefiro mendigar nas ruas a mandar

alguém para lá. Portanto, não. Não farei com que você nem qualquer outro ser humano seja submetido a esse sofrimento.

Ele atravessou o cômodo e acabou parado junto ao corpo de Hawes. Simeon havia perdido seu paciente, mas aquilo o deixara duplamente determinado a descobrir a causa da morte daquele homem. Tentou relembrar suas aulas e se recordou de um velho professor que instruía aos jovens e ansiosos alunos que "considerassem o ambiente" ao buscar uma causa. Será que havia deixado de notar algo nos arredores? Hawes tinha tanta certeza de que estava sendo envenenado... E se estivesse, mas não por uma mão humana? Toxinas poderiam ter entrado na casa tão facilmente... Arsênio no papel de parede, por exemplo, ou mercúrio em cabos de facas.

Simeon virou o cômodo de cabeça para baixo.

Ao som de gargalhadas advindas da caixa de vidro, ele virou as cadeiras de ponta-cabeça, puxou livros das prateleiras e atirou os tapetes para o lado.

— O que é que está procurando? — provocou Florence.

— O que quer que tenha matado o seu cunhado.

— Duvido que vá encontrar debaixo do tapete.

Meia hora depois, ele estava massageando as costas doloridas. Nada havia encontrado. Será que a casa estava escondendo algo dele? Será que o próprio Hawes fizera aquilo? Seu olhar pousou sobre a escrivaninha trancada.

O pároco mostrara a ele a pequena chave de ferro que guardava no bolso. Ora, não iria mais guardá-la. Depois de retirá-la da cintura do falecido, ele a girou na tranca da escrivaninha. O painel dianteiro se abriu para revelar diversas gavetas em seu interior, e, dentro delas, Simeon encontrou a diversidade habitual de instrumentos de escrita, tinta etc. Era uma bela peça de mobiliário: a decoração trabalhada em bronze era forjada em imagens de pássaros, frutas, armas; enquanto um painel horizontal que sustentava a pilha de gavetas era decorado com um relevo pintado na forma de um homem coroado adormecido sob uma brilhante Estrela Polar, com o nome dele brasonado abaixo: "Arthur". Porém, a habilidade do marceneiro não valeu de nada, pois a esperança de Simeon de ter uma revelação foi por água abaixo.

Ele voltou a vasculhar o cômodo em busca de qualquer coisa que fosse tóxica, o tempo todo observado pela mulher detrás do vidro. Examinou novamente o papel de parede, o couro das cadeiras, o tapete — mas não havia nada muito incomum.

Então, seu olhar pousou novamente sobre a escrivaninha. Algo naquele painel pintado o deixava inquieto. Um rei Arthur cochilando. Era uma lenda que todo garotinho em idade escolar conhecia: Arthur não estava morto, apenas dormia sobre Avalon: uma ilha escondida da vista dos homens.

Ele se levantou da poltrona do pároco e verificou o painel da escrivaninha, batendo nele com os nós dos dedos. *Sim*, era um som oco! Então, havia uma cavidade por trás. E uma cavidade em uma escrivaninha só poderia significar um compartimento oculto.

A ideia não deu em uma descoberta, entretanto, já que a maior parte da hora despendida buscando um mecanismo que abrisse aquele painel lhe provou que aquele trabalho era mais fácil na teoria do que na prática. Simeon estava prestes a ir ao estábulo a fim de procurar uma machadinha que pudesse utilizar para arrebentar a madeira quando passou os dedos pela decoração trabalhada em bronze. Aquilo poderia esconder um botão. Ele pressionou e puxou, até que, por acaso, empurrou dois ícones pequenos de uma vez.

Depois de um clique, o painel se abriu.

Uma voz subiu atrás dele, causando um arrepio:

— Muito bem, Simeon.

Ao que parecia, o pároco realmente tinha um segredo, pois, dentro da cavidade, Simeon encontrou algo que lhe causou perplexidade. Era um instrumento de fumo feito com um comprido cachimbo reto de marfim e argila endurecida ligado a uma tigela quadrada de argila endurecida. Ah, ele conhecia cachimbos como aquele e sabia o que significavam. Aquele era um tanto notável, contudo — o marfim fora delicadamente esculpido com flores entrelaçadas, transformando uma coisa feia em um objeto de extraordinária delicadeza.

— Agora sim… muito bem, Simeon.

— Obrigado, Florence — respondeu ele com a mesma ironia que escorria das palavras da moça.

— Acho que faz jus a uma recompensa.

Ele ergueu os olhos de trás do cachimbo.

— Como assim?

— Algo que talvez, de certa forma, possa combinar com o item que acabou de encontrar.

— Prossiga.

Ela se deitou em sua espreguiçadeira e apontou para a estante mais alta.

— Aquele livro que começou a ler.

Ele se lembrava da estranha noveleta vermelha com letras douradas, *O campo dourado*, escrita por O. Tooke, sobre um homem que atravessava o Atlântico em 1939 em busca da mãe. A noveleta que Florence descrevera, sem falar, apenas segurando uma folha com palavras circuladas com tinta, como uma *premonição*. Simeon ficara satisfeito em colocar aquela história esquisita de saltos no tempo de volta na prateleira, para onde ela agora apontava.

— O que tem aquilo?

— Não leu o suficiente.

— Como assim?

Ele pegou o livro e o folheou até um ponto na metade.

A próxima embarcação para Nova York sairia apenas na semana seguinte. Eu ficava sentado em bares na orla torcendo para aparecer do nada um navio perdido que oferecesse uma travessia rápida. Eu tamborilava os dedos na mesa dia sim, dia não, perscrutando o horizonte, e todas as manhãs consultava a capitania dos portos perguntando se tinha havido algum golpe de sorte. Não tinha, é claro. Então, tive que embarcar no programado *Cidade Flutuante*. Era um navio enorme, com camarotes para mais de mil pessoas singrarem as ondas sobre seus gigantescos esquis de zinco.

Meu desejo de socializar com meus companheiros de viagem era menor que o de um assassino de socializar com os fantasmas de suas vítimas. Fiquei no beliche o máximo que pude, me aventurando a sair para as refeições e para um passeio de uma hora indo e voltando pelo convés para que meus músculos não se atrofiassem. Eu fazia isso depois do pôr do sol para minimizar a chance de ter que conversar com alguém. Não precisava ter me preocupado com isso – a profunda carranca que preenchia meu rosto espantava todo mundo. Eu mal podia esperar para entrar naquele aeromóvel em direção à Califórnia e confrontar o demônio.

— Não, mais à frente — insistiu Florence.

Ele foi até o final da história, que terminava no meio do livro e era seguida de páginas em branco.

> Então, lá estava ele. E lá estava eu. E nada entre nós a não ser um ódio que queimava como carvão em brasa. Eu poderia ter enfiado uma faca em suas costelas e orado em agradecimento ao Todo-Poderoso enquanto isso. Apesar de toda a sua declaração de amor e piedade, ele teria feito o mesmo comigo no tempo que levava para falar um palavrão. A questão era: qual de nós tinha o plano, e qual de nós tinha a frieza para colocá-lo em prática? No final, fui eu.

— Daqui para a frente está em branco.

— Está? Vire-o.

Ela mostrou com um gesto como era para Simeon fazer.

Ele virou o livro. A contracapa era de um couro vermelho liso. Mas, quando o abriu, encontrou a folha de rosto, com palavras em tinta azul e uma caligrafia refinada, de um livro muito diferente.

O diário de Oliver Hawes, DD.

— Por que só foi me contar sobre isto agora? — exigiu ele com raiva. — Poderia ter sido importante para investigar a doença dele.

— Talvez tenha sido esse o motivo.

Ele não gostou da insinuação dela.

— Mas por que cargas-d'água ele escreveu isso no verso deste livro? — perguntou Simeon.

— Porque esse aí é o melhor lugar que existe para esconder isso.

E ele sabia que ela tinha razão. Se ela não o tivesse apontado, ele mesmo nunca teria encontrado aquilo, nem que se passasse um século.

— O diário dele… — murmurou Simeon para si mesmo.

— Ele o lia para mim à noite. Para me manter entretida. — Ela falou essas palavras com desprezo, como se cheirassem mal. — Ele o estava lendo para mim naquele dia em que você o encontrou. E agora que chegou o

momento de você lê-lo, devo deixá-lo fazer isso. — Ela se recolheu em seu nunca visto aposento particular.

Ele folheou as palavras do clérigo. A maioria era de registros triviais de dias passados em oração ou na administração de assuntos paroquiais. Mas algumas se destacavam.

16 de abril de 1879

Recebi uma monografia deveras interessante hoje. Chegou da Sociedade Correspondente da Comunhão Anglicana e descrevia a velha prática de "devorar pecados". Esse costume já havia sido difundido nas partes orientais da Inglaterra e sobrevive em alguns nichos. O padrão generalizado é que um homem ou uma mulher sem um tostão recebe dinheiro para comparecer ao enterro de uma pessoa importante. Pequenos bolos são assados e colocados sobre o corpo do falecido, e esses bolos são, então, levados pelo devorador de pecados e consumidos. Ao fazer isso, ele assume para si os pecados do falecido e responderá por eles quando chegar o Dia do Julgamento Final no lugar do outro. Esses devoradores de pecados são, assim, tratados como leprosos por seus vizinhos, que os evitam, pois carregam tanta perversidade em seus corpos quanto o Inimigo. Eles penhoraram suas almas eternas por seus corpos viventes. Um péssimo negócio.

19 de abril de 1879

Estou muito preocupado com James. Ele voltou a apostar. Vai para Londres, fica em algum clube de má reputação... ou pior... e esbanja o dinheiro que papai lhe legou. Ele se recusa a me dizer quanto já perdeu... tenho certeza de que está perdendo, e não ganhando. Afinal, quem algum dia vence a mesa de jogo? Mas deve ser muita coisa.

Esta tarde encontrei-o queimando uma carta na lareira. Havia um brasão na parte de cima e suspeito que fosse do banco de Westminster, em que ele tem conta. Orarei por ele.

3 de maio de 1879

Estou um tanto frenético. São três da manhã e James chegou em casa meia hora atrás. As calças dele estavam completamente encharcadas, muito embora a noite estivesse seca, e tinham cheiro de mar. Ele devia estar nadando na arrebentação. Por que um homem nada na arrebentação à noite por aqui? Só há uma razão.

Eu o confrontei.

— Não se preocupe comigo, irmãozão — disse ele com o tom infantil que adota nessas horas.

— Eu me preocupo muito com você. Com seu corpo mortal e sua alma imortal — respondi.

— Ah, bem... Quanto aos imortais, você tem que entender uma coisa.

Eu estava apavorado, devo admitir. Tive uma premonição: sabia o que ele ia dizer. Eu havia torcido para que nunca chegasse realmente a proferir aquelas palavras, para que, pelo menos, as guardasse com ele.

— Seu Céu, seu D—us. Nada disso faz sentido. Não enxerga? Nós vivemos, morremos, e é isso. Não tem nada mais! Quando morremos, acaba.

Sempre suspeitei que James fosse ateu, mas ouvir tais palavras me paralisou. É claro, o Senhor sempre soube como era o coração dele, então, não é um pecado maior agora do que era antes, e ainda tinha a arrogância da coisa!

— E quanto aos mortais, então? — retruquei. — Se você não está nem aí para a lei de D—us, que tal a da rainha?

— O quê? O velho Watkins e seus fiscais da receita? Não conseguiriam encontrar nem as próprias pernas.

— E se o encontrarem? — insisti. — E se o pegarem com seus utensílios ou como quer que os chame?

— Consignações. Nós as chamamos de consignações se quer saber. Bom, se de fato acontecer de esbarrarem em nós, não que seja provável, somos muito cuidadosos com os horários e os locais, mas, se esbarrarem, tenho isto.

Ele abriu o paletó, exibindo uma pistola carregada por dentro do cinto. Exigi na hora que ele saísse da casa com aquilo.

— Por quê? Tem medo de que eu a use em você?

— Não brinque com assassinato — alertei. Eu estava com raiva, e isso, por si só, já é um pecado mortal, mas acredito que tinha bastante justificativa.

Bom, ele olhou para mim com um sorriso malicioso e subiu até seu quarto. E eu gostaria de poder dizer que aquela foi a última vez que o ouvi nesta noite. Mas, enquanto estou sentado aqui escrevendo neste diário, os sons que ouço vindo de seus aposentos são altos demais para serem ignorados. Os rangidos, as gargalhadas... Os sons de fornicação. Não consigo evitar ouvir a mulher também.

5 de maio de 1879

Eu mal havia me sentado para começar o registro de hoje quando James entrou caindo de tão embriagado. Tive apenas um momento para fechar este livro e virá-lo de cabeça para cima, de modo que apresentasse a estranha fábula futurista. Consegui, mas James percebeu minha furtividade e o arrancou de minhas mãos.

— A-ha, irmão, o que temos aqui?

Ele soltou um riso abafado. E, para minha consternação, se sentou e começou a ler a história. Fiquei o tempo todo preocupado que ele o virasse e descobrisse meu diário... Não que haja qualquer coisa de que eu deva me envergonhar, mas um homem gosta que seus pensamentos particulares permaneçam dessa forma, e é por isso que os mantenho discretamente aqui. Afinal, sei que mesmo se eu fosse registrá-los do jeito normal e os trancasse em algum lugar secreto, James conseguiria achar a chave de alguma forma e bisbilhotaria. Não, este método inteligente de privacidade os mantém muito mais seguros que qualquer tranca. E o fato de James ter lido todo O campo dourado de uma vez só em três horas, sem perceber nenhuma vez que estes pensamentos estavam registrados nas últimas páginas do livro, provou para mim a eficácia de meu método. Depois de ler a história até o fim, ele já estava um pouco sóbrio.

— Acha que algum dia seremos capazes de voar pelo ar assim? — perguntou ele, falando sobre as máquinas aéreas citadas no livro.

— Se D—us quiser — eu lhe disse.

— Ah, sim, sempre "se D—us quiser". — Não gostei do tom debochado que ele usou. — E o que achou da história em si? Vingança, realmente, não é?

— "Minha é a vingança, diz o Senhor" — citei. — Isso significa que não cabe a nós, pobres pecadores, contemplar.

— Certamente, temos o direito de receber retribuição de qualquer pessoa que nos prejudique. Assim como o herói recebe aqui. — Ele acenou com o livro. Como se O campo dourado fosse uma autoridade tão grande quanto o Deuteronômio. — Ele passou por maus bocados para descobrir a verdade sobre a mãe. Ele merece sua vingança. É dele e ninguém tira, é isso que entendo do livro. E o objetivo da leitura não é nos fazer pensar sobre essas coisas?

— Esta história é entretenimento. Eu valorizo a mensagem de um livro mais sagrado.

Ele revirou os olhos da maneira mais irritante.

— Por que cargas-d'água você se dá o trabalho de ler qualquer coisa que não seja a Bíblia? Suas verdades já estão estabelecidas.

Nesse momento, pedi que ele saísse. Porém, de fato, aquilo me fez pensar: sim, o autor desta estranha obra certamente parece pensar que vingança é um direito daqueles que foram prejudicados. Pergunto-me qual é a flexibilidade das palavras da Bíblia quanto à propriedade da vingança. Por exemplo: pode um homem ser o instrumento de D—us na realização da devida vingança? Pergunto se o autor deste tomo vermelho, O. Tooke, teve a semente de uma grande ideia, escondida entre suas descrições de paisagens quentes da Califórnia e casas feitas de vidro. Terei que considerar a questão mais profundamente.

Os eventos anteriores desta manhã, aqueles que eu iria registrar, são tão insignificantes que não me darei o trabalho agora de escrevê-los.

9 de maio de 1879

Tive um dia agradável de atividades da diocese em Colchester. O bispo precisava de alguns conselhos sobre questões administrativas e tive o prazer de dá-los a ele. Jantei sozinho e voltei em torno das oito horas.

10 de maio de 1879

Estive na igreja hoje, escrevendo um sermão sobre ganância. Minha esperança era de, com ele, atingir a consciência de James. Mesmo que seja ateu e condenado por isso, ele ainda pode ter algum senso

moral. Eu estava escrevendo-o, como prefiro fazer, no púlpito, para que pudesse entender como as palavras seriam proferidas, quando percebi um sujeito sentado no fundo do templo. Não estava rezando, estava apenas sentado em silêncio. Não dei muita atenção a isso, até que, quase uma hora depois, ergui o olhar e ele ainda estava lá. Repensei mais sobre o argumento do sermão e, algum tempo depois, quando escrevi as últimas palavras, aquele homem ainda estava no banco da igreja, depois de passar praticamente duas horas imóvel.

Desci e me dirigi a ele. Afinal, já é raro ver um estranho em Mersea, ainda mais um que fica sentado na igreja durante duas horas sem uma palavra de oração.

— Sou o dr. Hawes, pároco desta paróquia.

— Ouvi falar do senhor, pároco — respondeu ele com uma voz áspera.

— O que ouviu?

— Ah, coisas muito boas. Muito boas mesmo. O senhor é uma inspiração e tanto.

— Ah, dificilmente! — falei. Aquilo foi lisonjeiro, mas o orgulho precede a queda, e sempre tentei evitar tamanha pompa.

— Não, não! — insistiu ele. — Ouvi por todos os cantos sobre sua devoção. É por isso que vim.

— Pode me dizer seu nome, senhor?

— Meu nome?

— Sim, senhor.

— É Tyrone.

— Ah, como o condado da Irlanda?

— Igual a ele.

— Visitei-o quando criança.

— Visitou?

— Meu pai virou funcionário público depois de deixar o Exército. Ele nos levou para lá durante três anos. Supervisionava a arrecadação de impostos. Gostei muito do tempo que passei lá.

Conversamos mais sobre o sr. Tyrone — embora eu não consiga me lembrar do que ele disse — e sobre meu ministério para o Senhor. Ele aprovava tudo o que eu estava fazendo.

— Bem, pároco — disse ele, finalmente —, devo voltar para casa.

— Onde fica?

— Colchester.

— Viajou esse caminho todo só para me conhecer? — perguntei, um pouco surpreso e, devo admitir diante de nosso Senhor, nada descontente.

— Viajei. — Ele se levantou e pegou seu chapéu. — E valeu a pena.

12 de maio de 1879

Ouvi por acidente James e Florence sussurrando hoje. Consegui captar uma frase solta e me ocorreu que estivessem discutindo O campo dourado. Achei aquilo muito estranho, mas deixei para lá. Acompanhei a sra. Tabbers ao mercado em Colchester para comprar alguns utensílios domésticos. Eles são ladrões lá, isso é certo. O custo da roupa de cama para os quartos está altíssimo.

14 de maio de 1879

Por sugestão de James, Florence anda pintando coisas muito curiosas. Anda compondo imagens inspiradas no próprio volume em que escrevo sorrateiramente.

Uma das telas apareceu inexplicavelmente acima da lareira do corredor. Quase caí para trás quando a vi pendurada ali no lugar do bucólico cenário de caça que ficava lá desde o tempo de nosso pai.

— O que diabos aconteceu? — exclamei, perdendo as boas maneiras. Florence, que descobri que estava me observando entrar na casa depois de uma breve volta por Ray para tomar um ar, explodiu naquilo que só consigo descrever como uma gargalhada maníaca.

— Nunca imaginei que o ouviria dizer isso, cunhado. Gostou? — perguntou ela, de pé no topo da escadaria.

Senti-me ruborizar e não podia fazer nada além de encará-la ainda mais. Era, inquestionavelmente, uma pintura dela, porém ambientada em uma cena nitidamente tirada de O campo dourado, pois sua figura fora colocada diante de uma casa grande quase totalmente construída com vidro e empoleirada no topo de um penhasco. O sol brilhava forte, como acontece na Califórnia, onde o clima é mais parecido com o das Índias que com o nosso. E as roupas que ela vestia revelavam completamente sua silhueta de uma forma que ninguém além de sua criada em geral a encontraria. Fiquei um tanto espantado.

— Não gostei nem desgostei — falei, pois não quis parecer grosseiro. Era algo que tinha bastante significado para ela, supus, e quis deixá-la satisfeita.

Simeon leu aquelas palavras e fechou o diário, pensativo. Ele desceu a escada e se pôs a fitar a pintura. A luz da Califórnia, de fato, refletia nas paredes de vidro, fazendo toda aquela casa imaginária brilhar como um farol. Ele ficou de pé ali, perdendo a noção da passagem do tempo. Aquela paisagem parecia, de alguma forma, mais real que a que ele via pela porta. Ele sentia, intensamente, que poderia entrar pela moldura e chegar ao topo daquele penhasco, em uma busca de uma mulher perdida.

Ao fim de seu deleite, retornou à biblioteca e se sentou mais uma vez com o diário. Houve registros mais triviais, depois outros não tão triviais.

17 de maio de 1879

Eu não conseguia mais suportar esta noite. Sentado, esperava para ver quais problemas James traria para nossa casa. Fiquei em meu quarto até depois da meia-noite sem nenhuma vela acesa para que ele pensasse que eu estava dormindo. Então, ouvi quando ele veio à minha porta e parou do lado de fora. Prendi a respiração. As tábuas do assoalho rangeram e eu o ouvi deixando a casa.

Primeiro, subi sorrateiramente até o quarto dele para ver Florence e me certificar de que ela estivesse dormindo bem. Estava. Passados alguns minutos, saí da casa apressado. James estava com uma lamparina, então pude segui-lo com facilidade.

Cruzamos todo o Strood e chegamos até a praia de Hard. Ele desceu, pisando na areia, e esperou. Eu me escondi atrás de uma árvore para ficar de vigia. Havia um navio ancorado e, enquanto eu observava James, uns sete ou oito outros homens apareceram. Eles passaram direto por mim e...

E então, sem aviso, uma escuridão total se abateu sobre ele. Simeon não conseguia mais ver o livro nem sua mão, que o segurava. As lamparinas a gás nas paredes haviam se apagado.

Seus livros de medicina já haviam detalhado a peculiaridade da natureza em que, quando um sentido humano é desligado, os outros podem compensá-lo. E justamente, sem visão, a audição dele ficou aguçada. Conseguia ouvir o próprio coração bater — mais rápido que o natural, e mais pesadamente também, bombeando o sangue mais rico para seus músculos a fim de fugir ou lutar.

Seu coração, no entanto, não era só o que ele conseguia escutar.

— O que está acontecendo, Simeon? — perguntou Florence calmamente em meio ao escuro.

— Acabou o gás, só isso.

Claro, não era só isso, disse a si mesmo. Se houvesse de verdade um vazamento, estariam em grave perigo de intoxicação ou de uma explosão que poderia mandar aquela casa inteira pelos ares. Ele se levantou e foi tateando até onde achava que ficava a porta, mas tropeçou em algo de madeira, caiu e bateu a cabeça em uma mesa. Quando ele se agachou, esperando que a dor passasse, sentiu-a latejar. Então, ecoou um novo som: a porta da biblioteca se abrindo. E passos. Alguém estava entrando.

— Cain? — chamou Simeon. — Sra. Tabbers?

Quem quer que estivesse ali, em vez de responder, subitamente abriu as portinholas de uma lamparina, iluminando o rosto de Simeon e cegando-o.

— Acabou o gás? — perguntou Simeon. Mas a pessoa continuava muda. Em vez disso, o feixe de luz varreu o cômodo e chegou ao púlpito.

Simeon, colocando a mão em frente aos olhos, estava ficando irritado com a falta de resposta.

— Perguntei se acabou o gás.

E, nesse momento, a luz se apagou e o cômodo voltou à total escuridão. Quem quer que estivesse segurando a lamparina, começou a caminhar pelo cômodo. Simeon se pôs de pé, cambaleante.

— Cain, quer dizer alguma coisa?

Tudo o que ele ouviu em retribuição foi um som arrastado se movimentando pelo cômodo. Então, o feixe de luz da lamparina brilhou novamente bem em cima dele a centímetros de distância, fazendo-o tropeçar para trás e seus olhos arderem de dor. Ele tentou agarrar quem quer que estivesse segurando a lamparina, certo agora de que não era um amigo que estava ali, mas suas mãos pegaram apenas o ar. O intruso saiu correndo do cômodo em direção às escadas.

— Eu vou encontrá-lo! — gritou Simeon, correndo atrás da pessoa.

Ele viu mais um breve acender da luz quando quem quer que estivesse perseguindo encontrou a porta da frente e saiu em disparada. Mas aquilo deixou Simeon se debatendo na escuridão total novamente. Quem quer que fosse aquela pessoa, obviamente havia desligado o gás, e Simeon não tinha ideia de onde ficava o registro principal. O melhor que conseguiria fazer seria descer a

escada até o corredor tateando pela parede, pois sabia que lá havia uma lamparina a óleo na mesa. Ele a encontrou no escuro, acendeu-a e partiu para fora.

Simeon só conseguiu ver o solitário e vil Strood e as gaivotas que voavam. Deu a volta na casa e espiou dentro do estábulo, mas também não encontrou nada lá.

De volta ao corredor, procurou até encontrar o registro das lamparinas a gás, abriu-o novamente e acendeu-as.

— Quem era, Simeon? — perguntou Florence assim que ele pôs os pés na biblioteca.

— Não consegui ver.

Ele esfregou o topo da cabeça. Logo cresceria ali um calombo do tamanho de uma batata.

— Sabe o que a pessoa queria?

Simeon foi até o sofá. Ele tinha um palpite, e a óbvia ausência do diário de Oliver Hawes o confirmou.

— Sim, sei. Só não sei por quê. Ainda não. — Ele se afundou onde estava sentado. — Que comunidadezinha esquisita essa de vocês. Ladrões que roubam livros. Homens que encarceram mulheres dentro de uma caixa vidro. Párocos que morrem sem motivo. Não consigo imaginar por que alguém moraria em qualquer outro lugar.

— Ray, Mersea... somos diferentes para vocês.

— Estou começando a chegar a essa conclusão.

Ele se levantou, se retraiu novamente com a lembrança da dor que envolvia seu crânio e deixou o cômodo.

— Onde vai agora?

— Agora? Para a cama.

— Vai simplesmente deixar aquele homem solto por aí?

— Em primeiro lugar, não sabemos se era um homem, e, em segundo, sim, vou deixar.

Mas, enquanto se levantava, notou uma coisa no chão. Os detritos de sua busca a haviam escondido parcialmente. Era uma folha de papel embaixo do púlpito. Ele a recolheu.

Em papel de carta azul, com o carimbo *Magistrado da Polícia Metropolitana, Bow Street, Londres* no cabeçalho, havia uma carta para Oliver Hawes.

Só poderia ter saído por entre as folhas do diário do pároco e caído quando o livro foi roubado.

14 de dezembro de 1879

Prezado dr. Hawes,

Já se passaram cerca de seis meses desde que confiei a pessoa de sua cunhada aos cuidados conjuntos do sr. Watkins e do senhor. Como não tenho o endereço do sr. Watkins, ficaria muito grato se o senhor pudesse entregar este comunicado a ele. Para nossos registros, gostaria de saber a situação atual das coisas com relação à mulher. Ela foi julgada criminalmente? Ou, como o senhor sugeriu à época, foi internada em um manicômio? (E quanto à outra com quem ela estava, Annie White?)

Agradeço o tempo dedicado a essa questão.

Sir Nigel Gant KBE, juiz de paz

Annie White? Esse nome o fazia lembrar de algo. Cain tinha dito que o falecido John tinha uma irmã, Annie, que fora embora de Mersea algum tempo atrás. Qual era o propósito de tudo aquilo, meu Deus?

— Nigel Gant. Magistrado da polícia — falou ele, olhando para Florence.

Os lábios dela estremeceram, mas rapidamente Florence recobrou a compostura.

— Não sei quem é.

Simeon a observou. Era quase como ver sintomas em um paciente: uma variedade destacada de colorações e movimentos.

— Não acredito em você.

Ela nada mais disse.

Naquela noite, ele acordou novamente no meio de um sonho. Havia acabado de dragar o cadáver de John White da lama e seus olhos se abriram com um estalido e sua boca começou a produzir sons que se tornaram palavras. Acusações. Confissões. Condenações. Quem ele estava acusando e conde-

nando, Simeon não sabia dizer, pois os sons estavam no idioma de Babel: todos eles e nenhum. Apenas uma elocução fazia sentido, aparecendo e desaparecendo em meio ao lodaçal de sons. *Florence*.

Simeon se livrou das cobertas e desceu da cama. Tinha que retornar à biblioteca.

Caminhou descalço até o que outrora fora o santuário particular do pároco. Como da última vez que o visitara à noite, uma luz brilhava naquele cômodo. E, assim como da última vez, Florence estava sentada de costas. Mas, desta vez, falou antes dele.

— Boa noite, Simeon.

— Boa noite, Florence.

— Nenhum de nós dorme hoje à noite.

Ela se curvou para virar de frente para ele.

— Andou desenhando de novo — disse ele, ao ver uma folha e alguns lápis na mesa. Ela inclinou a cabeça para o lado. — O que desenhou?

— Uma outra casa em outros tempos.

O estranho palácio de vidro empoleirado sobre um oceano, o mesmo de *O campo dourado*.

— Por que sempre desenha essa casa?

— Por que você tem pesadelos?

Ele fez uma pausa.

— Gostaria de saber como sabe disso.

— Por que mais se levantaria no meio da noite? Para vir me ver quando não tem mais ninguém aqui? Quando ninguém mais pode nos incomodar?

— Está sugerindo algo, Florence?

— O que deveria eu sugerir, Simeon?

9

Após o café da manhã, Simeon escreveu para o pai, se oferecendo para cuidar das providências do enterro do tio e da alienação dos bens dele. Watkins, alertado por Cain sobre a triste notícia, chegou para discutir todos os detalhes.

— Algo a considerar — disse Simeon — é a situação da sua filha.

— Não pode libertá-la! — insistiu Watkins. — Ainda não, moço. Só depois que a lei for cumprida.

— A lei...

— Sim, moço. Se Allardyce ficar sabendo que ela foi solta, meu acordo com ele será anulado. Ela será colocada em uma camisa de força e levada para o manicômio.

Aconteceu como Simeon prometera ao pároco, mas ele havia torcido vagamente para que Watkins quebrasse a promessa. Ora, ela havia passado dois anos atrás daquele vidro; seria apenas uma questão de semanas, esperava Simeon, para que a situação dela fosse outra. Simeon estava insatisfeito com aquilo, mas poderiam esperar mais um pouco.

— Se insiste... Também devemos conversar a respeito de John White — disse Simeon.

— Sem dúvida.

Eles saíram e foram até o estábulo, onde o morto jazia sobre um par de caixotes, aguardando a visita do agente funerário. Simeon havia realizado um

exame mais completo do corpo naquela manhã, e o cadáver havia posteriormente sido limpo e envolto em uma mortalha, mas começou a cheirar mal.

— Há algo estranho — disse ele.

— Como assim?

— Bem, para começar, John era um rapaz daqui. Perder o rumo e acabar se afogando no canal de Ray parece um pouco improvável.

— Ah, acontece, moço — insistiu Watkins. — Acontece.

— Tenho certeza de que acontece, e por esse motivo deixei passar como um terrível acidente. Mas então houve mais um acontecimento. Aqui. — Simeon abriu a mortalha e apontou para a barriga do morto. Watkins fez uma cara de perturbado devido à carne dilacerada. — Insisto que olhe cuidadosamente para este corte.

— Meu Deus, preciso mesmo?

— Receio que sim.

Ele pegou uma caneta no bolso, separou as bordas de um buraco na carne acima do estômago de White e apontou para dentro. Watkins, com uma expressão de indisposição, olhou para onde Simeon tinha apontado.

— As costelas dele. Olhe para elas. O que vê?

— Ora, as costelas dele. O que mais?

— Mas em que estado estão?

— Em verdade, senhor, como posso dizer?

— Veja aqui e aqui. Estes cortes.

Havia uma série de pequenos entalhes finos na borda inferior de duas das costelas em que ele bateu com a ponta da caneta. A extremidade de uma terceira costela estava totalmente ausente, perdida em algum lugar no torso ou na lama.

— Pedras na lama, com certeza.

— Sem chance. Se ele tivesse caído com força sobre uma rocha, isso até poderia lhe quebrar as costelas, mas não deixaria estas marcas finas. Isso é ferimento de faca. Uma lâmina forte sendo enfiada umas três ou quatro vezes pelo menos.

O magistrado olhou para ele, atônito.

— Tem certeza?

— Sou médico na cidade de Londres. Vejo ferimentos de faca toda semana. Sr. Watkins, John White estava envolvido com contrabando?

Watkins recuou em silêncio e se sentou pesadamente em um bebedouro de cavalos.

Bem, aquilo confirmava a suspeita. Não só o genro de Watkins estava envolvido com contrabando, o defunto no estábulo também estava. As peças começavam a se encaixar.

— Imagino que sim — murmurou o magistrado após uma pausa significativa. — Todos estão.

— Agradeço o tempo dedicado.

Ele liberou Watkins e foi para a cozinha, onde encontrou a sra. Tabbers e Cain comendo um pedaço redondo de queijo de ovelha. Os pântanos daquela área eram terras de ovelhas e cabras; bovinos não prosperavam ali.

— Preciso lhe perguntar uma coisa — disse ele. Cain ficou tenso, como se pudesse perceber que vinha uma pergunta complicada. — Há contrabandistas por estas bandas?

— Será? — respondeu Cain de forma grosseira.

— Onde trabalham? Quando?

— Nada a ver com a gente, doutor — disse a sra. Tabbers, nervosa.

— Tenho certeza disso. Mesmo assim, sra. Tabbers, preciso saber.

— Então, ache alguém que sabe — murmurou Cain.

Ele sentiu a irritação crescendo.

— Não desperdicem meu tempo. — Mais uma pausa comprida, o ar pesado. — John White estava envolvido, não estava?

A sra. Tabbers se ocupou guardando o queijo e os pratos. A mandíbula de Cain se movimentava de um lado para o outro.

— Se estava... O que é que tem?

— Ele está morto, Cain.

— Afogado. Acontece na lama.

— Aposto que não acontece com homens que nasceram nesta terra. Você estaria em perigo? Acho que não...

— Num entendi o que quis dizer.

Cain ergueu o olhar desafiadoramente.

— Acho que entendeu, sim. E, só para deixar mais claro, White foi esfaqueado. Foi isso que o matou. Não foi a lama nem a água. Foi uma faca. — Eles olharam para a lâmina na mão de Cain, com a qual ele estava cortando o queijo. — Não estou no clima para ouvir alegações absurdas de que a morte dele foi acidental. O homem foi assassinado e era um contrabandista. Então onde posso encontrá-los?

— Tudo bem — resmungou Cain. — Num sou de entregar ninguém, então, num vou dar nome. Mas pode ser que tenha algo hoje de noite.

— Quando?

Ele resmungou novamente.

— Depois de meia-noite, por causa da maré. Quatro sinos. — Ele olhou para cima. — Isso é duas da manhã procê.

— Na praia de Hard?

— Onde mais?

Duas da manhã; ora, ele ficava acordado por mais tempo que isso quando trabalhava à noite no hospital.

Simeon os deixou e rumou para a biblioteca. Quando entrou, a prisioneira do cômodo fitava a fileira de janelas que não conseguia alcançar. Ele imaginava quais pensamentos passavam pela cabeça da moça. Ela tinha pouco a fazer além de libertá-los.

Havia um item novo em cima da mesa naquele dia, algo que ela devia ter tirado de seu aposento particular. Era uma maquete pequena e perfeita da casa, mas feita inteiramente de vidro, como a do livro e a da pintura. Como a casa verdadeira, os cômodos do andar superior tinham portas coloridas: verde, azul, vermelha. Atrás de cada uma havia uma estatueta humana do tamanho de uma peça de xadrez. Elas esperavam pacientemente que o jogo começasse; para que o gambito fosse jogado, e o rei, capturado.

— Tem alguém em Londres, Simeon? — perguntou ela sem motivo algum.

— Alguém? — Ele entendeu a pergunta, mas se fez de desentendido. Queria deixá-la praticar sua dissimulação por enquanto.

— Ah, você sabe o que quero dizer.

Ela mudou a expressão para uma que ele ainda não tinha visto em seu rosto. Sua expressão de agora era acanhada, como a de uma jovem em seu

primeiro baile. Ela se aproximou da divisória, abriu bem a boca e lançou ar quente no vidro gelado, transformando a respiração que saía em névoa na superfície. Então, passou o dedo na língua e desenhou um coração rudimentar na película aquosa, que sobreviveu ali durante alguns segundos antes de se desfazer.

Ele escolheu ser sincero, mas não aberto. Não queria que ela se aproveitasse para se infiltrar nele.

— Não — disse ele.

— Já teve?

— Sim.

— Conte-me mais.

— Prefiro não fazer isso.

— Sente vergonha?

— Nem um pouco, mas você não precisa saber. Não serve de nada você saber.

Ela abriu um sorriso cheio de malícia.

— Então, você me interroga sobre meu passado, mas o seu é um mistério.

— Vim lhe contar que vou observar a praia de Hard esta noite. Cain me disse que haverá a chegada de contrabando.

— Ah... Ainda está pensando em John White e em como ele se encaixa em nossa história.

— Estou.

— Então, boa sorte, meu bravo homem. — Ela levou os dedos ao coração e começou a cantar aquele louvor novamente. — *O socorro dos desamparados, oh, habita em mim.* — E ele percebeu por que ela cantava aquilo sem parar: ele conseguia distinguir muito discretamente aquela melodia no vento. Tinha que estar saindo dos sinos da igreja de Mersea. Era um louvor tão triste, uma canção de resignação.

— Florence, meu tio Oliver morreu. E, independentemente do fato que é impossível ter sido você que o matou, ainda assim será culpada. Você é uma mulher considerada tão louca que deve ser mantida dentro desta jaula de vidro. Eles a condenarão a um manicômio, na melhor das hipóteses, e à forca, na pior. Não enxerga isso?

— Enxergo — admitiu ela.

— E, ainda assim, não me ajuda a descobrir a verdade. Em nome de Deus, por quê?

O rosto dela se turvou enquanto ela pensava.

— Porque prefiro não fazer isso, Simeon. A vida que vai acabar é a minha.

— E ela vai acabar! É o hospício ou a forca; de qualquer maneira, ela acaba!

— Então, que seja.

Ninguém naquela casa sabia tanto quanto ela sobre o que havia acontecido, disso ele tinha certeza. Como a faria falar? Simeon se pôs a pensar. Ele havia fracassado tentando bajulação e ameaças em relação ao futuro dela, mas poderia negociar com ela. Sim, um acordo. Ele precisava de algo para dar em troca. Mas o quê?

10

Pouco depois da meia-noite, Simeon abotoou seu casaco preto até o pescoço e vestiu uma calça azul-marinho. Não arriscou levar uma lanterna. Naquela noite, tinha que permanecer incógnito, mas chovia e não havia sinal de que o mau tempo daria trégua, então, suas chances eram boas.

Ele deixou a única casa de Ray e foi até o Strood. A maré subia, ameaçando reivindicar aquele istmo estreito, o único caminho de entrada e saída da ilha. Simeon havia passado uma semana em Ray, e aquilo não chegava nem perto de ser o suficiente para entender os padrões de avanço ou recuo das águas que isolavam o lugar.

O terreno ia ficando mais pantanoso à medida que ele avançava, procurando escolher cuidadosamente onde pisava, e uma ou duas vezes afundando até os joelhos por errar a relva mais firme. Demorou uma hora para percorrer uma distância que teria levado um quarto desse tempo à luz do dia, mas finalmente conseguiu atravessar até Mersea, passando pela enorme silhueta da igreja.

O tempo todo tentava decifrar os acontecimentos dos dias anteriores e o papel instável que Florence interpretava neles. E não parava de voltar para a tal noveleta, *O campo dourado*. Por que havia se tornado uma obsessão para ela e James? Por que ela produzia pinturas e maquetes da irmã gêmea americana da Casa da Ampulheta feita de vidro?

A chuva açoitava toda a ilha, encharcando as roupas de Simeon. Ele desistiu de tentar secar a torrente que escorria por seu rosto e simplesmente a deixou livre. O clima estava terrível, mas ele mal sentia, com o pensamento em um perigo muito maior.

Os criminosos chegavam de muitas formas, e ele não tinha ideia se aqueles homens haviam sido moldados na timidez ou na brutalidade. Mas, com o cadáver assassinado de John White estendido no estábulo, ele não faria nenhum movimento precipitado. Quem quer que o tivesse assassinado poderia muito bem ter sido o homem… ou a mulher… que invadiu a casa, desligou as lamparinas a gás e roubou o diário do pároco. Nesse caso, o malfeitor estava desesperado e não sentia nenhuma aversão ao crime.

Hard era uma faixa de praia de cascalho. Na maré baixa, dava para caminhar durante quase um quilômetro pela areia e pela lama, mas agora as ondas arrebentavam na costa. Era uma paisagem desoladora e desesperadora, e uns dois quebra-mares de madeira que se alongavam até as ondas eram o único abrigo contra o vento. Ele se agachou atrás de um deles, se envolvendo com os próprios braços para se aquecer. Só esperava não ficar ali a noite inteira por nada.

Depois de uma hora, havia perdido toda a sensibilidade dos pés. Permaneceu ali, entretanto, determinado a ver o que a noite tinha para oferecer. Depois de passar mais uma hora, teve que se sacudir para manter o sangue circulando.

Mas enfim, perto das três da manhã, começou a ver formas no horizonte baixo: manchas pretas avançando em sua direção a toda a velocidade. Também os ouvia bufando, o relinche distante de cavalos. Mas sem as pancadas no chão… Devem ter abafado os cascos com trapos. Ele se agachou mais perto do chão atrás das madeiras já apodrecidas do quebra-mar, torcendo para que os animais e seus cavaleiros continuassem do outro lado.

Em segundos, estavam na costa. Cinco deles desceram balançando de suas selas. Um assobiou alto e, da outra direção — ao longo da costa do mesmo lado do quebra-mar em que Simeon estava —, veio o som de trotes. Simeon se abaixou ainda mais, se espremendo contra o solo pedregoso, e viu uma linha de cinco ou seis pôneis, carregados com pacotes, conduzidos por um sexto homem. Atrás deles, mais dois pôneis puxavam uma carroça.

A luz do luar borrifada pela chuva não era suficiente para revelar o rosto dos homens, apenas vislumbres aqui e ali, mas um parecia estar no comando, e foi o primeiro a falar.

— Vamo lá, homens. Rápido!

A voz era familiar, embora Simeon não soubesse de onde. Eles começaram a retirar os pacotes dos pôneis e a enfileirá-los na praia. Um dos homens acendeu uma tocha e a ergueu. Simeon presumiu que um barco estivesse indo buscar as mercadorias. Logo viu que tinha razão.

Um grande bote inflável surgiu do meio da escuridão, em direção à costa. Nenhum dos homens fez barulho enquanto ele se aproximava. Os pôneis de carga estavam no caminho da praia, uns vinte e tantos metros atrás dos homens que vigiavam o mar. Provavelmente levaria um minuto para o bote chegar, estimou Simeon, e sua curiosidade estava aguçada. Com muito cuidado, ele se levantou vagarosamente e ficou de tocaia detrás do cascalho. Os homens ainda estavam de costas para ele, e ele aproveitou para abrir um dos pacotes dos pôneis. Era lã. Sem dúvida iria para a França ou para a Holanda sem pagar impostos. E o pagamento seria em bebida alcoólica e tabaco.

Ele rastejou de volta até seu esconderijo e observou o líder dos homens, que estava de costas para a tocha. Simeon precisava saber quem era aquele homem, pois poderia ser a chave para a morte violenta de John White. E então chegou o momento, quando o homem se virou para seus companheiros e seu rosto foi totalmente iluminado pela chama. Simeon ficou surpreso ao ver que o conhecia — e provavelmente era o último homem em Mersea que ele teria esperado que comandasse uma gangue de contrabandistas. O rosto de Morty, o barqueiro que falara com ele na estalagem Rosa de Peldon quando ele acabara de chegar de Londres, ficou vermelho como o do Diabo após ser iluminado pelo fogo.

Então era ele quem comandava a atividade criminosa que incluíra John White e James Hawes. Com certeza ele sabia de algo sobre suas mortes. E, por mais surpreendente que fosse, aquilo foi uma revelação bem recebida, pois Morty era rude — e Simeon ainda manteria seu juízo sobre ele —, mas não parecia do tipo que atacaria um homem com uma faca e o enterraria na lama.

Ele observava enquanto Morty comandava a carga e a descarga; tudo feito rapidamente e quase que em total silêncio. Então, o barco estava na água mais uma vez, e a gangue preparava seus cavalos.

— A gente se vê lá na Rosa — rosnou Morty, ele mesmo se encarregando dos lentos equinos de carga, conduzindo-os a pé ao longo do caminho da praia enquanto os outros fugiam. Era a chance de Simeon, e, à medida que os outros desapareciam noite adentro, ele seguia furtivamente o líder do grupo. Já tinham andado algumas centenas de passos quando o barqueiro parou de guiar os equinos e foi até a margem, desabotoou a calça e começou a se aliviar.

Simeon aproveitou a oportunidade para se aproximar silenciosamente dos animais e verificar os pacotes presos às selas, que agora estavam cheios de garrafas de bebidas alcoólicas, como ele esperara. Simeon pegou uma e destampou: conhaque. Ele se sentiu culpado quando a deixou cair intencionalmente no chão de cascalhos para que estilhaçasse.

Morty se virou, com os dedos da mão congelados no ato de abotoar a calça.

— O quê? — balbuciou ele.

— Está armado? — perguntou Simeon.

— Não — falou o homem, absolutamente perplexo.

— Você realmente não devia ter me contado isso.

Ele pegou outra garrafa e a atirou contra os cascalhos, partindo-a em duas.

— Para com isso!

O barqueiro partiu para cima de Simeon, mas hesitou. Ele tinha uns sessenta anos, estava sozinho e não era um sujeito grande.

— Não precisa se preocupar, Morty — disse Simeon. — Não sou da polícia nem da fiscalização.

— Então, quem é você, caramba?

A luz fraca do luar mal conseguia penetrar na garoa, muito menos mostrar bem o rosto de um homem.

— Você me conheceu na semana passada. Sou o médico que veio tratar o pároco.

— Dotô?

Simeon se aproximou dele, apenas o suficiente para que o luar lhes mostrasse o rosto um do outro. No entanto, se manteve a mais de um braço de distância, só por precaução.

— Não estou interessado em evasão de divisas. Não ligo para o que carrega nesses pacotes.

— Então o que cê quer?

— Encontrei uma coisa. Enterrada nos lodaçais de Ray.

— Como assim?

— Encontrei o corpo de John White.

Aquilo precipitou uma mudança. A cabeça de Morty se curvou.

— Como estava? — perguntou ele.

Não faria sentido mentir.

— Nada bom.

— Ah, bem... A lama faz isso.

E agora, jogando a única carta boa que tinha, Simeon disse:

— Não foi a lama que o matou.

— Não foi a...?

— Ele não se afogou na lama nem no canal. Foi esfaqueado.

Houve uma pausa preenchida pelo vento, pela chuva e pelas ondas. A voz de Morty ficou mais baixa e virou um grunhido.

— Como que o moço sabe?

— Vi as facadas. Alguém queria matar John e fez isso de forma que não restasse dúvida.

— Quem?

— Não sei. Mas quero descobrir. Se me ajudar, podemos encontrar o culpado. Tem alguma ideia? — perguntou Simeon.

— Ideia? Ah, sim... é claro que tenho uma ideia! — Ele cuspiu e se aproximou o suficiente para que Simeon o visse contorcer o rosto ao pensar naquilo.

— Então quem?

— Pra que vou dizer procê? — falou ele de um jeito insolente.

— Talvez prefira dizer para o sr. Watkins.

Morty ficou pensativo. Então falou, alongando as sílabas por quilômetros:

— James Hawes.

Não foi uma alegação que pegou Simeon totalmente de surpresa. Com certeza havia rixas em algum lugar daquela ilha.

— Por que acha isso? — perguntou ele.

Morty grunhiu.

— Poucos dias antes de ele se escafeder, John disse que James vinha duma família de traidor.

— Traidor? Ele estava entregando vocês?

— Num sei exatamente o que ele quis dizer. Mas, daquele dia em diante, fiquei de olho em James Hawes.

— E?

Morty encolheu os ombros.

— Nunca vi nada de errado.

"Isso pode significar apenas que ele era um homem sutil, além de indigno de confiança", pensou Simeon.

— Então, John se escafede. Daí, falo pro James que ele num é mais aceito no esquema. Falo pra ele manter distância.

Aquilo certamente não teria agradado James.

— O que exatamente John disse?

Morty hesitou, e então, aparentemente, decidiu que a verdade estava a seu favor.

— Nós tava na Rosa armazenando uma remessa que tinha acabado de chegar. Aviso ao John que James tava indo ajudar. John fala um palavrão e cospe no chão. Pergunto a ele qual que é o lance. Ele diz que tipos como o Hawes não é do tipo que a gente quer no esquema. Mas John num diz mais nada, e olha que eu pressionei ele. Agora essa sua conversa me dá arrepios. Penso aqui com meus botões exatamente o que o moço tá pensando, dotô. Que James tava dando com a língua nos dente pro sr. Watkins. Ou pior. Ou talvez tivesse planejando atirar em nós pelas costa e ficar cum o comando do esquema. Sujeito esperto, esse James. Num confio em sujeito esperto. Num confio neles.

Um sujeito esperto. E violento também? James Hawes pode ter sido o paciente zero da pestilência que vinha rasgando Ray e Mersea. Ainda assim, tudo o que eles tinham era a palavra de um homem morto. E mesmo que fosse verdade, por que as mortes continuavam depois que ambos já estavam mortos?

11

Quando o agente funerário chegou em um rabecão no dia seguinte, ele respeitosamente colocou os corpos de John White e Oliver Hawes em caixões e os levou — com Simeon — embora.

— Uma pequena mudança de planos — disse o médico, quando já estavam no meio do caminho. O outro homem olhou para ele inexpressivamente. — Pode, por favor, nos levar ao Hospital Real de Colchester?

O agente funerário protestou, mas acabou concordando com a mudança de destino, e algumas horas depois os dois corpos estavam sobre macas de porcelana. Ao redor delas, corriam calhas rasas para drenar o sangue e outros líquidos fétidos que saem de cadáveres dissecados.

A mão de Simeon segurava o bisturi. Atrás dele estava um dos peritos mais experientes do hospital, com sua barba espessa, um tal de sr. Bristol, cujo papel era supervisionar o exame *post-mortem*. Simeon não se opôs porque seria, de fato, útil ter uma segunda opinião.

A faca penetrou a carne do primeiro cadáver, o do primo de seu pai, com facilidade. Simeon sempre ficava surpreso com o quão frágil o corpo humano podia ser quando a ferramenta certa era empunhada. A lâmina fina como um fio de cabelo deslizava pela derme e pela epiderme como se estivesse cortando manteiga.

A morte, para Simeon, fazia parte da vida e era tão fascinante quanto ela. Ele cortava, puxava e levantava; mas um exame minucioso das vísceras do pároco Hawes revelou os órgãos normais e complexos de um homem na casa dos quarenta anos. Nada de intestino torcido, manchas nos rins ou algo que explicasse seus sintomas, muito menos que justificasse sua morte.

Simeon voltou a atenção para o conteúdo do estômago. Hawes estivera convencido de que era vítima de envenenamento contínuo e, embora fosse difícil verificar a presença de todos os compostos possíveis, alguns ele poderia descartar. Ele coletou uma massa de vegetais parcialmente digeridos e um líquido pastoso de dentro do pároco, que dissolveu em um béquer com ácido clorídrico antes de inserir uma tira de cobre na solução fétida e esperar.

— O que isso vai mostrar? — perguntou Bristol.

— Um revestimento prateado significa mercúrio; uma película escura indica arsênico, ou talvez antimônio, embora essa seja uma toxina um tanto exótica de se encontrar na zona rural de Essex. — Ele retirou a tira e a examinou à luz. — E, de fato, está totalmente claro.

— É o resultado que esperava?

— É *algum* resultado.

Ele tirou de sua bolsa um pequeno frasco lacrado com um líquido marrom-avermelhado.

— Conhaque que coletei da biblioteca do paciente — explicou ele. — Acho que não há nada nele, mas vale a pena conferir.

Deu o mesmo resultado negativo.

— Existem muitas outras toxinas — advertiu Bristol.

— Claro. Mas as pupilas do paciente não estavam dilatadas para sugerir atropina. Se fosse um composto de cianeto, teria levado segundos para morrer, não dias. Não teve convulsão por estricnina. Algo retirado de planta? — divagou ele. — É possível, mas quem quer que o tivesse administrado teria se dado um trabalho absurdo quando poderia ter simplesmente comprado arsênico de qualquer químico e dito que estava tendo problemas com ratos. Mas, sim, devemos ser minuciosos.

Então, eles passaram horas fazendo exames para verificar uma infinidade de outros compostos tóxicos, mas não encontraram nada inconveniente.

Cansados, os dois concordaram que, se havia algum veneno no corpo do homem, era um veneno obscuro.

— Bom, vamos dar uma olhada no outro — sugeriu Simeon.

Eles voltaram sua atenção para John White. Simeon fez os mesmos cortes que havia feito no pároco. Repuxar a pele e os músculos expunha as costelas; um amarelo enegrecido, em razão do tempo passado na lama. Ele examinou os danos aos ossos utilizando uma lente de aumento.

— Está vendo estes cortes diagonais nas três *costae* inferiores? — perguntou Simeon.

— Estou — respondeu Bristol.

— Vê como são mais profundos embaixo e vão enfraquecendo gradualmente em cima? A faca foi enfiada de baixo para cima e impulsionada para a frente. Quem quer que a estivesse segurando, estava por trás dele.

— Covarde.

— Bastante. — Ele ergueu e retirou a pele do pescoço. — É, foi o que pensei. Veja, o pescoço foi quebrado na C3. — Ele apontou para um dos ossos mais altos.

— Eu vi.

— Nosso agressor provavelmente o agarrou por trás, passou o braço em torno do pescoço, fraturando-o, e esfaqueou-o três ou quatro vezes na caixa torácica. Deve ter sido bastante substancial, eu diria; os ossos parecem bastante fortes e ele partiu a ponta deste aqui. — Eles puxaram mais carne para olhar os pulmões, que ficaram bem preservados na lama, e o esquerdo havia sido visivelmente perfurado pela faca que atravessara as costelas do homem. — Está aí a causa da morte.

— Com certeza. Onde este homem foi descoberto?

— Submerso em um lodaçal. As marés movimentam os bancos de lama; se elas não o tivessem descoberto, talvez nunca fosse encontrado. Não foi uma mera briga de bar que saiu do controle... Quem quer que o tenha assassinado pretendia fazê-lo, estava com a ferramenta certa e a usou com eficiência. Estamos procurando alguém que planejou matar John naquela noite ou que costuma carregar uma faca e está apto a utilizá-la, além de ser capaz disso.

— Um péssimo negócio — disse Bristol, alisando a barba.

* * *

No caminho para Ray, Simeon voltou a pensar. Florence era certamente um repositório de informações essenciais. Como convencê-la a falar? Ele precisava de algo para negociar. E então a imagem mental que tinha dela, sempre na penumbra daquela casa, sugeriu o preço.

Assim que entrou na casa, lançou uma olhadela para o autorretrato da moça pendurado acima da lareira e subiu rapidamente as escadas. Lá estavam as três portas coloridas revestidas de couro que ele tinha visto em sua primeira aproximação: a do quarto em que estava, a do pároco e a da biblioteca; e as portas sem revestimento dos outros cômodos. Mas tinha que haver outra. Ele procurou pela parede toda, e lá estava: uma abertura pequena, discreta e estreita embutida no apainelamento de olmo, um minúsculo buraco de fechadura indicava como se fazia para abri-la.

— Sra. Tabbers! — gritou ele, animadamente, escada abaixo. Ela subiu, bufando e tentando controlar a respiração.

— O que houve agora?

— Esta deve ser a entrada do sótão, certo?

— O sótão? Sim, moço.

— Eu gostaria de subir.

— Por quê?

O jeito que ela falou não foi tanto de quem estava desconfiada, e sim perplexa.

— Um capricho meu.

Ela bufou novamente e tirou um molho de chaves do bolso do avental. Uma chave fina de ferro entrou na fechadura e girou. Ela ficou para trás enquanto Simeon entrava correndo e subia uma escada estreita e sinuosa que dava no beiral do telhado.

Estava repleto de caixas, poeira e excrementos de pássaros. Estorninhos aninhados em um canto grasnaram, assustados, quando o viram.

— Sim, sim — disse Simeon a eles. — Serei breve.

Ele começou a abrir caixas e a levantar tampas de baús. Estavam repletos das coisas efêmeras da vida: utensílios domésticos quebrados, roupas de

cama descartadas... e então, encontrou um baú cheio de cores vivas. Simeon fechou a tampa, carregou-o escada abaixo e entrou na biblioteca com ela.

— John White foi assassinado — disse ele ao entrar, arrastando a caixa.

— Possivelmente — respondeu Florence, sentada em sua espreguiçadeira, esperando por ele.

Ele ignorou a evasiva da moça.

— Quem foi?

Ela contemplava a janela.

— Queria ter uma janela aqui dentro. Não é só pela luz, sabe? É o ar. O ar que respiro já chega a mim contaminado, entrou e saiu de seus pulmões e dos da sra. Tabbers ou de Cain. Queria respirar o ar fresco e puro que vem do céu.

— Não posso fazer nada a esse respeito.

— Não — concordou ela com uma voz triste. — Mas um dia.

Ela pegou um lápis que estava ao lado de uma folha de papel na mesa. Com a ponta do dedo na ponta do lápis, fez alguns borrões na folha e ficou admirando seu trabalho. Satisfeita, foi até a pequena portinhola na base do vidro e passou a folha para o outro lado.

Simeon reconheceu a cena imediatamente. Era a casa de vidro da Califórnia, aquela pela qual Florence e James desenvolveram o interesse estranhamente agudo que havia irritado o pároco. Diferentemente do autorretrato de Florence, desta vez a mansão estava no meio de uma tempestade de neve que a sufocava. As linhas eram finas e cinzas ou pretas, mas, ainda assim, tinham um caráter não identificável que sugeria que Simeon poderia colocar a mão por dentro do papel e chegar em outro mundo povoado por homens e mulheres; onde um homem buscava a verdade sobre o destino da mãe.

A imagem desapareceu e ele voltou para o aqui e agora. Florence havia empoado o rosto e seus lábios estavam mais vermelhos que no dia anterior.

— Fiquei pensando no que encontrei escondido na escrivaninha de Oliver. Aquele cachimbo... — disse ele, impressionado com aquele item incomum feito de marfim e terracota. — É um cachimbo para fumar ópio. Tive que lidar com os efeitos, e não são atraentes. Era uma coisa que o dr. Hawes queria manter longe da vista do público.

— Ah, sim. Seria bom para você saber de onde veio isso.

Ela o estava provocando com seu conhecimento.

— Quer me esclarecer?

— Por que eu faria isso?

O absoluto niilismo da pergunta o atingiu com força.

— Porque, em troca de me contar mais detalhes, lhe darei um presente.

As sobrancelhas dela se ergueram.

— Mas tenho tudo de que preciso bem aqui. O Oliver não lhe disse?

Havia um tom de malícia na voz dela.

— Tenho certeza de que há mais coisas que deseja. — Ele levantou a tampa do baú. O brilho da seda amarelo-sol se refletia no vidro que os separava. — Você viveu durante um ano ou mais com o que veste agora — disse ele.

Ele ergueu o vestido amarelo, o que ela trajava no retrato do corredor. Estava quente em suas mãos. Embaixo havia outro, pêssego, e depois um carmesim.

Os cantos da boca de Florence se ergueram.

— Quer que eu me vista para você, Simeon? — Ela contemplou o presente e se sentou na espreguiçadeira. — Ora, meu rapaz corajoso. Faremos um acordo. Eu ganho roupas e você ganha informações. — Ela fez uma pausa, pensativa. — Você deveria voltar para Londres. Procure em Limehouse. Procure uma casa à beira do rio com uma lanterna vermelha. Não sei o endereço exato, mas você encontra, tenho certeza.

Ele dobrou o vestido e o passou pela portinhola no vidro. Ela segurou a seda queimada pelo sol apenas um segundo antes de ele soltar, e as pontas de seus dedos se tocaram antes que ela pegasse o item.

12

O DESJEJUM DELE FOI uma farta torta de carne de carneiro que a sra. Tabbers tirara do forno fazendo alvoroço. Ela disse que a planejara para o almoço, mas como o médico estava indo passar o dia em Londres, ele poderia comê-la no desjejum. Ele agradeceu profusamente.

Depois de comer os últimos resquícios do molho espesso com um pedaço de pão, ele vestiu seu casaco de viagem e partiu para a capital. Tinha acabado de sair para o ar fresco quando, sem aviso, algo pareceu sacudir a casa. Uma explosão vertiginosa que vinha do nada, antes de ecoar três ou quatro vezes contra a lateral da edificação. Desorientado, o estômago dele sofreu um espasmo e ele girou.

— Sra. Tabbers! — gritou ele. — Cain!

Cain apareceu na porta do estábulo. Trazia no braço uma espingarda de cano duplo.

— Que foi? — perguntou ele.

Simeon correu até ele.

— O que foi isso?

Um sorriso malicioso se abriu no rosto de Cain, expondo cinco dentes marrons e espaços pretos entre eles.

— Isso? Vem cá ver.

Com certa apreensão, prestando muita atenção à arma que ainda tinha um cano para descarregar, Simeon o seguiu até o estábulo.

— Óia aí.

Havia duas baias estreitas forradas com palha. Uma, aquela em que John White estivera deitado, estava vazia, mas na outra, a carcaça de um jovem potro jazia no chão, sem metade da cabeça.

— Coxo desde que nasceu. Melhor coisa pra ele — informou Cain. — Bicho coxo num tem utilidade.

O sorriso com que disse aquilo deixou claro que Cain estava provocando o homem da cidade.

— Cuidado com essa arma — murmurou Simeon, abandonando aquela cena sórdida e caminhando em direção ao Strood com passadas firmes.

Ele chegou rapidamente à Rosa, onde pagou uma carruagem para levá-lo à estação ferroviária de Colchester. Lá, embarcou no trem expresso com destino a Londres e, no meio da tarde, estava no Tribunal de Primeira Instância de Bow Street.

— Desejo falar com o magistrado da polícia, o sr. Gant — comunicou ele ao porteiro, que estava ocupado separando a correspondência em pilhas pequenas.

— O senhor doutor não vai despachar hoje.

— Posso perguntar qual será a data do próximo despacho?

O porteiro consultou uma relação.

— Segunda-feira.

Era dali a cinco dias, e mais tempo do que Simeon estava preparado para esperar. Tinha sido aquele o homem que escrevera para Oliver Hawes a respeito de Florence e da irmã de John White, Annie, sugerindo que ele havia colocado Florence sob os cuidados de Hawes após alguns contratempos judiciais em Londres.

— É um assunto de grande importância. Pode me dizer o endereço dele?

— O endereço dele! Nossa... o moço acha que saímos dando os endereços dos magistrados? Aí mesmo é que todas as feras desesperadas destas

varas iriam visitá-los no meio da noite! Não, seu moço, posso lhe dar o endereço dele tanto quanto posso lhe dar as chaves do Banco da Inglaterra.

Não chegou a ser uma resposta surpreendente. Gant estaria no catálogo público inglês de pessoas ligadas à polícia e ao sistema judicial, associado a um clube para o qual Simeon poderia escrever, mas provavelmente não seria mais rápido do que esperar até segunda-feira. Procurando uma solução alternativa, percebeu uma tabuleta afixada à parede com a indicação das diversas varas e gabinetes, e aquilo sugeria outra abordagem.

Quando o porteiro voltou sua atenção para a correspondência, Simeon, sorrateiramente, seguiu uma das indicações que constavam na tabuleta, vagando furtivo em direção a um lance de escadas que descia para as profundezas do prédio.

Os departamentos de registros sempre ficavam no subsolo, descobrira ele ao longo dos anos. Talvez tivesse algo a ver com a temperatura ser melhor para preservar papéis, mas o mais provável era que o tipo de pessoa que trabalhava em um departamento de registros não reclamaria de falta de luz solar. A maioria delas provavelmente achava isso bom.

Estava frio enquanto ele descia e tão úmido que a condensação formava poças na base das paredes de tijolos pintados na cor creme. Ele passou por dois depósitos abertos em que havia esfregões e baldes, um vestiário para cavalheiros e outro para damas e, no final de tudo, uma porta de vidro sarapintado. A palavra "Arquivos" fora pintada com tinta branca barata na porta. A fechadura, percebeu ele, era de mola moderna, do tipo que assegurava que não seria deixada destrancada por acidente. Na altura da cintura, havia uma maçaneta. Estava entreaberta e ele entrou.

Ele teve uma esperança louca de que a sala estivesse vazia, lhe permitindo rédea solta, mas, em meio a um labirinto de prateleiras abarrotadas, um homem imensamente gordo empurrava um carrinho e inseria pastas de papel pardo amarradas com barbante branco em seus devidos lugares. Ele parou o que estava fazendo e piscou, surpreso.

— Estou procurando o sr. Godfrey — disse Simeon.

— Quem?

— Não é você? — O homem balançou a cabeça em um gesto negativo. — Sinto muito, quem é você?

Fora da vista daquele homem gordo, ele colocou a mão sobre a fechadura, girou suavemente a maçaneta para que o ferrolho recuasse e pressionou a trava no lugar para mantê-la ali.

— Harrison.

— Desculpe — respondeu Simeon, e se retirou dali.

Ele saiu do prédio e subiu pela rua Long Acre, onde encontrou uma agência dos correios. Dali, enviou um telegrama intencionalmente distorcido para o sr. Harrison no Tribunal de Primeira Instância de Bow Street, lhe dizendo que havia ocorrido um acidente em sua casa e que precisavam dele com urgência. Ele voltou sem pressa ao tribunal, esperou meia hora até que o menino do telegrama entrasse correndo, mais um minuto para que o escrivão saísse às pressas, e desceu para a sala de arquivos, onde a fechadura de mola travada lhe permitia a entrada. Simeon entrou e soltou a trava para que ela se fechasse atrás dele.

O escrivão provavelmente morava no subúrbio — Stockwell ou Clapham, talvez —, o que daria a Simeon uma boa hora e meia para vasculhar os arquivos e descobrir como e por que Florence e Annie White foram confiadas aos cuidados do pároco Hawes por um magistrado da polícia. Porém, se Harrison morasse mais perto, não teria tanto tempo. Ele começou o trabalho.

Os arquivos estavam organizados de acordo com o distrito onde o crime havia ocorrido e a data da ocorrência. Contudo, mesmo presumindo que um crime *tivesse* ocorrido — envolvendo Florence, Annie ou ambas —, Simeon não fazia ideia de onde poderia estar. Seu melhor indicador era a data. A carta de Gant dizia que fazia seis meses desde que ele havia colocado Florence e Annie sob os cuidados do pároco, e presumivelmente foi pouco antes disso acontecer que o crime foi perpetrado. Isso significava mais ou menos junho de 1879.

Ele vasculhou dezenas de caixas, examinando os registros daquele mês. Finalmente, depois de quarenta minutos, o encontrou.

Florence Emily Hawes. Encontrada fugitiva do magistrado local, Watkins JP. Suspeita do homicídio de seu legítimo marido, James Hawes, Casa da Ampulheta, Ray, Mersea, Essex.

Aquilo era interessante. Watkins declarara a filha fugitiva e pedira ajuda para recuperá-la. Ele não contou nada daquilo para Simeon. Um homem fraco, o tal Watkins, incapaz até de defender as próprias atitudes.

Florence Emily Hawes, também conhecida por...

O barulho de uma chave entrando na fechadura o alertou. Ele socou a tampa de volta na caixa, empurrou-a para seu lugar na prateleira e escondeu o arquivo dentro do casaco. O escrivão entrou apressado, evidentemente sem fôlego e irritado. A casa dele devia ser perto. Por enquanto, Simeon estava escondido por uma parede de prateleiras, mas não por muito tempo. Sua única opção era ser audacioso.

Harrison estava retirando o sobretudo e Simeon foi em sua direção, pisando forte.

— Por que deixou sua porta destrancada? — perguntou ele com raiva.

O outro homem se virou, surpreso com a presença de Simeon e sem saber o que dizer.

— Na condição de representante do sr. Gant, farei um relatório completo sobre isso! — advertiu Simeon sinistramente enquanto saía. — Pelo amor de Deus, certifique-se de trancá-la da próxima vez.

Ele bateu a porta depois de sair e foi subindo pelo corredor furtivamente.

Ouviu o homem gritar.

— Senhor? — Harrison chamou às suas costas, mas ele ignorou, subiu as escadas e saiu rapidamente pela lateral do prédio. Encontrou uma passagem estreita que levava até o mercado de Covent Garden e passou por entre a multidão para se certificar de que não seria seguido ou abordado. Depois de um tempo ele parou, olhou para trás, decidiu que era seguro, se sentou em uma lanchonete iluminada a gás na rua Floral e abriu o arquivo.

— Posso lhe oferecer algo, senhor? Algo gostoso?

Uma mulher olhava de soslaio para ele e acenou com a cabeça para o canto do estabelecimento. Duas jovens trajando vestidos alugados tremiam e seus decotes eram quase inexistentes devido à deficiência na alimentação.

— Café, por favor — respondeu Simeon. — Só isso.

Ela deu de ombros e foi buscar o pedido.

Simeon baixou os olhos para o arquivo e continuou a ler de onde havia parado. Faltavam apenas algumas linhas.

> **Florence Emily Hawes, também conhecida por ter auxiliado e incentivado a remoção da conhecida prostituta do local de asilo decretado pelo sr. Gant em um momento anterior. Nome da prostituta: Annie White.**

Estranho. Por que Florence estaria "incentivando a remoção" da irmã de John White? A mente de Simeon borbulhava com as possíveis explicações, poucas faziam sentido, mas ele as reprimiu para seguir lendo.

> **Florence Emily Hawes e Annie White confiadas aos cuidados do dr. Oliver Hawes, clérigo, devem ser devolvidas à paróquia nativa para serem julgadas.**

Era frustrante. O registro não explicava por que Florence havia fugido para Londres e retirado Annie White de um não especificado "local de asilo decretado pelo sr. Gant".

Ele ergueu os olhos para as duas meretrizes no canto. Uma estava pálida, os olhos estavam meio mortos. Provavelmente gonorreia. Simeon a convidou para se sentar com ele. Ela começou a caminhar, mas a proprietária apareceu instantaneamente.

— Ela não é gratuita. Uma coroa — exigiu a mulher.

A garota parecia envergonhada.

Simeon deslizou a moeda pela mesa, e a cafetina ficou satisfeita, se retirando para trás de um balcão abastecido com tortas de carne salpicadas de moscas.

Ele puxou uma cadeira para a moça e ela se sentou.

— Como se sente hoje? — perguntou ele.

— Bem, senhor, obrigada.

Certamente ela tinha adotado um jeito mais formal de falar do que normalmente teria adotado com um cliente.

— Parece indisposta.

— Estou sem nenhuma doença, senhor. Certificada.

Ele estava plenamente ciente dos anúncios nos jornais do "Convento da sra. tal e tal", onde um dos quartos era ocupado por um médico que examinava as meninas antes da visita de cada cliente. Ele tinha certeza de que esse emprego pagaria melhor do que seu próprio trabalho. Essas casas eram frequentadas apenas por cavalheiros que pagavam em espécie; de fato, repetidas vezes pelos próprios juízes e comissários de polícia que haviam passado o dia fechando a concorrência dos bordéis de baixa classe.

— Sou médico. — Ela ficou visivelmente tensa. — Qual é o problema?

— Perdoe-me, senhor, mas acho que não sou a garota certa para você.

— Não, não… não quero ser seu cliente. Acho que você não está bem e posso ajudar.

Ela se levantou e recuou até o canto, de onde sua amiga ficou encarando-o com agressividade. A proprietária se aproximou.

— O que houve? — ela exigiu saber.

— Eu lhe disse que sou médico e acho que ela não está bem.

— Médico?

— Sim.

A expressão da mulher endureceu.

— Então, o moço não é bem-vindo.

Primeiro, ele ficou surpreso; então, curioso.

— Por quê? — perguntou Simeon.

— Alguns tipos ruins são médicos.

— Eu sei, conheci alguns. Mas a que a senhora se refere?

Ela o fitou com raiva durante um momento.

— Alguns cortam as meninas — disse ela.

— Como assim, meu Deus do céu?

Ela se levantou com um pulo.

— Bem ali, no fim da rua. Dizem que ele era médico, enfim… Habilidoso com uma faca. Ele se divertia, dizem.

Ela fungou e depois largou a moeda na frente dele.

— Diga a ela para se apresentar no Hospital Gratuito do Rei. Eles vão tratá-la — disse ele.

Simeon conhecia os homens de lá. Eles tratariam dela da melhor maneira possível sem cobrar por isso.

Ela olhou novamente para ele com raiva.

Simeon pegou o arquivo e saiu. Uma vez fora, olhou ao longo da rua onde a mulher havia indicado que algumas meninas haviam sido "cortadas". Eles estavam bem ao lado do mercado de flores. Tanta beleza e tanto horror em uma distância curtíssima um do outro.

Estava cedo demais para ir ao local que Florence dissera que poderia dar a ele uma noção a respeito de alguns dos segredos guardados na Casa da Ampulheta, então, tinha que arrumar algo para fazer durante esse tempo. Portanto, partiu a pé pelo mercado. Havia barracas vendendo todas as flores e especiarias que pudessem ser obtidas por todo o império, empilhadas em cestas com pó dourado, pardo ou verde brilhante. Aquela era, deu-se conta Simeon, provavelmente a primeira vez que visitava Covent Garden e realmente pesquisava no mercado. De lá, vagou pela rua Floral. Havia mais garotas ali, algumas acenaram para ele, mas Simeon manteve a mente voltada para as mercadorias nas vitrines das lojas.

Seus pés naturalmente se voltaram rumo ao Hospital Universitário do Rei, que ficava para o leste. Ele caminhou pelo Strand, passou por sua casa na rua Grub, sob a sombra da cúpula sombria da Catedral de São Paulo, parando na praça Paternoster para comprar um refrigerante, que bebeu encostado em uma grade de ferro. Olhou discretamente para uma janela onde tinha certeza de que seu rival Edwin Grover estava trabalhando duro em seus cálculos e tabelas. O trabalho de Grover não era totalmente sem mérito, claro que não, mas não tinha aplicação real. Simeon descartou o finalzinho de sua bebida e seguiu para o hospital.

Após vinte minutos vagando pelas enfermarias, encontrou seu companheiro de quarto, Graham, entre os leitos para aqueles que apareciam com membros quebrados. Ele estava examinando a perna de um homem, um vinicultor, Simeon tentou adivinhar por seu rosto corado, que se contorcia de dor, embora Graham prestasse pouca atenção.

— Simeon, meu velho! — proclamou Graham, soltando o membro do homem, que pousou rígido sobre o lençol. Seu dono demonstrou um alívio intenso. — De volta tão cedo?

— Só por hoje. Preciso descobrir uma coisa.

— Ah, mais pesquisa.

— De fato.

— Então, qual é o cenário em Essex?

Simeon descreveu a estranha situação. Seu amigo parecia surpreso e horrorizado.

— Meu Deus! — disse ele. — Achei que fosse apenas um pároco doente.

O homem no leito ficara de boca aberta em espanto.

— Ah, quisera eu que fosse assim. Mas receio que haja coisa muito pior por trás disso.

— Ora, tenha cuidado. Parece que você anda bisbilhotando em uns cantos perigosos.

Simeon concordou e os dois papearam durante um tempo, até ficar tarde o suficiente para ele retomar sua jornada.

A noite estava lúgubre em Londres quando ele saiu do hospital. A fumaça proveniente de dez mil lareiras domésticas havia se misturado densamente com a neblina que subia pelo Tâmisa. A mistura tinha uma coloração verde repugnante, como sopa de ervilha; os moradores contavam piadas enquanto cuspiam um escarro espesso. Fantasmas aristocráticos tropeçavam pelo meio do nevoeiro com suas cartolas e seus prendedores de gravata, enquanto jovens varredores de rua lhes abriam um caminho quase invisível pelo meio do esterco de cavalo.

Chamando uma carruagem, Simeon pediu ao motorista para levá-lo ao bairro Limehouse.

— Tem certeza, senhor? — perguntou o condutor. — Lá é meio complicado. Para um cavalheiro como o senhor.

— Obrigado. Sei o que estou fazendo.

— Se o senhor diz...

O condutor chicoteou os cavalos e eles dispararam pelo meio da névoa. Simeon enfiou a mão no bolso de sua capa de viagem e tirou o cachimbo esculpido com flores que havia encontrado na escrivaninha da Casa da Ampulheta. Preparando-se para a tarefa que tinha pela frente, ele o partiu em dois.

13

Dentro da carruagem, esperando respirar menos do fedor do nevoeiro, Simeon cobriu o rosto com um cachecol. Não fazia sentido olhar pela janela; ele mal conseguia ver o outro lado da carruagem. No caminho, pensava nos ensinamentos dos novos psicólogos e em como alguns acreditavam que, em cada um de nós, desejos básicos lutam contra a moralidade consciente. Ele nunca acreditara na perversidade da maneira que religiosos, como o tio, acreditavam. Achava que atitudes eram certas ou erradas, com certeza — quem não achava isso? —, mas não que manchavam de maneira indelével o caráter de alguém.

— Vou deixá-lo aqui, senhor — bradou o condutor.

— Não faço ideia de onde estamos — respondeu ele.

— Ora, somos dois. Só que não ouso ir mais longe, pois é provável que acabemos dentro do rio. Não consigo ver minha própria mão na frente do rosto.

Simeon cedeu, destrancou a porta e saltou. Os feixes de luz das lamparinas da carruagem iluminavam o interior do nevoeiro, tornando-o amarelo, porém, sem penetrar além do alcance do médico. Era estranho acabar nas docas de Londres. Ele havia sido chamado ali algumas vezes; estava fora de sua área de atuação normal, mas ocasionalmente ouvia falar de algum caso específico que poderia ter auxiliado em sua pesquisa. Desta vez não estava indo como médico, mas disfarçado de cliente do pior tipo de casa.

Em algum lugar próximo, ele ouviu duas mulheres discutindo.

— Devolve, meretriz! Me dá!

— É meu! Ele deu pra mim!

— Me dá ou eu acabo com você!

Simeon virou a cabeça para o lado contrário de onde vinha o som.

— Tem certeza de que quer ficar aqui, senhor? — perguntou o condutor uma última vez.

— Tenho.

— Está por sua conta e risco.

Ele torcia para que aquela frase fosse apenas uma colocação, não uma verdade literal que implicasse risco real. Em Limehouse, poderia facilmente ser a última opção. Ele entregou o dinheiro, e o condutor bateu no chapéu com o chicote.

Os pés de Simeon fizeram barulho ao pisar na água corrente. Algo passou correndo por cima de seus pés e guinchou quando ele o chutou para longe. Tantas criaturas ao redor. Todas tão invisíveis quanto pecaminosas. Bom, ele estava indo para um lugar onde os novos pecados apagavam os antigos.

Homens por toda Londres haviam sucumbido ao cachimbo de ópio. Claro, a maior parte do ópio agora era cultivada no império britânico, na Índia, e enviada à China para consumo, muito contra a vontade do imperador chinês. Entretanto, eram os chineses que comandavam as casas em Londres.

E muito embora tivesse se passado uma década desde que a Lei das Farmácias impedira que todos, de barbeiros a ferreiros, vendessem ópio, a fantasia da era não deixaria isso ficar na história; havia uma dúzia de casas de ópio naquela rua e na seguinte. Visitando-as, contudo, três ou quatro lhe disseram educadamente que não vendiam cachimbos; outras disseram que vendiam, mas nenhum como aquele, e um proprietário se opôs a responder qualquer pergunta e colocou Simeon para fora sem demora.

Após a última rejeição, Simeon saiu tateando pelos paralelepípedos molhados, de vez em quando avistando sombras enormes pelo meio da névoa que seguia para o rio. Enormes caravelas com destino ao Cantão ou à Califórnia. A Califórnia… aquele lugar que ocupara os pensamentos dos moradores da Casa da Ampulheta. Ele havia, de fato, pensado algumas vezes em visitar aquele estado por si próprio. A corrida do ouro de trinta anos an-

tes havia deixado alguns homens muito ricos e todos os homens avarentos, mas o que representava para Simeon era uma oportunidade sem a restrição sufocante do estabelecimento médico ou da mente mesquinha dos homens. E uma oportunidade era o que ele queria acima de tudo. Apenas uma chance de deixar a sua marca.

E, então, encontrou o lugar que procurava.

Parecia ter sido, no passado, um alojamento de marinheiros. Seu telhado vermelho se projetava sobre uma construção atarracada de tijolos amarelos disformes com duas fileiras de pequenas janelas, enquanto uma entrada ampla era protegida por dois marinheiros negros que fizeram um aceno positivo para ele com a cabeça, como se estivessem passando por um conhecido na rua. Acima deles havia uma lanterna vermelha, exatamente como Florence dissera.

Antes mesmo de ele pedir para entrar, um homenzinho malaio o colocou para dentro com pressa, exultante por ter um cliente, ao que parecia, e o empurrou por uma porta interna que dava para um grande saguão aberto. Simeon descobriu beliches repletos de rostos esqueléticos tomando todas as paredes, enquanto uma espessa nuvem azul saía flutuando das bocas e jorrava de cachimbos que borbulhavam sobre pequenas lamparinas.

A maioria dos rostos era de homens cujas feições pálidas deixavam claro que já haviam passado da meia-idade, mas Simeon sabia muito bem como o ópio envelhecia um homem, de modo que era preciso diminuir dez anos da aparência de um usuário para calcular sua idade real. Nem a pobreza, nem a guerra, nem a doença conseguiam acabar com uma pessoa como o ópio. Os rostos se tornavam bestiais, transformados em macacos falantes, com toda a sua humanidade eliminada.

— Nãããão... eu... eu vou... pagar. Eu tenho... — uma das poucas mulheres balbuciava com a boca desdentada à medida que era arrastada da cama. Seu olhar se fixou no de Simeon enquanto ele caminhava. — Moço, pode me emprestar... Me emprestar um... — Ela caiu de joelhos diante dele.

Ele se abaixou e lhe tomou o pulso.

— Acalme-se — disse ele. O batimento cardíaco dela estava lento, porém regular. Ele tirou duas moedas do bolso e as entregou ao malaio. — Uma para você, e a outra para uma carruagem levá-la até a estalagem mais próxima.

O malaio fez uma reverência e aceitou as moedas, empurrando a mulher para a rua. Simeon teria que começar a cuidar melhor de seus gastos; aquela viagem estava ficando dispendiosa.

Havia naquele amplo ambiente um calor que era pouco e precioso, e esse aquecimento se originava de uma lareira esparsa em um canto, em torno da qual uma dúzia de corpos cochilava ou jazia inconsciente. Um ou dois aqueciam os ossos antes de voltar para o mundo lá fora, após terem exaurido suas energias e seus bolsos. Um deles cambaleava para longe, murmurando para si mesmo: "Quem sou eu agora? Quem sou eu agora?". Ele caiu em um beliche vazio e agarrou o cachimbo que havia ali, levando-o aos lábios e sugando com força, sem saber que estava frio e vazio. Um homem que trajava apenas as calças se aproximou, agarrou os tornozelos do outro e o arrancou dali.

— Meu cachimbo — rosnou ele com um sotaque que Simeon não conseguia sequer começar a identificar.

A visão de Simeon recaiu em um homem em um beliche. Ao contrário dos outros, ele não estava fumando seu ópio, mas bebendo de uma garrafa verde. Tinha lábio leporino, o que fazia o líquido escorrer pelo queixo.

— Gostaria de experimentar um pouco, moço? — perguntou o homem, que sorriu e desnudou a boca desprovida de dentes. No entanto, falou de modo educado. Um universitário, pelo que pareceu. — Os imorais deste estabelecimento gostam de perseguir o dragão. Quanto a mim, prefiro afogá-lo no conhaque.

— Percebi — respondeu Simeon. — Mas láudano é igualmente viciante, o senhor deve entender.

— Ah... ah... não precisa me dizer isso, moço. Sou membro titular da Faculdade de Cirurgiões do Rei.

Simeon suspirou. Ele já tinha visto outros irmãos da medicina sucumbirem às próprias drogas. Havia algo de especialmente trágico em um homem que prevê seu próprio destino apodrecido e ainda assim cai nele.

— Então, aconselho o senhor a tomar cuidado: relembre de sua formação e considere os perigos do ópio, assim como os prazeres.

— Mas, sim, eu tomo cuidado — insistiu o homem, mais descontroladamente.

— E como faz isso?

O cirurgião caído estava mais confuso do que pareceu à primeira vista, percebeu Simeon.

— Como? Desse jeito! — Ele tirou uma colher comprida de dentro da camisa encardida, inseriu-a na garrafa e mexeu a bebida vigorosamente. — Deve-se mexer bem. Caso contrário, o ópio vai para o fundo e a dose aumenta à medida que você vai bebendo o conteúdo da garrafa. É necessário. — Ele tomou outro gole e ofereceu a Simeon. — Experimente você mesmo, moço.

— Agradeço, mas não.

Os pensamentos dele ficaram depressivos por um momento. Aquele homem deveria estar curando as almas quase mortas que o cercavam, e não se juntando a elas. Se pudesse ser atraído para longe daquele portal do inferno, talvez ainda conseguisse se livrar do vício e retornar à sua antiga profissão; embora ainda fosse sofrer de horríveis tremores e suores à medida que o ópio deixasse o terreno conquistado.

— Existe alguém com quem o senhor gostaria que eu falasse em seu nome? Familiares ou amigos? Talvez alguns de seus antigos colegas possam ajudar.

— Ajudar? Ajudar como? — O homem parecia alarmado. — Estou mais do que feliz, lhe asseguro quanto a isso, moço. Estou delirando! Desejo ficar! Desejo ficar! — Ele agarrou a camisa de Simeon, que precisou soltar seus dedos com delicadeza.

— Pode ficar se desejar, senhor.

— Eu desejo! Eu devo!

Não havia sentido em discutir com quem já estava morto, disse Simeon a si mesmo, cansado.

— Você não é como a maioria dos meus clientes.

A voz era jovem e feminina. O sotaque, chinês. Ele se virou para ficar de frente para ela. Uma jovem com hábito de freira.

— Você não é como a maioria das mulheres em Limehouse — respondeu ele.

— Refere-se a isto? — Ela puxou o véu de freira. — Fui criada pelas Santas Irmãs da Penitência de Cantão, moço. Meu coração estará sempre com elas. Posso lhe providenciar um cachimbo.

— Já tenho um cachimbo, mas está quebrado e gostaria que fosse trocado.

Ele retirou o objeto do bolso e mostrou-o.

A moça pegou o cachimbo e examinou atentamente suas metades.

— De marfim e argila endurecida é incomum. A maioria dos homens prefere os de porcelana. — Os olhos dela convidavam os dele. — O vapor fica mais quente. É por isso.

— Este cachimbo é seu?

Ela respondeu com uma voz doce como o mel.

— Eu mesma fiz este cachimbo. Era meu. Agora é seu.

— Você o reconhece?

Ela passou delicadamente o dedo ao longo do cachimbo, do caule das flores esculpidas e estremeceu quando seu dedo tocou a fenda no marfim. Então assentiu.

— Então, deve ter sido aqui que meu irmão veio — disse ele.

— Deve ter sido.

— Talvez você se lembre dele.

— Talvez eu me lembre de muitos homens.

— Ele é diferente. Um pároco. Oliver Hawes.

Ela fez uma pausa, repetindo o nome sem emitir som.

— Não o conheço. Mas reconheço o cachimbo. Foi comprado por um homem cujo nome era outro.

— Quem?

Ela ficou praticamente imóvel antes de conduzi-lo a um cômodo nos fundos, que era todo no estilo de sua terra natal. Sedas cor-de-rosa flutuavam sobre banquetas e minúsculas figuras de animais de porcelana estavam dispostas sobre a lareira. O lugar estava impregnado com o perfume de jasmim.

— Quem? — perguntou Simeon novamente, depositando um guinéu brilhante na mesa. Sim, ele teria que cuidar de seus gastos.

A mulher abriu uma caixa verde de jade que continha uma fileira organizada de cigarros. Em cada um havia uma longa mancha marrom no meio do papel que dizia que continham mais que tabaco.

— Obrigado, mas não.

Ela pegou um e acendeu-o, deixando a fumaça subir até o teto antes de abrir uma outra caixa, que se mostrou repleta de materiais de desenho, da qual retirou um pote de tinta roxa que ficava ao lado de três canetas dispostas de maneira incrivelmente organizada em ordem de espessura da pena. Ela esco-

lheu a menor, mergulhou-a na tinta e rolou-a ao longo de uma folha de papel. Simeon esperava. A pena foi mergulhada novamente na tinta, e mais uma linha curvilínea apareceu. Ela repetiu aquele movimento diversas vezes até que formou um rosto. Era um rosto europeu de olhos redondos e nariz marcante, embora a artista o tivesse pintado de tal forma que o homem trajava as vestimentas de um imperador oriental. No entanto, o rosto era conhecido.

— É este o homem que procura — disse ela.

— Qual é o nome dele?

— O nome dele é sr. Tyrone.

Simeon mais uma vez ouviu seu tio clamando, em seus espasmos de morte, por Tyrone.

— O que sabe sobre ele?

— O que sei sobre ele? Não fazemos muitas perguntas aos nossos patronos — disse ela.

— Tenho certeza disso, mas deve saber algo.

Ela estendeu a palma da mão, levemente rosada no amarelo que saía das chamas de óleo e no laranja do fogo. Ele colocou sua última coroa brilhante ali, e a mão se fechou no metal.

— Muitos de nossos clientes têm algo de que sentem falta — disse ela. — O sr. Tyrone me pareceu um homem a quem falta tudo. Entende o que quero dizer?

— Acredito que sim.

— Frequentemente lamento por meus clientes, mas acho que nada poderia me fazer lamentar pelo sr. Tyrone. Não dá para se lamentar por um homem que é vazio.

Um homem vazio. Simeon havia tratado pacientes assim. Homens no fim de vidas difíceis e repletas de dificuldades, que pareciam ter morrido havia muito tempo e apenas seus corpos se movimentavam, respiravam e comiam. Este homem, Tyrone, que estava no coração de tudo aquilo que acontecera a Florence e à família Hawes, era um deles.

— Gostaria de conhecê-lo.

— É um homem que pode causar problemas. Por que eu o ajudaria a encontrá-lo?

— Porque não o quer de volta aqui.

Ela fez uma pausa e então, do nada, fez surgir um pequeno sino e o sacudiu. Uma parte da parede com papel cor-de-rosa deslizou — uma passagem intencionalmente escondida dos não iniciados — e um homem moreno e corpulento se aproximou. A patrona se dirigiu a ele sem tirar os olhos de Simeon.

— Quando viu o sr. Tyrone pela última vez? — perguntou ela.

— Tyrone? — O sotaque do homem era tão irlandês quanto o nome que ele rosnou. — Aquele safado ainda me deve o serviço que fiz para ele. Há um ano ou mais que não o vejo.

— E que serviço você prestou para ele? — perguntou Simeon.

A mulher acenou com a cabeça para seu assistente, dizendo-lhe para falar.

— Fomos recuperar uma propriedade dele, em St. George's Fields. Parecia bastante fácil pelo que ele disse. Acabou sendo uma baita confusão... não o que ele disse que era. Se falar com ele, diga que o Frank do Red Lantern não se esqueceu dele.

— Acho que não podemos ajudá-lo com mais nada — disse a patroa.

Do lado de fora da casa, Simeon começou a caminhar à procura de uma carruagem. Seus pensamentos incluíam Tyrone, o cachimbo de ópio, o cadáver de John White exposto, *O campo dourado* e Florence aprisionada atrás do vidro. Todos tombavam como os grãos de areia no cata-vento da Casa da Ampulheta.

Ele passou ao longo da borda do cais. Refletida na água, avistou uma casa atrás de si. O reflexo ondulava. E enquanto ele a observava se movimentando, se desintegrando e se remontando de segundo em segundo, um pensamento o atingiu como uma flecha. Foi uma percepção dolorosa, uma compreensão súbita sobre o assassinato do dr. Oliver Hawes. Ele, Simeon, antes, estivera olhando para a morte pelo ângulo errado — refletido, de fato, no espelho escuro que delimitava uma das extremidades do território repleto de livros daquele homem. Agora Simeon sabia como o pároco havia morrido.

14

Ele voltou rapidamente para Ray com a mente feito um caldeirão. Seus pensamentos pareciam atores correndo para o palco, gritando uma confusão de falas, morrendo, feridos por facas de madeira e voltando em diferentes papéis.

Quando Simeon chegou à casa, a sra. Tabbers foi até ele na saleta e perguntou se ele queria um ensopado de peixe. Ele descartou a pergunta, trocando-a por uma sua.

— Quanto tempo o pároco demorava para beber um de seus barris de conhaque?

— Um barril inteiro? Ah, ele não era muito de beber, moço. Podia ser um ano, fácil.

— Foi o que pensei — respondeu ele. — Eu provavelmente faria igual. Não vou comer o ensopado, obrigado.

Ela lhe lançou um olhar perplexo e se despediu. Ele fitou a paisagem silvestre de Ray pela janela, iluminada pela luz a gás daquela casa. Sua mente estava se acalmando, no entanto a verdade que agora conhecia era tão desoladora quanto o cenário do lado de fora.

"E foi isso a causa de tudo?", perguntou-se ele. "Homens e mulheres sobre uma relva destruída. Isso não levaria ninguém a uma mente destruída?"

Ele mandou chamar Peter Cain, que chegou com as mãos imundas e segurando uma pá.

— Tava enterrando aquele potro morto. Bicho coxo num tem utilidade. Quer me ajudar a enterrar ele? — perguntou com insolência.

Simeon mandou que ele levasse Watkins à casa imediatamente e então subiu para a biblioteca. Florence estava sentada à pequena mesa octogonal, na qual estava a pequena maquete de vidro da casa que todos eles habitavam, suas três estatuetas humanas esperando atrás das portas coloridas do andar superior, como atores preparados para representar seus papéis. Havia fogo na lareira e a imagem de suas chamas vermelhas dançava no vestido de seda amarela que Simeon escolhera para ela. Ela cantava um trecho do louvor novamente:

— *O socorro dos desamparados, oh, habita em mim.*

Simeon sentiu a necessidade de pegar um atlas em uma das estantes, abrindo-o em um mapa das Américas. Ele colocou a ponta do indicador na Califórnia e deu leves batidas em um promontório que não tinha nome, mas que ele sabia que um dia se chamaria Point Dume.

— Não vá, Simeon — pediu ela com suavidade.

— Por que não?

— Não vai acabar bem. Tragédia para você e sua família.

Ela passou as palmas das mãos sobre a maquete de vidro que havia feito.

— E como sabe que vai acabar mal?

— Ah, Simeon… Nós dois sabemos. Está tudo em *O campo dourado*. Não precisará de muita coisa: uma faísca de ambição aqui, uma centelha de fúria ali. Os pecados vão se acumulando até que toda a casa arda. É a poeira no ar; ela encarde o sangue.

Quando Watkins finalmente chegou, por volta das dez horas, Simeon lhe ofereceu uma bebida, que ele aceitou.

— E agora, sr. Watkins, pode me devolver o livro?

— Que livro?

O magistrado fitava os próprios pés.

Florence ergueu as três estatuetas da miniatura da Casa da Ampulheta, colocando-as, uma a uma, diante dela.

— Você sabe muito bem que livro. O diário de Oliver Hawes.

— Não faço ideia...

— Por favor, não desperdice meu tempo, senhor. Sei que o pegou. E sei o porquê.

Watkins parecia envergonhado ainda, mas reunindo um pouco de força.

— Sabe mesmo, moço? Então, por favor, explique-me como chegou a essa conclusão.

— Explicarei. — Ele fez uma pausa para organizar as ideias. — Fui incapaz de entender como Oliver Hawes veio a morrer. — Florence derrubou uma das estatuetas, que ficou balançando um pouco no tampo da mesa. — Pode ter sido uma infecção, mas, se foi, qual infecção seria? Nenhuma que eu tenha reconhecido. E ninguém mais pareceu contraí-la. Vocês todos aqui têm almas resistentes. E não havia um vestígio de doença interna grave quando fiz a autópsia no dr. Hawes. Não, até testei a hipótese do próprio dr. Hawes: de que ele tinha sido envenenado no mês passado. — Ele ignorou o choque aparente de Watkins. — Mas a questão do "como" me deixou totalmente perplexo. Ele comia a mesma comida que Cain e a sra. Tabbers, e nenhum deles apresentou sintoma. Poderia ter sido um deles, é claro, mas seria difícil entender por que iriam querer perder sua renda assassinando seu empregador. E, mesmo que o fizessem, haveria métodos mais fáceis. Poderiam tê-lo sufocado enquanto dormia, e ninguém em um milhão de anos saberia.

Watkins pareceu querer levantar uma objeção, mas não conseguiu pensar em nenhuma. Simeon prosseguiu:

— Havia apenas uma fonte de comida ou bebida que só o dr. Hawes consumia: seu gole noturno de conhaque. O barril era novo um dia antes do início de sua doença, mas ele foi ficando cada vez mais doente ao longo de mais de uma semana depois de ter parado de beber, sob minhas instruções. Além disso, testamos o barril no coitado do cachorro de Cain; a despeito de ter deixado o pobre do vira-lata embriagado, não teve efeito nenhum. Também o testei eu mesmo posteriormente no hospital em Colchester e era um tanto inofensivo. Não, o barril não tinha sido envenenado. Na verdade, ninguém envenenou Oliver Hawes no mês passado.

— Então aonde quer chegar? — exigiu saber Watkins, finalmente se levantando.

— É simples, senhor.

— Então me diga!

— Alguém o envenenou um ano atrás.

Ele sentiu pouca alegria por ter feito a revelação. Estava com raiva por tudo ter chegado àquilo.

— Um ano atrás? Impossível. Quem?

— Sua filha, sr. Watkins.

Foi um alívio dizer aquelas palavras e olhar para ela enquanto as dizia.

— Florence...

Watkins arquejou. O jogo tinha acabado, ao que parecia.

Ela atirou todos os bonecos de vidro ao chão, deixando apenas a casa transparente.

— Sim. Florence. — Os olhos dele permaneceram fixos nela. — Ela envenenou Oliver Hawes há mais de um ano, da última vez que a deixaram sair de sua cela de vidro.

Watkins desabou para trás, sentando em sua cadeira.

— Mas como pode...? — A voz dele foi sumindo.

Lentamente, no ritmo de um passo fúnebre, ela ergueu as mãos e começou a bater palmas. *Clap. Clap. Clap.*

— Bravo, Simeon. Você é uma faquinha afiada. — A voz dela parecia uma. — Eu me pergunto o que mais ficou sabendo ou adivinhou.

Ele a fitou com raiva nos olhos.

— Já que pergunta, tenho fortes suspeitas sobre a morte de John White e como os moradores desta casa tiveram parte nela. Como James teve parte nela. E tem a irmã de John, Annie, que você procurou em Londres. Onde ela está agora? Essa é uma pergunta para a qual precisamos de resposta.

Watkins explodiu novamente.

— Acha que algo desagradável aconteceu com ela também?

Simeon não deu as costas para a mulher atrás do vidro.

— Sim, acho. Você não acha, Florence? — Mas não deu mais detalhes. Watkins estaria sempre três passos atrás da filha. — O que aconteceu depois que a encontrou? — Ela abriu um sorriso cintilante para ele. — Está tudo no diário de Hawes, não está? — Ele se dirigiu a Watkins: — E foi por isso que você o roubou. Para proteger sua filha. Algo que não conseguiu fazer anteriormente. Porque o diário teria me levado à conclusão de que Florence é

culpada de assassinato. — Watkins soltou um curto gemido e bebeu o conteúdo de seu copo até o fim. A filha dele riu com leveza. Mas Simeon ainda estava com a ideia fixa no livro e em nada mais. — Presumo que ela tenha lhe contado o que tinha no diário após a morte de Oliver. — O magistrado não se fez de reservado desta vez. — Então, pelo amor de Deus, vamos acabar com esta farsa. Dê-me o diário!

— Eu...

— É melhor dar a ele, pai — disse Florence, com a voz menos abafada pelo vidro do que das últimas vezes. — O que resta para o senhor agora? O que resta para mim? — Ela fez um aceno com a mão sem preocupação.

— Mande Cain buscá-lo em sua casa — ordenou Simeon.

— Não há necessidade — murmurou Watkins. — Ele nunca saiu daqui.

— O quê? — Simeon ficou indignado. Ainda estava ali! Todo aquele tempo gasto ruminando onde poderia estar...

Watkins enxugou o suor da testa.

— Tive medo de que você me pegasse. Então, o escondi aqui em segurança, no escuro. Dessa forma, você não colocaria as mãos nele.

Simeon precisou de um momento para considerar a informação. Ele o havia escondido ali naquele cômodo, mas em que lugar, de modo que Simeon não pudesse encontrá-lo por acaso? Ah, somente um lugar. Simeon se voltou para o vidro.

— Dê-me o livro, Florence — disse ele. — Quero ler sobre a segunda vida de Oliver Hawes.

Ela colocou a mão sobre a casa de vidro em miniatura que estava na mesa, inclinando-a para o lado.

— Acha que somos donos de nosso próprio destino, Simeon? Ah, percebo que sim. Bom, está enganado. Somos apenas brinquedos de outras pessoas. — A voz dela saiu baixa, emaranhada no sargaço mais uma vez. — Uma segunda vida, você a chama.

— Sim. Era isso, não era?

— Talvez.

Ela foi até as prateleiras que ocupavam a parede posterior de sua cela, estendeu a mão para passar o dedo pela mais alta e o parou em um fino volume vermelho com letras douradas na lombada. Ela poderia tê-lo leva-

do para dentro de seu apartamento particular, onde teria ficado totalmente fora da vista, mas evidentemente gostou do fato de que Simeon o visse hora após hora e, todavia, nunca *realmente* o visse. Florence o puxou para baixo e caminhou até a pequena portinhola pela qual as refeições chegavam a ela — sem dúvida foi daquele jeito que Watkins fez o livro chegar ali —, e a mão pálida da moça o fez passar para o outro lado. Pela segunda vez, as pontas dos dedos dos dois se tocaram e permaneceram assim durante um segundo, antes que ela voltasse lentamente para seu próprio mundo.

— Por que o escondeu de mim? Antes queria que eu lesse.

— Foi ideia de papai. Ele veio a mim e me implorou para esconder todos os fatos de você. Foi mais para salvar sua própria reputação do que meu pescoço, mas cedi.

Watkins parecia se dobrar ainda mais para dentro de si mesmo.

Simeon deixou aquela passar. Estava desesperado para conhecer o conteúdo do diário, a parte que ainda não havia lido. Ele virou o livro e abriu a contracapa para revelar mais uma vez o diário secreto de Oliver Hawes. Então continuou de onde havia parado.

19 de maio de 1879

Aquele bom sujeito, Tyrone, me encontrou esta noite. Eu estava no pub Bricklayer's Arms, em Colchester, depois de ir falar com o reitor sobre questões financeiras. Estava tomando uma sopa de alho-poró e lendo um tratado sobre pobreza na Igreja.

— Olá — falei, erguendo o olhar. Havia muitas outras pessoas no salão e eu tinha certeza de que a maioria delas deveria estar na parte mais barata do pub.

— Andei procurando você — me disse ele.

— Ah, por qual motivo?

Ele se sentou.

— Estou faminto — declarou ele, depois pegou a colher da minha mão e tomou um pouco da minha sopa. — Tenho andado ocupado, esse é o motivo.

— Ocupado fazendo o quê?

Fiquei aborrecido por ele ter tirado a colher de mim, mas deixei passar porque pressenti que tinha algo importante a dizer.

— Conferindo. Buscando coisas. E vou lhe dizer uma coisa, meu amigo, acredito que estamos deixando de ver... bom, você está deixando de ver... uma peça a pregar.

— A que se refere?

— Algo me diz que você não é um homem livre.

— Não sou livre? Absurdo — respondi. Devo admitir que fiquei um pouco irritado com o tom insolente dele. — Olhe meus pulsos. Vê alguma corrente neles? Observe a porta... está trancada? Posso me levantar, sair por ela e subir em meu cavalo para ir para casa?

— Não, não há correntes em seus pulsos. — Foi neste momento que ele se aproximou e pude sentir um cheiro cadavérico em seu hálito. — E ainda assim... — Ele se recostou no banco rústico. Fiquei esperando o sujeito dizer algo mais, mas ele ficou aguardando. E logo percebi que ele tinha, de fato, acertado um problema que passou muitos anos confundindo meu cérebro. Uma pergunta sobre o livre-arbítrio concedido a nós por nosso Pai Celestial.

— E ainda assim? — perguntei, induzindo-o.

— E ainda assim, você não pode. Porque vai contra tudo o que ensinam as Escrituras. — E era isso, de fato.

— Continue.

Afastei a tigela. A sopa não me interessava mais.

— Você deseja o que eu tenho.

— Você não me parece um homem rico.

— Não falo de meu dinheiro em espécie! — rosnou ele. — Você deseja o que tenho de verdade: a liberdade de pegar e dar aquela tragada! A liberdade de me satisfazer como eu quiser.

Ele estava ficando bastante animado com aquele assunto.

— E o que o faz acreditar que eu aceitaria qualquer acréscimo dessa natureza à minha vida?

— Eu o tenho visto ler as Escrituras dia após dia.

— Não o tenho visto — falei, ligeiramente surpreso com a afirmação.

— Sentei no fundo da igreja.

— Entendo.

Eu não sabia direito se deveria acreditar nele.

— E todas as vezes eu percebia algo em seu olho, ou em seu sorriso. Para cada um desses pecados capitais ou mandamentos, havia...

— Havia o quê?

Ele evitou a pergunta de forma irritante.

— Já dei a volta ao mundo pelo mar. Você tem a cara do marinheiro que se aproxima de uma nova terra... desesperado para pular em terra e saborear o que conseguir.

Tomei um gole de minha pequena caneca de cerveja e olhei para ele com fúria por cima da borda.

— É mesmo? — E continuei, mais relaxado: — Ah, mas você está zombando de mim, um pobre pároco do interior.

— Pobre! Rá! Podemos concordar que certamente você não é nada disso. Um pároco do interior, sim... mas pobre... ah, não! Não posso permitir isso.

Sim. Aquele ali tinha embasamento. Eu me levantei e deixei o bar do salão. Sabia que ele me seguiria.

— Seu discurso, eu acho interessante. Não que eu vá tomar providências a respeito, mas por enquanto fico curioso quanto ao desfecho do seu argumento.

— Descobrirá mais rápido do que imagina — disse ele, um tanto enigmaticamente. — Tem uma coisa que venho querendo lhe mostrar há algum tempo. Chegou a hora.

— Sou um homem ocupado. Não posso fazer coisas para tolos.

— Verdade, verdade — disse ele. — Mas isto o beneficiará.

Percebi que havíamos caminhado até uma parte abastada da cidade à qual eu só havia ido uma ou duas vezes a convite do reitor ou de outros luminares. Eu trajava meu casaco de viagem e o fechei bem apertado para me manter aquecido. Sempre fui um mártir das doenças de outras pessoas.

Tyrone estava à minha frente e foi até uma casa que tinha as luzes acesas. Ele bateu e a porta foi aberta por um mordomo de uniforme completo.

— Pois não? — perguntou o homem.

— Já ouvi falar desta casa — disse Tyrone. Achei estranho aquele comportamento, e estava preparado para me desculpar pela grosseria do meu companheiro.

— Ouviu, é? Ouviu o quê?

— Ora, saia da frente, cara! — ordenou Tyrone ao homem.

Fiquei deveras perplexo. Tinha pensado que a casa fosse de um amigo dele. Mesmo homens como ele — eu tinha em mente que sua moralidade era questionável, apesar de sua frequência regular na Eucaristia — têm amigos.

— Sairei somente quando me disser quem o enviou — insistiu o mordomo.

— Quem me enviou? Quem me enviou, você disse? Este cavalheiro me enviou.

Levei um momento para perceber aonde ele queria chegar: ele colocou a mão na carteira e tirou um guinéu inteiro. Quanta riqueza alguns têm para doar! O vento estava muito forte e abafou um pouco o que Tyrone disse, mas quaisquer que tenham sido exatamente as palavras dele, o homem abriu caminho, e nós cruzamos a soleira.

Que visão surpreendente tivemos dentro da casa. Parecia a morada de um príncipe. Por todo o lugar havia suntuosas poltronas de couro — muito melhores que as da minha biblioteca —, sofás de dois lugares e vasos de plantas. Uma ampla escadaria de mármore levava ao andar superior.

— Ora, não fique aí parado de boca aberta como o estuário de Colne — me disse Tyrone. E riu. — Entre. Vamos provar as delícias.

Havia bebida para ser servida, aquilo eu conseguia ver pelas garrafas e taças em cima das mesas, mas a que mais ele se referia, eu não sabia dizer.

Ele se dirigiu até uma das mesas e pegou uma garrafa do que parecia xerez.

— Isto aqui não foi taxado — murmurou ele.

— Tenho certeza de que tem razão quanto a isso.

E então algo me fez erguer o olhar para o alto da escada: passos no mármore. Três jovens moças tropeçavam ligeiramente, conduzidas por uma mais velha. Estavam vestidas para uma noite de ópera ou algo assim e eram todas muito bonitas. Poetas as descreveriam como se fossem pássaros.

— Boa noite, cavalheiros — disse a mais velha, que usava pedras atraentes em volta do pescoço e cujo vestido flutuava à medida que ela caminhava.

Tyrone se sentou em um banco de madeira de costas altas e fez um gesto para que eu fizesse o mesmo. Eu me senti um pouco inseguro, mas fiz o que ele me instruiu.

— Boa noite, senhora — disse ele. — Aceito um pouco de entretenimento.

— Isso podemos oferecer.

Ela olhou para mim e para meu traje clerical, o que não a perturbou nem um pouco. Acho que pode até tê-la feito sentir uma comichão. Ela acenou com a mão na direção das moças mais jovens.

— Isabella, Clarice e Amelia são novas nisto, mas, mesmo assim, sei que são capazes de lhes dar prazer.

— Novas nisto? — explodiu Tyrone. — Rá! Essa é boa. Estive com a loirinha mês passado e ela mostrou a que veio. Posso até fazer de novo, se for o caso.

E então, ele se levantou e foi em direção à jovem na parte de trás.

— E para você, moço? — perguntou ela, se dirigindo a mim e me destituindo de meu título divino.

Antes que eu pudesse falar, Tyrone falou por mim.

— Vou no lugar dele — informou ele.

Ela olhou para mim e sua fronte delicada arqueou. Meu silêncio foi interpretado como consentimento.

— Como quiserem, senhores. Vá com o cavalheiro, Isabella.

Ela começou a subir a escada, e Tyrone foi atrás.

— Espere — disse ele. — Não gosto do nome Isabella.

— Não gosta, senhor? — perguntou a cafetina.

— Não. Quero que mude.

— Qual gostaria que fosse?

Tyrone não disse nada, mas olhou para mim.

— Florence — falei.

— Florence, senhor? — perguntou a moça, com uma voz suave, do norte de nosso país.

— Sim — respondi. — Você será Florence.

15

Simeon fez uma pausa na leitura e ergueu os olhos. Como aquilo era estranho! Florence aparentemente leu sua mente.

— Um diário secreto, um homem secreto — disse ela.

— Ele era.

Simeon continuou a ler.

25 de maio de 1879

A atividade paroquial me levou novamente até Colchester e comi no Bricklayer's Arms. Quando cheguei, Tyrone estava lá, a única vivalma na estalagem.

— Dr. Hawes — cumprimentou ele alegremente.

De fato, ele estava mais animado e vivaz do que o habitual. E adivinhei o porquê. Uma das moças de nossa aldeia, Annie White, filha de um pescador de ostras, estava servindo sua cerveja. Ela é uma tábua se quer minha opinião, mas tenho certeza de que serve ao propósito que a maioria dos homens por estas bandas exigiria dela.

— Você conhece Annie, tenho certeza.

— Claro. Como vai, Annie?

— Estou bem, pároco. Obrigada por perguntar.

Frequentemente a natureza subserviente dos pobres — forma sem substância — me irrita.

— E sua mãe, está bem?

— Está, senhor.

— Bem, vou querer um pouco de ensopado de carne de carneiro.

— Eu estava justamente dizendo à pequena Annie como ela se sairia bem no palco — continuou Tyrone.

Eu tinha certeza de que ela conseguiria. Sem dúvida, toda vagabunda poderia ganhar a vida se exibindo para homens imundos se tivesse a inclinação.

— Não gostaria de vê-la no palco em Colchester? No Royal Theatre. Ou em Londres!

O olhar da moça ficou um tanto vidrado. Dava para ver que estava sonhando com uma vida bem distante da praia de Hard.

Sorri com indulgência.

— Na condição de homem das Escrituras, coisas assim estão um tanto fora de meu escopo — falei, e abaixei minha voz para ela. — A Igreja desaprova tais lugares, vendo-os como caldeirões para todos os tipos de práticas mundanas.

Ela riu graciosamente do que falei.

Tyrone e eu nos sentamos à mesa e conversamos sobre assuntos sem importância; as pessoas na estalagem, meus planos para uma breve folga na costa meridional. E então ele direcionou a conversa para a casa que havíamos visitado na ocasião anterior.

— É como jantar à mesa do próprio D—us — disse ele. — E livre de pecado, tenho certeza.

— Tem? — perguntei, com algum ceticismo.

E ainda assim, por mais estranho que pareça, ele voltou com argumentos religiosos genuínos. Como salientou, a Bíblia faz questão de declarar como os patriarcas dos hebreus mantinham relações com suas muitas mulheres. Não são eles apresentados como modelos para nosso comportamento na ausência de admoestações mais diretas de nosso Salvador?

— Mas essas relações são dentro do casamento santificado — contestei.

— Ah, mas quem é designado por D—us para realizar essa santificação? O representante Dele. — Ele estava se referindo a mim, é claro. — O padre é o homem mortal que declara o casamento, não é? Portanto, o que é santificado está dentro de seu domínio. Nada o impede de conceder tais dons a outros padres. O Senhor não encoraja isso? Então nada o impede de conceder essa santidade a si mesmo.

Eu não gostava de ser doutrinado por um homem que... Para falar a verdade, quando pensei nisso, percebi que mal sabia como ele ganhava a vida; algo mais ou menos como um marinheiro mercante, pensei. Mas havia solidez teológica por trás de seu argumento.

— Bem verdade, mas, mesmo assim, um clérigo também deve prestar atenção às grandes autoridades.

— Ah, mas como foi que essas autoridades se tornaram autoridades? Ora, considerando e testando — rebateu ele.

Também me pus a refletir sobre aquilo. Novamente, havia solidez no argumento. Saímos para conversar mais.

— Muitos rufiões por aí esta noite — disse ele, olhando para trás e espiando pelas portas.

— Mais que o normal?

— Com certeza. Vi um homem ser surrado até ficar entre a vida e a morte esta noite.

— O que ele fez? — perguntei, chocado.

— Nada. Olhou esquisito para um sujeito. Tempos sombrios, os que vivemos.

— Isso é certo.

Eu mesmo estava preocupado, depois de ler relatos frequentes nos jornais sobre brutalidade desnecessária.

— Sim. Na verdade, eu estava pensando. Você deveria portar isto — disse ele.

Olhei para baixo, para a palma da mão dele. Nela havia uma adaga de aparência maligna. Fiquei boquiaberto.

— Por que eu precisaria disso? — perguntei. — Não derramo sangue de homens.

— Mas tem que estar preparado para impedir que outros homens derramem o seu. E são muitos deles por aqui que querem e têm tempo para fazer isso.

Suspirei com tristeza. Mais uma vez, ele tinha razão. E não existe pecado na autopreservação; no mínimo, já que o suicídio é o descaso doloso e ingrato pela vida que D—us nos concedeu, existe um arrependimento em nos defendermos quando outros querem cortar nosso pescoço. Então, muito relutantemente, peguei a adaga. Era uma peça elegante, comprida e fina, mas com um fio de navalha. Não perguntei como ele já a havia utilizado. Coloquei-a por dentro de meu casaco, num bolso onde coube confortavelmente.

14 de junho de 1879

Encontrei Tyrone na praia de Hard. Mais de duas semanas haviam se passado desde que eu o vira pela última vez, e eu estava ansioso para continuarmos nossa conversa; queria discutir alguns pontos do argumento dele de que os patriarcas hebreus deviam ser nosso modelo com as mulheres quando não houvesse uma admoestação

mais direta do próprio Cristo. Estávamos caminhando até minha casa e tínhamos acabado de sair do Strood.

— Pároco! — ouvi alguém gritar às nossas costas. Não acontecia muito de eu ouvir meu título honorífico sendo gritado às minhas costas enquanto me aproximava de casa. E não era um grito amistoso. — Pároco!

Olhei de relance para Tyrone, e os olhos dele cruzaram sombriamente com os meus.

— Esconda-se — disse ele.

— Não farei tal coisa.

— Tudo bem, seu tolo maldito — rosnou ele. — Vou eu me esconder.

Continuei andando sem diminuir o passo, como se não tivesse ouvido o homem chamar meu nome. Tyrone desviou do caminho e desceu pela margem do riacho, chegando aos lodaçais. Seu traje preto mosqueado o tornava quase invisível no crepúsculo para qualquer um que não soubesse que ele estava ali. Até eu sentia a presença dele mais que o via.

O passo estrondeante de meu perseguidor chegou ao alcance do ouvido. Não dei atenção. Ele chegaria, quem quer que fosse — na verdade, eu tinha uma boa ideia de quem poderia ser —, e eu lidaria com ele conforme fosse necessário. Existe um motivo pelo qual nós, párocos, somos chamados de "padre". É porque, como qualquer bom pai ou mãe, muitas vezes precisamos distribuir reprimendas tanto quanto orientação.

Quando não consegui mais suportar o som de suas passadas irregulares e bestiais, parei de andar e o esperei aparecer.

— Pároco! — vociferou ele.

Olhei-o de cima a baixo. Um novilho no corpo de um homem: pesado e estúpido. Pouco me importava o que ele iria dizer, então não me preocupei em puxar conversa. Quando ele finalmente me alcançou, estava arfando e bufando como se fosse desmaiar. Depois de ter

se recuperado um pouco, tempo pelo qual esperei pacientemente por qualquer que fosse a besteirada que iria sair de seus lábios, ele se colocou ereto e me encarou.

— Minha irmã — grunhiu ele... Eu me enganei; não era um novilho, mas um cão de rua. — O que fez com minha irmã...

— Não fiz nada com sua irmã — respondi a ele. E era a mais absoluta verdade. Qualquer coisa que tenha sido feita à irmã daquele homem, agora estava claro a quem ele se referia, foi feita por Tyrone, e sem nenhuma instrução minha. Minha consciência estava limpa.

— Annie... Ela estava noiva.

— Então, deixe-a se casar — falei. — Realizo a cerimônia eu mesmo com satisfação.

— Ela não pode mais. Não é limpa!

A conversa estava começando a me cansar.

— Isso mal chega a ser um impedimento para a maioria de vocês. Ela provavelmente é cinco vezes mais "limpa" que a média das noivas destas bandas. Agora, se me dá licença, tenho um sermão para escrever.

E foi quando o homem cometeu seu grande erro. Ele agarrou meu casaco quando voltei a caminhar até em casa e me puxou para trás. Quase tombei com a força com que ele me puxou. Nesta região, os homens são criados para trabalhar a terra e puxar redes de pesca, e isso fica comprovado em sua massa, não em seu cérebro.

— Como ousa atacar a Igreja dessa maneira? — Tentei usar de minha autoridade. Minha indignação o surpreendeu, e ele fez uma pausa no ataque contra a minha pessoa. Dava para ver a mente lenta dele relembrando os anos passados sentado em bancos de igreja enquanto eu ou meus irmãos padres o ensinávamos a separar o certo do errado à vista de D—us.

Foi então que a expressão animalesca dele voltou.

— Não, pároco. Você a arruinou.

Foi nesse momento que ele puxou uma coisa da jaqueta. Um pedaço de papel amassado, com impressões digitais gordurosas. Era um pedaço rasgado de outra coisa. Examinei a breve e quase ilegível missiva rabiscada nele.

"Senhor. Estou muito tiste. Quiria que vossê fosse o meu amor. Agora num sirvo mais pra homi ninhum. Pensei que vossê fosse ser meu maridu. Annie."

Sei que deveria ter sentido aquilo como uma coisa ruim, mas devo confessar que simplesmente caí na gargalhada.

— Gosta da vida no condado, ela, não? Acha que a rameira da sua irmã dá uma boa esposa de pároco? Ah, meu caro... você animou meu dia com sua loucura. Mas receio que devo deixá-lo sozinho com ela.

Tentei me afastar, mas ele me deu um abraço de urso, me prendendo e me esmagando como se quisesse me espremer até a vida deixar meu corpo. Minhas mãos estavam livres, mas eram praticamente inúteis contra a brutalidade dele.

— Não, pároco. Não — rosnava ele como um cão novamente. — Ela bebeu alguma coisa. Algo que a fez dormir. Ela não acorda.

Eu sentia o ar deixando meu peito, e a cada expiração, ele apertava mais, de modo que meus pulmões não conseguiam puxar mais ar. Acho que ele queria realmente me sufocar. Enquanto eu procurava socorro, olhei em seus olhos e vi tanto ódio que mal notei quando seu tronco começou a ceder contra o meu. Mas, em um instante, tínhamos trocado de lugar. Onde o corpo dele estivera minando o meu, de repente o meu estava segurando o dele na vertical. Uma coisa quente escorria por minhas mãos. Olhei de relance para baixo e vi que era sangue, jorrando de uma série de cortes do lado do corpo dele, todos feitos pela comprida lâmina na mão de Tyrone. Enquanto eu observava, White foi cambaleando para trás, e Tyrone, como um sujeito feroz e violento, saltou por trás dele, envolveu o pescoço de White com

o braço e enfiou a adaga fundo duas vezes em suas costas. O corpo de meu agressor desabou no solo.

Fiquei completamente imóvel, espantado. Porém, rapidamente me recuperei. Graças ao bom Deus não havia ninguém à vista.

— Eu lhe avisei para portar uma lâmina — disse Tyrone. — Agora você vê por que precisa de uma.

Ele cuspiu no homem a seus pés. Para minha surpresa, percebi que White ainda se mexia, mas sua respiração era forçada e ruidosa.

— Não se assuste. Eu cuido dele — murmurou Tyrone. Recuei um passo para deixá-lo fazer seu trabalho. E, enquanto eu observava, a vida daquele homem foi ficando cada vez mais frágil. E então o deixou.

— Não diga nada — falou Tyrone. — Este é o meu trabalho e continuará sendo o meu trabalho. Afaste-se.

Ele se abaixou e ergueu o corpo sem vida de meu agressor, arrastando-o de cócoras para dentro do riacho lamacento. Percebi que tinha uma boa quantidade de sangue em mim que eu teria que lavar. Seria impossível dar meu traje para minha governanta. Fiquei observando enquanto Tyrone puxava o cadáver mais para longe pela lama e o enfiava nas partes que são como areia movediça, onde qualquer coisa afunda até desaparecer completamente. O casaco de Tyrone mascarava os dois, mas imaginei ter visto a mão de John escorregar para a terra. E essa foi a última vez que alguém o viu.

Tyrone voltou até onde eu estava e, pela primeira vez desde que o conheci, ele riu.

— Precisará disto depois — disse, e socou em meu peito a carta que a moça havia escrito —, se é que se pode chamar isso de carta. Vou cuidar do barco dele. Vai parecer que virou no mar.

— Tenha cuidado — recomendei.

Ele esfregara a carta em meu peito bem onde uma mancha do sangue de meu agressor tinha encharcado minha blusa, e agora se

infiltrava na borda da carta. Limpei o líquido. Eu tinha um pressentimento de como ele pretendia que eu usasse a missiva, e, quando ele delineou seu plano para mim, ficou provado que eu estava certo. Era, devo admitir, um plano sutil. E, me certifiquei, em nenhum momento eu pecaria prestando falso testemunho.

Sim, agradeço ao nosso Senhor por Tyrone, por enviá-lo para mim justamente quando precisei dele. Verdadeiramente, o poder e a beneficência do Pai são algo a contemplar.

Depois que ele terminou, refiz meu caminho e parti rumo à aldeia em Mersea, até a casa da moça, para ver o que seu irmão havia falado sobre sua condição mental e física. Abotoei o casaco até em cima, escondendo a mancha de sangue com bastante eficácia.

Ao chegar ao pequeno e convidativo chalé, fui conduzido para dentro por uma idosa cega — todos eles parecem compartilhar a mesma mãe, sua classe — até a cama onde a filha estava deitada. Não sou médico, mas me pareceu que Annie estava indo para o mesmo lugar aonde o irmão já havia chegado. Levei a mão à testa dela. Estava úmida e bastante gelada. Vi os brotos de seus seios subindo e descendo enquanto ela arfava através de uma camisola fina. É terrivelmente lamentável perder uma criança deste mundo, uma criança com tanto a oferecer, mas esse é o plano do Todo-Poderoso.

Abençoei-a e fui embora. A partir daquele momento ela estava nas mãos de D—us. Se iria se juntar a Ele no reino dos Céus ou sofreria os tormentos das profundezas seria escolha e decisão exclusivamente Dele. Mas fiquei satisfeito por ter feito aquela visita, porque significava que o resto do estratagema de meu amigo seria ainda mais previsível.

Geralmente há um ou dois casos perdidos sentados pela praia de Hard esperando por um dia de trabalho. De onde saem, não faço ideia, mas sempre aparecem, passam alguns dias ali sentados e depois desaparecem novamente. E hoje um deles me seria útil.

Coloquei meu colarinho clerical no bolso e acenei para que um deles se aproximasse. Ele se apressou para vir até mim, com a perspectiva de alguns xelins sem dúvida animando seu fervor.

— Leve esta carta até a casa de Ray imediatamente e entregue--a à governanta — ordenei. Eu lhe dei o bilhete amassado de Annie e uma pequena quantia para ele gastar na Rosa de Peldon. Orientei-o para que subisse o Strood e ele partiu sem mais delongas. Então, me sentei para esperar uma hora na orla antes de voltar para casa. Senti o Espírito Santo me enchendo de júbilo.

Assim que pus os pés no corredor uma hora depois, ouvi-os gritando como banshees.

— Quem é ela, maldição? — Era a voz de Florence.

Era raro — embora não inusitado — ela gritar a ponto de sacudir a casa inteira daquela maneira.

— Você perdeu completamente a sanidade? — gritava também James.

Tyrone realmente conhece seu jogo, pensei.

— Se enlouqueci, foi quando aceitei me casar com você!

Eu me retirei para o escritório enquanto eles continuavam na mesma veia violenta e troquei de blusa.

Havia passado não mais que cinco minutos lendo um tratado sobre missões no sul da Índia quando meu irmão entrou de supetão. Ele apertava um lenço contra o rosto e era claro que o linho estava todo vermelho. Aquilo me lembrou de jogar fora minha blusa antes que a sra. Tabbers a lavasse.

— Droga, Oliver, não faço a mínima ideia do que ela está falando — disse ele, deixando-se desabar em uma cadeira.

— Quer me explicar?

Ele soltou um grunhido.

— Ela estava me questionando sobre uma garota de quem estou sendo acusado de ter abusado.

— E você abusou dela?

— Mal conheço a moça! É a irmã de John White. Flo afirma ter recebido um maldito bilhete dizendo que usei essa moça, prometi me casar com ela e a descartei como um par de sapatos usados. Loucura total. — Ele chutou uma mesa lateral. — Nunca gostei dessa mesa. Ficaria melhor como lenha — disse ele.

— O que houve?

— Flo atirou uma garrafa em mim. Molhou o chão todo de gim. Um bom que eu trouxe de Flandres no mês passado. É de chorar.

— E sua bochecha?

— Ora... a garrafa quebrou. Bem no meu rosto. Ah, eu sobrevivo.

Ele tirou o lenço, mas um pouco do sangue havia secado, fazendo o tecido grudar na pele.

Às vezes era uma tarefa difícil permanecer do lado certo da linha moral. Mas, depois de examinar minha consciência, eu sabia que estava certo. Não havia dito nenhuma mentira.

15 de junho de 1879

Um dia mais tranquilo. Passei a manhã na contabilidade. Pedi à diocese mais fundos para contratar um sacristão, mas recebi uma resposta negativa. Parece que teremos que adiar os reparos no telhado da igreja. James reclama de uma queimação no corte do rosto.

16 de junho de 1879

Cuidei de James por um tempo. Ele está com dor e com raiva por causa do corte, mas isso não lhe faz bem. Ele recusou a janta.

Terminei o pequeno tratado sobre ecumenismo nas Colônias que me foi enviado pela Sociedade Correspondente da Comunhão Anglicana. Foi deveras esclarecedor.

17 de junho de 1879

Muito calor hoje. James piorou. A carne da ferida aberta de quando Florence arremessou a garrafa está ficando amarela. Eu não esperava por isso, mas acho que Tyrone, sim. Bom, ele está nas mãos de nosso Senhor e devemos nos curvar à Sua vontade. Ele está delirando. Voltei a solicitar um sacristão, expondo mais motivos para a necessidade da contratação.

18 de junho de 1879

Um faz-tudo foi pego roubando na Rosa. Será instaurado um inquérito judicial para a próxima sessão trimestral. James piorou. Seu estado parece grave.

19 de junho de 1879

Não existe perversidade na alegria. Não existe pecado na vantagem não aproveitada. Não sou Caim, não assassinei meu irmão. E, ainda assim, ele foi assassinado. Ele ainda respira, mas não por muito tempo, tenho certeza. A criminosa? Sua esposa. O ferimento de que ele foi alvo pela mão de Florence agora está verde e vertendo um líquido fétido. A carne ao redor da ferida está enegrecida e carcomida. Dá para ver os dentes e o osso dele pelo corte. O médico que mandamos buscar — um bêbado local, pouco melhor que o fitotera-

peuta da aldeia — não sabe o que fazer, a não ser instruir orações e esperanças. De fato, tenho orado. Alternadamente, James sofre de tremores e suores e seus lábios estão rachados e secos. Ele grita de vez em quando, mas, felizmente, suas palavras não fazem sentido.

Quando fui até ele, segurei sua mão com força e ele voltou seus olhos para mim.

— Oliver — murmurou ele. — Seja bom com ela.

— Serei — falei.

Amanhã, ou no dia seguinte, estou certo disso, colocarei meu irmão na cripta da família e o entregarei nas mãos de D—us.

Notícias também provenientes da aldeia. Annie White se recuperou. Assim que conseguiu andar, deixou a casa da mãe, dizendo apenas que estava indo para Londres e que mandaria notícias quando pudesse. D—us impediu a voz dela de contar histórias. Graças a Ele.

16

Simeon virou a página, mas não encontrou mais nada. As páginas estavam em branco dali em diante. E, no entanto, ao olhar mais de perto, viu uma série de pequenos vestígios de papel ainda presos à lombada.

— Onde estão as outras páginas, Florence? — perguntou.

Ela ergueu a maquete de vidro. Embaixo dela havia uma pequena pilha de folhas. Como o próprio diário, ela as havia deixado à plena vista dele durante dias. Simeon tinha que admitir: Florence estava jogando bem aquele jogo.

— Pode me dar?

— Talvez.

Sua intenção era clara.

— Mas quer algo em troca.

— Como você é perspicaz, Simeon! Um psicólogo muito do galante!

— E se eu não atender seu desejo, o que acontece? Você as queima na chama da lamparina?

— Provavelmente.

— Então, qual é o preço?

— O preço é o meu retrato que está pendurado acima da lareira no corredor.

Ele ficou surpreso.

— Quer a pintura?

Era um pedido curioso, mas barato.

— Quero.

O pequeno retrato de Florence que ficava acima da lareira, pintado alguns anos antes em uma paisagem imaginária banhada pelo sol dos Estados Unidos, foi fácil de retirar da parede. Cain, que vinha carregando um balde de carvão pelo corredor, olhou para ele, mas Simeon fingiu não ter notado e levou a pintura de volta para a biblioteca.

— Ah! — suspirou ela ao vê-lo retornar. — Você é fiel.

Ele passou a pintura pela portinhola e Florence olhou com raiva para sua versão mais jovem. Então, estendeu a mão até a mesa lateral, pegou uma caneca e a arremessou contra a mesa, quebrando-a em uma dúzia de pedaços. Ela recolheu um dos cacos maiores do chão e Simeon temeu que fosse usá-lo como arma contra si mesma, contudo, ela o espetou na pintura, na borda, no ponto em contato com a moldura, e recortou a tela.

— O que está fazendo? — perguntou ele.

— Você vai ver.

Atrás da imagem, ele viu o verdadeiro alvo dela: um punhado de cartas.

— O que é isso?

E, quando ele as viu, também viu lágrimas nos olhos dela.

— Isto? São os bilhetes que James escrevia para mim. Quando éramos jovens. Mandei colocá-los aqui para que…

— Você sempre soubesse onde estavam — concluiu ele.

E, com isso, ele se sentiu um *voyeur*. Saiu do cômodo, dando espaço para ela ler suas antigas cartas de amor. Não podia libertá-la, mas podia lhe dar tempo com seu passado, com seus pensamentos e o amor que nutrira pelo marido.

Uma hora depois, ele voltou. Florence estava de pé na lateral de seu aposento, inclinada contra uma prateleira de livros, fitando a fileira de janelas que não conseguia alcançar.

— Obrigada — disse ela.

Ele assentiu, aceitando a gratidão. Sem olhar para Simeon, ela passou para o outro lado as páginas restantes do diário pela portinhola e ele voltou a ler a história desconhecida de Oliver Hawes.

20 de junho de 1879

De fato, sepultei James hoje. Formamos um cortejo bem triste... Eu mesmo estava triste por ter chegado a isso, mas somos ferramentas do Senhor e não devemos questionar.

Ficamos como um ajuntamento funesto na saleta dos fundos, onde o corpo dele havia sido colocado, e me lembrei da monografia que li sobre os devoradores de pecados em nossa região do país; os miseráveis que eram pagos para comer bolos colocados sobre o corpo dos defuntos e assumir todos os pecados dos recém-falecidos. Aos olhos de D—us e do Tentador, aquelas manchas eram, então, transferidas do livro do falecido para o daquela pessoa viva, que teria que responder por elas no Dia do Juízo Final, enquanto o falecido poderia entrar no Céu sem obstáculo. Com certeza, é a profissão de um ateu. Eles sofrerão um choque terrível quando seus caixões forem abertos, e suas almas, convocadas perante o juiz supremo.

Cumpri bem o meu dever sacerdotal, creio, transmitindo palavras de profundo conforto para todos, inclusive para Florence. Se dependesse somente de mim, eu teria permitido a ela algum tempo para ficar de luto. Porém, Tyrone afirmou, com razão, que logo após o enterro seria o melhor momento para agirmos.

Para tanto, algumas horas depois, eu estava lendo em minha biblioteca à luz do gás. Florence tinha saído para uma caminhada a fim de espairecer. Tyrone estava no canto cortando as unhas de maneira desagradável.

Raramente eu tinha visto tanta chuva, mesmo nessas bandas em que chove muito. Um pouquinho mais, e o próprio Noé teria resistido à ideia! Tyrone não era a única outra pessoa presente. Eu havia convidado Watkins para jantar, e ele estava dormindo no canto, roncando como uma fera africana. Eu o tinha enchido de vinho e sugeri

que ele tirasse um cochilo aqui antes de voltar para casa. Os criados haviam sido dispensados, voltariam só no dia seguinte.

— Noite suja — murmurou Tyrone. — Como acha que ela se sairá?

— Nada bem — respondi, erguendo os olhos por cima de um volume de comentários sobre o Pentateuco. — Ela está em uma condição frágil, tenho certeza.

— Maldição, pode ter certeza disso!

— Gostaria que você moderasse seu linguajar de bar quando estiver nesta casa — adverti-o. — Existe uma hora e um lugar para isso, mas este não é nem um nem outro.

— Desculpe — resmungou ele, e voltou a cortar as unhas. — Quanto tempo faz agora? — perguntou depois de um tempo.

Conferi o relógio no canto.

— Quase uma hora. Ela não pode continuar lá fora por muito mais tempo. O frio deve estar congelando os ossos dela.

Fechei o livro e retirei os óculos para poder me concentrar melhor. O som do pranto da mulher surgiu novamente. Já havia sido raivoso, depois queixoso e agora era ameaçador.

— Abram as portas ou esfolo vocês, seus filhos da puta! — gritava ela lá de baixo. Seixos batiam e faziam barulho contra a vidraça, mas ela não conseguia encontrar nada mais substancial para jogar, nada que pudesse quebrar o vidro. E por causa do som da torrente bíblica, eu mal conseguia perceber.

— Não é uma dona muito fina, não é? — comentou Tyrone. — Parece uma das moças de três xelins de Londres. Algumas delas… ah, eu tenho algumas histórias! Tinha uma moça, Jessie, que gostava de tudo. Uma vez, ela…

Bati meu livro contra a mesa, bastante zangado.

— Falei para você moderar essas histórias horríveis. Se for se comportar assim, pode dar o fora desta casa!

— Ah, cale-se — murmurou ele. — Você precisa de mim assim como precisa de comida.

— Preciso nada!

Não gosto nada do jeito indiferente que ele tem agido comigo ultimamente. Depois de cuidar de Florence, estou começando a suspeitar, terei que cuidar de Tyrone. É uma situação perigosa quando o lacaio se considera o mestre.

— Por que, em nome do Diabo, você tem consideração por essa Harpia eu nunca saberei — murmurou Tyrone.

— Quero evitar que ela fique pior do que é — informei. — O ofício sagrado é um anátema para você, não é?

— Ah, o ofício sagrado... Isso é o que você deseja dela. Rá! — Ele me lançou um olhar malicioso. — Vou-me embora. Não me importa o que você e ela fazem. Trate-a como os marinheiros tratam Jessie, não estou nem aí! — E ele deixou o cômodo com pisadas fortes. Watkins pareceu se agitar um pouco com a saída de Tyrone, mas não acordou.

E então, com um estrondo poderoso, a janela foi quebrada de fora para dentro! Uma pedra entrou voando por ela, estilhaçando-a e atravessando o cômodo, e caiu na lareira. Watkins acordou gritando após ser atingido por alguns cacos. Lamentei, pois rachou bastante os ladrilhos em torno da lareira. Foi um acontecimento muito desagradável.

Sem o vidro da janela entre nós, a voz de Florence parecia agarrar o cômodo e sacudi-lo com intensidade.

— Abram a porta, desgraçados! Abram ou vou derrubá-la!

Isso foi seguido por uma nova chuva de seixos atravessando a janela quebrada. Alguns atingiram Watkins, fazendo-o pular de susto.

— O que está havendo? — gritou ele.

Fingi estar tão surpreso quanto ele.

— Eu... creio que seja a voz de sua filha — disse eu.

— Florence? Meu D—us, acho que é!

Nós nos aproximamos cuidadosamente da janela quebrada. A chuva entrava fustigante, e as cortinas esvoaçavam. Mais uma vez, pensei em Noé, no dilúvio, à deriva, rezando pela sobrevivência de sua raça.

— Seus animais! Abram a porta! Vou torcer o pescoço de vocês! Que o Diabo me ajude, vou torcer o pescoço de vocês!

— Qual é o problema dela, em nome de D—us? — perguntou ele, assustado.

Espiamos pelo vidro quebrado. Ela estava lá embaixo, encharcada, como se tivesse caído no mar espumante toda vestida, e nos encarava de volta com todo o ódio de um demônio.

— Estou vendo vocês! — gritou ela para cima. — Eu acabo com vocês com minhas próprias mãos! Abram a porta!

As mãos das quais ela falava estavam acima de sua cabeça, estendidas para cima como se para cumprir a promessa de nos estrangular. Então, incrivelmente, elas pararam de agarrar o vazio e começaram a agarrar as pedras da casa. Ela estava tentando escalar as paredes para entrar pela janela como um macaco. No entanto, não conseguiu subir mais que um pouco com muita dificuldade, auxiliada por algumas videiras que se agarravam à pedra, e então caiu no solo encharcado.

Watkins e eu recuamos. Ela parecia uma das criaturas semi-humanas dos contos de marinheiro de Tyrone.

— Nunca a vi desse jeito! — Era só o que Watkins conseguia exclamar. As palavras dele saíam arrastadas. O medo que sentia do estado da filha era atenuado pela bebida que ainda confundia seu cérebro.

— Queria poder dizer o mesmo — respondi, baixinho.

— Quer dizer que já aconteceu? Ela se comportou assim outras vezes?

Não dei uma resposta verbal, apenas suspirei profundamente e dei margem para que nosso estimado magistrado local tirasse suas próprias conclusões. Ele parecia muito perturbado.

— Achei que o incidente com seu irmão tinha sido a única ocasião.

— Quem dera fosse o caso — falei com o tom infeliz que Tyrone tinha me ensinado. — Mas vou descer e deixá-la entrar.

— É seguro? — perguntou ele, temeroso. Então, reconheceu o absurdo que era um homem com medo da própria filha. — Quero dizer, é claro, deve deixar. Cuidarei para que ela se acalme.

Desci até a porta da frente. O vento encontrava frestas nos tijolos e fazia um som como se a casa em si estivesse uivando de angústia.

Ela batia na porta com força suficiente para arrombá-la. A porta era de carvalho espesso, mas a veemência do ataque dela logo a estilhaçaria, pensei. Eu não conseguia entender como ela era capaz de bater com tanta força sem nada nas mãos, mas não precisei esperar muito, porque, diante de meus próprios olhos, a porta começou a soltar lascas. Rachaduras compridas apareceram e, espantado, parei de me aproximar. Então, a ferramenta que ela estava usando entrou explodindo a porta: uma enorme pedra que deve ter puxado do jardim para a tarefa virara uma machadinha nas mãos dela. Fiquei pensando, durante um segundo, se minha vida estava verdadeiramente em risco; se a mente dela tivesse estilhaçado como a porta, então James poderia não ser o último de nossa família a morrer pelas mãos de Florence.

Então vi Tyrone de pé à entrada da cozinha e um olhar zangado dele foi o suficiente para me dar uma injeção de coragem. Eu me movimentei mais rápido para abrir a casa a ela.

No momento em que girei a chave na fechadura, o vento arrancou a porta de mim, arremessando-a contra a parede e me dando o primeiro vislumbre da Florence transformada.

Que visão ela era! Ah, eu poderia até dizer que aquilo não me afetou, mas a verdade é que mexeu comigo profundamente. As roupas dela, grudadas em seu corpo, o cor-de-rosa de sua pele através do linho branco tão visível como se estivesse aberto ao ar e aos meus olhos. Tamanha beleza silvestre e desamparada nunca teria sido feita para ficar escondida.

— Meu Pai do Céu, minha pobre criança! — exclamei. — Você não levou uma chave?

— Por que eu levaria uma chave? — perguntou ela, e jogou de lado a pedra. Gotículas de sangue vermelho a acompanharam; ela cortara a palma da mão enquanto batia repetidamente na porta. Florence me empurrava para o lado à medida que ganhava o corredor.

— Os criados foram mandados para casa — expliquei.

— Vocês me ouviram gritar. Passei uma hora pegando chuva lá fora.

— A tempestade é muito ruidosa.

— A tempestade? Não me venha com essa. — Ela jogou de lado a roupa de cima, ficando só com a roupa íntima. — Olhe, não olhe. Não me importa o que faça! — declarou ela, e começou a puxar e a se livrar das faixas que mantinham o pouco de cobertura que ainda escondia seu corpo.

— Florence! — ecoou um grito de cima de nós. Do alto do lance de escada, seu pai testemunhava a aparente tentativa de Florence de exibir todo o seu corpo de mulher para mim, seu cunhado, seu pároco. — Pare com isso! Vista-se agora mesmo! Que cargas-d'água passou pela sua cabeça?

— Ah, meu D—us. Pai — murmurou ela com irritação. — De uma tempestade para uma rajada. Estou na minha casa, pai, fico nua como Eva se quiser. Você já me viu desse jeito antes, não viu?

Ele parecia nervoso e tropeçou ao tentar descer a escadaria.

— Embora às vezes eu me pergunte se eu ao menos fui concebida. Mamãe devia estar bêbada como você está agora.

— Como ousa? — gritou ele e errou o degrau, agarrando-se ao corrimão para salvar sua vida. — Cubra-se! A morte de James nos afligiu a todos, mas...

— Não o afligiu nem um centésimo de como afligiu a mim! — exclamou ela com um sibilo na voz. — Você... o quê? Conhecia ele? Passou tempo em uma taverna com ele enquanto ele pagava bebidas e contava histórias? O que é isso perto do que ele era para mim? Você

pode deixar isso para trás e encontrar outro homem para pagar a cerveja e falar sobre as vadias que conheceu. Eu, não. Portanto, não me diga como lidar com meu luto pela morte de meu marido ou como devo me comportar dentro da minha própria casa!

Em seguida, ela subiu para seu quarto de supetão. Uma noite desagradável, mas com um final satisfatório.

21 de junho de 1879

Levei um susto esta manhã — que o Senhor me dê menos disso no futuro — quando Tyrone invadiu meu quarto para me sacudir a fim de que eu despertasse e me informar que Florence tinha ido pegar o trem matinal para Londres. Tenho ficado preocupado com o arrogante começando a ter ideias acima de sua posição na vida. Não devo deixá-lo bancar o Cássio para meu César.

— Aonde acha que ela vai? — questionou ele com um rugido.

Eu me demorei um segundo pensando.

— Procurar Annie White, presumo — respondi. — E concordo que isso é muito desagradável.

— Então o que vamos fazer a respeito?

— Vamos até Londres... não para atrapalhá-la, mas para chegar lá antes dela. Encontramos Annie e cuidamos para que nenhuma declaração inconveniente saia de sua boca — expliquei, sentindo que minha resolução o havia impressionado.

Tomei as providências e rapidamente estávamos esperando o trem vespertino de Colchester para Londres.

— Boa tarde — disse eu ao chefe da estação enquanto esperávamos na plataforma. Ele era originalmente de Mersea, e eu o conhecia um pouco.

— Tarde, pároco.

— Vou atrás de minha cunhada em Londres. Era para ela ter me dito onde estava ficando por lá.

— Ela esqueceu, foi? — Tyrone riu.

— Pois é.

— Mulheres, pároco. Esquecem os próprios nomes.

— De fato. Então, ela chegou a falar a respeito com você? Ou qualquer outra coisa que possa me ajudar a encontrá-la?

— Não, senhor, não... — Ele balançou a cabeça em um gesto negativo e coloquei o pé no degrau de embarque. — Ah, mas espere aí! Uma coisa. Veja bem, quando ela me perguntou para qual estação de Londres iríamos, falei para ela que era a Liverpool Street.

Presumi que havia mais história para ser contada, mas naquele momento ele parecia achar que bater seu cachimbo fétido contra o calcanhar para soltar o tabaco usado era de extrema importância.

— E aí? — tentei incitá-lo.

— E aí ela me perguntou — ele ainda estava prestando mais atenção no cachimbo — a que distância ficava de Covent Garden.

Fiquei satisfeito com aquilo. Haveria mais, por acaso? Sim, havia.

— "Vai ver o show de marionetes?", perguntei a ela. "Não", respondeu. "Vou procurar alguém lá." Então, eu disse a ela que fica a vinte minutos de carruagem.

"Procurar alguém lá." Agradeci ao Senhor por Sua Providência.

E ainda assim, ah, meu Deus! Que viagem fizemos! Embora eu na maior parte das vezes tenha aproveitado minhas estadas na capital do país, a viagem precária geralmente deixava uma marca tão forte em meu corpo que tinha prometido a mim mesmo nunca mais voltar. Desta vez não foi diferente.

Enfim, chegamos e, ao pararmos na estação Liverpool Street no início da noite, fui até a agência dos correios da estação. Eu tinha um estratagema para executar. Encontrei um homenzinho sujo lá dentro e lhe deixei instruções e uma cédula de uma libra.

Dali seguimos para o mercado de Covent Garden. Preocupava-nos sermos vistos por Florence antes que a víssemos, por isso, vesti roupas comuns e coloquei um chapéu de aba baixa. Tyrone enrolou a parte inferior do rosto com um lenço preto, o que o disfarçou e o deixou quase imperceptível naquele covil de ladrões. Com tudo isso, se tem uma coisa que odeio em Londres é o nevoeiro, e havia um pairando sobre toda a cidade, perfurado apenas ligeiramente pelas lâmpadas superiores.

Então, Florence estava procurando Annie em Covent Garden. Era claro e cristalino por que uma tal como Annie se sentiria atraída por aquele lugar; as mulheres da vida daquele lugar eram famosas dali até Viena. E raramente mantinham suas atividades libidinosas limitadas à noite. Diziam: "Aqui, senhor!"; "Deixarei você satisfeito!". Um pecado tão barato... À medida que Tyrone e eu caminhávamos, recebemos centenas de chamados e convites de mulheres de todas as idades; jovens de doze e velhas de cinquenta, algumas delas, eu tentava adivinhar a idade quando me aproximava o suficiente para distingui-las.

— Mais tarde, meninas! — respondia Tyrone. — Fiquem preparadas, porque tenho muita coisa guardada para vocês.

Ele era recompensado com um coro de gargalhadas felinas e estridentes. Estava perfeitamente preparado para descer ao nível de prazeres delas, mas primeiro fizemos uma rápida varredura no mercado e nos becos ao redor. Nem Annie nem Florence estavam à vista. Teria sido muito a pedir. Então passamos muito tempo daquele dia andando a pé, fazendo perguntas discretas. Contudo, não descobrimos nada e fomos para o hotel mais próximo.

22 de junho de 1879

Retomamos nossa busca, vagando novamente por horas, até que algo aconteceu.

— Estão procurando uma mulher? — Não era uma voz feminina desta vez, mas um sussurro que vinha de uma porta, e, quando me aproximei na escuridão, vi um homem magro com o rosto mais marcado de varíola que qualquer outro que eu já tinha visto; era de admirar que ainda estivesse vivo, com aquele monte de buracos e erupções na carne, e tomei cuidado para não me aproximar a ponto de ficar ao alcance de sua respiração e acabar contraindo o que ele tinha.

— Eu não — respondi, mantendo distância, esperando para ver como seria a reação do homem.

O rosto dele, pincelado pelo mal, foi dividido em dois pela sombra e sua voz mudou, tornando-se de alguma forma conhecedora de mim.

— Sei que estão. Duas mulheres. De bandas distantes.

E, sem dizer nada mais, ele desapareceu em meio à sombra da porta.

Hesitei, bastante inseguro quanto a seguir aquele homem para dentro de seu covil.

— Vá em frente, homem — insistiu Tyrone.

— Não sabemos nada sobre ele — respondi.

— O quê? Ainda é covarde? — zombou Tyrone.

— Silêncio!

— Não se incomode. Eu vou — disse ele. — Espere aqui.

A mão dele foi até a protuberância sob sua jaqueta que eu sabia ser a faca que havia acabado com a vida do irmão de Annie. Eu sabia que ele estava ansioso para usá-la também na irmã.

Nesse momento, achei prudente acatar a sugestão dele e passei para o outro lado da rua.

— Vamos subindo, então, moço — ouvi o alcoviteiro dizer ao meu amigo, enquanto me retirava.

Permaneci na rua, larga o suficiente para deixar passar um carrinho de frutas ou flores. Seus seixos estavam molhados devido à

umidade, sem dúvida após terem sido totalmente lavados com água do Tâmisa para limpar o máximo possível da imundície cotidiana. Olhei para cima, para o andar superior da casa. Uma janela com venezianas evidenciava uma vela acesa. Aquele provavelmente seria o destino dele.

Havia outra garota ao final da rua, de pé sob uma lamparina.

— Apenas três xelins, moço! — bradou ela. — Deitados. Dois se for de pé.

— Cale-se, rameira — ordenei.

Fiquei esperando e comecei a relaxar, durante dois minutos, no máximo, até que Tyrone apareceu correndo desesperado.

— Precisamos ir! — rosnou ele, agarrando meu casaco e me puxando pela rua.

— O que houve? — perguntei.

— Não há tempo.

Eu me pus a encará-lo. A luz da lamparina refletia em seus olhos como se houvesse fogueiras por trás deles. Eu me desvencilhei dele e corri para a porta. Não deixaria nenhum homem mandar em mim.

Subi rapidamente as escadas e entrei no único cômodo do andar de cima. Eu esperava um quarto rústico, um local de trabalho para o alcoviteiro e seus animais de estimação, mas encontrei outra coisa. Encontrei uma casa mortuária.

Sobre a cama, com as gargantas dilaceradas, estavam duas mulheres da vida, trajadas com as vestimentas de seu ofício — arrumadas com extrema lascívia para mostrar o máximo de pele que lhes restava. Foram jogadas na cama sem cuidado, o sangue delas havia jorrado não apenas no chão, mas também nas paredes. Nenhuma delas tinha a menor semelhança com Annie ou Florence.

Mas havia uma pessoa ainda viva.

— Meu... meu... — ouvi alguém gemer.

O cafetão estava caído por cima de um banquinho. Ele estendia a mão na minha direção, enquanto a outra parecia segurar as entranhas, que estavam saindo de seu tronco.

— Por favor... — A palavra se transformou em um sibilo como o de uma cobra, e sem dúvida era apropriado, pois certamente o Diabo em pessoa estava ali naquele quarto.

— Falei que precisávamos ir.

Aquela voz eu conhecia. Tyrone tinha me seguido para dentro do prédio e agora estava de pé atrás de mim.

— O que em nome de Deus deu em você? — perguntei.

— Abaixe a voz. — Foi uma ordem muito severa. — Eu dou as ordens nesses assuntos.

— Eu... água. Cirurgião — gemia o mantenedor das prostitutas, ainda vivo.

O olhar de Tyrone cruzou com o meu. Então, dei as costas, e ele foi até o homem que estava no chão. Não ouvi mais nenhuma palavra da boca daquela pessoa.

— Eu dou as ordens nesses assuntos — repetiu Tyrone. E ouvi um farfalhar muito baixinho, como se ele estivesse limpando metal com um tecido.

Olhei novamente para aquela cena. Era algo que iria sair nos tabloides sanguinários de um centavo. Carnificina como as do Antigo Testamento. Mas, claro, aquela fazia sentido. A mão de D—us estava naquele quarto da mesma maneira que esteve na Israel de outrora.

Mas ainda assim. Tyrone tinha me irritado.

— De agora em diante, não fará mais nada como isso! — declarei. — Você passa por cima do que é decente.

— E é exatamente por isso que o senhor precisa de mim! — rebateu ele com a mesma fúria que eu havia exibido.

— Como assim?

— Como assim? — perguntou Tyrone com um tom de zombaria.

— Refiro-me apenas ao que o senhor já sabe: que tenho sido o seu devorador de pecados.

Eu me detive, espantado com aquela afirmação.

— Como você conhece esse termo? — perguntei com autoridade.

— Como? Onde fui criado, todo mundo conhece.

— Ora, é certo que isso foi pecaminoso — falei, gesticulando com a mão para a cena sangrenta, nada interessado em uma discussão teológica naquele momento.

— Eles pecam quarenta vezes por dia — disse ele com total desdém, como se não se importasse nem um pouco com aquelas vidas, e cutucou o pé de uma das prostitutas com o dele. O dela mexeu um pouco, pendendo sobre a beirada da cama. — O pecado sempre se faz presente. Já me resolvi com ele.

— Bem, eu não.

Ele sorriu horrivelmente quando falei isso.

— Então, talvez devesse.

Algo naquelas palavras me pareceu um tanto arrepiante.

— Agora vamos — instruiu ele, agarrando meu paletó e, desta vez, sem tolerar recusa. Na porta, ele olhou para fora, para a rua, segurando a terrível faca em uma sombra. — Barra limpa — disse ele, acenando na minha direção com ela. E, assim que saímos, ele enfiou a faca de volta na bainha de couro sob sua túnica. Saímos andando rapidamente pela rua.

— Me quer agora, moço? — Era a meretriz que havia me provocado antes. — Você parece pronto.

No entanto, não fui eu quem respondeu, e sim Tyrone.

— Eu estou pronto — disse ele, surpreendendo-me. — Bastante pronto. — E, por mais incrível que pareça, ele começou a ir na direção dela.

— Está fora de si? — perguntei com um sussurro, segurando-o.

— Não, só com fome — respondeu ele com uma risada.

Ele se desvencilhou de mim e foi até a moça — um exemplar mais jovem daquela profissão do que as que jaziam rasgadas no quarto acima de nós — e, sem prólogo, agarrou-a pelos ombros, virou-a de costas para ele, curvou-a e tomou-a como um cão em um jardim. Desviei o olhar, furioso por ter sido tornado partícipe daquilo, bem como pela imprudência do momento.

— Tome seis xelins — ouvi-o dizer. — Compre uma bebida para as meninas lá de cima. Cortesia do dr. Black. — Ele sorriu com malícia por cima do ombro, olhando para mim.

— Agradeço muito a você, ao doutor, senhor — respondeu ela, com um tom bastante satisfeito.

Senti a mão dele em minhas costas, dizendo-me que ele estava preparado para partir, e me afastei a passos largos, ponderando quanto tempo eu levaria para abandonar meu antigo amigo a qualquer que fosse o destino que o esperava: a corda do verdugo, sem dúvida.

Tomei cuidado... mais cuidado que ele... para ser visto por poucas pessoas enquanto voltávamos para o alojamento que eu havia alugado perto da estação Liverpool Street. Tyrone parecia exultante após seu ato recente e queria ser visto.

— Vamos para St. James Park. Têm mais meninas daquele tipo lá — disse ele. — Elas correm entre os arbustos, prontas para serem capturadas.

Se ele não estivesse com a mão no cabo coberto de sua faca, eu poderia tê-lo repreendido com maior veemência, além de usar apenas palavras, mas, daquele jeito, chamei-o de tolo usando cinco termos diferentes e quase o arrastei comigo de volta ao hotel onde estávamos hospedados. Fiz questão, porém, de fazer um caminho alternativo, para reduzir as chances de sermos rastreados até aquele estabelecimento e

possivelmente até mesmo identificados pelas autoridades da rainha. Tyrone parecia não se importar se uma corda fosse enrolada no seu pescoço, mas aquela perspectiva era claramente desagradável para mim.

Quando chegamos ao hotel, o proprietário nos ofereceu a ceia. Mas, quando ele disse que o prato era ganso assado, Tyrone caiu na gargalhada e eu tive que lhe dar um ligeiro chute para que parasse.

24 de junho de 1879

Durante dois dias, Tyrone e eu procuramos nossa presa. Tentamos pensões, bordéis e missões cristãs. Nada. Minha raiva só aumentava. Ele estava pronto para retalhar outras prostitutas acreditando que uma delas estivesse abrigando Florence, mas eu o detive. Não nos beneficiaria uma atenção maior em cima de nós. E nossa sorte acabou mudando.

Na manhã do terceiro dia, Tyrone veio até mim. Ele tinha virado a noite na farra — eu não quis saber onde — e obtido algumas informações. Ele me disse para esperar no hotel, que naquela noite ele traria Florence e a moça da aldeia para mim. Agradeci a D—us.

Fiz como ele queria e fiquei esperando pacientemente, mas, em vez de trazer as duas fugitivas, ele voltou por volta da meia-noite com um ferimento profundo no ombro. Arranquei dele que, apesar de sua promessa, sua empreitada estava longe de ser bem-sucedida. E, a partir de então, eu sabia que não deveria acreditar em uma palavra ou promessa dele. Fui para a cama furioso naquela noite e quase não dormi.

Contudo, agradeçamos ao Todo-Poderoso novamente!

Fui acordado talvez às oito da manhã pelo pequeno e sujo funcionário dos correios da Liverpool Street. Quando permiti sua entrada em nosso quarto, ele segurava uma carta.

— Senhor, aquele assunto de que conversamos — disse ele, segurando a carta para cima. — Hoje de manhã isto foi enviado para

o trem matutino de Colchester. É o endereço que o senhor pediu que eu ficasse de olho.

Estava, de fato, endereçada ao nosso estimado juiz de paz, Watkins. E eu conhecia a letra da filha dele, é claro.

— Você se saiu muito bem — falei.

— Sabe, senhor — falou ele com um tom inocente —, não é legal tirar cartas do correio de Vossa Majestade.

Eu suspirei.

— O outro cavalheiro lhe pagará.

— Outro cavalheiro? — repetiu o idiota, olhando ao redor.

Eu não estava com humor para tal disparate. Tirei minha carteira de debaixo do travesseiro e dei a ele seis xelins. Ocorreu-me brevemente que aquela havia sido a quantia que Tyrone tinha dado à prostituta na outra noite.

— Pode ir — falei.

— Sim, padre.

Ele parecia um tanto confuso com aquelas palavras simples. Não gosto quando homens rudes que não conheço se dirigem a mim como "padre". Fica parecendo que tenho um dever espiritual ou mesmo pastoral para com eles, quando não tenho nenhum.

Abri o envelope.

— Florence? — perguntou Tyrone.

— Pode apostar.

Li a carta do início ao fim. Nela, Florence descrevia o que havia acontecido com ela durante os três dias anteriores. Foi uma leitura divertida, e havia algo muito mais importante nela: foi escrita no papel timbrado do hotel.

E assim consegui o endereço dela sem o menor problema: Hotel da Coroa, na rua Bishopsgate.

17

Simeon ergueu os olhos das páginas à sua frente e levou algum tempo para pensar sobre o que havia lido e aprendido a respeito daquele despretensioso pároco do interior. Veio à sua mente a lembrança de Watkins dizendo a ele que Oliver Hawes havia sido expulso do Exército por covardia e deserção. Ele se perguntou se os novos psicólogos poderiam pegar aquela humilhação e ligar os pontos ao homem que ele havia se tornado. Mas haveria tempo para essa conjectura; agora só precisava de mais informações.

— Ele escreve que sua carta para seu pai contou a ele o que você passou em Londres, mas sem os detalhes. Pode me contar? — perguntou Simeon.

— Não gosto de pensar nisso.

— Entendo. Não tenho como saber o que foi, mas deve ter sido horrível. — Ela balançou a cabeça em um gesto de concordância. — Posso lhe oferecer outra coisa, algo que a faça feliz?

— Por exemplo?

— Talvez você possa sugerir alguma coisa.

Ela parecia pensativa.

— O que aconteceu com o corpo de Oliver? — perguntou ela.

— Está no necrotério do Hospital Real de Colchester.

— Providenciará para que seja enterrado na cripta da família?

— Presumi que era o certo a se fazer — respondeu ele e, enquanto falava essas palavras, via a direção em que a mente dela estava indo. — Tem outra ideia?

— Tenho. Quero que enterre John White no lugar dele. Ele merece um enterro decente.

Foi uma exigência chocante. A princípio, Simeon considerou aquilo impossível, mas então, conforme foi pensando mais a respeito, não seria tão difícil de conseguir. Ele supervisionaria o corpo do pescador de ostras sendo depositado em um caixão e acompanharia o caixão até a cripta. Ninguém além dele saberia quem estava em seu interior. Caso contrário, White seria enterrado em uma vala comum.

— E quanto ao corpo de Oliver?

A luz da chama cintilou em sua seda amarela. Era como se ela estivesse dentro do próprio fogo.

— Enterre-o nos lodaçais onde encontrou John. Deixe-o afundar. E coloque pesos no corpo, para que ninguém nunca o encontre.

Watkins tapou os ouvidos.

Havia certo equilíbrio de justiça no plano dela. E o que mais ele poderia lhe oferecer, senão equilíbrio?

— Pode deixar — disse ele. O silêncio reinou durante um tempo. — Agora pode me contar o que houve com você?

— Tem tempo para ouvir?

— Tenho todo o tempo do mundo.

Ele se sentou na cadeira do pároco, em silenciosa expectativa.

— Aquele bilhete acusador de Annie, o que Oliver enviou para casa para que parecesse que ela estava acusando James de abusar dela, não Oliver — disse ela, quase que para si mesma, relembrando. — Bem, me pareceu depois uma coincidência muito esquisita que, ao mesmo tempo que a carta chegou, o irmão dela tenha sofrido um acidente e, no dia seguinte, ela tenha tentado o suicídio. Então, fui visitá-la, para descobrir o que havia acontecido.

— Entendo.

— Encontrei Annie muito doente, é claro, e ela falou pouco, mas o que disse me deixou desconfiada de que eu havia sido injusta com James ao acusá-lo, com base naquele bilhete, de ter um envolvimento com ela. Mas tinha

muita coisa que não estava me contando. Então, quando fiquei sabendo que Annie havia se recuperado e entrado no primeiro trem que conseguiu para Londres, eu sabia que tinha que ir atrás dela. — Ela se serviu de um pouco de água de uma jarra. — Primeiramente, decidi tirar qualquer um do meu rastro. Ah, eu fui astuta, Simeon. Eu me perguntei em que lugar de Londres uma moça como Annie poderia acabar. Bem, é deprimente e óbvio, não é? Se você for uma jovem colocada para fora de casa ou se não tiver família para sustentá-la, acaba nas ruas e na única profissão que não requer experiência. Então, eu disse que estava indo para Covent Garden, onde uma boa parte dessas pobres mulheres exerce seu ofício. Qualquer pessoa que estivesse me seguindo deduziria que eu tinha informações sobre o paradeiro dela.

— Muito sutil de sua parte.

— Foi. Porém, na verdade, eu não fazia ideia de onde ela estava. Sim, ela podia muito bem estar nas ruas... mas em Whitechapel, Camden ou Mayfair? Os locais em que elas exercem essa profissão são infinitos. Então, em vez disso, planejei uma busca, financiada por um dinheiro que peguei do cofre de James. Como primeira medida, liguei para um empório onde fiz uma compra que vocês, homens, não aprovariam.

— Tem certeza de que não?

— Muita certeza. — Então ela recuou um pouco. — Na maioria dos casos. Bem, logo veremos. — Ela parou por um momento. — O proprietário desse empório também recomendou os serviços de um homem que trabalhava em uma sala em uma ruela do Soho. Ficava em cima de uma tabacaria, e, entre a fumaça daquele lugar e a fumaça geral de Londres, pensei que fosse desmaiar a qualquer momento. O nome do homem era sr. Nathaniel Brent. "Não faço ideia do meu sobrenome verdadeiro. Fui encontrado em Brent e me deram esse nome, já que era tão bom quanto qualquer outro", me disse ele. Ela reproduzia o sotaque dele como se fosse a filha da rua mais casca-grossa de Londres.

— E quem é esse sr. Brent?

— O sr. Brent, ou qualquer outro sobrenome que queira dar a ele, se descrevia como "um agente de inquéritos". Em essência, se você quiser alguém rastreado como um cervo ferido, ele é o seu homem. É um sujeito magro e alto. Um tanto arrogante. Eu disse a ele que desejava encontrar uma

ex-empregada minha que eu acreditava ter se metido em problemas. O tipo habitual de problemas.

"Ele se sentou em uma cadeira; o único lugar para sentar em todo o cômodo, deixando-me de pé, o que achei um pouco estranho, e falou: 'O engraçado, moça, é que quase todo mundo que entra por aquela porta me conta uma história, daí acontece que a verdade é algo bem diferente.' Corei um pouco, o que me deixou com raiva de mim mesma. 'Então, que tal me contar o verdadeiro motivo pelo qual quer encontrar essa Annie White, e nós dois fingirmos que foi a primeira história que você contou?'"

Simeon franziu a boca, maravilhado.

— Ora, eu estava incomodada, mas pelo menos ele provou ter alguma inteligência. Contei a verdade a ele. "Diabo de história", disse ele, embora eu ache que tenha dito para ele mesmo, e não para mim. "Pobre vadia. Certo. Vá para a sua hospedaria. Aparecerei com o que conseguir descobrir. Irei com o nome de sr. Cooryan. Se qualquer outra pessoa a chamar, comece a gritar até que o lugar venha abaixo. Lembre-se: sr. Cooryan."

"'Se alguém não convidado vier me visitar, usarei isto, não vou gritar', falei e abri minha bolsa de mão para mostrar a ele o que havia comprado no empório naquela tarde. Era uma pistolinha de mão de quatro tiros bem bonitinha, sabe? Tão pequena e discreta que cabe toda dentro do meu aquecedor de mãos. Você só saberia que estava lá depois de levar uma ou duas balas no cérebro."

Ela fixou o olhar em Simeon.

— Então, o que acha disso?

— Uma necessidade da vida moderna — disse ele, dando de ombros, presumindo que ela estivesse esperando uma reação mais contundente.

— Ah, sim. — E ela inclinou um pouco a cabeça para se dirigir a Watkins. — Desculpe, pai, sei que me criou para fazer bordados, mas os tempos mudam, não é?

Watkins tentou responder, mas não conseguiu e voltou a se recolher em si mesmo.

— De qualquer forma, voltei para minha pensão e esperei. Você sabe, Simeon, que há um exército vivendo nas ruas de Londres, caso qualquer homem ou mulher precise dele. Por um baixo preço, eles se espalham pela

cidade perguntando em hospitais, estalagens e entradas de empregados por qualquer nome ou descrição que lhes derem. A maior parte do que escutam é besteira, mas, uma hora ou outra, alguém aparece com a verdade.

— Não, eu não sabia disso — disse ele.

— Mas é verdade. E, alguns dias depois, Nathaniel me trouxe o que eu estava procurando. Era um endereço em St. George's Fields, em Southwark.

St. George's Fields. Ele entendeu imediatamente. Sim, ele mesmo tinha visto aquele lugar e sentido pena de qualquer pessoa que morasse ali.

— Posso imaginar o endereço a que se refere.

— Achei que poderia. Bem, Nathaniel me perguntou se eu conhecia aquelas bandas. Eu lhe disse que tinha lido sobre o lugar, mas que nunca achei que chegaria a visitar. "Não, moça, não são muitos que visitam." E, no entanto, no dia seguinte, eu estava em uma carruagem indo para lá.

Simeon a interrompeu:

— O Hospital Magdalena para Tratamento de Prostitutas Penitentes — disse ele. — Um nome desses não se esquece.

— Não mesmo. Então, lá estava eu, diante de um prédio de tijolos enorme que se parecia muito com uma prisão. — Dentro de sua cela de vidro, ela passou a mão pela frente daquele edifício. — Já entrou lá?

— Não. Mas meus colegas médicos já me contaram histórias impressionantes.

Ela balançou a cabeça em um gesto de compreensão.

— É todo trancado e gradeado, com persianas de madeira cobrindo as janelas para que ninguém possa ver lá dentro, para impedir as internas de exercerem seu ofício de dentro do próprio hospital.

— Já ouvi sobre isso.

— Homens sentem uma espécie de excitação quando olham para mulheres debilitadas, ao que parece. Fiquei pensando sobre James, então, se ele teria sentido essa excitação. — Ela balançou a cabeça suavemente em desaprovação. — Mas estou fugindo do assunto. Fui até o portão e contei alguma mentira sobre querer contribuir para a causa, mas que exigia uma visita antes. Fiz o possível para falar como o senhor, pai, quando está com um prisioneiro no banco dos réus. Imperioso. Envaidecido.

Nesse momento, Watkins reuniu seus últimos vestígios de dignidade.

— É a lei, Florence. Deve ser respeitada!

E ela perdeu totalmente a paciência, pela primeira vez que Simeon tivesse notícia.

— A lei? Rá! — gritou ela, batendo no vidro com a palma da mão. — Foi a sua lei que me colocou aqui dentro! Sua lei que diz que nunca serei solta. Não é isso? Se estou atrás disto por loucura ou assassinato, não faz diferença, não é? Ainda estou aqui. E ficarei aqui até morrer!

Watkins esfregou os olhos.

— Sinto muito, minha menina — disse ele. — Fui tapeado.

— Não foi o único, senhor — disse Simeon a ele, tentando colocar panos quentes. — Há uma longa fila antes e depois de você.

Watkins aceitou aquelas palavras com um agradecimento, e eles observaram o peito de Florence arfar com uma paixão reprimida. Ela deu meia-volta, afastando-se deles, e demorou um pouco para voltar, com uma raiva gélida nos olhos.

— Vou retomar a história. Mas vamos conversar sobre isso, pai. Vamos conversar.

Os olhares de Watkins e Simeon se encontraram.

— Uma carcereira magra e gananciosa, deu para perceber que a intenção dela era encher o próprio bolso, atendeu ao meu pedido e fiz algumas perguntas que ela respondeu com satisfação. Sabia que uma em cada três internas tem menos de treze anos?

— É de dar nojo — concordou Simeon. — O pior de tudo é que pouco podemos fazer a respeito disso. As famílias delas não têm escolha: é isso ou morrer de fome.

— Hummm. Bem. Direcionei a conversa para a punição das internas que não estavam totalmente arrependidas. A mulher olhou para mim com desconfiança. Eu não deveria perguntar sobre isso. "Existe o Céu e o Inferno. Deus tem recompensas e castigos, e nós, seus instrumentos, também devemos ter", falei. Ela me contou sobre alguns maus-tratos menores, como alimentação reduzida, retirada da permissão para falar, jornada de trabalho aumentada de catorze para dezesseis horas por dia girando a manivela na lavanderia. "Isso tudo soa insignificante", falei. "Isso não muda uma mente devassa." E falei algo tenebroso sobre mandar meu dinheiro para outro lugar.

Ela pareceu entrar em pânico e me contou sobre uma coisa que chamavam de "quarto do sofrimento". E eu sabia que ela não queria, porque Nathaniel Brent tinha me dito que era ali que eu tinha que olhar. "O que é isso?", perguntei. "É para onde vão as que são realmente horrorosas. As que se recusam a fazer seu trabalho ou algo dessa natureza. Recebem banho gelado e ficam em isolamento. Só fazemos isso com aquelas que não podem sair do asilo." "Por que elas não podem sair?", perguntei. "Cada uma tem seu motivo", disse ela. "Tem uma aí agora que foi pega roubando o cliente. Ela implorou tanto que o juiz disse que suspenderia a forca se ela viesse para cá e se arrependesse diante de Deus." "Um juiz muito progressista." "Sim, senhora." "Por que ela se recusa a trabalhar?" "Não sei. Ela não é moribunda. As que são, colocamos na rua." Ela disse isso com total insensibilidade.

Simeon não ficou nem um pouco surpreso.

— "Desejo vê-la. Desejo interrogá-la para me certificar de que seu arrependimento é fidedigno", falei para ela. Bem, ela tentou me fazer mudar de ideia, é claro, mas insisti e ela cedeu. Depois de um vai e vem pelos corredores do prédio, chegamos a uma porta de ferro no final de uma longa passagem. Ouvi um som estranho quando nos aproximamos. Não era exatamente alguém falando ou chorando. E então, quando ela destrancou a porta, para o meu horror, vi o que era. Lá estava Annie, totalmente despida, no chão, toda encolhida, batendo tanto os dentes que o gemido que saía de sua boca era cortado em notas curtas como a cantoria de um pássaro louco.

"'Banhos gelados', disse a carcereira. Por Deus, ela estava orgulhosa daquilo. 'Quero ela trabalhando em breve. Na calandra.' Então, ela falou com Annie com a voz alta e devagar, como se fala com criança. 'Logo a colocaremos para trabalhar. A não ser que queira o Tyburn.' Ao ouvir isso, Annie ergueu os olhos pela primeira vez. Levou alguns segundos para me reconhecer, mas então apenas mostrou espanto. Ela se esforçou para tentar falar, mas não conseguiu. Acho que não era só porque os dentes dela estavam batendo tanto, mas por ter vivido em um período de um mês uma tentativa de suicídio, a morte do irmão, a fuga para Londres, a prisão como prostituta e ladra e o encarceramento naquele lugar cruel. Quem poderia ter permanecido forte depois disso tudo?" Florence passou a fitar a lateral de sua cela antes de retomar a história. "'Vou levá-la', ajoelhei-me junto dela e falei com o

máximo de suavidade que consegui: 'Sua casa. Annie, vou levá-la para sua casa'. 'Não estou entendendo', disse a carcereira. 'Como assim?' 'Vou levá-la de volta para a mãe dela. A menos que você queira que eu escreva para todos, desde o juiz de primeira instância até o arcebispo de Canterbury, para denunciar como você abusa da confiança que depositaram em você. Vai recolher as roupas dela, dá-las para mim e eu a levarei para casa.'"

Florence sorriu com a lembrança e o sorriso migrou para a boca de Simeon.

— Bem, aquilo a deixou alvoroçada. E, em dez minutos, estávamos na rua em frente ao portão da instituição. — Ela olhou para a fileira de janelas da biblioteca como se pudesse olhar por elas e ter a vista de Londres. — Nós nos sentamos em St. George's Fields, à vista do manicômio, mas de costas para ele. Ela estava exausta demais para ir além. "Annie", falei, "vou levá-la para sua casa." Mas a única coisa que ela conseguia fazer era olhar para mim. E passamos uma hora ou mais por lá, em silêncio. Comprei um pouco de cerveja e tortas de um vendedor ambulante e ela comeu tão rápido que pensei que fosse passar mal, mas aquilo pareceu recompô-la um pouco. E então, finalmente, ela conseguiu ficar de pé e caminhar comigo. Nossa! Como eu gostaria que ali tivessem acabado todos os nossos problemas.

— Algo me diz que eles estavam apenas começando — respondeu Simeon.

— Como você é perspicaz! Bem, à medida que caminhávamos pela rua, com Annie tremendo, ainda que a noite estivesse agradável, vi um homem do outro lado, vestido de preto, com um chapéu grande puxado para baixo e o rosto coberto por um lenço. Se fosse alguém conhecido, eu não conseguiria saber quem era aquele sujeito, contudo, eu não tinha motivos para prestar atenção nele. Então, Annie e eu subimos a rua rumo ao Tâmisa, onde poderíamos atravessar pela nova ponte. Não pude deixar, entretanto, de olhar para o manicômio, de tão horrível que é aquele lugar. E, quando fiz isso, vi que o homem de preto ainda estava atrás de nós, acompanhando o nosso ritmo. Todos os meus instintos me disseram para fugir assim que fosse possível, então agarrei o braço de Annie e apertei o passo.

"Olhei para trás e vi que ele havia parado e também olhava para trás, para o caminho de que viera, o que era esquisito. Então, ele ergueu o braço e subitamente uma carruagem acelerou pela rua em nossa direção. O condu-

tor, no entanto, devia estar desesperado pela própria morte, pela velocidade com que vinha. Ao passar, o homem a pé saltou para o degrau de embarque e ficou ali se equilibrando enquanto o veículo se aproximava de nós. Não consigo colocar em palavras o quanto aquilo foi assustador."

— Imagino.

— Gritei para Annie correr e demos um pique para tentar chegar a um beco do outro lado da rua. Se ela estivesse bem e saudável, acho que teríamos conseguido, mas estava tão fraca que parecia um grilhão para mim. Então, a carruagem já estava em cima de nós e o homem de preto se atirou sobre nós duas, derrubando-nos no chão. — Ela parou por um instante, respirando pesadamente antes de se recompor para continuar a história. — Ele chutou Annie com força, e ela perdeu a consciência, acredito. O condutor, um sujeito pesadão e desajeitado de cabelos claros, saltou da carruagem bem em cima de mim, deixando-me sem fôlego, e o senti amarrar minhas mãos às costas e colocar um capuz sobre minha cabeça.

Simeon ficou indignado com aquela imagem, um homem amarrando-a como se ela fosse uma caça.

— Ouvi o de preto gritar: "Ponha essas vadias na carruagem." E fui erguida e jogada para dentro. "Fiquem abaixadas e não sofrerão." Gostaria de dizer que fui corajosa e que o desafiei, Simeon, mas na verdade eu estava morrendo de medo. Perguntei quem eles eram. "Não interessa" foi a única resposta que recebi. E então senti uma coisa gelada na minha nuca. Era o fio de uma lâmina. Tentei me afastar dela, aproximando-me do chão da carruagem, muito embora estivéssemos sacudindo para cima e para baixo, galopando em direção a... algum lugar. O homem berrava: "Mais rápido, pelo amor de Deus! Mais rápido!", e o ouvi socando o teto. Acho que meus dentes quase quebraram em contato com o chão. "Agora pare!", disse ele. E paramos subitamente. Dava para ouvir pássaros. Talvez o rio, mas provavelmente era minha imaginação. "Tudo bem, o que vai me dar por esta?" Achei que seríamos vendidas. Eu estava tão apavorada quanto se possa imaginar. Ficaríamos presas? Seríamos mandadas para outro país? Assassinadas? Foi então que eu entendi, porque o homem do rosto coberto sussurrou em meu ouvido. "Ora, sra. Hawes?", disse ele. "Quanto você acha que vale?"

— Então, estavam atrás de você — disse Simeon.

— Sim, estavam. E aquilo me assustou muito mais do que se eles tivessem sequestrado duas mulheres aleatórias na rua. "Não, nada de vida fácil para você deitada de costas", disse ele. Acho que ele achou aquilo algo muito espirituoso de se dizer. Tentei comprar minha liberdade. "Meu pai é rico. É um magistrado, então a lei não me esquecerá", falei. "Magistrado ele, não é? Ah, disso eu sei, sra. Hawes. Um juiz de paz encachaçado. Quem se importaria com ele?" — O olhar de Florence se voltou para o pai. — Perguntei-me se ele realmente o conhecia, pai.

— Ah, Florence... — gemeu Watkins.

Ela rejeitou as palavras do pai com um gesto de mão.

— *Ah, Florence* nada. Falei para ele que você tinha amigos. "Amigos? Watkins? Rá!", foi só o que ele disse. Bem, o desprezo dele duplicou meu medo. Ele obviamente não se importava com a lei ou com represálias, então fiquei imaginando todo o sofrimento que nos esperava. Tinha tempo para fazer isso também. A sensação foi a de que passamos horas ali esperando, e não faço ideia do que aconteceu durante esse tempo ou o que estávamos esperando, mas ouvi sons distantes; uma carruagem passando em velocidade, cachorros latindo. O tempo é como um peso em cima de você quando é tudo que se tem, sabe? Aprendi isso naquela carruagem e nesta cela. — Ela fitava o pai. — Bem, finalmente o homem voltou a falar. "Sra. Hawes, estou pronto para recebê-la agora." "Por favor", supliquei. "Suplique o quanto quiser. Eu gosto." Sim, parecia que era o fim.

— Não pode ter sido — disse Simeon.

— Não. Justamente quando pensei que nosso destino estava selado, tudo mudou de novo. Porque, enquanto eu estava ali deitada, amarrada, incapaz de respirar de tanto medo, veio a explosão mais ensurdecedora que já ouvi. Foi como se a própria carruagem tivesse explodido. — Ela fez uma pausa, permitindo que eles tentassem adivinhar. — Gritos, alguém sofrendo uma dor terrível. Meu coração estava na boca, e eu não conseguia ver o que estava acontecendo. Gritando o mais alto que eu conseguia, tentei soltar as mãos, mas estavam bem amarradas.

Simeon percebeu a pulsação dela acelerar.

— Então, senti a ponta de uma adaga, a que eu tinha sentido em contato com meu pescoço, presumi, apunhalando meus pulsos. "Por favor, não!",

gritei e senti o sangue escorrendo. Mas a voz era diferente da que eu estava esperando. "Está tudo bem, sra. Hawes, está tudo bem. Sou eu. Annie." E as cordas que prendiam meus pulsos estavam cortadas. Annie tirou o capuz do meu rosto e pude ver o chão da carruagem. E do lado estava o rosto do sujeito loiro, gordo e desajeitado que pulara em cima de mim. — As bordas dos lábios dela se curvaram com crueldade. — Digo que o rosto dele estava lá, mas só tinha metade. E vi a pistola de quatro tiros que eu guardava no meu aquecedor de mãos. Estava na mão de Annie e havia sido disparada.

18

Os olhares dela e de Simeon se encontraram.

— Sua compra lhe serviu bem.

Os olhos da moça brilharam.

— Já vi raposas dilaceradas e não me incomoda vê-las. Eu não me importava nem um pouco com aquele homem, cujo rosto tinha sido explodido ao meio e estava tombado sobre o ombro. Annie finalmente cortou as outras cordas e vi que na carruagem só havia eu, ela e o homem morto.

— Uma bela reviravolta — opinou Simeon.

— "Onde está o outro?", perguntei a Annie. "Matou o outro também?" Ela respondeu: "Não, ele correu." Annie apontou para a porta aberta. Olhei para fora. Estava escuro e estávamos em um trecho vazio de matagal perto do Tâmisa. Eu não o via em lugar nenhum. Perguntei a ela como estava. "Melhor, sra. Hawes. Quem era aquele?" Respondi que não sabia. Sabe, eu tinha que descobrir e sabia, pelo que o mascarado dissera, que tudo dependia do que havia acontecido aqui, em Ray. Então, eu tinha que saber a verdade. "Annie", eu a chamei. "Tem gente dizendo que foi meu marido quem… a desonrou." Ela me lançou um olhar inexpressivo. "Foi James?"

"Ela balançou a cabeça em um gesto negativo. 'Não, sra. Hawes', disse ela. 'Não, foi ele não. Foi o pároco quem fez isso.' E foi assim que eu soube. Foi assim que descobri que foi Oliver que abusou dela e assassinou John.

"'Annie', falei. 'Precisamos...', mas antes mesmo que eu pudesse terminar, ela agarrou meu ombro. 'Olha!', gritou ela. Eu me virei. O homem do lenço preto estava abrindo a porta do outro lado da carruagem. Ainda não tinha acabado. Peguei a pistola da mão dela, apontei e puxei o gatilho. Ah, aquele som!" Ela sorriu. "Estilhaçou meus ouvidos e a arma deu um coice, saindo do meu poder, sabe. Mas, em meio à fumaça que saía do cano, consegui ver que havia atingido o ombro dele; sua blusa estava em farrapos e suja de sangue. Mas eu sabia que não havia acabado com ele, porque seus olhos, que ainda eram só o que eu conseguia ver, cruzaram com os meus e se estreitaram. E ele escancarou a porta."

— O homem não sentiu dor, ao que parece — comentou Simeon.

— Não deu nenhum sinal. Apenas gritou "Venha cá!" e se pôs de pé com um salto, mas recuperei a pistola e atirei de novo. Dessa vez ele se esquivou da bala. Annie gritava. Mas ele voltou para a porta, e eu sabia que dessa vez não podia errar o tiro. Então, respirei, imaginei que a arma fazia parte da minha mão e estiquei o braço na direção dele. Estava apontando direto para o coração dele. "Desta vez eu não erro", falei para ele com toda a minha agressividade. E os olhos dele perfuraram os meus. Ele sabia que eu estava dizendo a verdade e comecei a apertar o gatilho, mas no último momento ele se jogou para trás, para fora da carruagem. Parei meu dedo. Era minha última bala e eu precisava dela.

— E aí?

— Ouvi os passos dele fugindo. Esperei alguns segundos, depois verifiquei o lado de fora. Não consegui vê-lo, então, saí de fininho, com a pistola erguida. De repente, ele saiu de baixo da carruagem e avançou para me agarrar, mas desviei e escalei até o assento do condutor. Ele estava se levantando, então agarrei as rédeas, os cavalos saltaram para a frente e partimos. — As mãos dela se ergueram no ar como se em exaltação.

— Florence... — Foi só o que Simeon conseguiu dizer, profundamente tocado pela narrativa.

— Um triunfo, sim. — Mas, então, um ar mais grave desceu sobre ela. — Mas não durou.

— Como assim?

Ela parou por um momento.

— Seria melhor que você lesse o resto do diário de Oliver.

Ele olhou para baixo. Havia esquecido completamente o livro vermelho que tinha em mãos, extasiado com a lembrança viva diante dele.

— Precisamos ler cada palavra? — desabafou Watkins. — O sujeito era um assassino. Deve honrá-lo lendo seus pensamentos?

— Acho que devo, sr. Watkins — respondeu Simeon. — A verdade será revelada.

O magistrado exprimiu um lamento mais uma vez e deixou as mãos caírem, derrotado em seu argumento.

— Então, leia. Embora eu, particularmente, prefira atirar esse livro no fogo.

— Talvez eu faça isso em seguida.

Restavam apenas algumas páginas não lidas, continuando do ponto em que Hawes interceptara a carta de Florence para o pai, descobrindo, assim, o nome de seu hotel em Londres.

E assim, consegui o endereço dela sem a menor complicação: Hotel da Coroa, Bishopsgate. "Pai. Como pode ver, no momento estou em um hotel em Londres por motivos que estou prestes a lhe revelar", discorria a missiva dela. Seguiu-se, então, uma descrição detalhada de seus esforços nos dias anteriores. Que desperdício de esforço, pois eu me certificaria de que Watkins nunca se incomodasse com o conteúdo da carta.

E, no entanto, Tyrone aparentemente havia tentado, sem sucesso, pegá-la à força na noite anterior. Se eu não conseguisse segurá-la, assim como a moça da aldeia de quem Tyrone se serviu, o que eu poderia fazer a respeito delas? A resposta, concluí, foi permitir que os guardas da polícia da rainha interviessem.

O magistrado da polícia daquela paróquia era um sujeito muito velho, que provavelmente deveria ter se aposentado muitos anos antes, mas era uma sinecura ingrata, de modo que o ministro do Interior

teria dificuldade em encontrar alguém disposto a assumir o cargo. Fui até ele com as informações necessárias: minha cunhada, que todo mundo sabia que havia assassinado meu irmão durante um ataque de fúria descontrolada, havia se evadido para Londres, de onde tirou do manicômio Magdalena, de forma muito esquisita, uma prostituta condenada. Eu, seu pároco e cunhado, havia sido incumbido por seu pai, o juiz de paz local, de levá-la de volta para casa, onde ela seria colocada perante a justiça e a bondade em igual medida. Eu também deveria levar a prostituta, já que ela era de nossa paróquia, retirando, assim, mais uma transmissora de doenças dos livros do magistrado da polícia.

Tudo isso era completamente fidedigno e não continha falso testemunho, então, fiquei satisfeito com a ação determinada.

É uma prova da natureza sodomita da capital que tudo o que eu disse não tenha chegado a surpreender ninguém, e o homem, muito pelo contrário, tenha emitido um despacho imediato para que dois policiais me acompanhassem ao Hotel da Coroa em Bishopsgate para resgatar as fugitivas. Ele também escreveria para Watkins a fim de alertá-lo sobre a instabilidade mental da filha e explicar que ela agora estava sob meus cuidados; portanto, ele não precisava se preocupar.

Agradeci e voltei para o local em que estava hospedado. No caminho, Tyrone parou em um estabelecimento horroroso perto das docas e saiu com uma garrafa de láudano forte, um funil e um tubo de borracha, insistindo que seriam úteis.

Graças ao Senhor pelas forças policiais inglesas! Aqueles homens conheciam bem o jogo; e é por isso que, apenas quatro horas depois, nossas duas fugitivas eram arrastadas rumo ao trem de Colchester, cuspindo e sibilando o suficiente para me fazer pensar duas vezes se seria capaz de suportar a viagem.

"Vou cortar seu pescoço, seu filho da puta!" Você pode achar que era a ordinariazinha que estava gritando coisas assim, e não a filha

de um magistrado, mas está enganado. Era Florence quem gritava aqueles palavrões que envergonhariam Lúcifer. Mas não importa, eu tinha vindo preparado para tal demonstração de rebeldia. Os leais policiais me auxiliaram mantendo-a imóvel enquanto eu forçava o funil e o tubo em sua garganta e lhe ministrava o láudano. Coisa fantástica! Demorou um minuto, não mais, e ela já estava dócil como uma boneca de pano. A outra meretriz deu menos trabalho e aceitou sua bebida sem resistência. Acho até que gostou. Elas ficaram obedientes como cordeirinhas sonolentas daquele momento em diante.

Eu havia reservado uma pequena cabine. O guarda pareceu um pouco perturbado com nosso grupo, mas meu traje clerical e a presença dos policiais o asseguraram de que tudo estava "dentro dos conformes", como ele disse.

E assim a polícia nos deixou e nós partimos. Foram algumas horas previsivelmente tediosas até Colchester, onde alugamos uma carruagem que, a pedido de Tyrone, nos levou até um trecho ermo da estrada próximo à Rosa de Peldon. Perguntei por que ele quis liberá--la naquele lugar, e ele apontou para a moça da aldeia.

— Quero me servir dela uma última vez. Que diferença faz para você?

— Se precisa... — falei. — Vou dar outra dose a Florence.

— Boa ideia.

Fiquei esperando na beira da estrada enquanto ele carregava a garota para dentro de um bosque. Florence estava aos meus pés. Ele ficou trinta minutos longe, e comecei a ficar preocupado com quão expostos estávamos. Por fim, deixei nossa bagagem onde estava e arrastei Florence, meio desorientada, atrás de Tyrone.

— Pelo amor de Deus! — gritei às costas dele quando consegui distingui-lo no escuro. — Temos que ir embora. — Mas, quando me aproximei, percebi que não conseguia ver a moça. — Cadê ela? — perguntei.

— Não precisamos mais dela — disse ele, me pegando pelo braço e me levando de volta à estrada. — Ela está consolando o irmão. — Ele sorriu. — Provavelmente da única maneira que conhece.

Bem, era verdade que ficávamos mais leves sem ela, e quando parei para pensar, a carta do magistrado da polícia para Watkins — que àquela altura já deveria ter chegado — não falava nada sobre levarmos a moça da aldeia, então, ninguém estava à espera dela. Sim, Tyrone tinha feito o que era certo novamente, embora fosse questionável se aquela tinha sido sua intenção.

Quando chegamos à casa, mandei chamar Watkins e relatei como Florence havia sido presa. Afetada pela agressão contra James, a condição mental dela estava nitidamente delicada. Ele me implorou para que eu cuidasse dela, e concordei, dizendo que ela ficava tranquila quando estava em minha companhia, graças ao maravilhoso medicamento que eu tinha em minha posse. Durante todo aquele tempo ela mal esteve desperta. Uma ou duas vezes tentou falar, mas não conseguiu pronunciar uma sílaba sequer. Eu disse a Watkins que providenciaria uma boa supervisão médica e que ela ficaria dentro da casa.

E então, naquela noite, Florence e eu ficamos trocando olhares na biblioteca.

— Vou mandar construir uma coisa para você — falei para ela e acariciei a sua cabeça, e tenho certeza de que, enfim, ela gostou. — Um lugar para você viver. — Dei-lhe mais láudano, que ela bebeu, e, ao deitar a cabeça para dormir, ela apresentava um olhar de puro contentamento que juro diante de Nosso Pai que nunca havia visto nela.

19

Nesse ponto, Simeon parou de ler e ergueu o olhar na direção de Florence.

— Ele lia o diário para mim — disse ela. — Toda noite. Quando chegava ao fim, começava de novo do início. Sempre se demorava no trecho em que descrevia a falsificação do bilhete de Annie que me enganou e me fez reagir com violência. Foi a mentira de Oliver que cortou o rosto de James, para que seu sangue fosse envenenado e ele morresse em meus braços. Oliver gostava de me ver indefesa, consciente do que havia feito conosco.

— O sofrimento mental é o pior de todos — disse Simeon, com compaixão. — Não consigo imaginar.

— Dizem que, com o tempo, você se acostuma com qualquer coisa.

— Dizem.

— Mas é mentira, Simeon. Todas as noites eu tinha que ouvi-lo cacarejar em cima do meu sofrimento e sobre como ele havia roubado a vida de James. — Seu rosto pareceu cheio de tristeza. — Todas as noites eu sentia fogo... fogo de verdade... em meu sangue. Algumas noites eu reunia força suficiente para blasfemar contra ele, mas no dia seguinte ele aumentava a dosagem do láudano. Se eu não bebesse, não beberia nada. A sede me obrigava a tomá-lo. Mas eu ainda podia odiar. E você sabe o que foi acontecendo com o passar do tempo?

Era óbvio.

— Imagino que tenha se tornado imune ao láudano.

— Exatamente. Meus pensamentos ficavam mais nítidos, minhas intenções, mais aguçadas. Mas não deixei transparecer. Não deixei que ele soubesse que eu estava voltando a ser eu mesma.

— Foi sensata.

— E ainda assim, você entendeu, não é, Simeon?

Ele assentiu. Ela o conhecia, agora, como ele a conhecia.

— Demorei para perceber. A primeira vez que vi esse vidro… — Ele tocou a divisória que os separava, era gelada. — Vi nele o meu próprio reflexo, meu irmão gêmeo. Mas, com o passar do tempo, entendi que não era só eu aqui que tinha um sósia.

— Quando teve essa percepção?

— Quando você me sugeriu visitar o Red Lantern. Acho que fez essa sugestão para que eu entendesse a natureza do relacionamento de Oliver Hawes com o sr. Tyrone. Deu certo.

Os olhos dela brilharam. Ela estava saboreando o momento. Simeon tirou de seu paletó uma folha de papel com o retrato de um homem desenhado em tinta roxa.

— Uma imagem de Tyrone, desenhada pela proprietária daquele estabelecimento. Ela não quer vê-lo novamente.

— Ah. — Florence contemplou o papel, a tinta que o manchou. — Ela tem talento.

Ele teve que concordar. Olhando nos olhos desenhados, viu tudo o que aquela mulher e todos os outros que conheceram aquele sujeito rústico também viram nele.

— É estranho como uma imagem pode captar a essência de um homem — disse ele. — Dá para ver bem dentro da alma dele. Ela disse que ele era vazio. Acredito que seja verdade.

— Sim — disse Florence. — É a mais pura verdade.

Ele caminhou até a lareira fria e lançou o desenho dentro, jogando um palito de fósforo aceso depois, sem pensar duas vezes.

— E foi no Red Lantern que entendi como matou Oliver Hawes.

— Ah, não pare agora, Simeon. — Ela riu. — Mais, por favor.

— Como quiser. Você o matou não por envenenamento, e sim privando-o do veneno.

Ela abriu um sorriso de orelha a orelha.

— E ele nem chegou a desconfiar disso. Não foi?

— O quê? — perguntou Watkins, totalmente confuso.

— Tintura de láudano — dirigiu-se ela ao pai. — Você sabe exatamente o que contém?

Ela estava gostando das palavras, claramente não ditas a ninguém até então.

Simeon informou a ele:

— A receita normal inclui conhaque, ópio e ácido acético.

Ele sabia aonde ela queria chegar, mas lhe permitiu o momento de alegria.

— Está correto. E sabe como é administrado? — incitou ela.

— Bebido. Morno ou gelado.

— Mas…

— Mas é preciso sacudir o frasco com força. Sim, fui lembrado desse fato quando fui à casa de ópio.

— Então você entende realmente — disse ela, com aprovação.

— Entendo — falou ele para Watkins, explicando o que o velho não entendia, sem desviar o olhar de Florence. — Tem que sacudir porque o ópio afunda no frasco. Se não sacudir, a parte de cima é conhaque puro e a parte de baixo é ópio puro. — Os olhos dele exploravam o rosto, as bochechas e o queixo de Florence. — Um ano atrás, enquanto ele ainda permitia que você se sentasse com ele neste cômodo, você despejou um frasco de láudano no conhaque dele.

Ela respirou fundo, como se estivesse degustando os dias de outrora.

— Não faria diferença no início, mas como ele despejava o destilado pela parte de cima do barril, e o ópio estava no fundo, à medida que ele foi bebendo, ele recebia doses cada vez maiores.

A expressão de Florence ficou distante. Simeon sabia que ela estava exultante com aquela lembrança.

— Ele tinha deixado cair os óculos — disse ela, com a voz vagando pelos riachos. — Estava completamente cego sem eles, então, ele passou… ah, uns dez ou vinte segundos caçando os óculos no chão. Eu despejei o láudano

que ele usava para me drogar, esperei um momento para que se dispersasse e, em seguida, enchi novamente o frasco com o conteúdo do barril. — Ela riu sozinha. — Mas o frasco estava quase sem ópio.

— E, no final do barril, ele estava bebendo ópio puro — acrescentou Simeon, imaginando o homem servindo sua bebida. — Ele deve ter tido um vício violento sem nem saber.

— Deve.

— E então, no final do mês passado, ele terminou o barril e, da noite para o dia, passou a entrar em abstinência. A queimação nas articulações, os vômitos... eram o corpo dele clamando pela droga.

— Mas não tinha mais na bebida.

— Mas não tinha mais na bebida — repetiu ele. — Pode não tê-lo matado, talvez apenas o tenha devastado com um sofrimento tremendo. Mas, no final, o coração dele não aguentou. E nunca haverá a menor prova de que algo não natural tenha acontecido.

O ambiente ficou em silêncio durante um tempo.

— Uma mulher passa todos os dias e todas as noites aqui — disse Florence para ele. — Ela tem tempo para pensamentos. Para ideias, Simeon. — O mais leve dos sorrisos flutuou nos lábios dela. — Tempo demais para ideias.

FIM